SINFONÍA INACABADA DE TI Y DE MÍ

Lucy Robinson

Sinfonía inacabada de ti y de mí

Traducción de Victoria Horrillo Ledezma

TITANIA

Argentina • Chile • Colombia • España
Estados Unidos • México • Perú • Uruguay • Venezuela

Título original: *The Unfinished Symphony of You and Me*

Editor original: Penguin Books, Londres
Traducción: Victoria Horrillo Ledezma

Copyright de obras musicales citadas
Extracto de *Look Down* del musical *Les Miserables* por Alain Boublil y Claude-Michel Schönberg. Música: Claude-Michel Schönberg. Letra: Alain Boublil, Jean-Marc Natel y Herbert Kretzmer. Publicado por Alain Boublil Music Limited/Éditions Musicales Alain Boublil. Copyright: 1980, 1984, 1985, 1987, 1988, 1990, 1991, 1993, 1994 y 2012.
Extracto de *Empty Chairs at Empty Tables* del musical *Les Miserables* por Alain Boublil y Claude-Michel Schönberg. Música: Claude-Michel Schönberg. Letra: Herbert Kretzmer y Alain Boublil. Publicado por Alain Boublil Music Limited. Copyright: 1986, 1987, 1988, 1990, 1991, 1992, 1993 y 2012.
La traducción de las letras se reproduce con autorización

1.ª edición Febrero 2015

ISBN: 978-84-92916-81-8
E-ISBN: 978-84-9944-807-7
Depósito legal: B-26.780-2014

Fotocomposición: Jorge Campos Nieto
Impreso por Romanyà Valls, S. A. – Verdaguer, 1 – 08786 Capellades (Barcelona)

Impreso en España – *Printed in Spain*

Esto es para ti, abuelo.
Gracias por la música

Obertura

Al ver mi imagen reflejada en el espejo me quedé horrorizada. Parecía un duende arrugado y grisáceo.

—¡Aaaah!! —exclamé, impotente, a mi imagen reflejada.

Había pasado buena parte del día en el armario ropero con mi viejo osito de peluche. Se llamaba *Zanahoria*. Nos habíamos ocultado allí porque mañana mi vida iba a experimentar un cambio radical y estaba aterrorizada.

No solía ser víctima de un miedo intenso. En términos generales, en mi vida apenas se producían dramas y estaba decidida a que siguiera así. Pero las raras ocasiones en que me enfrentaba a un peligro que escapaba a mi control, me metía en mi ropero, cerraba la puerta y no salía hasta cerciorarme de que el peligro había desaparecido.

Allí no buscaba Narnia. De hecho, me habría enfurecido de haber aparecido un tipo jovial con el trasero peludo y pezuñas hendidas. Me metía allí por la soledad, el silencio y la seguridad que me ofrecía. Y por *Zanahoria*.

Por lo general, esas cuatro paredes de madera sólida me tranquilizaban. Me quedaba allí, asfixiada de calor y sintiéndome impotente, hasta que conseguía alcanzar cierto equilibrio. Una vez recuperada la calma y la cordura, volvía a salir, dispuesta a enfrentarme al mundo.

Eso no había ocurrido hoy. Había permanecido horas encerrada allí, sintiendo un temor abrasador que me quemaba la cara y la espalda, pero no había recuperado el sosiego. Por fin no había tenido más remedio que salir, medio enloquecida, temblando.

«Ni siquiera mi armario puede ayudarme —pensé casi histérica, viendo mi desastrosa imagen en el espejo—. ¡Esto es una emergencia!»

Sí, era una emergencia. Mañana comenzaba un diploma de posgrado en ópera en el Royal College of Music, junto con diez de los cantantes jóvenes más talentosos del mundo. Aunque yo no era una artista en ningún sentido de la palabra. Y menos una cantante de ópera, con un armario lleno de trajes de raso y una familia dueña de una inmensa finca rural en Gloucestershire con mayordomos y caballos. Era una chica normal y corriente que vivía en un barrio de viviendas de protección oficial en los Midlands, la cual detestaba llamar la atención. ¿Me habéis oído? ¡No era una cantante de ópera!

Me quedé inmóvil mientras mis tripas se contraían y comprimían unas contra otras como una microcervecería montada por un aficionado.

—¡Aaaah! —murmuré de nuevo.

Era un sonido de impotencia, semejante a un maullido.

Dirigí la vista tímidamente hacia la cocina, preguntándome si el hecho de comer algo me ayudaría. Comer solía aliviarme. ¿Quizás un pequeño atracón?

Salí de mi habitación, caminando lenta y rígidamente, y me acerqué al frigorífico, arremangándome.

Pero tenía la suerte en contra. Cincuenta minutos más tarde, mientras servía en un plato mi porción de panceta asada, junto con un patético intento de emitir un alegre silbido, una inesperada visita, un hombre, se dirigía hacia la puerta de mi apartamento. Y este hombre no tenía nada que ver con mañana y el canto, pues cambiaría mi vida hoy.

$\mathcal{L}$os domingos por la noche era la Noche del Menú Oferta de Mark & Spencer, lo cual, en circunstancias normales, solía producirme un gran placer. Según Barry de Barry Island, era inevitable que a una pardilla como yo le chiflaran los chollos en materia de comida. La combinación de máxima cantidad de comida por el mínimo precio iba dirigida a «chicas como yo».

Barry nunca vacilaba a la hora de compartir sus opiniones sobre mis hábitos de comida. Ni sobre nada, en realidad, y el motivo por el que yo le permitía que me insultara con semejante impunidad era su acento galés. Era un acento que me gustaba tanto, me sentía tan fascinada por todo lo que él decía, que de alguna forma había perdido el instinto de defenderme.

«Sally, comes como una cerda», me decía como si tal cosa. «Ahora eres mona pero acabarás con una obesidad crónica, Pollito». Lo decía sonriendo con tristeza, tras lo cual volvía a centrarse en su carpa a la plancha o cualquier estupidez culinaria que tuviera en el plato. Yo volvía a mi lasaña a mitad de precio pero con todo su contenido en materia grasa, murmurando con tono afable que era un demonio galés que merecía ponerse como un ceporro cuando se retirara del ballet.

Como solía ocurrir la Noche del Menú Oferta, Barry se había negado a comerse su parte del festín, de modo que yo estaba sentada sola a la mesa rodeada de comida. Tenía un aspecto espléndido: panceta asada, patatas aromatizadas con romero y un postre con un nombre muy raro llamado Berrymisú.

Pero el hecho de mirarla no me ayudó. Me sentí peor que nunca.

Barry estaba en su habitación, probándose un suspensorio nuevo. Tenía problemas con los suspensorios que se ponía debajo de sus mallas de bailarín, por el mismo motivo que yo también tenía problemas con mis tangas. A ninguno de los dos nos gusta llevar una prenda sintética metida en nuestras partes íntimas.

—¿Barry? —dije inútilmente, volviéndome hacia la puerta de su habitación, a través de la cual se oía a Shakira cantando a pleno pulmón.

Supuse que si salía y se sentaba a hacerme compañía en la mesa, yo podría probar al menos un bocado de la comida.

Jamás había experimentado semejante temor. Incluso después de las cosas catastróficas que habían ocurrido en Nueva York el año pasado, había seguido siendo yo misma, Sally Howlett. Tranquila, bajita, con un trasero voluminoso. Responsable, comedida, culta. Ahora me había convertido en una trémula bola de gas altamente explosivo.

—¿Barry? —lo llamé de nuevo.

El apartamento temblaba un poco, lo cual significaba que estaba ejecutando unos espectaculares movimientos de baile amazónicos delante del espejo al ritmo de «Hips Don't Lie». Shakira lo volvía loco y a menudo le pillaba agitando una melena latina que no poseía.

—¡BARRYYYYYYYY!

Barry no aparecía. Yo tenía que hacer algo, cuanto antes.

El iPad que mi amiga Bea (que estaba forrada) me había regalado impulsivamente el otoño pasado, junto con un bolso de Fendi y un perfume de Robert Piguet muy difícil de encontrar, todo ello destinado a animarme después del fatídico viaje a Nueva York, estaba sobre la encimera. Lo tomé y empecé a escribir un e-mail, pulsando con mis inútiles dedos las teclas equivocadas. El anillo de strass que lucía en mi mano derecha, tan enorme como hortera, que aún no había tenido el valor de quitarme desde mi regreso de Nueva York, me impedía teclear con normalidad.

fOina, por favor vuelve a casa. Te necesito, carita graciosa. ¡Estoy ATERRORIZADA AAAAHHH! Te echo de menos, Pecas. Por favor vuelve pronto. Odio que no estés aquí. En cualquier caso, lo de mañana es culpa tuya. ¡Tú y tu estúpido lema de «aprovecha el momento»! Te quiero, por favor vuelve pronto. xxxxxxxxxx.

Le di a «enviar» y releí el e-mail, imaginando que mi prima Fiona lo estaba leyendo. Cuando no se comportaba como una maníaca, Fiona tenía una sonrisa maravillosa; el tipo de sonrisa descrita en las primeras páginas de una novela épica rusa del siglo diecinueve.

Yo la echaba mucho de menos. Nos habíamos criado más como hermanas que primas. Jugábamos a los caballos juntas, escribíamos cartas de amor a chicos, comparábamos nuestros primeros vellos púbicos. Cuando me trasladé de Stourbridge a Londres, Fiona fue mi compañera de piso durante siete años (en general) maravillosos. Pero después del drama del año pasado se había negado a abandonar Nueva York y aún no había cambiado de parecer, por más que yo le había suplicado que volviera a casa. Barry, menos optimista sobre las probabilidades de que Fiona regresara, se había instalado en su habitación hacía unos nueve meses. Yo había cambiado a mi pálida, pecosa y conflictiva prima por el pálido, pecoso y grosero cretino de Barry Island. Aunque, pese a sus hirientes comentarios, lo quería con locura.

Por unos momentos, dejé que el dolor que me producía el recuerdo de Fiona aflorara en alguna parte de mi pecho, tras lo cual lo sofoqué, centrando de nuevo mi atención en la bandeja de entrada por si ella estaba en línea. Y respondía de inmediato.

Pero no lo hizo.

En ausencia de ella o de Barry, se me ocurrió llamar a Bea para que me consolara. Bea estaba en Glyndebourne, tras haber dejado por fin la Royal Opera House después de diez años a cargo del departamento de maquillaje y pelucas. Ahora colocaba barbas rizadas y narices protéticas a cantantes de ópera en una pintoresca finca rural en Sussex y al parecer tenía mucho trabajo: apenas habíamos hablado diez minutos desde que se había inaugurado la temporada en mayo, hacía cinco meses.

La llamé por si acaso. No respondió.

Incluso se me ocurrió la idea de llamar a casa, pero el mero hecho de pensar en mis padres hizo que me pusiera nerviosa e irritada. Mi madre y mi padre se habían mostrado sorprendidos y claramente disgustados al enterarse de que yo iba a emprender este camino; si detectaban alguna incertidumbre en mí tratarían de convencerme para que lo dejara. «¿De veras crees que perteneces a ese mundo?», me había preguntado mamá. «¿Con ese tipo de gente tan estirada y esnob?»

Por supuesto que no.

Pero me fastidió que me lo preguntara.

Alguien llamó a la puerta del apartamento.

Eché un vistazo alrededor de mi cocina vacía, sorprendida. Alguien había logrado entrar en el edificio en el que yo vivía y llegar a la puerta de mi apartamento, lo cual en estos tiempos era toda una hazaña desde que un olvidado grupo de ocupas londinenses se había apropiado de un apartamento vacío en el quinto piso, y Mustafá, el guardia de seguridad, se había instalado aquí.

Me levanté de la mesa de un salto, olvidando que llevaba un pijama estampado con unos cerditos, y abrí la puerta mostrando mi sonrisa más radiante por si era Dios que había venido a echarme una mano.

El hombre que estaba en el umbral, con una extraña sonrisa pintada en el rostro, no se parecía a Dios. Pero tenía un aspecto familiar.

Tanto es así, que me pregunté si era famoso. Era lo bastante atractivo para ser famoso. Increíblemente atractivo y con estilo; el tipo de hombre que poseía una casa inmensa en Santa Bárbara y posaba para reportajes fotográficos al atardecer en su playa privada.

«Uno de esos tíos impresionantes que te dejan sin aliento —pensé sumida en un momentáneo trance—, aunque no es realmente mi tipo».

Tenía el cabello largo y lustroso y llevaba una camisa increíblemente elegante, unos vaqueros impecables y unos zapatos de cordones con la puntera puntiaguda. De su piel, tostada y bien cuidada, emanaba una penetrante loción para después del afeitado, y lucía un gigantesco Rolex. Sonreí a medias, desconcertada. ¿Qué hacía un hombre como él en la puerta de mi apartamento? ¿Y por qué tenía un aspecto tan familiar? ¿Le había probado alguna vez un traje de escena?

Al cabo de unos segundos, cuando el desconocido dijo «hola» con un acento medio de Devon y medio norteamericano, y yo pensé que había cometido un tremendo error al dejarse crecer el pelo y haber cambiado de perfume, caí en la cuenta de que no era una celebridad, ni un cantante de la Royal Opera House, sino alguien que yo conocía muy bien.

Alguien que no había querido volver a ver jamás. Que me había esforzado en borrar de mi memoria hasta el punto de que casi había dejado de existir.

La habitación empezó a tornarse blanca y cerré los ojos.

Cuando volví a abrirlos él seguía allí.

—Hola —repitió tímidamente. Me pareció que había transcurrido un siglo desde la última vez que había oído su voz. Ese acento. El acento más raro del mundo—. Supongo que estás sorprendida de verme.

Traté de responder pero no ocurrió nada. Bajé la vista y miré mi pijama con cerditos, pero ni siquiera me importó. El suelo empezó a moverse a kilómetros debajo mis pies.

—¿Sally? —dijo él, bajito—. ¿Te sientes bien?

Me observó con paciencia, nervioso. Durante unos extraños y tensos momentos yo le observé a él, sin dar crédito. Sólo su cara era la del hombre al que había conocido tiempo atrás. El resto era irreconocible. Elegante, con estilo, peripuesto. Un paisaje alienígena.

—Caray, Sally, lo siento. No debí venir sin avisarte. Pero no sabía cómo... cómo... Espera un momento.

Empezó a rebuscar en sus bolsillos.

Yo tenía la sensación de tener un pie sobre el acelerador y el otro sobre el freno.

Él sacó un pequeño pedazo de papel del bolsillo de sus vaqueros y al tratar de desdoblarlo vi que la mano le temblaba un poco. Observé que llevaba un elegante bolso masculino rígido en el que no me había fijado antes. Entonces me di cuenta de que sostenía un *post-it* en la mano.

—Me pregunté si esto sería todavía válido —dijo en voz baja, mostrándomelo.

«Vólido.» Nadie en el mundo tenía un acento así. Una absurda mezcla de acentos. Tiempo atrás, acompañado por una pelambrera alborotada y una notable falta de memoria. Tiempo atrás, tan querido para mí.

No miré el *post-it* porque ya sabía lo que era.

—Vete, por favor —me oí murmurar—. Por favor, vete y no vuelvas a aparecer por aquí.

Él sonrió con gesto comprensivo. ¿Cómo se atrevía a mirarme de ese modo? ¿Como si yo fuera una niña a la que le hubiera dado un berrinche?

—Vete, por favor —repetí con más claridad.

Empecé a cerrar la puerta al tiempo que la furia se acumulaba y comprimía en mi interior. ¿Cómo era capaz hacerme esto? ¿Cómo se atrevía a presentarse aquí, como si nada, después de... después de...?

Tras reflexionar unos momentos, se encogió de hombros.

—De acuerdo. Me voy. Pero, Sal, no puedo dejarte sola. Es que...

—¡VETE! —grité. (¿Grité? No había gritado en mi vida)—. ¡FUERA DE MI CASA! ¡NO SE TE OCURRA VOLVER A MOLESTARME! ¡JAMÁS!

Yo estaba embalada. Superembalada. Quizá fuera incluso peligrosa. Aunque probablemente no.

El hombre me impidió que cerrara la puerta empujándola con la punta de uno de sus costosos zapatos. El aire entre nosotros se flexionó y crujió como metal laminado.

—Oye, mira —empezó a decir, pues al parecer no me había oído—. Sal, deja que te explique…

Entonces ocurrió algo que me asombró. Yo, Sally Howlett, que siempre trataba de evitar cualquier tipo de confrontación, me volví y cogí mi panceta asada de Marks & Spencer de la mesa. Luego me volví de nuevo, como una lanzadora de pesos, y se la arrojé al tipo que estaba en el umbral de mi puerta. A la cara. Por supuesto, no le alcancé, siempre he tenido una pésima coordinación mano/vista, y la panceta pasó silbando junto a su oreja, estampándose contra la pared del pasillo y cayendo al suelo, donde dejó una mancha grasienta. La maniobra estuvo acompañada por un pequeño grito, al parecer emitido por mí.

El hombre se volvió para mirar la panceta que había caído en la moqueta del pasillo, y luego me miró a mí. Se produjo un largo y tenso silencio.

—Te odio —murmuré. Era verdad. Con toda mi alma. Sentí en el pecho una ardiente punzada de furia y tristeza—. No quiero volver a verte.

Cerré la puerta de un portazo en sus narices.

Me quedé inmóvil hasta que le oí alejarse, luego regresé a la mesa.

—Es increíble —murmuró Barry de Barry Island, con su maravilloso acento galés.

Estaba junto a la puerta de su habitación, desnudo aparte del tanga de color carne. Su piel, de una palidez alarmante, y sus pecas casi parecían relucir a la luz de la cocina. Se pasó las manos por su pelo fino rubio rojizo y luego las apoyó en las mejillas con gesto melodramático, como si se hubiera producido el fin del mundo.

—¿Ese tipo era quien yo creo que era? —preguntó bajito—. ¿Vestido como un metrosexual?

Asentí con la cabeza y rompí a llorar.

Barry abrió los ojos como platos.

—¡Cielo santo! —exclamó con tono de incredulidad.

Los dos nos quedamos mirándonos sin saber qué hacer.

LA MUJER QUE CANTABA DENTRO DEL ARMARIO

Una ópera en cinco actos

PRIMER ACTO
Escena Primera

Stourbridge, West Midlands, 1990-2004

*T*odo empezó un día de abril de 1990. Yo estaba en la cocina, jugando a los caballos con Fiona, mi prima, quien recientemente se había mudado a nuestra casa porque se había quedado huérfana. Habíamos iniciado la última ronda de un tenso concurso de saltos de hípica cuando oí un extraño sonido que salía de la radio.

Uno de los *deejays* de Beacon FM estaba poniendo la famosa aria de Cio-Cio San en *Madame Butterfly*, «Un bel di vedremo» («Un hermoso día»). En Beacon FM no solían poner discos de ópera; según recuerdo, formaba parte de una broma nada graciosa por parte del *deejay*. Pero la conmovedora y trágica canción me pilló por sorpresa. Miré a Fiona, quien a sus siete años había soportado más tragedias que la mayoría de la gente en toda una vida, y rompí a llorar.

El concurso de saltos de hípica se interrumpió durante unos minutos mientras yo lloraba abrazada a mi primita, la cual se mostró abochornada por mi conducta y me dijo que yo era una cosa llamada lesbiana.

Cuando el aria concluyó me quedé mirando la radio, impresionada. ¿Qué había sido eso?

Esa fue la primera vez que oí ópera. Me gustó.

Pero la segunda vez que oí ópera, en julio de ese año, me *encantó*. Me entusiasmó hasta el punto de que mis tripas empezaron a hacer cosas raras. Dejé de comer el helado de chocolate que sostenía en mi manita regordeta. Eran las diez y cuarto de la noche, una hora en la que yo no debía estar despierta, y menos comiendo helados de chocolate, pero mis padres habían ido a cenar al bingo y habían dejado a Karen Castle para que nos hiciera de canguro a Dennis, a Fiona y a mí. Karen Castle era lo más parecido a una persona liberal y aficionada al arte que mis padres permitían que pusiera los pies en nuestra casa.

Hacía aproximadamente una hora que me había dormido cuando Karen entró en mi habitación, llevando a mi hermano mayor Dennis de la mano, y me dijo que teníamos que bajar para ver una cosa muy importante en la tele. Era la Copa del Mundo de 1990 e iban a retransmitir en vivo el concierto de los célebres Tres Tenores desde Roma.

—Olvidaos de los conciertos de Live Aid —murmuró Karen Castle con vehemencia—. Éste es uno de los momentos más importantes en la historia de la música. Llevará la ópera a las masas. Es impresionante.

—No me apetece verlo —farfulló Dennis somnoliento, pero yo recordaba exactamente lo que era la ópera y bajé la escalera volando como un misil de precisión con un pijama rosa.

Esa noche Pavarotti, Domingo y Carreras cambiaron mi vida. El megamix de Andrew Lloyd Weber que cantaron me pareció regular, pero cuando empezaron a cantar cosas serias, no me perdí detalle. Y cuando pusieron en pie al antiguo estadio con «Nessun dorma», comprendí que nada volvería a ser lo mismo.

A Fiona no le había impresionado en absoluto. Dennis se había quedado dormido.

Yo asalté mi hucha y compré una cinta titulada *Arias De Ópera Favoritas*. Todas las canciones de la cinta se convirtieron en mis favoritas, las cuales escuchaba una y otra vez estremecida de gozo, y al cabo de un tiempo empecé a tararearlas junto con los cantantes, aunque en voz baja. Mientras mis amigos del colegio cantaban *rap* con MC Hammer, yo cantaba ópera con Joan Sutherland y Marilyn Horne, las cuales cantaban unas palabras que yo no comprendía al son de unas melodías que sí comprendía.

Si existe algo más chocante que una niña de siete años que adquiere la costumbre de cantar ópera, es una niña de siete años que adquiere la costumbre clandestina de cantar ópera. No sé muy bien por qué, pero sentí instintivamente que jamás podría cantar delante de nadie. De modo que cantaba dentro de mi armario ropero, donde nadie podía oírme.

Era una costumbre que a mí no me parecía chocante, porque en la familia Howlett la extremada privacidad era un principio fundamental. Mis padres, pese a residir en un barrio de viviendas de protección oficial cuyos problemas privados eran aireados a voz en cuello, compartían una actitud victoriana curiosamente temerosa con respecto a la privacidad. Se pasaban la vida quejándose de que nuestros vecinos no tenían vergüenza, aireando así sus trapos sucios, y trataban a fuerza de silencio y discreción lo de ser completamente invisibles.

Lo cual era un problema para ellos, porque las circunstancias en las que Fiona había venido a vivir con nosotros hacía poco no sólo habían sido publicadas en la prensa local, sino en la de ámbito nacional.

Encuentran el cadáver de una mujer en el Midlands Canal.
¿Dónde está el papá? Las autoridades buscan al actor, el cual se halla de gira por el país. ¿Quién acogerá a esta niña?
El padre de Fiona no aparece: La huerfanita del Canal ha sido acogida por la hermana de la difunta.

Éramos una familia «golpeada por la tragedia», decían los periódicos. Mostraban fotografías de mi madre en el funeral de su hermana con unos pies de fotos que decían «Brenda Howlett, transida de dolor, con su sobrinita, Fiona». En el colegio, Fiona y yo oímos los comentarios vertidos en una reunión especial (a la que nos habían prohibido asistir), en la que la directora explicó a todo el mundo que nuestra familia había quedado destrozada por una terrible catástrofe y tenían que tratarnos con la máxima delicadeza y respeto.

Me pregunté si la gente nos había confundido con otra familia. En nuestra casa no nos pasábamos el día llorando. No teníamos la sensación de haber vivido una catástrofe. Cuando informaron a mi madre de que habían encontrado a su hermana flotando en un tramo aislado del canal, dio las gracias a los policías por venir a comunicárselo y estuvo una semana en cama. Luego se levantó, se puso un vestido de nailon negro para asistir al funeral y no volvió a mencionar el tema.

Mi padre se dedicó a construir una habitación para Fiona mientras la policía buscaba al padre de la niña, aunque no parecían poner mucho empeño en ello, y Fiona se pasaba todo el día y toda la noche mirando la televisión. Dennis y yo no habíamos dicho una palabra sobre el tema porque en nuestra casa nadie hablaba de ello.

Así era como hacíamos las cosas en nuestra familia.

A los chicos de la prensa, que confiaban en que montáramos un circo de dolor e histeria, no les gustó. Estuvieron montando guardia frente a nuestra casa durante más tiempo del necesario. Nos enviaban mensajes a través del buzón diciendo: «Díganos cómo consiguen encajar esta tragedia», en un intento de sonsacarnos lo que sentíamos al respecto.

—Nosotros no aireamos nuestros trapos sucios en público —nos recordó mi madre a todos. Su voz tenía un tono alarmante—. Mandy se ha ido y no hablaremos de ella, ni dentro ni fuera de esta casa. ¿Entendido?

De modo que cuando el revuelo se disipó, la prensa abandonó nuestro barrio y Fiona se instaló en el armario habilitado como dormitorio situado debajo de la escalera, al igual que Harry Potter, el odio de mis padres a ser visibles se convirtió en patológico. Ya no bastaba con «ser visto y no oído». A partir de ahora, los Howlett ni siquiera querían ser vistos.

Años más tarde, un hombre con unos ojos de un azul intenso y una camiseta sin planchar sostendría mi mano en un club de jazz en Harlem y me recordaría que el dolor hace que nos comportemos de forma muy extraña.

Pero regresemos a 1990. Es verano. Coches bomba del IRA y un calor asfixiante, polos helados de color verde y rodillas peladas. Las pequeñas Sally y Fiona vivían juntas por primera vez en un pequeño barrio de viviendas de protección oficial en Stourbridge; los Howlett comenzaban a respirar de nuevo después de semanas de ser acosados por la prensa.

La costumbre de encerrarme en el ropero para cantar se había convertido en el momento álgido de mi jornada. Cantar hacía que me sintiera viva y eufórica al notar que el aire entraba a través de mi boca y se expandía por mi vientre, y al oírlo surgir de nuevo en forma de una maravillosa melodía, en la clave exacta, en el momento preciso y con una riqueza de matices que me asombraba. Era mejor que unos montaditos de queso acompañados por encurtidos, unas patatitas asadas al horno o una bolsa de Doritos. Incluso mejor que un Rollo Ártico, consistente en un helado de vainilla envuelto en bizcocho recubierto de salsa de frambuesa.

Cantar me aislaba de la vacuidad de mi familia y de la tragedia que no debíamos mencionar. Evitaba que me preocupara de forma obsesiva por Fiona, la cual era imposible que se sintiera feliz en nuestra casa. Me elevaba por encima de todo lo que inquietaba a mi pequeña mente y me procuraba la sensación de estar suspendida sobre mi vida, como si me hallara dentro de un globo de aire caliente en una tarde de verano.

Pero los hábitos secretos referentes a la ópera no suelen ser sencillos.

Fiona era mi mejor amiga pero al mismo tiempo muy irritante, y una noche me oyó cantar en el ropero. Al día siguiente me estuvo tomando el pelo en el colegio, comentando en voz alta que sonaba como una mujer vieja y gorda, y no paró hasta que accedí a romper con Eddie Spencer, propinarle un puñetazo en el brazo y decirle que apestaba a caca. Yo cumplí lo prometido y Fi, gracias a Dios, dejó de tomarme el pelo.

Luego se presentó el problema de llevar la ópera a las masas. Aunque yo no quería que nadie supiera que cantaba, sentía que el mundo, o al menos la población de Stourbridge, tenía que saber que existía la ópera. Empecé por poner mi cinta de *Arias De Ópera Favoritas* para que la escuchara mi primer noviete, Jim Babcock, que puso cara de aburrido, se tiró pedos y dijo que esa música era una mierda. Luego, un sábado por la mañana que fui a patinar al polideportivo, pregunté al *deejay* si podía dejar de tocar «Ghostbusters» y poner música de Puccini. Él anunció mi petición, la multitud del polideportivo se rebeló y todo el mundo, inclusive Fiona, me dijo que yo era una pelmaza de campeonato.

Más tarde Fiona me invitó en la cafetería a un granizado Slush Puppy de color azul para disculparse, pero yo había aprendido la lección. La ópera y Stourbridge eran incompatibles.

Por desgracia, la señora Badger, una concertista de piano fracasada y directora de mi escuela primaria, tenía otras ideas. Había oído a Fiona burlarse de mí y durante la hora del almuerzo me llevó aparte. Iba armada con una sonrisa de oreja a oreja y un tono muy persuasivo. De alguna forma logró convencerme para que cantara un breve solo en el concierto navideño, aunque por lo general sólo participaban en él los alumnos de último curso. Pero Fiona, que se había convertido en una pequeña pero magnífica bailarina de ballet, también iba a hacer un solo, y la señora Badger me prometió unas chocolatinas y yo cedí porque me resultaba casi imposible decir que no a nadie.

—Lo harás de maravilla —me aseguró la señora Badger—. Piensa en lo orgullosa que se sentirá tu madre.

Yo no estaba muy convencida, pero los ojos de la señora Badger resplandecían de emoción. Me dijo que sería una de las veladas más memorables de mi joven vida.

La señora Badger no se equivocó.

Cuando llegó el día del concierto yo estaba enferma de los nervios. Jim Babcock había odiado mi música operística. El polideportivo había odiado mi música operística. Y mis padres… No sabía cómo reaccionarían, pero sabía que estarían muy disgustados y quizá furiosos de que yo cantara un solo cuando se suponía que todos teníamos que permanecer invisibles.

Pero una parte dulce, inocente y obstinada de mí insistía en que si cantar ópera me hacía sentir tan feliz, quizá lograra animar a mis padres. Quizá no se sentirían tan abochornados y cohibidos cuando oyeran esa música tan hermosa.

Para calmar mis nervios me comí todo lo que contenía mi fiambrera, y luego todo lo que contenía la fiambrera de Fi. (Fiona, a los ocho años, ya había comenzado su primera dieta de adelgazamiento.) No obstante, cuando salí al escenario temblaba visiblemente y respiraba de forma trabajosa y entrecortada.

En un nebuloso mar de rostros localicé a mi madre y a mi padre, quienes al parecer acababan de caer en la cuenta de lo que iba a suceder. Los ojos de mi madre estaban a punto de saltársele de las órbitas. No sé si de orgullo o de vergüenza, aunque no creo que fuera de orgullo. Sólo sé que cuando la señora Badger empezó a tocar la introducción a «L'ho perduta», tuve la insólita certeza de que no iba salir ningún sonido de mi boca.

No salió ningún sonido de mi boca. Me quedé inmóvil, clavada en el suelo, una niña con una costra en la barbilla y un pichi que me sentaba como un tiro, completamente muda.

Pero la señora Badger no estaba dispuesta a que le fastidiara la función, de modo que atacó de nuevo la introducción para darme tiempo a recobrar la compostura. De nuevo vi a mis padres entre el público, los cuales parecían haber sufrido un ataque cardíaco. El rostro de mi madre, blanco e impávido, tenía el mismo aspecto que el día en que la policía vino a casa para informarle de que la mujer que habían encontrado en el canal de Wolverhampton era su hermana Mandy.

De pronto sentí un líquido tibio que se deslizaba por el interior de mi pierna izquierda. Permanecí de pie en el escenario, delante de todos los padres de los otros alumnos (y de Jim Babcock, que sabía que iba a dejarme), sintiendo que el chorro tibio descendía hacia mis pies, formando un charquito ovalado en el suelo. Dejé de pensar, quizás incluso de respirar, y me quedé allí plantada hasta que Fiona, que aguardaba entre bastidores, entró corriendo en el escenario y me sacó de allí.

Cuando llegamos a casa, mi madre subió arriba para prepararme un baño. Llenó la bañera de burbujas y patitos de goma de Matey, aunque hacía años que ya no me gustaban los patitos de goma, que se habían enmohecido y estaban negros por debajo. Mientras se llenaba la bañera, mi madre me llevó a mi habitación y preguntó, con un tono que me aterrorizó: «¿Dónde está?». En realidad no era una pregunta, sino una orden.

No me molesté en preguntar a qué se refería. Saqué mi casete de *Arias De Ópera Favoritas* de mi armario y se lo entregué, junto con mi revista *Ópera* que había comprado hacía unas semanas para contemplar con gesto solemne las fotografías de unas cantantes con unas tetas enormes.

Mi madre miró el casete y la revista como si le hubiera entregado un montón de excrementos de perro, y se los llevó. «Sally», dijo con tono autoritario. Yo la seguí escaleras abajo. Mi madre tiró la cinta y la revista al cubo de la basura, tras lo cual arrojó sobre ellas los restos de palitos de pescado cubiertos de ketchup que había comido Dennis. Por último, tiró los restos de los palitos de Fi. En aquel entonces lo que más le gustaba a Fi era machacar su comida sin probarla. Vi el rostro de María Callas cubierto de grumos de pan rallado frito deslizándose sobre él.

—Lo de cantar se ha terminado —declaró mi madre.

Noté que los labios me temblaban. A pesar de lo que había ocurrido esta noche, sabía que me chiflaba cantar. Me proporcionaba una maravillosa sensación como jamás había experimentado hasta entonces.

—¡No puedes hacer eso! —soltó Fiona. Era la única persona en la casa que se atrevía a encararse con mi madre—. ¡Canta muy bien!

Mi madre ni siquiera la miró.

—Lo de cantar se ha terminado —repitió—. Si te pillo cantando de nuevo, tendrás un problema gordo. Es por tu bien, Sally. —Mi madre nunca levantaba la voz, sólo emitía unos sonidos sibilantes de distinta intensidad como una serpiente enfurecida—. No necesitamos más problemas con... —Hizo una pausa—. Con las artes escénicas —concluyó con voz trémula—. Ahora sube y lávate, Sally.

Y eso fue todo.

Pero en realidad no fue todo. Yo seguí cantando porque no podía dejar de hacerlo. Ahora lo hacía *sólo* en mi armario ropero y *sólo* cuando no había nadie en casa.

«Nadie —me prometí— volverá a oírme cantar jamás.»

Por fuera Sally Howlett seguía siendo una chica normal, sensata y responsable. Aunque hubiera querido, había sido inútil tratar de comportarme como una niña rebelde y problemática. Fiona proporcionaba el suficiente dramatismo para mantener entretenida a toda la escuela de primaria (a veces parecía que al mundo entero). Volvía locos a mis padres, quienes la castigaban constantemente, aunque rara vez tenía el menor efecto. Fiona era una incendiaria. Atormentaba a la gente. Los jueves por la tarde, cuando ensayábamos himnos en el colegio, se dedicaba a enseñar su pecho plano como una tabla a los chicos, y luego al director cuando éste la reprendía. Hacía trampas al baloncesto y robaba cosas de la cafetería. A menudo pretendía involucrarme a mí en sus delitos, pero casi nadie la creía.

A mí no me importaba, porque Fi era capaz de liarse a tortazos con cualquiera que me causara problemas y escribía unas historias preciosas sobre mí, describiéndome como una princesa valiente y bellísima, y se inventaba canciones *pop* que decían que siempre estaríamos juntas. Todas las noches se metía en mi cama y me abrazaba y me decía lo mucho que me quería. Yo le decía que también la quería mucho porque era verdad, más que a Dennis, más que a mi madre y más que a mi padre.

—No deberías estar siempre pegada a Fiona —solía decirme mi madre—. No pongas todos tus huevos en una cesta, Sally. Deberías tener más amigas.

Yo no le hacía caso. Fiona era la mejor amiga que tenía en el mundo.

Fiona Lane, esa niña traviesa y trágica cuyo padre se había fugado con el teatro, cuya madre había perdido la chaveta hacía tiempo y se había ahogado en el canal de Wolverhampton. Y Sally Howlett, su prima regordeta y juiciosa, que nunca jamás causaba problemas. Me limitaba a hacer lo que me mandaban para que los demás se sintieran satisfechos. Resolvía problemas, jamás los creaba, y tenía un temperamento alegre y sosegado. De niña, de adolescente, de adulta, siempre era la misma.

El día en que ese hombre apareció en la puerta de mi casa y le arrojé la panceta asada, yo había cumplido los treinta pero tenía más o menos el mismo aspecto que a los siete años, cuando oí mi primera aria. Rolliza, bajita y culona. Un pelo rubio e insólitamente espeso (descrito en cierta ocasión por un peluquero como «más áspero que la cola de un percherón»), y un rostro que me parecía más bien insulso.

Adonde quiera que fuera, tuviera la edad que tuviera, la gente me decía cosas como «eres sólida como una roca», o «ejerces una influencia apacible sobre este lugar, Sally».

A veces me preguntaba qué pensarían de mí si supieran que cantaba ópera encerrada en mi ropero, y que con el paso de los años había seguido escuchando ópera en mi Walkman, luego en mi Discman y por último en mi iPod. Había encontrado unas cintas de VHS, luego unos deuvedés y más tarde unas clases magistrales en Internet de cantantes famosos instruyendo a entusiastas alumnos y utilizaba esas grabaciones para darme clase a mí misma.

Era innegable que tenía una buena voz, aunque esté mal que yo misma me elogie. Pero también era consciente de que me había saltado unos estadios vitales en mi formación al pasar directamente a unas clases magistrales para profesionales. Principalmente porque muchas de las cosas que decían mis tutores en los vídeos sonaban disparatadas. «¡Mantén ese *stentando* hasta el final!», gritaban. Yo deducía lo que debía de ser un *stentando* e imaginaba un arma medieval

«¡Un ataque más diafragmático!», vociferaban, o «No te dejes engañar por esos acentos, esto NO ES UN *SFORZANDO*!» (¿Un pan ruso?)

Pero nada, ni siquiera mi incapacidad para comprender buena parte de lo que decían mis tutores en las cintas de VHS, o el temor de lo que pensarían los demás si lo averiguaban, me disuadía de perseguir esos dulces momentos de placer que sentía cuando oía brotar de mis labios un sonido operístico. «*L'ho perduta... Blum blum bluuum blum... aquie saaa duh duuuh duh duh...*» cantaba, discretamente henchida de orgullo. (Aún no había aprendido italiano.)

Cuando cumplió once años, Fiona fue enviada al Royal Ballet School para honrar la petición que había hecho su madre antes de morir, dejando la casa sofocantemente silenciosa. Aunque me alegré de que hubiera escapado de mis gélidos padres, al parecer incapaces de manifestar emoción alguna, su ausencia hizo que mi vida me pareciese gris y sin sentido, y mi madre se las arregló para que nos fuera muy difícil vernos durante las vacaciones. Mi madre me animaba a que jugara con Lisa, una niña que vivía en la casa de al lado. Pero yo odiaba a Lisa. Era una niña prepotente y perversa a quien lo único que le interesaba era perseguir a Dennis.

Cantar hacía que todo eso me resultara más llevadero. Nada en el mundo me parecía tan reconfortante como esa primera inspiración, la sensación de los músculos al contraerse, la sensación de que mis cuerdas vocales se unían, al parecer sin ayuda de mi cerebro, para producir un sonido que me recordaba vagamente mis *Arias De Ópera Favoritas*.

De modo que me convertí en la niña que cantaba en el ropero. Cantaba en el ropero todos los días, y cuando me mudé a Londres, catorce años más tarde, pedí a mi padre que lo trasladara en el Transit de Pete, el vecino de al lado, por la M6. Y nadie se enteró nunca.

SEGUNDO ACTO

Escena Primera

Londres, Reino Unido, 2004-2011

*N*uestros padres son un desastre —me dijo Fiona una tarde, poco después de que nos mudáramos a Londres.

Estábamos sentadas en el suelo de nuestro apartamento recién alquilado en la zona más cochambrosa de Southwark. Tenía un balcón al estilo de Romeo y Julieta que daba a un vertedero ilegal donde los zorros copulaban, que olía a queso Stilton y en el baño crecían hongos. Era un apartamento asqueroso, pero nosotras nos sentíamos muy felices. Entre otras cosas porque habíamos averiguado que el señor Pickles, que regentaba el destartalado café debajo de nosotras, también era de Stourbridge.

Fiona y yo, que había cumplido los veintiuno, seguíamos siendo las mejores amigas a pesar de los diez años que habíamos pasado separadas. Yo estaba eufórica. No había pasado un día en que no hubiera echado de menos a mi primita, chiflada y seca como un insecto palo, o me hubiera preguntado si todo seguiría igual cuando fuéramos adultas y pudiéramos vivir de nuevo juntas.

Comíamos de unas bandejas de comida para llevar que habíamos comprado al señor Pickles. Como de costumbre, yo llevaba unos vaqueros baratos que enseñaban la raja de mi trasero, aunque sería la última vez que me vistiera de esa forma.

—He dicho que nuestros padres son un desastre —repitió Fiona en vista de que yo no respondía—. Son UNOS MIERDAS CRÓNICOS.

Fiona hacía esto a menudo. No soportaba que las cosas estuvieran tranquilas y pinchaba y azuzaba a quienes la rodeaban hasta que alguien estallaba.

—No son tan malos —respondí, aunque estaba totalmente de acuerdo con ella—. Al fin y al cabo, piensa en lo que han tenido que aguantar.

Fiona soltó un bufido.

—¿Qué? ¿Dejar que vivamos juntas, persiguiendo nuestros sueños? ¿Acaso no tenemos derecho a ello?

Fi tenía razón, desde luego. La reacción de mi madre a nuestros nuevos trabajos había sido, para decirlo suavemente, tibia.

Fi acababa de ser promovida a bailarina solista en el Royal Ballet después de haber formado parte del *corps de ballet* durante tres años. Yo había terminado recientemente mi licenciatura como diseñadora de vestuario, y Fiona había mostrado mi currículo en el departamento de sastrería de la Royal Opera House, aunque ninguna de las dos esperábamos que saliera nada de ello. Pero hacía tres semanas me habían llamado para una entrevista y me habían ofrecido un empleo como ayudante de camerino. ¡EN LA ROYAL OPERA HOUSE! Yo me había sentido tan agradecida y entusiasmada que había salido a la plaza de Covent Garden gritando de alegría, y luego había ido a Stourbridge, riendo y llorando de felicidad durante todo el trayecto. Al verme, mi madre había dicho:

—¡Pat! ¡Alguien en Londres la ha drogado con hongos mágicos y pastillas de éxtasis! ¡Pat! ¡PAT! ¿Qué vamos a hacer?

Mi trabajo era muy modesto, pero con el tiempo me conduciría a mi sueño, que era ocupar un puesto destacado en la sastrería en el mundo de la ópera. Una supervisora, o quizás incluso una diseñadora. ¿Un trabajo que me mantuviera alejada de los focos pero rodeada por mi adorada ópera? ¡Era un milagro!

Yo estaba convencida de que una carrera relacionada con la industria textil y la creación de trajes de escena complacería a mis padres. Se habían conocido a los dieciocho años en Hall's, una fábrica de prendas de vestir situada en la carretera de Hagley, y habían seguido trabajando allí desde entonces: mi madre me había enseñado a cargar un carrete incluso antes de enseñarme a utilizar una tetera. Una de las pocas veces que vi el orgullo relejado en su rostro fue cuando gané un concurso de corte y confección regional en Dudley a los dieciséis años.

Pero mi flamante carrera no había complacido a mis padres. No habían mostrado ni una milésima parte del orgullo que habían manifestado cuando Dennis (quien, como era de prever, se había casado con Lisa, la vecina de al lado) había fundado una compañía de trasteros llamada Crate-World en Harrow.

De hecho, mi madre se había mostrado escandalizada.

—¿La Royal Opera House? —había preguntado alarmada, como si les hubiera anunciado que iba a trabajar en un exótico *spa* de masaje—. ¡Pero allí te toparás con todo tipo de gente! Fanfarrones. Esnobs. Homosexuales.

Mi padre, que rara vez prestaba atención a lo que decían los demás, alzó la vista sobre sus gafas y preguntó:

—¿En serio? ¿Gays?

Mi madre asintió con la cabeza, su rostro encendido como una sirena de alarma. Mi padre dio una profunda calada a su pipa.

—Bueno, en tal caso… —Hasta él parecía preocupado, lo cual era insólito porque mi padre no mostraba nunca sus emociones. Se aclaró la garganta y añadió—: Parece un buen trabajo, Sally, pero ¿te sentirás satisfecha con él? ¿Con todos esos cantantes? Por supuesto nos sentimos orgullos de ti, pero…

—Pero no estamos seguros de que este trabajo sea el más adecuado para ti —le interrumpió mi madre.

Sentí que las orejas se me ponían rojas. ¿Qué sabían ellos sobre mí? Mi madre evitaba hablar de cualquier cosa que no fuera un asunto logístico y mi padre evitaba hablar de cualquier tema. Punto.

«No me conocéis —pensé irritada, aunque me abstuve de decirlo—. No sabéis nada sobre mí.»

—Y podría ser peligroso para ti trabajar en el mismo lugar que Fiona —agregó mi madre con tono insidioso—. ¿Y si causa problemas y a ti te afecta de forma negativa? Te aconsejo que mantengas las distancias con ella.

Debí suponerlo. Debí suponer que cualquier cosa que tuviera que ver con el teatro sería demasiado para ellos. Demasiado ruidoso. Demasiado relacionado con las bandas de jazz. Demasiado como tía Mandy y todos los problemas que había causado al fugarse de casa para tener una aventura con un actor, regresando luego a Stourbridge sola, preñada y deshonrada.

—La verdad es que mostraron poco entusiasmo —confesé con tristeza a Fiona—. Sobre todo esto —añadí, señalando con un amplio ademán el vertedero a través de la ventana, como si fuera una maravillosa vista del Támesis desde un elegante ático.

—¿Poco entusiasmo? —respondió Fiona indignada.

Guardó su bandeja de espaguetis a la boloñesa de nuevo en la bolsa de plástico para indicar que había terminado de comer. Yo no hice caso. Fiona rara vez comía más que cinco bocados de su comida. Sin embargo, no le hacía ascos al alcohol, y antes de continuar bebió un largo trago de vino barato directamente de la botella.

—Sally, nuestra madre..., tu madre, para ser precisas, es una bruja.

—Vamos, Fiona...

—¡No! ¡Deja de justificar su conducta! ¡Debería estar orgullosa de ti! ¡De nosotras!

Sus ojos centelleaban de furia.

—En el fondo, lo está.

—¡Y una mierda! ¡Se siente avergonzada! ¡Abochornada! Le fastidia que las dos trabajemos en el teatro, aunque no sea cualquier teatro, sino un teatro de ópera de renombre internacional, debido a lo que hizo mi madre. ¿Por qué no puede pasar página de una puñetera vez?

—Porque perdió a su hermana de una forma terrible y ha decidido culpar de ello a...

—¿A qué? —preguntó Fiona con visible irritación—. ¿A las artes escénicas? ¡No puede culpar a las artes escénicas de lo ocurrido! ¡Mi madre era un caso mental! ¡Se lió con un actor que no la quería! ¡Qué más da! ¡Ocurre todo el tiempo! ¿Por qué hace que nos sintamos culpables de trabajar en una industria vagamente similar? ¡Joder!

Bebió un trago de vino con una rabia venenosa.

Miré alrededor de la habitación en busca de ayuda, pero sólo encontré el reflejo de mi trasero medio expuesto en el espejo, blanco como la cera y avergonzado.

—Tu madre —continuó Fiona, cuya voz temblaba como una bailarina borracha—, es tan cálida y afectuosa como un trapo de cocina. Y ha conseguido que te sientas como una mierda, de nuevo, por aceptar un trabajo que no es en una maldita fábrica textil. Aunque ya nadie en Inglaterra trabaja en una fábrica textil. ¿Por qué sigues defendiéndola?

—No comprende mi trabajo... —respondí débilmente, y luego me callé.

Todo lo que Fiona acababa de decir era verdad. Cuando pensaba en mi infancia sentía resentimiento. Pero cuando pensaba en la de Fi, sentía una furia que me reconcomía las entrañas. Tenía que cambiar de tema.

—Apuesto a que odia que vivas conmigo —dijo Fiona, bajito.

—¡Por supuesto que no! Mira, Pecas, tienes razón. Son unos cretinos, lisa y llanamente, de modo que una vez puestas de acuerdo, cambiemos de tema.

—Ya —dijo Fiona con tono hosco.

Tragué un bocado de espaguetis a la boloñesa sin masticarlos y me quemé la boca. Maldita Fiona. Siempre conseguía hacer que me enfureciera.

—En serio, no hablemos más de ellos —dije procurando adoptar un tono despreocupado, aunque no me sentía así—. Podemos hacer lo que queramos, Pecas, con o sin la aprobación de mamá. Somos adultas.

Fiona bebió otro trago de vino y yo la observé mientras decidía si debía insistir o no en el tema. Decidió no hacerlo.

—Supongo que tienes razón... Pero no estoy muy segura de que seamos «adultas», Sally. —Al fin sonrió—. Esta mañana, cuando he entrado en tu habitación, le estabas diciendo a *Zanahoria* que era un chico guapísimo.

—¡Lo es!

—Estás chalada. —Fiona suspiró—. Pero, dejando aparte a los

ositos de peluche, somos en efecto adultas, y no hay motivo para pensar que trabajar en el teatro nos convierta en unos casos patológicos como mi madre. De modo que asunto zanjado.

Hundió su tenedor en mi bol de espaguetis y le dio unas vueltas. (El hecho de que comiera de los platos de los demás no contaba.)

Tras chocar nuestros tenedores contra la botella de vino, hicimos un pacto. A partir de ahora, nos comportaríamos como unas mujeres hechas y derechas.

Nos emborrachamos e inventamos la coreografía de un ballet contemporáneo en nuestra sala de estar vacía, luego tomamos un autobús a Soho, por donde nos paseamos trastabillando en busca de un lugar guay para gente adulta donde pudiéramos bailar. Pero nos despistamos y acabamos comprando unos vibradores y tomando té con pastas a las tres y media de la mañana. Fue una de esas noches dichosas en las que Fiona se quedó dormida antes de que se emborrachara lo suficiente como para causar problemas.

Yo me sentía feliz.

Escena Segunda

Al día siguiente fui a trabajar por primera vez en un teatro de ópera. Olía a alcohol metilado. Mi nueva colega, Faye, que lucía un pantalón de lino crudo, me recogió en la entrada de los artistas; olía a salvado de avena biológico y al oeste de Londres. De inmediato me arrepentí de mi conjunto barato.

Mientras seguía a Faye a través de pasillos interminables, me pregunté cuándo podría hacer una pausa para tomarme una taza de té. Tenía la cabeza llena de algodón y el cerebro envuelto en una espesa bruma. Necesitaba desesperadamente acostarme un rato y comer algo muy calórico. ¡Maldita sea! ¿Qué me había inducido a salir de copas la víspera de mi primer día de trabajo aquí? ¿Por qué tenía que hacer todo lo que proponía Fiona? Yo era una imbécil sin remedio.

Pero entonces fui rescatada por el sonido más maravilloso, un anuncio por megafonía hecho por una mujer con una voz melodiosa:

—Señor Allen y señorita Jepson, preséntense dentro de cinco minutos. Preséntense dentro de cinco minutos, señor Allen y señorita Jepson.

Lo que me emocionó no fueron los nombres ni el anuncio. Fue el sonido de la música que se oía al fondo. La mujer que había hablado por megafonía debía de estar prácticamente en el escenario, a pocos metros de lo que identifiqué de inmediato como *Così fan tutte*.

—¡*Così fan tutte*! —exclamé, volviéndome hacia Faye y su pantalón de lino crudo.

Ella me miró complacida.

—¡Muy bien!

De repente me embargó una extraordinaria sensación de alivio, disipando las repugnantes oleadas de resaca. Por fin. Por fin me hallaba en un lugar donde era importante entender de ópera.

«No tendré que ocultarlo —pensé, eufórica—. Esto es increíble».

Un hombre vestido con un elegante traje se acercó a nosotras. Supuse que era un ejecutivo hasta que empezó a emitir unos extraños ruidos semejantes a zumbidos con su voz.

—ZzzeeeeeeEEEEeeee —soltó, interrumpiéndose de improviso y emitiendo a través de los labios un sonido semejante a una lancha motora. Observé que iba muy maquillado.

Cuando caí en la cuenta de que era Thomas Allen por poco me desmayo. Thomas Allen era famoso en el mundo entero. Tan famoso que le debía una clase magistral en un deuvedé. Le miré impresionada y él sonrió con gesto afable.

—Hola —dijo, cesando de hacer esos sonidos parecidos a una lancha motora.

Me quedé mirándolo como una idiota durante unos segundos, hasta que recordé que yo caía bien a la gente porque me mostraba siempre serena. De hecho, ése había sido uno de los rasgos que había impresionado más favorablemente a la persona que me había entrevistado para el trabajo, según me informaron más tarde.

Sonreí y dije con calma:

—Hola, Thomas.

Él asintió con la cabeza y se alejó, sin dejar de sonreír afablemente.

Sonreí satisfecha. Puede que estuviera borracha como una cuba y oliera como un hurón, pero este trabajo me haría feliz. E iba a conseguirlo.

Y así fue. Por desgracia, ese primer día llevaba el vibrador en el bolso y empezó a sonar (había olvidado sacarlo del bolso porque aún estaba borracha), y armó tal ruido que una de mis colegas pidió a Seguridad que abriera la taquilla. Y al día siguiente mi inexperiencia en materia de sastrería tuvo la culpa de que a un bajo se le cayera el pantalón hasta los tobillos durante un dúo. Pero aparte de estas menudencias, le cogí enseguida el tranquillo. Me compré unas prendas de tejidos suaves y buen gusto que olían como los prados de Cornualles y tenían una textura de piel de melocotón (luego no tuve suficiente dinero para comer otra cosa que pan barato durante el primer mes, pero no me importó).

Me convertí en Sally Howlett la Roca. Conocía mi oficio y sabía lo que hacía en lo tocante a ropa y trajes de escena. Cosas relacionadas con tejidos, tijeras y medidas. Cajas de botones, imperdibles, corchetes, carretes de hilo, cintas y cordoncillo. Artículos de mercería. Recorría las tiendas cargada con un montón de cajas de retales y muestras de tejidos, deseando desesperadamente que mis padres accedieran a venir un día a visitarme porque estaba convencida de que este lugar les encantaría.

Como sastra disponía de lo que se denominaba un «guión» para cada función de ópera: una lista importante de instrucciones que me indicaban cuándo se producía un cambio de vestuario. Al principio los «guiones» me parecían disparatados: «*Lleva el traje de la marquesa del Tercer Acto rápidamente a la zona donde se cambiará SR; ¡***SUJE-TADOR NARANJA!***; suprime todo lo relativo al Café des Amis...*» Pero no tardé en aprender a descifrarlos.

Me convertí de nuevo en una persona muy popular debido a mi talante imperturbable y mi capacidad para resolver problemas. Me llevaba bien con todo el mundo, masajeaba los egos de los cantantes cuyos egos necesitaban ser masajeados, y con los demás mantenía una relación amistosa que no presentaba ninguna amenaza para ellos. Para mi sorpresa, muchos eran muy normales. E incluso a los divos y las divas que se referían a «La Voz» en tercera persona parecía gustarles mi acento de los West Midlands y mi sensatez. Les gustaba que tuviera un trasero tan voluminoso como el suyo, y que a una cantante llamada Regina Wheatly le pusiera el apodo de «Vagina Weekly».*

Había un barítono encantador llamado Brian Hurst por el que sentía gran simpatía. Era de Huddersfield, de modo que su acento resultaba a veces tan fuera de lugar como el mío. Comíamos patatas fritas de Rock & Soul en Covent Garden. A veces empanadillas. Era un cielo. Era una estrella muy importante y cantaba en los teatros de

---

* *Weekly*: semanal. *(N. de la T.)*

ópera de todo el mundo, pero bebía Dandelion and Burdock* y nunca se quejaba, y con frecuencia le veía mirarme sonriendo cuando pasaba junto a él a la carrera con un parche para el trasero de una cantante que había pillado un berrinche porque alguien se había atrevido a rociar laca de pelo cerca de La Voz.

—Eres una influencia positiva sobre nosotros, que estamos desquiciados —me decía.

Y luego estaba la música. Todo el día, cada día, a través de la megafonía, en el escenario, en los camerinos, en las salas de ensayo. Escalas, arpegios, arias, recitativos. Grandes y sonoros coros que hacían que sintiera ganas de golpear el aire con el puño y gritar a través de una barba de atrezo. Por primera vez en mi vida, me sentía en mi elemento.

El personal de sastrería, que al principio me habían parecido unos seres extraños, con sus pantalones de estilo y elegantes cortes de pelo, debieron de apreciar el hecho de que trabajara con ahínco, porque al cabo tan sólo de nueve meses me ofrecieron un puesto como asistente de sastrería.

El primer día que colgué mi abrigo entre los percheros y rieles y centros de planchado, sentí una emoción sólo comparable a los momentos en que lograba dominar una difícil aria dentro de mi armario ropero.

Después de dos años en ese puesto conseguí otro ascenso y al cabo de otro año ahorré el dinero suficiente para pagar un pequeño depósito para un minúsculo apartamento de reciente construcción junto al canal en la zona sur de Islington. El día de mi vigésimosexto cumpleaños, abrí la puerta de mi refugio soñado: un apartamento extremadamente limpio, ordenado y bien diseñado. Con amplio espacio para guardar cosas. Un parking con una puerta. Un inmaculado baño de color blanco y un silencio reconfortante y alegre.

---

* Una bebida refrescante inglesa hecha de raíces fermentadas de diente de león y bardana. (N. de la T.)

Era un paraíso comparado con la vivienda de mi infancia, pequeña e incómoda, con unos tabiques delgados como el papel, decorada con una combinación imposible de austeridad y mal gusto. O los destartalados apartamentos que Fiona y yo habíamos alquilado desde que vivíamos juntas.

Fi, que no había ahorrado ni un penique durante los cuatro últimos años, trasladó su caos a mi segundo y pequeño dormitorio, por el que me pagaba un alquiler patético. De vez en cuando mi madre me insistía en la necesidad de que me separara de ella: ¿no bastaba con que trabajáramos juntas?

Yo no le hice caso y seguí siendo la madre postiza de Fiona. Era una situación que nos satisfacía a ambas y nos lo pasábamos estupendamente.

Escena Tercera

Poco después de empezar a trabajar en la ópera, hice dos amigos importantes.

El primero fue Barry de Barry Island, un bailarín principal con bíceps como piedras y el acento galés más bonito que yo había oído nunca. No trabajábamos juntos (mi campo era la ópera, no el ballet), pero era imposible no fijarse en él. Una mañana, mientras estaba sentada tomándome una napolitana de chocolate en la cafetería, que daba al mercado de Covent Garden, vino a sentarse conmigo un hombre muy guapo y muy pálido con unos penetrantes ojos del color del mar y un envase de plástico con pollo braseado.

—No me compadezcas —dijo cuando miré con cara de lástima su desayuno—. No puedo comer nada de masa. —Abrió el envase con estudiada tristeza y luego me sonrió maliciosamente—. Si la comiera, acabaría teniendo una de ésas... —Señaló mi barriga, que asomaba por entre mi vestido—, y me despedirían. No es broma, no creas.

Le dije que a mí no me importaba estar gordita si a cambio podía comer deliciosos bollos recién hechos cuando me apeteciera.

Se le arrugó la cara, llena de deseo.

—¿Recién hechos? —dijo con voz ronca, mirando fijamente mi napolitana. Sin previo aviso, lo agarró y le dio un gran mordisco—. Aaah —gimió—. A esto me refiero, precisamente.

Rompí a reír.

—Mi prima hace lo mismo —dije—, constantemente. ¿La conoces? ¿Fiona Lane?

Sonrió dejando ver unos dientes blancos perfectos.

—Ah, sí, Fiona. Menuda es, y no lo digo por nada.

Dios, qué acento. Me mataba. Me volvía loca. Lo miré con arrobo y le dije que era el acento más precioso que había escuchado nunca.

—Bueno, gracias, Pollito —contestó—. ¿Te importa que te llame «Pollito». Parece lo más adecuado, teniendo en cuenta que estoy aquí sentado, en esta hermosa mañana, comiendo pollo.

Asentí con la cabeza, y me convertí en Pollito para siempre.

—Genial. Bueno, yo me llamo Barry y soy de Barry Island, en el gran país de Gales, y he de decirte que lo estoy pasando fatal.

Abrió el envase y se metió un triste trocito de pollo en la boca.

—¿Por qué?

Bajó la voz y dijo con un susurro valeroso:

—Por mi suspensorio, Pollito.

Lo miré desconcertada.

—¿Tu suspensorio?

—El suspensorio —me dijo en el tono de una profunda tragedia galesa— es una cosa horrible que tengo que llevar puesta todos los días y que odio no sabes cuánto. Es un tanga que cubre mi minúsculo pene con una enorme cantidad de guata. Lo estira hasta dejarlo convertido en un... bulto suave. Como un escroto de caballo, ya sabes.

Me estremecí.

Barry pareció agradecido.

—Gracias por tu comprensión, Pollito —dijo emotivo. —Gracias. No sabes la suerte que tienes de poder llevar todas esas... sábanas encima.

Toqueteé mi voluminosa falda de lino y me sentí un pelín ridícula. Sabía que ahora iba muy a tono con la gente de vestuario, pero seguía sin estar segura de que aquel fuera mi estilo.

Al día siguiente me tropecé con Barry en la cafetería, esta vez yendo con Fiona y, sin saber cómo, acabamos quedando en ir a Walthamstow a ver las carreras de galgos el sábado siguiente. En el estadio, Barry puso a Madonna en su móvil y por su culpa estuvimos a punto de meternos en una pelea. Fiona tuvo el raro capricho de pedir una cesta de pollo, y luego se quedó dormida borracha encima de ella. Yo, por mi parte, me las ingenié para darle mi número a un gángster de Essex de tercera categoría.

Borrachos como cosacos, acabamos en mi piso y al día siguiente obligué a los dos bailarines de ballet a comerse un desayuno como Dios manda. Mientras nos comíamos las salchichas y el beicon, escuchamos los mensajes que un pretendiente que tenía yo, un tío salido, me había dejado en el contestador a las tres de la mañana (una cita romántica acerca de cuánto deseaba beber *bellinis* de melocotón en mis «tetorras»), y nos reímos hasta llorar. Y eso fue todo.

La otra amiga sólida que hice fue Bea. Bea era italiana y extremadamente rica. Nunca tuve claro por qué trabajaba, en realidad, pero era un as en su oficio. Beatriz Maria Stefanini era la supervisora del departamento de maquillaje y pelucas, y todo lo fabulosa que se puede llegar a ser sin ser un bolso.

Era en todos los sentidos la persona más dura que he conocido. Yo siempre me había considerado a mí misma como fuerte y serena, pero en realidad era solamente porque las personas que formaban parte de mi vida solían ser muy endebles o estar locas. Bea era otra cosa: una fuerza de la naturaleza. Una ópera en sí misma.

Nos hicimos amigas cuando me pilló entre bastidores, clavada en el sitio, viendo a Brian, el barítono, paseándose por el escenario de *La flauta mágica* con un bigote pegado a la bragueta de sus pantalones color crema. Era el taparrabos más gracioso y espeluznante de la historia, y culpa mía.

—Excelente —comentó Bea en tono enérgico, mirando a Brian—. Me estaba preguntando dónde había ido a parar ese bigote. ¿Se lo has cosido a la bragueta a propósito?

Yo estaba espantada.

—¡Claro que no! No sé cómo ha llegado ahí. Pero es un desastre, eso sí.

Bea soltó una aguda carcajada. El ayudante del director de escena la mandó callar por señas y ella no le hizo caso.

—¿Cómo te llamas? —preguntó.

—Sally —dije—. Sally la del taparrabos. Quizá debas ofrecerme trabajo en el departamento de pelucas.

Bea se rió otra vez y pasó su brazo fuerte y perfumado por mis hombros.

—Bienvenida al mundo del escenario —dijo—. Estas cosas pasan constantemente. Y cuando pasan, no tiene precio. Sube al cuarto de pelucas después de la función. Necesitas una copa.

Una hora después entré en el cuarto y me quedé de piedra. Estaba en el desván de la ópera, y desde allí había una vista increíble del West End, hasta los límites más remotos del sur de Londres. La antena del Crystal Palace me hacía guiños cuando empecé a pasearme por aquel asombroso mar de pelucas y parafernalia de maquillaje. Horquillas de moño, prótesis desfigurantes, secadores de pelo, pegamentos, brochas. Barbas a medio hacer, croquis de maquillaje, lupas, tijeras y laca. Un baúl de disfraces lleno de tesoros.

—Siéntate —dijo Bea mientras abría la mininevera que había debajo de una de las mesas. Miré alrededor y al final me senté en un taburete, frotándome las manos. Las tenía siempre frías—. Ah, pon las manos en un horno —me dijo despreocupadamente, señalando un cuartito lleno de armarios de metal.

Fruncí el ceño.

—¿En un horno?

—*Sì*. Son hornos para pelucas. Dejamos ahí las pelucas por las noches. Es muy útil en esta época del año —añadió mientras se arrebujaba en un chal de cachemir que parecía increíblemente caro.

Me enseñó un horno lleno de pelucas colocadas sobre cabezas de maniquíes y luego abrió las puertas de otro que estaba vacío. Acercó dos sillas al horno y me pasó un impresionante vodka con tónica que hasta llevaba hielo y rodajitas de lima. Nos sentamos de espaldas al cálido horno y contemplamos Londres.

—Sally la del taparrabos —dijo, entrechocando su vaso con el mío—. *Eccellente*.

Me reí.

—Seguramente van a despedirme.

Bea soltó un bufido.

—Cariño, seguramente van a ascenderte.

—¡Eso, eso! —exclamó una voz de hombre. Brian Hurst, el encantador barítono que era como un padre para mí, acababa de entrar en el cuarto de pelucas con el bigote de marras en la mano—. Esto es tuyo, creo —dijo amablemente, pasándole el bigote a Bea—. Un trabajo estupendo, Sally —añadió.

—Tenéis los dos un acento muy raro —comentó Bea.

Brian se rió.

—Sally y yo somos de barrio. No nos andamos con tonterías.

Sonrió y se marchó.

Bea pareció encantada.

—¡*Favoloso!* —exclamó—. ¡Una chica de barrio! ¿De dónde eres?

—Eh... De Stourbridge.

Pareció desconcertada, claro. ¿Por qué iba a saber una italiana rica dónde estaba Stourbridge?

—Está en las Midlands, cerca de Birmingham —expliqué—. En la punta sur del Black Country.

Bea hizo un vago gesto afirmativo.

—Tienes un acento precioso, cielo. —Sonrió—. Me caes bien.

Y así fue como me adoptó.

Durante años nos veíamos casi todos los días, justo hasta aquella noche fatídica en Nueva York, después de la cual ella desapareció en Glyndebourne y Fi se negó a volver a casa.

Escena Cuarta

Junio de 2011

*P*ero... ¡tú eres una BAILARINA DE BALLET! —estallé.

Fiona me miró con cara de culpa y luego miró la raya de cocaína dibujada limpiamente ante ella. Era tan grande que proyectaba una sombra fea y granulosa a la luz de las bombillas peladas que rodeaban el espejo.

Yo tenía veintiocho años. Llevaba siete trabajando en la Royal Opera House y me había convertido en subjefa de vestuario. El segundo acto de mi ópera personal estaba tocando a su fin. Sentía acercarse el Tercer Acto. Los actos uno y dos habían sido muy suaves, pero tenía la sensación de que aquella nueva era iba a ser muy distinta. Olía distinta. Estaba por todas partes: una corriente embriagadora que tiraba de mí y se negaba a decirme dónde iba a depositarme.

Esa mañana, Bea me había mandado subir a la sala de lavado de pelucas para decirme que me había conseguido trabajo en la gira de verano del Royal Ballet.

—*La consagración de la primavera*, seis semanas recorriendo la costa este de Estados Unidos —ronroneó—, empezando por el Metropolitan Opera House de Nueva York.

La miré boquiabierta.

—Pero... yo no trabajo en ballet —farfullé—. Soy de ópera...

Ella resopló agitando su melena.

—Yo también lo era, cielo, pero es hora de cambiar. Yo soy flexible. Y tú también.

La miré indecisa. Yo era un animal de costumbres. No estaba segura de saber cómo vestir a esos seres ligeros y musculosos del departamento de ballet. Y, lo que venía más al caso, en verano mi trabajo consistía en supervisar el inventario y el arreglo de varios centenares de trajes de ópera en nuestro almacén de Cardiff. Hacía años que pasaba así los veranos, y disfrutaba bastante del romance veraniego que mantenía todos los años con un amigo de Barry que era dueño de una cafetería. Se llamaba de verdad Jesus, a pesar de ser blanco y galés.

Pero Jesus no entraba en los planes que Bea tenía para mí ese verano. Lo había arreglado todo, como sólo podía arreglarlo Bea. Después de siete calurosos veranos en los almacenes de vestuario, mi jefa, Tiff, había reconocido que me merecía un descanso y me había buscado un sustituto. Y la subjefa de vestuario del departamento de ballet, que debería haber ido a América, estaba a punto de tener trillizos.

Me iba a América.

—Barry va a bailar en la gira, igual que Fiona —concluyó Bea mientras se pintaba los labios frente al espejo con un cremoso carmín rojo llamado ¡FURIA!—. Vamos a tomar América por asalto los cuatro. Conozco gente en todas las ciudades que vamos a visitar. Beberemos combinados y comeremos langosta todas las noches. Será... ¿Cómo decías? La bomba. —Se secó el carmín de los labios—. Sí. La bomba.

Y si Bea decía que iba a ser la bomba, lo sería.

Aunque la idea de ir de gira con Fiona me ponía un poco nerviosa. Mi prima había descubierto hacía poco que habían vuelto a pasarla por alto a la hora de nombrar a la primera solista, dejándola en el mismo rango que ocupaba desde hacía siete años. Había llegado a la conclusión de que era porque estaba demasiado gorda, y la semana anterior había dejado de beber alcohol para «ADELGAZAR». Que yo supiera, también había dejado prácticamente de comer.

«¿Cómo vas a arreglártelas con ella en el extranjero?», me preguntó una vocecilla.

No le hice caso. Iba a ir a NUEVA YORK. Ya nos las apañaríamos. Como siempre.

—Bueno, te he encargado unas maletas como Dios manda —me dijo Bea—. No puedes ir de gira con tu maleta de nailon, Sally. Esto hay que hacerlo con estilo, *¿sì?*

—Eh... *¡Sì!* Gracias —dije casi sin aliento—. ¡Ay, Dios mío!

Bea me despachó con un beso en la mejilla, como tenía por costumbre.

Fui por el pasillo hasta el ascensor imaginándome comiendo sándwiches de *pastrami* en una escalera de incendios y hasta topándome con Carrie Bradshaw. Notaba una espiral de alegría dentro del pecho, como si de pronto se abrieran ante mí nuevas posibilidades.

Una soprano estaba cantando a solas un alegre fragmento de *I puritani* en el pasillo, y yo estaba tan aturdida de emoción que me puse a cantar en voz baja.

—*Son vergin vezzosa* —cantamos—. *¡Ah, sì! Son vergin vezzosa in vesta di sposa.*

«¡Ah, sí! Soy una encantadora doncella con su vestido de novia».

No paré de reírme en todo el camino de vuelta al departamento de vestuario.

Y luego, unas horas después, me descubrí en un camerino con mi prima y una raya de coca de primera calidad. Fi tenía unas manchas rojas como cerezas en las mejillas y estaba de un humor de perros. Siempre le había vuelto loca la comida, y en lo tocante a la bebida era bastante peligrosa, pero aquello... Aquello era nuevo.

Faltaba una hora para la función de esa noche de *La Bohème* y yo acababa de entrar en el camerino de los niños buscando un par de botines de cordones que me faltaban. Me había armado de valor para pelearme con ocho críos chiflados, alumnos de una escuela de teatro, y me llevé una sorpresa cuando vi que los habían trasladado a otra sala y que allí, en su lugar, estaba Fiona con un montoncillo de polvo blanco. Me quedé patidifusa.

—¡Y éste es el CAMERINO DE NIÑOS! —añadí con un susurro angustiado.

—Venga, tía, no seas tonta.

Fiona, que empezaba a recuperar la compostura, pasó de mí como si la hubiera pillado haciendo trampas en el *bridge*. Sin previo aviso, se

inclinó y sorbió la mitad de la raya. Su preciosa cara pecosa se contra-
jo y se afeó al inhalar. A mí se me encogió el corazón.

—¡Para, Pecas! —susurré frenéticamente.

—¡Chist! —dijo con una risilla. Una risilla a la que alguien le había
sacado las entrañas—. ¡No es más que coca! La coca no es nada serio,
tía. —Sorbió por la nariz los últimos restos de polvo—. Todo el mundo lo hace —añadió como si tal cosa—. Seguramente eres la única
persona que conozco que no toma coca.

Dudé, insegura. ¿En serio?

Empezó a preparar la otra mitad de la raya mientras un delicado
rubor se extendía por sus hombros huesudos. Como resultado de su
nueva dieta estaba más flaca que nunca. Por detrás parecía una niña:
flacucha, escuchimizada, y con una especie de suave plumón en la
nuca, como hilos de gasa.

Yo no podía soportarlo.

—Pecas... —lloriqueé, tirándole de la coleta como hacía desde que
éramos pequeñas—. Para, por favor.

Se puso el resto de la raya.

—Deberías vivir un poco, Sally —dijo tranquilamente—, antes de
empezar a juzgar a los demás. —Se lamió el dedo, lo pasó por la mesa
del vestidor y se frotó las encías con él—. Los veinte años son para
explorar nuevas fronteras, para divertirse. —Se giró y sonrió radiante,
aunque con una sonrisa cruel, como acusándome de no haber tenido
nunca, por supuesto, veinte años—. Sólo hago lo que hace todo el
mundo, Sally.

¿En serio? ¿Era verdad?

Yo no estaba segura. Ninguna de las otras bailarinas era como Fiona. Parecían pasárselo en grande, pero también se cuidaban muchísimo, se abrigaban las piernas hasta que subían al escenario y sólo fre-
cuentaban las partes del edificio que tenían calefacción, para no
resfriarse nunca. Hasta caminaban de un modo especial. Comían
fiambre de pollo, se daban masajes especiales y hacían estiramientos
continuamente. Era lógico pensar que, si ponían tanto empeño en cuidar su cuerpo, no tomarían drogas.

Fiona, en cambio, estaba siempre helada y andaba por ahí dando zapatazos. Bebía un montón, era ruidosa y a veces ni siquiera se molestaba en calentar como es debido. Era una bailarina preciosa, pero yo no podía evitar preguntarme si tal vez no la habían ascendido porque era un desastre.

No, no la creía. Era imposible que las demás tomaran drogas. Fiona era la única. Noté que me temblaban las manos como si me hirviera la sangre.

—Mira, yo esto puedo dejarlo cuando quiera —me aseguró con la cabeza ladeada—. La coca no es nada grave. Si tomara crack o caballo o algo así, vale, pero esto es solamente para pasarlo bien, Sally. No tiene efectos secundarios, ni deja resaca.

—Pero aun así es una droga —murmuré.

Soltó otra vez aquella risa hueca y se echó sobre el hombro su gran bolsa de bailarina.

—Todavía no estás muerta, Sally. Tú y tus trajes de mediana edad todavía podéis divertiros un poco. Yo me largo. Hasta luego, tía.

El calor que podía haber en su despedida era tan sintético como un calcetín de Primark.

Vi cerrarse la puerta tras ella y un silencio inquieto se desplegó a mi alrededor. «No estás muerta todavía.» Me miré en el espejo. ¿De verdad creía que tenía pinta de señora de mediana edad? ¿Pensaban lo mismo los demás? ¡Pero si acababa de decir que sí a lo de Nueva York! Yo...

Una bolita de agua salada se deslizó indecisa por mi cara y me di cuenta de que estaba llorando.

La verdad era que seguramente nunca me había desmelenado. Desde que me había mudado a Londres, hacía ya siete años, me había limitado a explorar los gastrobares, nada más; había viajado un poco, pero sólo a ciudades europeas en las que había teatro de la ópera. No había probado las drogas, ni había hecho mis pinitos en el lesbianismo, ni había ido a una *rave* en un bosque, y había tenido una serie de novios agradables y pasajeros que tenían muy poco de salvajes y mucho de formalitos. Y vestía como vestía porque, en fin, me ayudaba a sentir que estaba integrada. ¿Era eso un fracaso? ¿Era yo un fracaso?

«¡No! —contesté desesperada—. ¡Fiona no tiene derecho a tacharme así, de un plumazo!»

Respirando grandes bocanadas de aire, me obligué a parar de llorar y me sequé la cara dándome palmaditas. Saqué una toallita húmeda de mi cinturón de sastra y limpié la mesa por si quedaba algún resto de cocaína.

«Yo no soy aburrida, no soy aburrida, no soy aburrida.»

En el pasillo, aterrorizada por que alguien supiera lo que había pasado, me tropecé con Brian. Como si se diera cuenta de que estaba hecha polvo, me tocó el hombro y me sonrió amablemente antes de alejarse. Dobló la esquina cantando en voz baja un tema de *La Traviata*.

Mientras veía alejarse su figura normal y tranquilizadora por el pasillo, empecé a recobrarme.

«Estoy bien —me dije respirando profundamente—. Fi sólo se ha puesto así conmigo porque la he pillado in fraganti. Y si dice que la coca no es nada grave, tendrá razón.»

A fin de cuentas, ¿qué sabía yo de drogas? Todo iría bien.

*E*sa noche, Fiona se disculpó una y otra vez diciéndome que «se le había ido la olla» y que no volvería a tomar coca si yo iba a disgustarme.

—La coca puedo tomarla o dejarla cuando quiera —repitió—. Pero a ti no, Sal.

A la mañana siguiente, en señal de contrición, hasta se fue a Southwark a buscar mi desayuno favorito al bar de nuestro añorado señor Pickles.

—Tú no eres nada aburrida, Sal. Eres mi ídolo. ¡Tú y yo nos lo vamos a PASAR PIPA en Nueva York! ¿Verdad que me perdonas?

Sonreí y me puse a comer mi quiche de huevo. Quería demasiado a Fiona para seguir enfadada. Y quería, además, que lo que decía fuera cierto.

ACTO TERCERO
Escena Primera

Londres, junio de 2011

El día que volamos a Nueva York fue el día que descubrí que Barry tenía un miedo patológico a volar.

—No voy, Pollito —me dijo enérgicamente cuando por fin di con él en un rincón remoto de la Terminal Cuatro. Estaba sentado encima de un carrito de equipaje, con la cara verde y las manos alrededor de sus rodillas nudosas, meciéndose adelante y atrás—. He cambiado de idea.

Inclinó la cabeza con aire autoritario como dándome a entender que lo había decidido alguien que sabía de lo que hablábamos.

Sonreí.

—Tonterías. Nos vamos de gira por Estados Unidos con *La consagración de la primavera*. ¡Seis semanas! Te hacía una ilusión loca.

Barry me miró arrugando la cara, como hacía Bea cuando veía a alguien con un bolso de piel sintética.

—Vete, por favor, Sally.

Parecía cada vez más malhumorado.

—No. —A Barry rara vez le daba un berrinche, y además, cuando le daban, eran cosa de niños comparados con los de Fiona. Me senté a su lado—. No sabía que te daba miedo volar, Barry, pero...

—Pues sí, me da miedo, y no pienso decir nada más al respecto, así que me voy a casa y ya está, ¿vale, Pollito? Adiós.

Se levantó de un brinco y avanzó unos pasos. Pero casi de inmediato volvió a sentarse en el suelo y metió la cabeza entre las rodillas.

—Me estoy muriendo, Pollito —masculló—. Estoy mareado. Rápido, deja que me refugie entre tus faldas.

—No te estás muriendo, sólo estás asustado. Mira, Bazzer, tengo una noticia alucinante. ¡La aerolínea os ha ascendido a ti y a los demás bailarines a *business class*!

Me miró con desesperación.

—No pienso volar —protestó.

—Claro que sí. Yo voy a cuidar de ti hasta que montemos en el avión, y Fi puede encargarse cuando estéis en *business class*. ¡Puedes emborracharte y dormir todo el viaje en tu CAMA PLANA!

Se le puso la cara aún más verde.

—¿Dormir? —siseó como si estuviera completamente chiflada—. ¿Dormir? Pollito, necesito estar despierto cada segundo del viaje. ¡Hay que mantenerse alerta! ¡No pienso usar ninguna cama!

Me levanté y tiré de él.

—Vamos —dije con firmeza.

—Quédate tú con mi cama —dijo—. Nos cambiamos el sitio, Pollito. Yo me quedo con tu plaza barata. Así no hay peligro de que me quede dormido.

Discutí, pero no quiso ni oír hablar del asunto. Así que cuando embarcamos en el Delta 3, mi primer vuelo trasatlántico, giré a la izquierda. Como hacían en los libros. Tenía una copa de champán en la mano antes de que me diera tiempo a susurrar «Niu Yol» y el hombre más jovial del mundo, que respondía al nombre de Henk, me obligó a tomar unos *blinis* y me dijo que más tarde me traerían UN EDREDÓN GRANDE. Y una ALMOHADA.

—¿Quieres que te traiga un combinado, corazón? —preguntó.

Asentí aturdida y me pregunté cómo podía una chica culona y con acento de las Midlands haber llegado hasta allí.

*D*espués de un banquete de cinco platos me senté con las manos sobre la tripa, deliciosamente feliz. Hasta nos habían servido queso después de la tarta *pavlova*. ¡Y vino a discreción! ¡Y champán!

—¿Nos hacemos nuestras CAMAS PLANAS, nena? —preguntó

Fi, que estaba sentada a mi lado con cara de malas pulgas. Los otros bailarines (con los que se habían enfriado sus relaciones desde que no la habían ascendido) habían charlado animadamente mientras cenaban, pero luego se pusieron a dormir, y Bea, que solía ser su compañera de borrachera, se cambió a primera clase sin siquiera decírnoslo.

Barry, al que habíamos visitado en clase económica, estaba dormido como un tronco a pesar de su promesa de mantenerse DESPIERTO y ALERTA todo el vuelo. Ahora Fi tenía una mirada peligrosa. Una mirada que decía: «Juega conmigo INMEDIATAMENTE, o me iré a buscar a otro que quiera jugar. Y no te gustará».

—Una copa más —dijo en tono persuasivo. (Nada más llegar al aeropuerto se había olvidado de que había dejado la bebida)—. Arriba, en primera, hay un bar, y Henk me ha dicho que podíamos subir si sólo íbamos nosotras dos... Venga, Sal. ¿Cuándo vamos a volver a volar en *business class* dos palurdas como nosotras?

Bostecé por si así me libraba. Pero no.

—Sólo una copita antes de dormir —suplicó—. ¿Si no cómo vas a dormirte? ¡Fíjate en el ruido que hacen los motores!

Fi siempre encontraba un motivo para beber. Si estaba enferma, se tomaba un ponche caliente; si estaba nerviosa, un coñac. Si no podía dormir, una alegre copichuela antes de irse a la cama. Y a menudo veía necesario beberse un vino para «relajarse» o un culín de vodka para celebrar algo. A mí siempre me había parecido normal, pero con el paso de los años por fin había empezado a darme cuenta de que ni yo ni ninguna otra persona que conociera (excepto Bea, quizá) sentía una necesidad tan continua y acuciante de tomar alcohol medicinal.

Suspiré, consciente de que iba a ceder. Había tantas, tantísimas veces que quería decirle que no a Fiona y tan pocas, tan poquísimas que lo hacía... En parte porque la quería y deseaba ansiosamente mantener su frágil felicidad, pero sobre todo porque habría hecho cualquier cosa por evitar una de sus rabietas explosivas.

Subimos al piso de arriba y nos sentamos en el Skybar, donde reinaba una atmósfera de elegante perversión. Aquel era, obviamente, el reino de los que no necesitaban sus camas planas porque pensaban pasar el mal trago a base de bourbon. Había una mujer vestida con traje de ejecutiva aporreando algo en una tableta, y un par de señores con pantalones chinos y sobrepeso discutiendo sobre un tal Jamie. Y un hombre, un hombre guapísimo, con vaqueros ceñidos, ojos oscuros y mirada hosca, acunando pausadamente un whisky escocés. Cuando entramos, se fijó en nosotras. Yo sentí la desilusión de costumbre al ver que sus ojos pasaron sobre mí y se alejaron para ir a posarse en Fiona, cuyas piernitas asomaban bajo una falda de Acne. La miró levantando una ceja y luego su vaso. (¿Qué? ¿En serio? Ay, Dios mío. Me había metido de extra en un anuncio de Ferrero Rocher.)

Seguí a Fiona hasta la barra con cierta desgana y nos sentamos con él. El chisporroteo eléctrico que noté cuando Fiona se sentó a su lado me convenció de que por lo menos no necesitaría mucho tiempo mis servicios.

—Hola, chicas —dijo tranquilamente, como si estuviera acostumbrado a llamar a las mujeres con un movimiento de ceja—. ¿Qué vais a tomar?

Pensé que aquello estaba un poco de más, teniendo en cuenta que había barra libre.

—Una Coca cola *light* —dije tercamente.

Fiona hizo una mueca, avergonzada de mí, y murmuró no sé qué sobre un coñac.

—Raúl —dijo él, lanzándole a mi prima una mirada sexy—. Raúl Martínez.

—De Off to the Branchlines —dijo Fiona emocionada. Luego bajó la voz un octavo—. Qué guay.

Raúl pareció complacido.

—El mismo —dijo, dejándose de cursiladas—. Creía que a las chicas inglesas no les gustaba nuestra música.

Y eso fue todo. Arrojó el guante directamente al suelo enmoquetado del bar de a bordo y Fi, que era químicamente incapaz de resistirse a un desafío de la especie que fuera, lo cogió y salió corriendo.

—La verdad —comenzó a decir— es que antes estaba en un grupo. Nuestra música no era muy distinta a la que hacéis vosotros...

Había estado en un grupo, sí. Una banda diabólica llamada Summer of Love que no se parecía ni por asomo a nada que hubieran compuesto los Branchlines. El cariz de sus letras podía deducirse fácilmente de su tema estrella:

Dime que soy genial
Dime que no soy un rollo
Dime que vas a dejar
QUE TE META LA MINGA EN EL COÑO

Cuando las cocineras del colegio habían oído esto por casualidad, llamaron a mis padres y nuestra casa se convirtió durante días en una horrible zona de guerra.

Salí de mi lúgubre ensimismamiento y me di cuenta de que Fiona y Raúl me miraban expectantes. Fiona ya había empezado a beber recatadamente mientras Raúl sostenía el whisky en la palma de la mano como si dijera: «Hola, tengo una destilería en Escocia».

Los miré.

—Canta —me ordenó Raúl.

Fiona se sonrojó muy ligeramente por detrás de su coñac.

—¿Qué?

—Venga, no seas tímida. —Se rió despreocupadamente, pero yo no pude hacer lo mismo. Sabía instintivamente que allí había gato encerrado—. Fiona me estaba diciendo que cantas ópera —aclaró.

Me puse enferma. ¿Cómo lo sabía Fiona? ¿Me había oído? ¿Cuándo? Ay, Dios, ay, Dios. Hacía veintiún años que la ópera era mi secreto. ¿O no? ¡Ay, Dios!

—No, qué va —dije vagamente. El pánico había empezado a enroscárseme en el estómago—. Nada de eso. Sólo un poquitín cuando estoy en el baño o...

—Canta en el armario, no sé por qué —dijo Fi con una sonrisa—. Y ¿sabes qué, Raúl? ¡Es cojonuda! Deberías contratarla como corista o algo así.

—Entonces, ¿no estudias canto ni actúas? —preguntó él al tiempo que le pedía con una seña otro coñac al camarero.

Fiona ya se había acabado el primero.

—¡Qué va! —gorjeé, levantándome. Fiona lo sabía. Me había oído. Todos estos años—. No, sólo enredo un poco. No soy una cantante de verdad...

Estaba a punto de llorar.

—Sí que lo es —insistió mi prima—. Y no hace nada al respecto. Por que yo quería ser una buena bailarina y estoy haciendo todo lo que puedo por serlo, aunque mis jefes estén haciendo todo lo posible por no ascenderme, pero ¡Sally ni siquiera lo intenta!

Acababa de cavar un chapucero hoyo de autocompasión, pero enseguida intentó arreglarlo sonriendo como para darme ánimos.

—Pues no pierdas ese talento en bruto. —Raúl parecía un jurado de un concurso de talentos—. Mi mejor amigo desperdició su talento para la ópera, y a mí me parece un cretino.

—Entonces seré una cretina. —Me reí sin ganas—. ¡Ja, ja! ¡Adiós!

Me fui a mi cama plana y sentí que se me llenaban los ojos de lágrimas de angustia. ¿Por qué me hacía esto Fiona? ¿Por qué lo sacaba a relucir ahora si lo sabía desde el principio? ¿Y a quién más se lo había dicho?

No se me ocurrió preguntarme por qué me importaba tanto. Pero así era.

«Que cante es asunto mío —pensé temblorosa—. Mío y de nadie más. Fiona ya puede ir mudándose a otro sitio si empieza a darme problemas.»

Cantar era lo mejor que tenía. Y era algo íntimo.

Escena Segunda

*M*e tomé una pastilla para dormir, pero dos horas después seguía con los ojos como platos y bombeando adrenalina. El amodorramiento que me causó la pastilla sólo sirvió para hacerme aún más molesto el insomnio.

Fi sabía que yo cantaba, y encima no era la única. Lo sabía alguien más. Tenía una carta en el bolso que lo demostraba. Entre los dos, Fi y aquel otro idiota entrometido podían asegurarse de que todos los que rodeaban mi vida cuidadosamente protegida supieran que yo era la chica que cantaba en el armario.

Intenté recuperar la calma. Seguro que no importaba tanto.

Pero sí que importaba. Importaba más que cualquier otra cosa en el mundo.

Lo peor es que era culpa mía que la otra persona (Brian, el barítono) supiera que cantaba. Culpa mía, por tonta, por torpe y por caprichosa.

El día anterior había llegado a trabajar a las siete y media para cerciorarme de que lo tenía todo listo antes de irme a Estados Unidos. Hacía un día espléndido y el aire estaba lechoso cuando me bajé del autobús 38 en Holborn. Mientras caminaba por Drury Lane me sentí como si estuviera suspendida en una agradable burbuja virada al sepia. Las cosas se movían con parsimonia, suavemente. Hasta las furgonetas que descargaban café en grano, cajones de lechugas o montones de cruasanes parecían pertenecer a otra época cuando la gente se movía más despacio y se estresaba menos.

Como hacía a menudo cuando llegaba supertemprano al trabajo, me dirigí al auditorio vacío. Incluso después de tantos años me daba un subidón mayor que cualquier droga que pudiera imaginar.

La puerta central se cerró suavemente detrás de mí y el silencio rojo y aterciopelado se extendió para abrazarme. Exhalé, feliz, mirando las filas de palcos, exquisitos joyeritos de oro, terciopelo rojo y mármol. Las lámparas de velas emitían un resplandor muy suave y el hermoso techo dorado se abovedaba muy por encima de mí como una gran concha que se cerniera sobre los palcos.

Me senté en una butaca y cerré los ojos, respirando suavemente mientras me imaginaba aquel mismo aire esa noche: cálido y henchido con cientos de voces, cargado con los olores de anticuados coloretes y con los perfumes, más ácidos y sensuales, de los jóvenes. Me imaginé a la orquesta afinando en su foso, sus largos y graves trompeteos, sus agudos chirridos, como los de un astillero. A los tramoyistas yendo de acá para allá con sus auriculares y sus minúsculas linternas; al equipo de maquillaje sujetando pelucas y empolvando caras, a mis compañeros de vestuario descolgando prendas con esa serena y silenciosa eficacia de la que tanto nos enorgullecíamos.

Y por fin me permití el lujo de imaginarme a los cantantes esperando detrás del telón de seguridad. Vestidos de cien colores distintos, preparados y con la voz a punto, al mismo tiempo aliviados y molestos por no ser el centro de atención esa noche. En algún lugar, entre ellos, habría dos astros todavía nerviosos después de tantos años, respirando, haciendo estiramientos, canturreando. Preparados.

—¡Keith! —gritó alguien entre bastidores—. La grúa está sacando del taller el decorado de *La Bohème*. ¡Mueve ese culo gordo!

Sonriendo, salí a hurtadillas del auditorio y tomé el ascensor para subir a Vestuario, pensando en *La Bohème*. El otoño próximo, cuando volviera de Nueva York, iba a haber un cambio de reparto y tenía que encargarme de supervisar el vestuario de los nuevos cantantes.

Sería un honor: *La Bohème* era mi ópera preferida de todos los tiempos. Una historia de amor al mismo tiempo bella y devastadora que se desplegaba sobre el fondo de una banda sonora que (al menos para mí) no tenía igual.

El dueto de Mimí y Rodolfo en el primer acto, a pesar de ser uno de los más famosos y trillados en el mundo entero, era absolutamente perfecto. Como Barry había dicho una vez:

—Es una chaladura total que dos personas se conozcan en una sala de estar y se juren amor eterno. Es antinatural, Pollito. Antinatural. Pero la melodía de ese dueto lo hacía, no sé cómo, creíble. Hacía que fuera perfectamente aceptable que dos personas se conocieran y dijeran: «Ah, hola, soy Mimí, yo Rodolfo, ay, tienes las manos frías, siéntate, bonita, y cuéntame tu vida... ¡Uy! ¿Qué rayos es esto que noto? ¡Estoy enamorado de ti! ¡Te amaré siempre! ¡Y tú a mí! ¡Alucinante!»

Cuando se oía la música, tenía sentido. Escuchar ese dueto era el mejor modo que yo conocía de pasar seis minutos.

A medida que avanzaba por la década de mis veinte años mi habilidad para cantarlo había ido mejorando y, la mañana anterior, mientras trabajaba en la sastrería, me había sorprendido tarareándolo.

Normalmente no me permitía ni murmurar un pasaje de ópera mientras trabajaba. Habría sido bochornoso que alguien me oyera y llegara a la conclusión de que era una especie de cantante aficionada frustrada.

Pero faltaban horas para que llegaran los demás: no había mejor momento.

Me puse a cantar en voz baja, y me gustó cómo sonaba mi voz, que llenaba una pequeña parte de la sala, y además bien.

—¿Me quieres? —canté, subiendo el volumen sólo un poquito. Me imaginé la sensación de enamorarse tan profunda y locamente como Rodolfo y Mimí.

—Seré tuya por siempre —canté, proyectando mi voz hacia fuera en una voluta—. ¡Siempre! —Un poco desatada, sentí que cobraba impulso. Era consciente de que debía parar de cantar (o por lo menos bajar la voz unos decibelios), pero no pude—. ¡Jamás te dejaré!

La voz me salió como un torrente y llenó toda la habitación. Dejé de cantar, sorprendida. A mi alrededor, las ondas sonoras vibraban y chisporroteaban.

Parecía una cantante de verdad.

—Uy —dije en medio de la habitación vacía.

—¿Sally?

Era Brian el barítono, que apareció de repente en la puerta como un genio de la lámpara llegado en muy mal momento. Tenía que «pasarse por allí» algún día de esa semana para que le tomáramos las medidas para su traje de *La Bohème* del próximo septiembre. Yo tenía muchísimas ganas de verlo. Hasta ese momento.

—¿Eras tú la que cantaba?

Parecía alucinado.

—No.

Arrugó el ceño.

—Ah, he oído a alguien... —Recorrió la sala con la mirada buscando a alguien a quien echarle la culpa, pero volvió a clavar los ojos en mí—. No, eras tú —insistió. Me miró por encima de sus gafas de media luna—. Estabas cantando Mimí. Y sonaba bárbaro.

Yo no solía ponerme colorada, porque nunca me metía en situaciones en las que fuera necesario. Pero me sonrojé, tanto que debía de parecer que había estado en esa fiesta loca de los tomates a la que Fi iba todos los años en España.

«Por eso nunca cantas fuera del armario —pensé furiosa—. Porque hay demasiadas interferencias...»

Brian interrumpió mi ataque de ira.

—No sabes lo bien que sonaba —dijo con calma—. ¿Tú cantas? ¿Has estado desperdiciando tu voz todos estos años, Sally?

Me miraba con demasiado intensidad para mi gusto.

Me removí, nerviosa, deseando evaporarme. A nuestro alrededor colgaban en el aire horribles recuerdos de la cara de pánico de mi madre durante la función del colegio. Sacudí la cabeza.

Brian sonrió.

—No hay por qué avergonzarse —dijo—. Al contrario, de hecho. ¡Sigue! ¡Me encantaría escucharte!

Mascullé algo acerca de que había ido temprano para encargar una remesa de fajas y desaparecí en el cuarto de la lavandería, añadiendo que Tiff se encargaría de tomarle las medidas. Brian debía de intuir que no podía encargar un montón de fajas en una sala llena de lavadoras, pero por suerte lo dejó pasar.

Después de aquel incidente tuve el corazón acelerado mucho tiempo, pero a la hora de la comida había conseguido dar carpetazo al asunto. No pasaba nada. Al día siguiente me iba a Nueva York, Brian estaría fuera todo el verano y cuando volviéramos a vernos en septiembre se habría olvidado por completo de aquello.

Pero no. Cuando salí al final del día para irme a casa y hacer el equipaje, Ivan, el portero, me dio una carta. Del tonto, del odioso, del entrometido de Brian. A quien había dejado de querer hasta nueva orden.

Aquella carta me estuvo quemando el bolso hasta abrir un agujero, durante las veinticuatro horas siguiente y de alguna manera se las había arreglado para subir a bordo conmigo:

Voy a retirarme [decía]. *Mi mujer está harta de viajar por el mundo cada cinco minutos. Estoy haciendo entrevistas para entrar a enseñar canto en el Royal College of Music desde Pascua de 2012. La escuela de canto que tienen allí tiene fama internacional. Si cantas la mitad de bien de lo que me ha parecido, tienes que hacer una prueba, Sally. No desperdicies tu talento. ¡TE ARREPENTIRÁS!*

El avión se sacudió cuando pasamos por una zona de turbulencias, pero, al igual que mi mente, se enderezó enseguida y siguió surcando el cielo negro y sedoso con un apacible y bajo ronroneo.

Ni que decir tiene que yo jamás haría una prueba para entrar en una escuela de ópera. Pero si Brian iba a empezar a darme la lata (y Fiona también, posiblemente), podía verme en apuros.

«Me iré —pensé enfadada—. Prefiero dejar el trabajo a que la gente empiece a murmurar acerca de mí.»

Por fin, a eso de las tres de la madrugada, cerré la puerta de mi cabeza.

«Puedes elegir, Sally —me dije. El amodorramiento comenzó a mecerme, repitiendo suavemente como una ola—: Puedes revolcarte en el miedo a algo que todavía no ha pasado, o puedes irte a América y disfrutar. ¿Qué prefieres?»

Me quedé dormida en cuestión de minutos, hasta que me despertó Henk, tan encantador él, para traerme unos huevos perfectamente revueltos con salmón ahumado y tostadas. Una hora después, cuando empezamos a descender hacia Nueva York y Barry se olvidó de que tenía miedo a volar y entró en clase *business* chillándonos de emoción a Fiona y a mí, Henk se las arregló para encontrarle un asiento durante el aterrizaje y Fiona me dijo que era una gilipollas y que jamás volvería a decirle a nadie que yo cantaba porque sabía que era «muy rara y muy reservada», igual que mis padres. Y entonces vi esos edificios alzándose elegantemente hacia el cielo, se encendieron los recuerdos grabados a fuego en mi mente por miles de películas, y por fin me di por vencida y rompí a llorar. De felicidad.

No podía creerlo. Nueva York. ¡La ciudad de los sueños! La cosa más emocionante que me había pasado nunca. El principio de mi Tercer Acto. La mayor aventura de mi vida.

ACTO CUARTO
Escena Primera

Londres. Lunes, 10 de septiembre de 2012, quince meses después.

De: Sally Howlett [mailto howler_78@gmail.com)
Para: Fiona Lane [mailto fionatheballetlegend@hotmail.com)
Enviado: Lunes, 10 de septiembre de 2012, 07.03.55 GMT

Fi: ¡AHHHHH! ¡ES HOY! ¡Es hoy es hoy es hoy!

Te has metido en un buen lío, Fiona Lane de los huevos. Todo esto, este odioso horripilante espeluznante curso de ópera en esta odiosa horripilante espeluznante escuela, es culpa tuya. No he pegado ojo. Me he pasado toda la noche dando vueltas en la cama completamente histérica, he tenido diarrea (ojo, no en la cama), me he arrancado un montón de manojos de pelos, me he comido una bolsa entera de ganchitos de queso y me he tomado un par (creo) de chupitos de ron negro porque era lo único que Barry y yo teníamos en casa. El caso es que te odio. ¡Ahhhh!

Me parece de muy mala educación por tu parte no volver a Londres para ayudarme a superar mi primera semana en este sitio diabólico. VAN A SER TODOS UNOS PIJOS ODIOSOS Y VAN A ECHARME A PATADAS PORQUE NO DOY LA TALLA Y ENTON-CES METERÉ LA CABEZA EN EL HORNO Y SERÁ TODO POR TU CULPA.

En fin. Desayunar está descartado y si me tomo un café SAL-DRÉ VOLANDO POR EL PUÑETERO TECHO, así que no sé, voy a quedarme aquí sentada otra hora más COMIÉNDOME LA CA-BEZA.

¿Qué tal Nueva York? ¿Precioso y otoñal? Umm, seguro que sí. Maldita sea tu estampa, capulla egoísta.

Te quiero. Un montón.

Por favor vuelve pronto. Aunque sólo sea para una visita rápida. ¡Un día, aunque sea! Te echamos todos de menos. Xxx

Escena Segunda

El mismo día

El aire soplaba fuerte pero cálido cuando salí del metro en South Kensington. Después de un verano húmedo los árboles estaban despistados y sus hojas ya habían empezado a caracolear y a caerse. Volaban por las aceras como bailarinas retozonas en un paisaje de tráfico estridente e incesante movimiento humano. Durante unos segundos me permití el lujo de acordarme de las hojas cambiantes de Central Park, sobrecogedoras en su tecnicolor otoñal, pero espanté aquel recuerdo casi tan bruscamente como había surgido. Remover recuerdos de Nueva York no era lo más conveniente en un día como hoy.

Mientras avanzaba por el lado del Museo de Historia Natural, cuyas ventanas ardían con un súbito estallido de sol, un autobús procedente nada menos que de Stourbridge desembarcó a un montón de niños en estado semisalvaje. Pensé en la gracia que me habría hecho aquello si las circunstancias hubieran sido otras. Los charcos, los charcos nuevos y relucientes, los niños bulliciosos de mi ciudad natal.

Pero hoy no.

—¡Quiedo ved ya loz dinozaudioz! —gritó uno, y ni siquiera pude sonreír.

Habitaban otro mundo. Su mayor miedo giraba probablemente en torno a la proporción potencial entre repugnante fruta y deliciosas grasas transgénicas que habría en la merienda de su excursión al Museo de Historia Natural.

—Hola. ¿Tú eres de Londres? —me dijo uno.

Me guiñó un ojo como un hombrecito, me lanzó una sonrisa mellada y esperó mi respuesta con aplomo sorprendente para un niño que no podía tener más de siete años.

—Hola —le dije, intentando parecer alegre—. La verdad es que también soy de Stourbridge.

—Es una mentirosa —informó a sus amigos con naturalidad—. Y seguramente también una zorra.

Seguí adelante, incapaz ni de reírme ni de indignarme. Era como si me estuvieran propulsando un par de centímetros por encima de la acera: el impulso de mi cuerpo procedía de otra parte. Pero no era una deliciosa sensación de ir flotando, sino un terror puro y extracorpóreo.

Una chica vestida con una gigantesca taza de café me dio un pastelillo gratis y lo abrí agradecida, pero fui incapaz de comérmelo.

Dios mío, aquello era de verdad una emergencia. Yo vivía para comer. Y sin embargo hacía más de veinticuatro horas que no probaba bocado. La panceta de la noche anterior no habría llegado a mi estómago ni aunque mi visitante inesperado no se hubiera presentado en mi casa. Y los cereales de esa mañana se me habían quedado duros en el cuenco. Y ahora un pastelillo. ¡Un pedacito de felicidad! No sólo fui incapaz de comérmelo, sino, ¡oh, santo cielo!, lo tiré. Sencillamente se me cayó de las manos.

A mí la comida jamás se me caía de las manos, y menos aún si tenía sirope. Busqué a mi alrededor un perro callejero para dárselo, pero me di cuenta de que seguramente en South Kensington eran muy escasos.

Por encima de mí se alzaban señoriales y ostentosos edificios de ladrillo rojo. La gente caminaba con paso agresivo y decidido. Un hombre iba gritándole a su móvil que había que hacer algo de una puta vez respecto a Marta. Y yo no podía comer. Me sentía desquiciada. Le di unas vueltas a mi anillo superhortera alrededor del dedo y pensé en vomitar en una papelera.

Fiona había estado especialmente recalcitrante la noche anterior cuando habíamos hablado. Por más que le había suplicado, se había limitado a recordarme cinco, diez veces, mil, que le había prometido que iría a la escuela de ópera. Que le había dado mi palabra.

—Aprovecha el momento, ¿recuerdas? —había dicho—. ¡Me lo prometiste en Nueva York, Sal!

—Aprovecha el momento —había repetido yo mecánicamente.

Y ahora allí estaba, con el corazón en la boca y un calambre de terror agarrándome las tripas.

Por todas partes veía indicaciones para llegar al Royal College of Music, el Royal Albert Hall, el edificio Skempton, la Science Library. Las ignoré todas y miré fijamente el plano de mi teléfono, con la esperanza quizá de que me llevara a otro Royal College of Music. Preferiblemente al situado en mi armario ropero de Bevan Street, Islington. Aunque tampoco me apetecía especialmente ir a casa. Me daba pánico que volviera mi visita de la noche anterior. Y si eso pasaba no sabía qué iba a...

—PARA —me dije.

Bastante tenía ya con lo mío: no había sitio en mi cabeza para él. Sólo me quedaba confiar en que se hubiera dado por aludido después del lanzamiento de panceta y no volviera. Jamás. El muy capullo. El muy pusilánime, despreciable y blandengue pedazo de capullo.

—¿QUIERES PARAR DE UNA VEZ? —me dije, más fuerte.

Ahora lo decía en serio. La escuela estaba cada vez más cerca y tenía que empezar a fingir que estaba tan tranquila. «Aprovecha el momento. Aprovecha el momento. Aprovecha el momento.»

Y allí, resplandeciente enfrente del Albert Hall, estaba la escuela. El Royal College of Music. Un mamotreto gótico de ladrillo rojo con torreones y una bandera británica ondeando sobre el relamido pórtico con cristaleras. Su ancha escalinata conducía a unas pesadas puertas ornamentadas que yo, viniendo de donde venía, no estaba pertrechada para cruzar.

El edificio había sido diseñado pensando en personajes rimbombantes. «Desde hace más de ciento veinticinco años nuestros alumnos forman parte del estrellato internacional», decía el folleto. Tragué saliva. Yo no quería estrellato de ninguna clase, y mucho menos de índole internacional. Y tampoco quería estudiar en un sitio tan pijo que tenía nombre francés. Porque aquello, me había dicho una alumna preocupantemente moderna que estaba ayudando en las pruebas de acceso, era un *conservatoire*. Yo no había buscado la palabra en el diccionario, pero sabía que su definición tendría algo que ver con gente talentosa y excepcional que no hablaba con acento del Black Country. De hecho, seguramente estaba ideado para personas que ni siquiera habían oído hablar del Black Country.

Me sentí gorda y acobardada al pie de los escalones, penosamente consciente de los seis kilos y pico que había engordado desde lo de Nueva York. No estaba descomunal ni mucho menos, pero tenía la odiosa sensación de que en un lugar llamado *conservatoire* no podía haber sitio para mí. Y Barry no había hecho nada para tranquilizarme.

—A lo mejor encajo —le había dicho yo poco antes—. Las cantantes de ópera siempre han estado más bien gorditas.

—Pero no gorditas como tú —había contestado él estrujando cariñosamente mi barriga—. Son aristócratas y eso. Comen grasa de ganso y carnes de importación finas. Recuerda lo que te digo, Pollito: esas cantantes de ópera no se compran cuatro paquetes de empanada de riñón y ternera.

El muy capullo. A veces yo me descubría pensando que hasta vivir con Fiona era más fácil. Mi prima estaba como una regadera, pero al menos fingía que no me veía gorda.

Miré furtivamente por Prince Consort Road, que estaba sorprendentemente tranquila. Había un chalado cojeando y dando vueltas sin ton ni son al fondo de la calle, pero ningún estudiante de música a la vista. Todavía podía huir, si me iba ya. Decirles que me habían atracado y me habían robado las cuerdas vocales, y explicarles que aún no había tocado el dinero de las dos becas y que podía devolverlas inmediatamente. (¿Cómo era posible que me hubieran dado dos? Eso hacía que las cosas fueran mucho peores. Ahora tenía que rendir cuentas no sólo a la Junta Asociada de No Sé Cuántos, sino también a un tío llamado Lord Peter Ingle, que seguramente llevaba capa y monóculo.)

De pronto, el cojo había decidido cojear hacia mí.

Entonces comprendí que era hora de irme.

Di media vuelta y eché a correr para alejarme del cojo y volver al metro y a la libertad. Embarcado en una actividad que de verdad tenía sentido, mi cuerpo respondió con inusitado entusiasmo.

Mientras mis músculos se movían rítmicamente, se me despejó la cabeza. Claro que no podía hacerlo. No podía ir y ponerme a estudiar un grado en ópera o como quiera que se llamara el dichoso curso. Que supiera cantar o no importaba un comino: yo no era una intérprete. Ponerme delante de un plantel de pijos tras otro durante las pruebas de acceso (incluido el cretino de Brian, el de la ópera) había sido lo más duro que había hecho en toda mi vida: desde entonces estaba angustiada y tenía una diarrea constante. Me peleaba con Barry, con el que nunca me había peleado, y con mi hermano Dennis y con su mujer, Lisa, con los que siempre me peleaba, y hasta había intentado pelearme a larga distancia con Fiona, lo cual resultaba de lo más frustrante dada su extraña resistencia a entrar al trapo.

Estaba decidido. Devolvería las becas, le pediría disculpas a Brian y a la demás gente de la escuela, rogaría al teatro que me devolviera mi trabajo y retomaría una vida con la que me sentía perfectamente a gusto y feliz. Y Fiona y su «aprovecha el momento» tendrían que aguantarse.

—¡Uy, uy, uy!

—¡Ay!

Dos cuerpos chocaron bruscamente.

Evidentemente era Brian (con todas las personas que podían haber doblado la esquina de Exhibition Road, tenía que ser él). Y evidentemente, tratándose de Brian, se puso sumamente contento, en vez de sumamente furioso.

—¡Ay, vaya! —exclamó como si se me hubiera caído un boli, en vez de haberme estrellado contra su pecho como un rinoceronte al galope—. ¿Se te ha olvidado algo?

—Sólo la cabeza —masculé—. Brian, lo siento mucho, pero ha habido un error. Esto no es para mí, es...

—No —dijo tranquilamente y sin el menor asomo de sorpresa—. No vas a escaparte tan fácilmente, Sally. ¿Tienes idea de la competencia que hay para conseguir plaza en ese colegio? Sólo por la tuya rechazamos a más de treinta aspirantes.

Me pregunté si lo decía en serio. ¿Qué argumento era ése?

Pero por lo visto, sí, hablaba en serio.

—Bueno, pues así tendréis veintinueve cantantes brillantes entre los que elegir —respondí mientras cogía mi bolso.

—No. Tú eres la cantante brillante que hemos elegido —dijo con firmeza y, agarrándome por el codo, me hizo dar media vuelta hacia la escuela.

Él echó a andar, pero yo no, así que me tiró del codo hasta que consiguió que me pusiera en marcha.

—Vas a estar perfectamente, hija —dijo con más suavidad, y oí su suave acento de Huddersfield—. Ven a registrarte, ¿vale? Para que empieces a familiarizarte con el sitio. Hoy no tendrás que cantar.

—¿Ah, no?

Un rayito de esperanza.

—No, nada de cantar —respondió. Otra vez nos estábamos acercando a la entrada y noté que el cojo venía derecho hacia nosotros—. ¡Jan! —exclamó Brian alegremente—. ¡Amigo mío! ¡Lo has conseguido!

Jan era un hombre bajo y de aspecto malhumorado, con el pelo echado hacia delante desde la coronilla formando un telón alrededor de su cara. Parecía sacado de una de mis cintas de vídeo de *La Bohème*: uno de los zarrapastrosos estudiantes de arte del Café Momus, en el acto segundo. Llevaba un abrigo largo y raído y unos pantalones que parecían sospechosamente decimonónicos. También una chalina al cuello (¡No! ¡No, no, no!) y un pañuelo mugriento asomando del bolsillo de la pechera, al lado de un grueso y viejo Nokia. Ah, y sólo calzaba un zapato. De hecho, cuando se acercó renqueando a Brian para estrecharle la mano, me di cuenta de que en realidad no cojeaba. Era simplemente que llevaba un solo zapato y que por tanto caminaba desequilibrado.

«Dios», pensé.

—Dios —dijo mi boca antes de que me diera cuenta de lo que pasaba.

Por suerte mi grosería pasó desapercibida entre los efusivos saludos de Brian.

—¡Bienvenido! —exclamó—. ¡Bienvenido al Royal College! ¡A Londres! ¡A Inglaterra! ¡Qué bien que lo hayas conseguido, Jan, es estupendo!

—Gracias, gracias —contestó él con un fuerte acento del este de Europa—. Me cuesta muchos días. ¡Pero estoy aquí! ¡Soy alumno!

—¡Ya lo creo que sí! —repuso Brian con entusiasmo, y volvieron a estrecharse las manos.

Jan seguía teniendo cara de estar furioso, aunque saltaba a la vista que era muy feliz. Descubrí enseguida que su expresión «furiosa» encubría un amplio abanico de emociones.

Me quedé allí parada como una gorda sin dos dedos de frente mientras Brian y Jan se saludaban efusivamente y me pregunté si podría escabullirme.

Pero Brian no lo permitió.

—Sally Howlett, te presento a tu compañero de clase Jan Borsos —dijo, dando un paso atrás para que nos diéramos la mano.

Decidí al instante que me caía bien. Jan Borsos estaba aún más fuera de lugar que yo allí plantado, con el cuerpo torcido, delante del vasto edificio que tanto recordaba a Hogwarts.* Le tendí la mano pero la rechazó y prefirió inclinarse hacia su pie descalzo.

—Señorita Sally —dijo ceremoniosamente—, Jan Borsos. Soy de Pzjhkjhkjbjbjkbhjb, en Hungría.

—Hola, eh, señor Borsos —contesté con lo que esperé fuera el debido respeto—. Llámame Sally. Yo... esto... soy de Stourbridge. En las West Midlands. ¿De dónde has dicho que eres?

Brian, el muy astuto, nos hizo pasar mientras Jan se repetía.

—De Pusztaszabolcs —dijo muy despacio—, al sur de Budapest. Estudié en la Escuela de Ópera de Budapest hasta la edad de dieciséis años, cuando me casé con bella *répétiteur* rusa. Era joven y estúpido y dejo mis estudios por amor, pero nos divorciamos un años después y luego estudio ópera en el Conservatorio de San Petersburgo. Escribí carta al gran maestro Lászlo Polgár y dijo: «Sí, Jan, yo te enseñaré en Suiza, ven pronto». Estudié por dos años con él antes de morirse.

---

* Hogwarts: nombre de la escuela de magia a la que asiste Harry Potter, el personaje literario de J. K. Rowling. (*N. de la T.*)

Jan dejó de hablar y su cara se tiñó de tristeza. Lo miré pasmada. No me esperaba que me contara su vida, pero estaba impresionada por su historia: parecía una ópera.

—Caramba —dije alegremente—. ¿Y qué has estado haciendo desde entonces?

—Fue hace dos años nada más —susurró Jan—. László se murió y luego viajé a Budapest a llorar su muerte. Canto por dos años en iglesia sin cobrar, pero sabía que tengo que continuar mi estudio. Por eso vengo aquí, a Londres. Espero no enamorarme de ninguna bella *répétiteur*. Para mí son peligrosas. Hoy cumplo veintitrés años.

Antes de que me diera tiempo a preguntarme qué era una *répétiteur*, o a que me entrara el pánico por estar en clase con un chico de veintitrés, me di cuenta de que me hallaba en la recepción del Royal College of Music. Las pruebas de acceso habían sido tan aterradoras que la última vez que había estado allí casi no había mirado más allá de mis propios pies. Tragué saliva y miré a mi alrededor con ojos nuevos mientras Brian se iba a hablar con una mujer alta y guapísima vestida con chaqueta de cuero.

Dos chicas que no parecían tener más de quince años pasaron por nuestro lado con grandes fundas de violonchelos colgadas de la espalda. Llevaban las dos unas trencas muy chulas, minifaldas con medias gruesas y deportivas de bota. Iban tomando sendos cafés con leche. Yo no entendí nada. En aquel ambiente tan empingorotado, con bustos de Mozart en las paredes y vitrinas de cristal que guardaban manuscritos antiguos de valor incalculable, ¿los músicos no debían llevar barba en punta y sotana?

—¿Sabías que Adrian se ha estado tirando a Chen todo el verano? —le dijo la una a la otra.

—¡No jodas! —fue la respuesta.

Asentí respetuosamente con la cabeza. Así pues, nada de sotanas.

Las puertas de la famosa sala de conciertos de la escuela se abrían a ambos lados de una escalera de madera antigua. Pensé en lo que significaba aquella sala y procuré no vomitar. Me habían dicho que durante el curso íbamos a tener «la suerte» de dar conciertos y recibir clases magistrales en aquel auditorio «sin igual». Al vislumbrar un techo muy alto y una galería larga y espaciosa, pensé que actuar allí era una las experiencias más desafortunadas que podía imaginar.

—¡Vaya! —exclamó Jan Borsos, mirando en la misma dirección—. ¡No puedo creer que estamos aquí! ¡Es milagro! ¡Tenemos mucha suerte!

—Pss —croé yo.

—Sally, Jan —nos llamó Brian jovialmente—. Venid a conocer a Violet Elphinstone, otra compañera de clase. ¡Qué maravilla que hayáis llegado todos al mismo tiempo!

Intenté lanzarle una mirada para avisarle de que podía haber un asesinato inminente si no desistía de tanto aspaviento innecesario, pero descubrí que tenía la cara congelada. Lo cual fue una suerte, probablemente, porque Brian ya no era un compañero de trabajo: era un profesor. «Mi tutor». Ay, Dios.

Violet Elphinstone también tenía la cara congelada, aunque en su caso en una sonrisa que, casi con toda seguridad, era fingida. Debía de medir un metro setenta y cinco, más o menos, pero llevaba unos botines de color caramelo que la alzaban muy por encima del metro ochenta. En su persona no había nada de torpe ni de encorvado. Daba la impresión de acostarse a todas horas con estrellas de cine. Tenía el pelo a media melena, escalonado y reluciente, de esos que nunca se engrasan, y una cara perfecta. Y me refiero a matemáticamente perfecta, como hecha con proporción áurea y con el sello de Da Vinci.

—Hola, encantada de conoceros —dijo, aunque en realidad quería decir: «¿Qué coño hacen estos dos frikis en MI CLASE DE ÓPERA?»

Me acerqué a estrecharle la mano arrastrando los pies. De pronto me sentía enormemente gorda y envuelta en capas y capas de ropa.

—Igualmente —dije—. Soy Sally.

—Eh, sí, Brian acaba de presentarnos —respondió dulcemente, y soltó una risita, poniéndome su mano de falsa en el brazo como para que no me ofendiera.

Durante unos segundos intentamos encontrar algo que decirnos la una a la otra.

—Me gustan tus bota —dije yo.

Violet Elphinstone comenzó a contestar con el típico:

—Gracias, son de Gina, a mí también me gustan las tuyas, ¿de dónde son...?

Pero yo la interrumpí con mi más basto acento de las Midlands:

—¡Botas!

—¿Qué?

—Perdona. Botas. He dicho «me gustan tus bota», pero quería decir «botas»... Eh, perdona, en Office —añadí al acordarme de que me había preguntado de dónde eran las mías—. Son de hace cinco años, creo. —Miré mis botas de cuero blando, gastadas y con más surcos que una nuez, y sentí vergüenza. Debería haberme comprado un calzado mejor. Y haberme callado la boca.

—Ah, y a mí me encanta comprarme algo en Office de vez en cuando —contestó Violet en tono confidencial—. ¡HAY CADA GANGA! Pero ¿no te parece que hay que vestirse un poco informal cuando te pones unos zapatos baratos? O sea, como para equilibrar, ¿no? —Jugueteó con su bolso de Chloé, ignorando ostensiblemente mi amorfo vestido gris, que no era de seda ni de carísimo crepé japonés—. Uuuy, y también me encanta tu anillo —susurró rebosando hipocresía. Aquel anillo no le gustaba a nadie, ni siquiera a mí—. ¡Nada como una buena pieza de bisutería para marcar tu estilo!

Yo estaba acostumbrada a esta clase de comportamiento pasivo-agresivo. Era el que mostraban algunos cantantes de ópera más jóvenes y pretenciosos. Un despliegue aparente de igualitarismo: «Soy amigo tuyo aunque la gente pague trescientas cincuenta libras por verme cantar y tú no seas más que una palurda con una máquina de coser». Pero el subtexto estaba claro: «No somos iguales. Nunca lo seremos».

«Tengo que ir de compras», pensé malhumorada.

Todo el mundo a mi alrededor, incluida aquella mujer resplandeciente y escultural, era joven y moderno. Allí no se llevaba la moda bohemio-burguesa a la que estaba acostumbrada en mi trabajo. Eran todos... mogollón de modernos.

«¡Pero si es una puta escuela de música! —se quejó mi cabeza—. ¿No deberían ser todos superrancios?»

Por suerte intervino Jan Borsos.

—Violet Elphinstone, buenos días —dijo ceremoniosamente, ejecutando una profunda reverencia—. Por favor, perdóname por mi zapato. Perdí uno en Francia en mi peregrinaje hacia Londres. Es un placer conocerme contigo hoy.

Vi a Violet pensarse qué hacer con aquel tipo tan raro que se inclinaba teatralmente a sus pies. Esperé a que pusiera una mueca de desdén, pero no lo hizo. Empezó a sonreír.

—¡Qué saludo tan genial! —exclamó—. ¡Y Jan Borsos! ¡Qué nombre, es alucinante!

Jan le besó la mano y ella soltó otra risita y se subió el bolso de Chloé por el brazo para no darle con él en la cara.

—Creo que no va a caerme muy bien —dijo una chica que había aparecido a mi lado.

Llevaba una coleta castaña hecha de cualquier manera y los labios pintados de rosa chicle, y agarraba una gran carpeta de confección casera en la que ponía «ESCUELA DE ÓPERA, 1er CURSO». Miró con cara de pocos amigos a Violet, que estaba dando vueltas y haciendo aspavientos alrededor de Jan Borsos.

—¿Qué opinas? —preguntó. Y luego añadió—. Ay, Dios, no será tu hermana, ¿verdad?

Me quedé de piedra.

—¿Tú qué crees?

La chica se rió.

—No me parecía probable.

—Pues has acertado. Pero, dicho sea de paso, creo que a mí tampoco va a caerme muy bien Violet. —Hice una pausa y miré atemorizada a la muchedumbre de estudiantes que se movía a mi alrededor—. Aunque tampoco estoy segura de que haya alguien que vaya a caerme bien. Sin ánimo de ofender.

Se rió por lo bajo.

—Entonces tú eres de las mías —me dijo—. Soy Helen. Helen Quinn. No es que esté nerviosa, es que estoy acojonada. Hace tres días que no como y estoy pensando en salir corriendo.

Estuve a punto de llorar de alegría.

—¡Ay, Santa Madre de Dios! —susurré—. Gracias, Helen Quinn, por tu sinceridad. Puede que acabes de salvarme.

Helen sonrió y se fue hacia las clases.

Yo noté que Brian estaba observando aquella lamentable escena como un padre orgulloso. En aquel momento le odié. En realidad odiaba a todo el mundo. A Brian, por haberme oído cantar, y a Fiona por chantajearme para que me presentara a las pruebas. Al Royal College of Music por aceptarme con gritos de «¡Qué historia tan maravillosa! ¡Una voz desperdiciándose en sastrería!», y otras gilipolleces por el estilo. Pero sobre todo DETESTABA a todos los que trabajaban conmigo por ser tan encantadores y haberme dado tantos ánimos cuando se corrió la voz de que sabía cantar y estaba intentando entrar en la escuela de ópera.

—¡Es tan emocionante! —habían exclamado todos.

«Pandilla de mamones», pensaba yo ferozmente.

Me habría gustado darles un puñetazo a todos, uno a uno.

«Por favor, por favor, para», me rogué a mí misma.

Me parecía triste estar tan desquiciada últimamente. Desde lo de Nueva York el paisaje de mi vida había cambiado drásticamente y ya nada era seguro, y menos aún mis sentimientos. Echaba de menos ser una persona comedida y predecible. Añoraba esa agradable sensación de calma que notaba cuando me despertaba por las mañanas, la certeza de que, aunque Fiona tuviera una crisis o yo perdiera un traje de escena, todo iría bien. Últimamente parecía pasarme la vida entera apagando mis emociones como un bombero. Era agotador y desconcertante. No quería empezar el curso así.

Aunque en realidad no quería empezarlo de ninguna manera.

Escena Tercera

Más tarde, el mismo día

De: Sally Howlett [mailto howler_78@gmail.com]
Para: Fiona Lane [mailto fionatheballetlegend@hotmail.com]
Enviado: Lunes, 10 de septiembre de 2012, 22:59:55 GMT

Fiona Pecas. Hola cariño. Ya sé que lo digo sin parar, pero te echo de menos. Más que nunca. ¿Hay alguna posibilidad de que vuelvas a Londres? ¿Por favor?

¡Bah! Hoy no había llorado y ahora estoy berreando. Ni siquiera sé qué me pasa. Supongo que sigue siendo lo de Nueva York. Pena, rabia, esas cosas. Que J se presentara anoche en mi casa tampoco ayudó. O puede que me esté volviendo tarumba por culpa de ese estúpido curso. LO ODIO, Fi. Ha sido una mierda con mayúsculas y encima me he sentido como una paleta y una foca.

No hemos tenido que cantar, menos mal porque me habría cagado allí mismo, delante de todo el mundo. Me he pasado casi todo el día muda, así que seguramente se creen que soy una arrogante. Me perdía cada vez que iba a cualquier sitio. Aquello es como la madriguera de un conejo. Y encima con los nervios me entró reventina y cuando fui a hacer caca sin querer solté una pedorreta y en el servicio de al lado había una chica despampanante llamada Violet que va a ser la estrella de la clase, y nunca vamos a ser amigas porque ella está BUENÍSIMA y yo estoy más gorda que nunca Y ME HA OÍDO CAGAR.

Ha habido una charla de bienvenida en el teatro. Ha sido horrible. El hombre decía: «Sólo se es alumno de esta escuela una
vez, así que no desaprovechéis la oportunidad» y otras cosas que
daban miedo. Bueno, él era muy majo y parecía muy emocionado
por nosotros, pero es que yo...

En fin, esto es absurdo. La gente va a allí porque quieren ser los
mejores del mundo. Fi, yo no quiero ser la mejor del mundo. No
quiero «aprovechar al máximo» mi estancia allí porque no quiero
estar allí. Y encima me siento aún peor porque todos los demás
están que explotan de orgullo por haber conseguido entrar.

Buah.

Mis compañeros de clase son una pandilla curiosa. Esperaba
que fueran como esas chicas del internado a las que dábamos
palizas jugando al baloncesto. ¿Cómo se llamaba su colegio? En
fin, que creía que iban a ser todos así. ERROR. La tal Violet es
superpija y hay un par más que son aristócratas : un tal Hector no
sé cuantos que lleva un tupé muy distinguido estilo años cincuenta (en realidad él tiene treinta), de color naranja subido, un
tío malayo megarrico que fue a Eton, y un par de chicas que son
exactamente iguales y que no paran de decir cosas como «No
me digasssss». Pero todos los demás parecen bastante normales. Hasta hay uno que es más pobre que yo. Es húngaro y está
como una cabra. Sólo tiene veintitrés años, pero es como un co-
hete el tío. Ya se ha casado con una repetitur (creo que lo he escrito mal. Básicamente es una pianista que acompaña a la gente
cuando canta). Y se ha divorciado, y ha estudiado con una leyenda de la ópera. Ya te digo, a los veintitrés añitos. ¿Qué? ¿Cómo
te quedas?

Pero lo mejor, lo máximo, es que SE HA CRUZADO EUROPA
ANDANDO para venir a la escuela. ¡Desde Hungría hasta Calais y
luego hasta Londres! Ha tenido que venir andando porque perdió
casi todo su dinero cuando el divorcio y luego se gastó el resto
viniendo a las pruebas de acceso en febrero. ¡NO ES BROMA! ¡Si
hasta perdió un puñetero zapato en Francia! ¡Y SIGUIÓ ANDAN-
DO! Es de locos, Fi. Te encantaría estar aquí.

La verdad es que, ahora que lo escribo, lo odio un poquitín menos.

Quizás.

El caso es que el tal Jan parece querer que seamos amigos, y está muy bien porque todo el mundo se ha enamorado ya perdidamente de él, y luego también hay una chica muy simpática que se llama Helen y que su padre es médico. ¡Le ha robado una receta y se ha comprado unos ansiolíticos para no morirse de miedo la primera semana! Eso me gusta. Puede que le pida unos pocos. Parecía muy relajadita con ellos.

Pero lo más raro es que todo el mundo menos yo y Jan parecía conocerse, o conocer a los profesores de los demás, o haber hecho no sé qué estúpido taller juntos el año pasado. Es como uno de esos grupos de mujeres que se juntan para hacer punto, Fi. Todo el mundo se sabe la vida de los demás. Y eso no me gusta.

En fin, volviendo al tema, el miércoles tenemos una clase magistral con Julian Jefferson, que es estadounidense. En América es muy famoso y lo han traído para que nos «inspire», aunque en mi caso no lo veo nada claro. El miércoles también tengo mi primera clase de canto, pero me niego a hablar de eso. Y a pensar en ello.

Me van a entrar ganas de suicidarme. ¡Ay! Pero estoy aprovechando el momento. Aunque no con mucho ímpetu.

TE QUIERO pero también TE ODIO Pecas,

Yo

Xxxxx

Escena Cuarta

Dos días después

El miércoles cuando llegué a la escuela, mi primer día completo, entré en el edificio atraída por el sonido de las campanas de Queen's Tower. Había estado parada en el pórtico de cristal, pensándome otra vez si me daba otra carrera hasta el metro, cuando empezó a sonar aquel tintineo de lo más etéreo y encantador y, no sé cómo, perdí la cabeza. No eran las campanadas cutres de siempre, las de «¡Son las diez en punto! ¡Ho, ho, ho!», eran pura música: un repique retumbante y espléndido que me hizo pensar en *Retorno a Brideshead* y me transportó a la Universidad de Oxford en una cálida noche de verano de los años veinte. Me convertí en un esbelto estudiante que lucía sombrero de paja plano y bebía oporto mientras las campanas de Christ Church repicaban brumosamente a los lejos.

Cuando me acordé de que era una estudiante culona que vestía ropa cara recién estrenada y que no estaba segura de que le gustara, y de que estaba parada delante de una facultad del centro de Londres en un día áspero y lluvioso, no sé cómo pero había conseguido engañarme a mí misma para cruzar la puerta y había llegado ya hasta la escuela de ópera.

Me enfadé conmigo misma por haberme dejado engatusar por un montón de ridículas campanas, e informé de ello por sms a mi nueva amiga Helen, la de los ansiolíticos.

«Me alegro de que hayas vuelto. Nos vemos en el camerino», contestó.

Bajé a los camerinos, que al parecer iban a convertirse en mi segunda casa mientras estuviera en la escuela. Era una sala bastante discreta, grande, subterránea y rectangular, con un perchero largo para los trajes de escena y un montón de espejos, pero mis compañeros de estudios la habían decorado con fotografías y tarjetas de felicitación, y las bombillas que rodeaban los espejos me recordaban lo suficiente a mi tranquila vida en el teatro de la ópera como para calmarme un poco. Junto a las paredes había mesas de tocador. A mí me habían asignado una al fondo, junto a la salida de incendios.

Helen no había llegado aún. No había nadie. Aspiré el olor a camerino, que me resultaba sorprendentemente familiar, y sentí que mi corazón latía un poco menos deprisa. Si pudiera quedarme allí, escondida en aquella especie de vientre materno...

—¡SALLY!

Era Violet Elphinstone. Llevaba puestos unos vaqueros satinados y extremadamente apretados y una camiseta holgada con lujosas mangas de piel. También se había puesto unas gafas que le daban un aire de estar lista para entrar en acción. Lista para trabajar. Lista para practicar el sexo.

—A las estrellas de la escuela se las distingue enseguida —me había advertido uno de los cantantes del teatro—. Saben que son los mejores. Si tienes suerte, serán amables. Si no... Buena suerte.

Violet Elphinstone sabía muy bien que era la estrella de la escuela. Era imposible que a una mujer tan atractiva se le diera mal algo.

—Hola —me oí decir.

En los momentos difíciles el acento se me notaba más que nunca.

En la cara de Violet se abrió una gran sonrisa de estrella de cine.

—Ay, me encanta tu acento —dijo en tono zalamero—. Es genial. ¿De dónde me dijiste que eras?

Empecé a contestar, pero me cortaron en seco unos golpes en la salida de incendios, a mi lado. Me quedé mirando la puerta, indecisa. ¿Sería un drogadicto? ¿Un asesino? Mi cerebro hecho migas por el pánico creía posible cualquier cosa.

—Abre, cielo —me animó Violet, sentándose—. Será una de las chicas.

Violet había hecho un máster en la escuela y ya llevaba allí dos años, así que sabía cómo funcionaba todo. El lunes se había reído de mí por sentarme a una mesa del rincón en la cafetería cuando, por lo visto, una cantante jamás se sentaba en ningún sitio que no fuera La Mesa de los Cantantes.

Abrí obedientemente la puerta de emergencia y a continuación oí chillidos y un estruendo de botas.

—¡TÍA!

—¡VIOLET!

—¡AYYYYY!

—¡DIOS MIO, CÓMO TE ECHABA DE MENOS!

Se formó una melé de buen tamaño compuesta por mujeres que se abrazaban y chillaban, con Violet en el centro dando alegres grititos. Yo me quedé a un lado, estupefacta.

Siguió la melé. Empezaron a saltar arriba y abajo. Llegó Helen por la puerta principal.

—Hola, señoras —dijo con calma.

A mí no se me habría ocurrido interrumpirlas. Debía de haberse tomado ya otro ansiolítico.

La melé comenzó a disolverse.

—¡Hola! —exclamó animadamente una de las chicas, sacudiéndose la ropa mientras se acercaba a estrecharle la mano—. Soy Ismene. ¿Tú eres Sally Howlett?

—Hola —dijo Helen estrechándole la mano—. No, yo soy Helen Quinn. Sally Howlett es ésa.

Me señaló.

Ismene se giró.

—¡Uyyy! —dijo con los ojos muy abiertos de emoción—. ¡Sally! ¡Estaba deseando conocerte!

Me llevé una sorpresa. Estaba claro que Helen también, pero no pareció ofendida; al contrario, su Cara de Calma ansiolitizada reflejaba buen humor.

—Gracias, Ismene. Eh, yo también estaba deseando conocerte —probé a decir.

No estaba segura de qué estaba pasando.

Ismene se rió de mí.

—No seas tonta. Aquí la de la gran historia eres tú —me dijo en tono cómplice—. La gran novedad. Por lo visto eres absolutamente ASOMBROSA y ¡no has dado ni una clase en toda tu vida! ¿Es verdad?

Helen se rió por lo bajo. Decidí que Helen me caía muy bien.

—Ah, eso. Sí, es cierto —contesté—. Ni una sola, me temo.

Helen me había avisado el lunes de que por lo primero que me preguntarían sería por mi formación. Dónde has estudiado, con quién, qué tienes preparado...

Pero, por la razón que fuera, a Ismene le encantó mi respuesta. Igual que a las otras chicas de la manada.

—¡AY, DIOS MÍO! —exclamó una con voz ahogada—. ¡Eres igual que ALFIE!

Me hablaron de un tenor famoso en el mundo entero que había llegado a la escuela sin ninguna formación, pertrechado solamente con varios años de experiencia en un taller mecánico y una voz increíble. Ahora viajaba en primera clase por todo el mundo, daba conciertos con honorarios estratosféricos, y las mujeres le lanzaban rosas desde los palcos.

A mí su historia no me pareció muy tranquilizadora.

—Alfie y yo no somos iguales —afirmé con bastante vehemencia. Me resultaba embarazoso sentirme como una impostora en la escuela, pero sabía que era importante no engañar a nadie—. Puede que él tenga una voz extraordinaria, pero yo no la tengo. Francamente, soy una cantante mediocre, oxidada y sin formación.

—Es fantástico que te hayan dejado entrar sin ninguna formación —comentó Violet. Se había separado ligeramente del resto del grupo y me miraba con una sonrisa que no me gustaba nada—. Me encanta que se hayan arriesgado tantísimo.

Lo dijo con mucho entusiasmo, pero detecté muy poca sinceridad en sus palabras. Violet sabía que yo era una advenediza con el culo gordo. Que aquél no era sitio para mí.

Pero era muy astuta. Vaya si lo era. Demasiado astuta para excluirme. Al contrario, decidió hacerse pasar por mi mejor amiga.

—¡Debiste de encantarles, Sally! —dijo otra de las chicas—. He oído que contigo fueron unánimes. ¡Qué maravilla!

Me di cuenta de que, una vez separadas de Violet, aquellas chicas eran en realidad bastante simpáticas. Parecían alegrarse sinceramente de conocerme, no como ella, y enseguida me contaron la historia de mis pruebas de acceso, interrumpiéndose unas a otras animadamente.

—Se presentó a una prueba para el máster en febrero...

—Cuando iba por su segunda aria la hicieron parar...

—¡No se lo podían creer! Por lo visto Hugo se quedó sin habla. ¿Os imagináis? ¡Hugo sin habla! ¿A que es genial?

—Le dijeron que se fuera inmediatamente y que volviera para las pruebas de acceso al grado de ópera...

—Y se pusieron de pie para ovacionarla...

—¡Le suplicaron que aceptara la plaza! ¡Del GRADO! Ni Nicole consiguió plaza en el grado. Dicen que la competencia nunca había sido tan dura...

—Y en cambio ella...

—¿A que es alucinante?

—¡Y ahora aquí estás!

Me miraron sonriendo de oreja a oreja, esperando a que lo negara. Pero no pude. Era todo cierto. Al volver de Nueva York, y después de varias semanas de intensa lucha interior, o guerra abierta, por momentos, me había dado cuenta de que no tenía más remedio que presentar la solicitud para aquel estúpido curso en el Royal College of Music. Le había prometido solemnemente a Fiona que lo haría y, aunque ello llenara de terror cada célula de mi cuerpo, no, cada átomo, sabía que no tenía alternativa.

Brian, que poco después había empezado a trabajar en la escuela, se puso loco de contento.

—Se te van a rifar —me había dicho, y se había ofrecido a ayudarme a preparar las pruebas sin límite de tiempo.

Yo decliné su oferta. Sería una pérdida de tiempo: en una clase particular no podría ni respirar, cuanto menos cantar. Mi única esperanza era presentarme a las pruebas con mis arias favoritas del armario y confiar en que no me diera un ataque y me muriera.

Me había hecho un lío con la asombrosa variedad de cursos que ofrecía la escuela, pero Brian me había dicho que lo mejor era que me presentara a las audiciones para el máster: allí aprendería lo básico, me resultaría más fácil y me sentiría mucho más a gusto que en el grado de canto profesional que impartía la escuela de ópera.

Pero todo había salido al revés. La prueba me la habían hecho tres profesores de canto (reconozco que muy amables), que me habían pedido que parara, me habían dicho que tenía una voz «sublime» y me habían pedido que volviera un mes después para hacer las pruebas de acceso a la escuela de ópera.

—No estoy... lista —susurré yo, parafraseando a Brian.

—Sí que lo estás —había respondido Hugo, el director de la escuela de ópera—. Recuerda lo que te digo. No sé ustedes, señoras, pero yo siento que éste es un momento especial.

Las «señoras» le habían dado la razón. Y lo mismo Fiona cuando la había llamado a Nueva York.

—¡ESPECIAL! —había gritado emocionada poniendo acento americano—. ¡A TOPE DE ESPECIAL, Sally! ¡Tienes que volver!

Un mes después, al volver, había tenido que hacer la prueba delante de otro plantel de examinadores, entre ellos Brian.

Había sido penoso a más no poder. Me temblaba tanto la cara que me habían pedido que hiciera ejercicios especiales para que parara de temblar. Después de tres arias durante las cuales desconecté por completo, me aplaudieron y dijeron que había estado sensacional.

Se equivocaban. Todos. Seguramente estaban deseando que apareciera otro Alfie, pensé. Sería un buen golpe publicitario. Yo tenía acento de las Midlands y un vacío total donde debería haber habido años de conciertos escolares, talleres de fin de semana y pequeños festivales operísticos. Nunca había estudiado idiomas extranjeros, así que, como máximo, tenía una idea vaga de lo que significaba lo que estaba cantando. Tampoco conocía aquellos ridículos términos musicales italianos. Era una calamidad.

Lo que significaba que la escuela tenía en realidad un cupo secreto para fracasados desconocidos con aspiraciones artísticas y yo era la candidata perfecta. Eso seguramente explicaba lo de mis dos abultadas becas, que cubrían todas las tasas además de un buen pellizco de mis gastos de manutención.

—¡Claro que te han dado dos becas, mi niña lista y maravillosa! —me dijo Fi cuando hablé con ella—. Sally, esto es cosa del destino.

Yo no estaba de acuerdo.

—No soy tan buena cantante, la verdad. Creo que estaban todos locos —les dije a las chicas que había en el camerino.

Se rieron, me dijeron que no fuera tan modesta y se dispersaron y fueron a sentarse a sus tocadores.

Helen, Violet y yo seguimos de pie.

—Eso se llama jugar limpio, Sally —dijo Helen lacónicamente—. Tienes huevos. Porque me dijiste que no tenías experiencia, pero no pensé que te referías a... Bueno, a que no tenías ninguna.

Violet puso una sonrisa radiante.

—Eres una salchichita muy valiente —dijo con firmeza.

¿Una «salchichita»?

—Porque yo que tú estaría aterrorizada. ¡Tanto que aprender y tan poco tiempo...! —Se estremeció fingiendo admiración por mi valentía—. Por cierto, Sally, ¿vas a presentarte a la prueba para la tele? —preguntó.

Había un anuncio nuevo en el tablón de la escuela pidiendo sopranos. Necesitaban grabar un solo de una famosa pieza de *El príncipe Igor* para no sé qué anuncio de televisión: una «oportunidad fantástica», supuestamente.

—¡No! —Me reí. Había decidido reírme siempre que estuviera cerca Violet Elphinstone. Sería mi armadura—. No, tengo un trabajo a media jornada. Para ganar un poco más de dinero.

Violet levantó una ceja inquisitivamente.

—Soy subjefa de sastrería —dije con orgullo. Con sólo decir aquellas palabras me sentí más segura—. Bueno, ahora sólo voy a estar de apoyo en sastrería, porque sólo puedo trabajar a tiempo parcial, pero sí, trabajo en la Royal Opera House. Llevo varios años allí.

—Aaaah, entonces ¿intentabas colarte por la puerta de atrás? —preguntó en tono cómplice—. ¡Qué listilla!

Me puse tensa.

—A mí no me lo parece —contestó Helen con calma—. ¿Es que no acabas de oír su historia? Por lo visto la han traído aquí a rastras y pataleando. —Asintió enérgicamente con la cabeza como dando por zanjada la cuestión, acercó su silla y dio unas palmaditas al tocador, encantada—. Sssí —susurró para sus adentros, olvidándose ya de Violet—. ¡Estoy aquí! ¡Por fin!

Decididamente, me gustaba Helen. Era serena y firme y llevaba una ajada chaqueta de cuero que, a diferencia de la de Violet, no tenía pinta de haber costado dos mil libras.

Violet, que no estaba dispuesta a dejarse despachar tan fácilmente, soltó una risilla.

—Pues tiene que encantarte tu trabajo de sastra. Aquí todo el mundo se paga sus estudios dando actuaciones. Pero me parece genial que tú quieras hacer algo distinto.

La miré con desconfianza. ¿De veras?

—Ya sabes: conciertos, recitales, festivales, grabaciones... Supongo que los que tienen menos talento enseñan canto —añadió vagamente para distinguirse de esos otros.

Yo no era sólo un pez fuera del agua: era un pez que intentaba vivir en Marte. Lo mío era un caso perdido.

Respiré hondo y me senté delante de mi tocador, intentando recordar lo que estaba haciendo.

Ah, sí, intentando posponer lo inevitable, eso era. Mi primera clase de canto me esperaba dentro de un par de horas, justo después de aquella absurda clase magistral a la que teníamos que asistir todos, y había bajado allí para intentar conseguir unos ansiolíticos.

—¿No tendrás alguna droga? —le susurré a Helen, que estaba llenando su taquilla con libretos y partituras.

—Ni lo sueñes —dijo con vehemencia—. Está claro que eres una leyenda de la ópera. Yo en cambio soy una simple mortal y las necesito, Sally. Tengo las justas para pasar los primeros dos días. Así que ¡atrás!

—Ayyyy —dije yo con tristeza. Desesperada, intenté unirme a la conversación que estaban teniendo Ismene y las otras en lugar de escuchar a mi cabeza loca. Estaban cotilleando, al parecer, acerca de un escándalo fecal.

—Ay, contad —dije yo tímidamente—. Me encantan los escándalos fecales.

Ismene me explicó encantada que había una cagona de marca mayor.

—Tenemos nuestro propio cuarto de baño —dijo señalando otra puerta—. Es privado, sólo para las chicas de este camerino. Y alguien se ha propuesto dejar un truño enorme todas las mañana. ¡Ni siquiera tira de la cadena! ¡Es ASQUEROSO!

Las chicas se pusieron a reír y a chasquear la lengua, enfadadas.

Y entonces Violet dijo, y esto seguramente lo recordaré el resto de mi vida:

—Ay, creo que sé quién puede ser...

Soltó una risita astuta y me miró.

Esperé emocionada, confiando en que fuera un intento de integrarme en el círculo de sus amigas.

Pero no dijo nada: siguió sonriéndome, y entonces me di cuenta de que me estaba acusando de ser la cagona misteriosa, por culpa de aquel incidente del lunes, cuando había hecho un ruido terrible en uno de los servicios de arriba mientras ella estaba en el de al lado.

Empezó a reírse.

—¿Hay algo que quieras contarnos, corazón?

Escena Quinta

Poco después, cuando entramos en fila en la Sala Britten para asistir a la clase magistral, yo seguía ardiendo de vergüenza. No era la cagona misteriosa, claro, pero cuanto más empeño había puesto en negarlo, más roja me había puesto y con más ganas se había reído Violet. Hasta me había dado un abrazo hipócrita y me había dicho que mi secreto estaba a salvo con las chicas.

Ya estaba derrotada y ni siquiera era la hora de comer.

Hugo Dalton subió al escenario para darnos una bienvenida entusiasta.

—Y sin más dilación —dijo—, es para mí un gran placer presentaros a alguien muy, muy especial. Como estoy seguro de que sabéis la mayoría, Julian Jefferson, uno de los tenores líricos más notables que han emergido en los últimos diez años, se graduó en nuestra escuela en 1997. Es para nosotros una inmensa satisfacción que se haya incorporado a la escuela como entrenador vocal para este curso académico y estamos encantados de que haya accedido a dar la primera clase magistral del curso. Porque este hombre es verdaderamente un maestro. ¡Señoras y señores, Julian Jefferson!

«¿Qué sentido tiene traer aquí a un tenor de fama mundial? —pensé yo mientras aplaudía desganadamente. Conocía de oídas a Julian Jefferson, claro, que nunca lo había visto en ninguna actuación—. No quiero ver a una estrella internacional, joder. Quiero ver a alguien a quien cantar le dé tanto pánico como a mí.»

Vi la espalda de Julian Jefferson dirigirse hacia el escenario y, lanzando un suspiro, me propuse escuchar y aprender. Qué remedio. Saqué un cuaderno y un boli y eché una ojeada a Jefferson cuando ocupó el centro de la escena.

Y entonces, lentamente, mi visión fue estrechándose hasta formar un túnel y los ruidos de la sala se comprimieron hasta que sólo quedó el suave pitido de mis oídos.

Era Julian. *Mi* Julian. Con aquel mismo pelo largo y lustroso tan raro y aquella ropa superelegante que llevaba puesta cuando se había presentado en mi casa el sábado por la noche.

Estaba allí, parado en el escenario, sonriendo y agradeciendo con un cabeceo los vítores y los aplausos estruendosos. De nuevo el tiempo pareció detenerse.

Entre la impresión y el asombro, noté que el cerebro se me hacía puré. No se llamaba Julian Jefferson. ¡Se llamaba Julian Bell! ¡Y no era cantante de ópera! ¡Vivía en Nueva York y trabajaba en un periódico absurdo pero muy moderno llamado *The Brooklyn Beaver*!

Y había sido mi novio. Lo había querido tanto que en algún momento el amor que sentía por él casi me había impedido respirar.

Lentamente retornaron mis pensamientos como gruesas ondas de sonido distorsionado. ¿Cómo que tenor de fama mundial? ¿Qué querían decir? Intenté sacarme el anillo del dedo, pero estaba atascado. Todo estaba atascado.

Siguieron los aplausos.

Como un borracho intentando juntar una frase, me esforcé por buscar alguna pista entre mis recuerdos de Nueva York.

Al principio no se me ocurrió nada. Nuestra relación había terminado hacía un año, cuando yo había huido de la ciudad y a continuación se había apoderado de mí una pena tan negra que se habían borrado grandes secciones de mi banco de recuerdos neoyorquinos, como archivos informáticos corrompidos.

Después, sin embargo, surgieron en espiral, como un humo, varias escenas borrosas: Raúl diciéndome en el bar de primera clase del vuelo de Delta que tenía un amigo que cantaba ópera y que había «desperdiciado su talento».

Y luego Julian y yo, hechos un lío de brazos y piernas entrelazados, en su cama, una mañana de verano. La brisa cálida nos trajo la voz de un vecino que estaba cantando y Julian dijo... ¿Qué? ¿Que cantar era una de sus aficiones favoritas o algo así?

«No —pensé enfadada—. ¡Eso no es suficiente! ¡No puede ser verdad! ¡No es un cantante de ópera! ¡Que NO lo es!».

El Julian del que me había enamorado era el hombre más desastrado, dormilón, olvidadizo, torpón y desgarbado sobre la faz de la Tierra. Solía llevar el jersey lleno de pelos de perro, incumplía constantemente las fechas de entrega y perdía su teléfono móvil cada cinco minutos. Llevaba siempre el pelo largo y hecho un desastre porque nunca se acordaba de cortárselo, y encima tenía el pelo fosco porque tampoco se acordaba nunca de ponerse gomina, y era tan poco probable que tuviera trajes elegantes como que... en fin, como que los tuviera yo. ¡Era un inútil encantador! ¡Una auténtica calamidad! ¡Un oso guapo y grandote!

Esto no. Esto, jamás.

Pero mientras aquel Julian Elegante y Desenvuelto sonreía y hacía reverencias para agradecer los aplausos, otro recuerdo vino a darme un puñetazo en el estómago: la noche que nos conocimos, y aquella canción espontánea, y lo bien que la había cantado Julian.

Ay, Dios, ay, Dios. Boqueé intentando respirar. Julian Bell no era Julian Bell. Era un tenor famoso llamado Julian Jefferson, y yo ni me había enterado.

«¿Cómo es posible? ¿Cómo es posible que no lo haya reconocido?».

Busqué frenéticamente una explicación. Conocía a Julian Jefferson, naturalmente. Todo el mundo lo conocía. Pero ¿lo había visto actuar en vivo alguna vez? Pues no. ¿Y en la tele? Quizá. No me acordaba. Pero aunque lo hubiera visto, seguro que llevaba peluca y barba y sabe Dios qué más cosas. Y ADEMÁS SE HABRÍA LLAMADO JULIAN JEFFERSON.

Me agarré a los brazos de mi butaca, temiendo desmayarme. Dos caras redondas y sibilantes se volvieron hacia mí.

Tras una pausa febril me di cuenta de que me estaban hablando a mí en voz baja. Eran Helen y Jan, mis dos nuevos amigos. No podía oírles. Me encontré mirando pasmada el escenario mientras Julian levantaba las manos para poner fin a la ovación. Estaba nervioso. Y darme cuenta de ello, adivinar su estado de ánimo tan fácilmente, después de tanto tiempo, era aterrador. Nadie más en la sala vería los indicios, la sonrisa ligeramente falsa, la mano metida en el bolsillo, el leve temblor de un ojo, pero yo había querido tantísimo a Julian Bell que conocía cada gesto de su repertorio físico.

Ahora, sin embargo, lo odiaba tan absolutamente que con solo mirarlo noté que me subía la bilis por la garganta. Me había destrozado. Había destrozado a mi familia. Había borrado de golpe cada pincelada de color que había empezado a aparecer en mi vida.

—¿ESTÁS BIEN? —preguntó Jan en voz baja. Me agarraba con fuerza la mano y me miraba con una intensidad cinematográfica que pedía a gritos rayos de luz de luna y un lobo aullando—. ¿NECESITAS ASISTENCIA MÉDICA?

Su rostro tenía una expresión tan furiosa como siempre.

Sus facciones se fueron haciendo poco a poco más nítidas. Sin saber por qué, sonreí, sacudí la cabeza y farfullé algo acerca de un sándwich de queso que me había sentado mal. ¿Qué otra cosa podía hacer? Entonces me volví hacia Helen, que me miraba con cierta alarma, y susurré con una sonrisa aterrorizada:

—¿Ves al tipo del escenario? ¿Julian? Antes salía con él. ¿Puedes darme ahora unos ansiolíticos, por favor?

Se quedó de piedra.

—¡NO JODAS! ¿Lo dices en serio? ¿El auténtico Julian JEFFERSON?

—Lo digo en serio —sonreí, sintiéndome al borde del colapso—. ¿Puedes darme una pastilla?

Me dijo que no, pero me ofreció un caramelo masticable.

—Lo siento, pero no te creo, Sally. El mundo entero querría acostarse con Julian Jefferson. Estás delirando.

Entonces Julian abrió la boca, dio las gracias al público y se presentó, aunque al parecer no hacía ninguna falta.

—Y como algunos de vosotros quizá sepáis, recientemente he tenido que pasar una larga temporada sin cantar. Así que para mí es un enorme placer empezar aquí como profesor, sobre todo porque...

Su voz me hacía pedacitos. No podía concentrarme más que en un par de frases seguidas.

—¿QUÉ ESTÁ PASANDO? —susurró Jan Borsos—. ¿VAS A MORIRTE EN ESTE MOMENTO?

—Mi acompañante de hoy es una estrella de la escuela que empieza a despuntar —estaba diciendo Julian—. Y me hace mucha ilusión trabajar con ella. Señoras y señores, Violet Elphinstone.

Naturalmente, besó a Violet en la mejilla y luego se retiró detrás del piano y le sonrió animosamente mientras ella nos contaba qué pieza había elegido para la ocasión.

Yo no tenía ni idea de que Julian tocaba el piano.

Violet movió los hombros para aflojar los músculos de manera completamente innecesaria y estudiada, y sonrió a Julian con aplomo. Pero él estaba recorriendo al público con la mirada. Cuando me encontró, clavó los ojos en mí y el tiempo se detuvo.

Tras una pausa tan corta como catastrófica, Julian sonrió y se encogió de hombros con aire de disculpa, un gesto minúsculo, visible sólo para mí, como diciendo: «Esto era lo que intentaba decirte». Noté que unos dardos plateados me acribillaban los ojos y que mi campo de visión se cerraba otra vez bruscamente.

Entonces Helen susurró:

—¡La madre que me parió! ¡Pero si es verdad! ¡Acaba de sonreírte!

Yo me di por vencida y me desmayé en la butaca.

ACTO TERCERO
Escena Tercera

Nueva York, junio de 2011, algo más de un año antes

Nueva York fue como un golpe en la cabeza.

Sirenas, calor seco, quedarse pasmado mirando hacia arriba hasta partirse el cuello. «*DON'T WALK*» en rojo, la línea 6 en verde, taxis en amarillo. Una corriente hipnótica de pies y ruedas. Vagones de metro retumbando abajo, aviones chirriando arriba. Mozos de reparto corriendo entre el gentío con bolsas de papel marrón y recipientes humeantes. Las rejillas que arrojaban vapor, los pitidos, el eco de las sirenas. En cada esquina una imagen nueva e impactante cobraba nitidez: otra escena sacada directamente de un decorado cinematográfico.

Nadie perdía el tiempo quedándose quieto. Hombres que tomaban atractivas bebidas energéticas y mantenían conferencias por teléfono mientras cruzaban la calle; mujeres que sorbían con pajita de grandes vasos de *frappucino* sin azúcar mientras tecleaban frenéticamente en sus Black Berrys. La ciudad usaba gafas de sol, vestidos vaporosos, trajes resudados. O te achicharraba con su calor o te congelaba con su aire acondicionado. Ardía, siempre conectada, tensa, elegantemente vestida.

Cada día, al salir de nuestro hotel al resplandor eléctrico de Times Square, yo soltaba un gritito de asombro, como si lo viera todo por primera vez. ¿Cómo podía haber surgido una ciudad semejante de un desierto pantanoso? ¿Cómo era posible cotidianamente un mosaico de humanidad tan abigarrado? ¿Y por qué tanta gente me deseaba los buenos días y parecía decirlo sinceramente?

—¡No hay por qué darlas! —me decían alegremente cuando les daba las gracias por ser tan amables, y por más que los miraba con desconfianza, no conseguía persuadirles de que depusieran la sonrisa.

—Les importa de verdad —le susurré a Bea—. ¡De verdad les importa que pase un buen día!

Ella se rió.

—Claro que no les importa. Sonríen y son simpáticos con la misma facilidad con que vosotros los ingleses sois tiesos y malhumorados. Pero no lo dicen sinceramente.

—Por supuesto que sí —la interrumpió Barry—. SON LA GENTE MÁS SIMPÁTICA DEL MUNDO, LO JURO POR MI SOMBRERO.

Barry no llevaba sombrero, pero lo decía con tanta convicción que nadie le llevó la contraria.

Si Nueva York me dejaba pasmada, el Lincoln Center, que albergaba el Metropolitan Opera House, donde el Royal Ballet iba a actuar las dos semanas siguientes, me dejó estupefacta. Sólo el departamento de vestuario era más grande que el barrio de viviendas protegidas de mis padres, y diez veces más acogedor. Me sentí cómoda en cuanto entré.

El personal de sastrería estaba como una cabra. Eran todos muy simpáticos y tenían dos ratoncitos descarados que habían participado en la anterior producción. Me trataron a mí y a las otras sastras de la Royal Opera House como si nos conociéramos de toda la vida. Nos llevaron a tomar combinados a Chelsea, a cafés concierto en Greenwich, a recónditos restaurantes del East Village. Bea recibió la misma cálida bienvenida en el departamento de peluquería del Met, y a los bailarines les dieron camerinos enmoquetados y con *chaises longues*. Todo el mundo era feliz. Sobre todo el público, que ovacionó puesto en pie *La consagración de la primavera*.

Me encantaron esas dos primeras semanas. Fue como empezar a vivir otra vez. Nacer a los veintiocho años en un mundo ruidoso, bello y embriagador donde las cosas no parecían importar tanto. Una mañana hasta me sorprendí dando brinquitos por la acera como un corderito con sobrepeso. No era algo típico de Sally Howlett, pero me importó un bledo.

Me di cuenta enseguida de que Fiona estaba saliendo con alguien. Ella decía que estaba muy contenta, pero a mí todo aquello me daba mala espina.

—Bueno, es ese tío del avión —me dijo tranquilamente.

Fue al final de nuestra primera semana en Nueva York, y Barry, ella y yo acabábamos de cenar en el Café Select, en el Soho. Fi, que sólo había picoteado un poco su delicioso *rösti* de patata, acababa de anunciar como si tal cosa que se iba a ver a un hombre para echar un polvo.

—Raúl, ¿te acuerdas de él? ¿El del bar de a bordo? Nos dimos el número. Es muy interesante, en serio. Vive en Brooklyn.

Se quedó esperando a que expresáramos admiración, aunque ninguno de nosotros había estado nunca en Brooklyn.

—Cierra el pico, cretina —dijo Barry con calma—. Fiona, yo soy de Barry Island. Y ella de Stourbridge. Dime, ¿por qué tendríamos que saber nada sobre Brooklyn? ¿Sabes lo que te digo, nena?

A Barry siempre se le había dado bien sacar a Fiona de las disparatadas fantasías en las que flotaba para depositarla sin contemplaciones en el presente.

—Bah, cállate tú —contestó ella con afecto—. Pues eso, Brooklyn —repitió pensativa antes de darle un tiento a su *manhattan* (habíamos sido incapaces de resistirnos)—. Es... genial, y también interesante y alternativo.

Barry resopló. Los dos sabíamos que aquellas palabras no procedían de Fiona: alguien las había puesto en su boca.

—Hay montones de... eh... iniciativas culturales y tiendas *vintage* —continuó.

Barry empezó a partirse de risa.

—Raúl compró a medias con un amigo un almacén en ruinas hará cosa de quince años. Vive en la planta de arriba y el resto del edificio lo alquila por una fortuna. Creo que algunos de los inquilinos son artistas. Venga, cállate, Barry.

Se puso a juguetear con su pelo, avergonzada.

—Chica, perdona —dijo Barry, aunque saltaba a la vista que no lo decía en serio.

Fiona lo perdonó sin dudar ni un segundo y le dio unas palmaditas en la mano. A Barry se lo consentía prácticamente todo, igual que yo.

—Lo que te pasa es que estás celoso porque tuviste que quedarte en clase turista y no pudiste ligar con tíos buenos en el bar como yo.

Barry se dispuso a decirle algo acerca de que estaba cayendo muy bajo si pensaba que ligarse a un tío en un avión era algo que envidiar, pero lo interrumpí. A Fiona sólo se la podía pinchar hasta cierto punto.

—Bueno, mientras tú estés contenta —dije con firmeza.

Pareció aliviada.

—Gracias, Sally.

Luego en su cara empezó a dibujarse una expresión muy rara.

—Eh —empezó a decir—. Sally, quiero hablar contigo de una cosa. Yo...

Me puse pálida. Por favor, nada de problemas. Me lo estaba pasando tan bien...

—Oye, Bazzer, ¿puedes dejarnos un rato solas? —preguntó tras una tensa pausa.

Barry soltó una carcajada y dijo montones de cosas como «¿Qué será lo siguiente?» y «Esto no tiene precio». Nos besó a las dos en la mejilla y dijo que era hora de irse a la cama.

—Nos vemos mañana, gente rara de una familia rara de una parte rara de Inglaterra.

—Buenas noches, merluzo de Gales —contesté.

Fiona esbozó una sonrisa y se recompuso.

—Llevo varias semanas queriendo pedirte perdón —comenzó a decir con cautela—. Por... bueno... por portarme tan mal. Sé que este último año ha sido aún peor. Lo siento, Sally, de verdad que lo siento.

Me quedé tan sorprendida que no pude decir nada, así que me acabé mi *manhattan* y pedí otro al camarero. Fiona solía disculparse a toda prisa por sus indiscreciones pero nunca, en toda su vida, había reconocido lo difícil que era convivir con ella.

Aquél era un buen momento para sincerarse. Para decirle que estaba cansada de cómo se comportaba; harta de tener que responsabilizarme de ella. Y que sí, se había portado peor que nunca. Cada vez bebía más, y había sido una sorpresa muy desagradable encontrármela con una pajita de plata metida en la nariz.

Pero ella ya lo sabía.

—Lo sé —dijo en voz baja antes de que me diera tiempo a decir nada—. Lo sé, de verdad. Me doy cuenta de lo que te hago y me odio por ello. Verás, es que estoy un poco loca. Ja, ja. Ya sabes. Cosas del abandono. La tragedia de los huérfanos y todo ese rollo.

Sonreímos las dos cansinamente. Yo estaba al borde de las lágrimas. Sufría por Fiona, por las desgracias y la soledad que había vivido, y sin embargo sabía que estaba llegando al límite de mi capacidad para cuidar de ella. No podía seguir haciéndolo. Tenía que concentrarme en mí y en mi vida. Nueva York me había insuflado una energía y un arrojo que no sabía que tenía. Quería invertir en esa pequeña chispa. Quería alimentarla y hacerla crecer, no pasarme la vida corriendo detrás de Fiona, de sus facturas sin pagar y de sus continuos estallidos neuróticos.

—No estoy segura de querer seguir haciéndote de mamá —me oí decir. Mi voz sonó llena de astillas nerviosas, pero aguantó—. A veces me preocupo tanto por ti que me pongo enferma.

Hubo un largo silencio. Pareció disgustada, pero no me arrugué. Tenía un deber para conmigo misma y llevaba demasiado tiempo descuidándolo.

—Sólo quiero ser tu amiga. Tu prima —añadí.

Asintió con la cabeza, pensativa.

—Dios —masculló—. Soy horrible de verdad.

Otro silencio.

—¿Sabes que todo es porque me odio a mí misma? —preguntó.

Hice una mueca, acongojada. No quería oír aquello, sobre todo porque no podía soportarlo.

—La gente difícil y arrogante como yo —prosiguió— siempre se odia a sí misma. En el fondo.

—No deberías odiarte a ti misma —masculló.

Parecía tan pequeña y perdida...

—No hay nada que odiar, de verdad. Mírate, Pecas. Eres preciosa. Eres divertida. Lista. Y eres una bailarina de ballet maravillosa y encantadora. La tía Mandy habría estado tan orgullosa de verte en este escenario... Ella...

Me quedé sin palabras. La tristeza y la injusticia de lo que le había ocurrido a Fiona seguían siendo tan espantosas ahora como veintiún años atrás.

La tía Mandy habría reventado de orgullo al ver a su hija bailar en el Metropolitan Opera House, sí. Se habría desgañitado en su butaca cuando los bailarines hubieran salido a recibir la ovación del público. No como mi madre, que se habría negado rotundamente a venir a Nueva York.

Los ojos de Fi se llenaron de lágrimas y asintió con la cabeza, viendo quizá la misma imagen de su madre dando saltos y vítores. Al verla llorar me entró el llanto y estuvimos unos minutos calladas mientras las lágrimas corrían por nuestras caras, tan distintas. Pero aunque nuestra pena pudiera pintarse de colores distintos, procedía del mismo lugar. Ahora más que nunca éramos gemelas, más que primas.

Llegaron nuestras bebidas.

Fi apartó su cóctel.

—Voy a dejar de beber para siempre —dijo mientras se limpiaba el ribete como de encaje que le había dejado el rímel en las mejillas—. Ya lo tengo todo bajo control. Eso es lo que quería decirte. Desde que conozco a Raúl me he dado cuenta de que no necesito ni beber ni ponerme a dieta, y menos aún drogarme. ¡Estoy lista para madurar!

Y, como de costumbre, la creí. Raúl lo había curado todo. Desde luego que sí.

Escena Cuarta

Nueva York, Boston, Filadelfia, Washington

Nuestras dos semanas en Manhattan fueron las más felices de mi vida. Cuando viajamos al norte, a Boston, hice intento de escribir algo en mi diario, pero al final me limité a dibujar una enorme cara sonriente y bobalicona. Luego dibujé un gran glande encima porque sabía que me estaba comportando como una cría atolondrada, y me importaba un comino.

Después de Boston pusimos rumbo al sur, a Filadelfia, y finalmente a Washington. Los trayectos en taxi desde el aeropuerto a la ciudad eran siempre idénticos, al margen de dónde estuviéramos: grandes paneles de metal verdes suspendidos sobre las carreteras anunciando autopistas de peaje, circunvalaciones y carreteras interestatales, y gigantescos camiones típicamente americanos que pasaban rugiendo bajo ellos. Hasta las señales de tráfico me encantaban, sin motivo aparente.

Y por motivos aún menos aparentes me encantaban también, y no podía parar de fotografiarlas, las señales luminosas que aparecían de pronto en el cielo nocturno como anunciando nuestra llegada a cada ciudad: Denny's, Wendy's, IHOP, Duane Reade... Los hoteles americanos me parecían, además, muy reconfortantes. Siempre había alguien dispuesto a echarte una mano, siempre más comida de la que uno podía comer, siempre una toalla limpia y una persiana para impedir el paso de la luz, y un enorme ropero en el que cantar. Curiosamente, la cháchara estéril de los publirreportajes televisivos me tranquilizaba, y el zumbido del aire acondicionado solía

adormecerme incluso cuando estaba con los nervios de punta después
del trajín enloquecedor de una función. Fue una época deslumbrante,
rebosante de emoción y novedades, y sin embargo marcada por habitaciones silenciosas y anónimas. Otra paradoja americana a la cual le
cogí mucho cariño.

Fiona parecía otra. Yo no sabía si era por la emoción de la gira o
por cómo iba progresando su relación con Raúl, pero para mi asombro se mantuvo fiel a su palabra. Todos los días se levantaba, calentaba
adecuadamente, como los demás, llegaba puntual a los ensayos y a las
funciones y de vez en cuando hasta tomaba una comida decente. Parecía que de verdad había dejado de beber, lo cual era un milagro sin
precedentes. En una pequeña marisquería del North End de Boston,
Bea, Barry, Fiona y yo estuvimos hablando de nuestros sueños infantiles y Fiona dijo con sencillez:

—Yo sólo quería ser como Sally.

Y a todo el mundo se le saltaron un poco las lágrimas hasta que
Bea pidió otra botella de vino tinto y nos mandó callar.

Yo no dejé de preocuparme por ella, claro. Nunca había dejado de
preocuparme por ella. Me incomodaba que pasara tanto tiempo hablando por teléfono con Raúl, y me extrañaba que estuviera tan parlanchina incluso a primera hora de la mañana. Estaba acostumbrada a
sus resacas y a su mal humor. Una noche Bea y ella salieron a bailar y
no volvieron hasta las cinco de la mañana. Aunque Fiona seguía llena
de energía cuando volvieron, noté por su aliento que no había bebido.
No tenía ni idea de cómo lo había conseguido, pero no pensaba empezar a entrometerme.

Seguía llegando tarde y siendo caótica a veces, y de vez en cuando
se volvía insoportablemente irritable, se encerraba en sí misma un rato
y cuando regresaba de su ensimismamiento lo hacía feliz. Barry y yo
dedujimos que se había aficionado a la meditación.

Barry tuvo un lío en Filadelfia con un ingeniero civil llamado Richard que era sumamente agradable y divertido y con el que yo me
empeñé en que se casara. Pero Barry era más pragmático:

—Pollito, no he venido aquí a buscar marido —me dijo tajantemente—. He venido a expresarme por medio de la danza. Richard y yo lo hemos pasado maravillosamente y se acabó. No voy a mentir, es un ejemplar espléndido, pero vivimos en distintas orillas, Pollito. En distintas orillas.

Yo no tuve romance de ningún tipo.

Los hombres y las relaciones de pareja me parecían muy complicados. En el fondo sospechaba que me daban miedo, que temía embarcarme en algo serio por si ello despertaba en mí sentimientos inmanejables para Sally Howlett. Así que normalmente me decidía por hombres con los que a) me divertía o b) no tenía absolutamente nada en común. Teníamos que congeniar, claro, pero nunca había conocido ni por asomo esa cosa sobrenatural que, según decía Fiona, se estaba desarrollando entre Raúl y ella.

Un vínculo así sólo se daría con un hombre al que creyera verdaderamente sublime, y los hombres que me parecían verdaderamente sublimes estaban muy por encima de mis posibilidades. Yo sabía que era bastante simpática, pero no especial. Nunca sería especial.

Así que en la gira no pasó nada. Me concentré en el trabajo, en explorar la costa este y en disfrutar de la nueva actitud de mi prima, mejorada y libre de alcohol. Me olvidé de la carta de Brian y del asunto del canto, y me sentí segura y feliz.

Unos meses más tarde, después de que Julian apareciera y desapareciera de mi vida como una explosión y de que yo volviera a Inglaterra con los restos del naufragio colgando del cuello como una piedra, solía mirar las fotos de esas semanas soleadas y me preguntaba qué había sido de aquella chica despreocupada y feliz.

La gira del ballet tocó a su fin en agosto, y en ese momento me di cuenta de que me invadía una extraña sensación cada vez que pensaba en Nueva York. Notaba algo un poco roto y aplastado dentro del pecho cuando me acordaba de las dos semanas que habíamos pasado allí. Algo que requería cuidados.

La sensación se convirtió en sentimiento, y el sentimiento en idea: tenía un asunto pendiente en Nueva York.

Pero ¿cuál? Quizá fuera sólo que necesitaba probar otra vez las deliciosas tostadas francesas del Noho Star. O quizá no. Lo que estaba claro era que el tirón de Nueva York era cada día más fuerte.

«No vuelvas a casa. Fuiste feliz en Nueva York. Quédate. Quédate más. Es importante. Importante de verdad.»

Así que cuando la jefa de sastrería del Metropolitan me mandó de repente un e-mail preguntándome si estaría interesada en cubrir una baja por enfermedad de cuatro semanas en su nueva producción de *Turandot*, dije que sí. A pesar de que no tenía visado y de que tendría que trabajar como meritoria. A pesar de que no tenía ni idea de dónde iba a vivir. A pesar de que mi madre se quedó tercamente en silencio cuando se lo conté por teléfono.

Tres días después, a mediados de agosto, me despedí del Royal Ballet en el aeropuerto internacional Dulles de Washington y tomé el tren de vuelta a Nueva York.

La primera mañana, antes de entrar a trabajar, fui al Soho a comprar un bollo y me senté al sol a mirar a los niños que lanzaban aros en el parque de Thomson Street. Y supe con absoluta certeza que estaba donde debía estar. Nueva York me había hecho regresar por algún motivo y yo era toda oídos.

Escena Quinta

Nueva York

Me adapté enseguida a mi trabajo en el Met. La fabulosa magnitud del edificio no disminuyó lo más mínimo por el hecho de estar allí por segunda vez. Era sencillamente sobrecogedor. Incluso en las entrañas del edificio, muy por debajo del escenario, donde zumbaban máquinas invisibles y había talleres en los que se ejecutaban tareas técnicas que yo ni siquiera podía soñar con entender, todo me parecía ridículamente emocionante. Cuando no estaba trabajando, me quedaba calladita en un rincón de una sala de ensayo subterránea o me sentaba en el auditorio durante un cambio de decorado, mirando maravillada cómo cerca de doscientas personas martilleaban, apretaban y aflojaban tornillos, subían, bajaban, gritaban y ajustaban. Toda una maquinaria humana montando el siguiente decorado en cuestión de horas.

Turandot era una producción épica, y aunque mi papel era de poca importancia, yo trabajaba a toda máquina. Ni me enteraba del cansancio. Estaba en Nueva York. «¡YEAH!», me gritaba a mí misma en el espejo cada mañana, y ni siquiera era una ironía.

Lo mejor de mi regreso a la ciudad fue que también vinieron mis amigos. Estaban los tres tan celosos de que hubiera prolongado un mes mi estancia en América que buscaron el modo de hacer lo mismo. A Fiona y a Barry no los necesitaban en los ensayos durante un tiempo, y Bea había decidido tomarse otro mes de vacaciones porque era Bea y a Bea nadie le llevaba la contraria.

Por insistencia de Fiona alquilamos un piso enorme en el almacén reconvertido de Raúl, en el límite norte de McCarren Park, Brooklyn, entre Williamsburg y Greenpoint.

—La gente más *cool* vive en esa zona —nos dijo sin asomo de ironía.

Hicimos una mueca.

—Y Raúl es el dueño del edificio. Nos va a alquilar el apartamento por casi nada.

Dejamos de hacer muecas.

A Barry y a mí no nos importaba gran cosa dónde viviéramos con tal de que fuera asequible, y Manhattan no lo era. A Bea, claro, le molestaba la idea de vivir en Brooklyn, pero se animó enseguida cuando, al visitar el edificio, se tropezó con un exligue en el vestíbulo de entrada. Acababa de mudarse desde Chelsea.

—Ese tío es millonario. —Resopló por la nariz—. Si Brooklyn es lo bastante bueno para él, también lo es para Beatriz Maria Stefanini.

El apartamento era sensacional. El «espacio central», como lo llamaba Fiona, era tan grande que Barry y ella podían ejecutar complejas coreografías en él, y todavía quedaba sitio para que yo me tomara una tacita de té en el enorme sofá en forma de herradura que ocupaba el centro del salón, y para que Bea celebrara catas de vino con su antiguo ligue del piso de arriba, y para que Raúl se paseara cantando viejos éxitos de los Branchlines. Que fue lo que, en más de una ocasión, nos descubrimos haciendo todos. Habíamos acordado en secreto que convenía tener cerca a Raúl: su don para calmar a Fi resultaba tan útil que no podíamos pasarlo por alto.

Estábamos en la planta baja, así que teníamos vistas a un patio selvático. El exligue de Bea (que se había convertido enseguida en su actual ligue) vivía dos pisos más arriba y sus vistas eran mucho más emocionantes: desde allí se divisaba un buen trozo de Manhattan. Pero el apartamento que tenía mejores vistas era el de Raúl, que estaba en el quinto piso. Desde allí, nos dijo Fiona, se veían kilómetros y kilómetros en todas direcciones a lo largo del río East y, de frente, los edificios más emblemáticos de Nueva York.

Era, en efecto, una zona muy *cool*, aunque con un ligero toque hortera. A los hombres les encantaba conjuntar sus grandes y agrestes barbas con minúsculas coletitas de aire irónico y pantalones cortos hasta la altura de la rodilla, muy apretados. A mí me parecían atroces e hilarantes, y a Barry también. Bea seguramente ni los veía de lo lejos que estaban por debajo de su radar, pero a Fiona le parecían todos increíblemente modernos e inspirados.

—¡Raúl es tan *cool*! —exclamó un día—. Estoy aprendiendo muchísimo sobre moda y esas cosas, ¡Raúl está cambiando de verdad mi perspectiva!

—Fiona —la interrumpió Barry enérgicamente—, hablas como una gilipollas. Contente, niña, que eres de Stourbridge.

Fiona soltó una risita.

—La verdad es que iba a ir de compras a tiendas *vintage*. Hay montones por aquí, ¿lo sabías? Raúl me ha dicho que va a llevarme a unos almacenes que hay pasado Bushwick donde hay MONTONES de cosas más. Porque no me apetece llevar cosas viejas y apestosas de los ochenta, pero ¿quién dice que no voy a encontrar un Vivienne Westwood perdido por ahí? Podría ser ALUCINANTE, ¿no cre..?

Barry volvió a interrumpirla:

—Fiona, ¿haces el favor de calmarte? ¿Y de bajar el volumen, de paso? Estamos aquí al lado.

—Estoy de acuerdo, querida mía —dijo Bea dulcemente desde su mesa. Había venido un brasileño a darle un masaje—. Relájate.

—Dios mío, chicos, sólo estaba diciendo... Tranquilos, ¿vale?

—Creo que eso es precisamente lo que te estábamos aconsejando a ti, pastelito mío —contestó Barry—. En serio, olvídate ya de todo ese rollo *vintage*, ¿sabes lo que te digo?

Fiona se encogió de hombros altivamente como si fuéramos todos unos gilipollas, se levantó de un salto y se puso a hacer pasos de ballet mientras mandaba un mensaje a alguien y jugueteaba con su pelo. Era extraño verla siempre activa y en pie, y no tirada por ahí, con su constante mal humor.

Yo seguí con mi trabajo, sin quitarle ojo. Era sábado y tenía la tarde libre, pero para ahorrar tiempo la semana siguiente me había traído a casa un precioso traje oriental que necesitaba unos arreglos.

—Bueno, chicos —estalló Fiona, rompiendo el silencio—, aun a riesgo de ponerme pesada... —Respiró hondo, avergonzada, y Barry bajó su crucigrama bruscamente—. Raúl quiere que salgamos todos esta noche, a un bar del East Village. Es, eh, un recital de poesía —añadió valerosamente.

—Perdona —le dijo Bea en voz baja al masajista brasileño—. Disculpa un momento. —Se levantó desnuda y, poniendo los brazos en jarras, se acercó a donde estaba sentada Fiona—. Fiona, cariño, ¿acabas de invitarnos a un recital de poesía?

Barry se levantó de un brinco y le pasó su bata de Chanel. A Bea no le gustaba mucho vestirse y a veces necesitaba que se lo recordaran.

—Póntela, ¿vale, cielo? —le susurró Barry. Luego él también se volvió hacia Fiona y cruzó los brazos—. ¿Hablas en serio, amiga mía? —preguntó—. ¿O te has equivocado? Yo creo que te has equivocado.

Yo empecé a reírme en voz baja sin poder remediarlo. Apenas unas semanas antes Fiona habría montado en cólera, pero ese día me miró y empezó a reírse histéricamente.

—¡Ay, Dios, lo sé, lo sé! Pero Raúl ha quedado esta noche con sus amigos del colegio porque es el aniversario de la muerte de la mujer de uno de ellos y son todos artistas y filósofos y cosas así, y les apetece mucho ir a ese café literario... A Raúl tampoco le apetece ir, pero les quiere. Y yo lo quiero a él. Y si vosotros me quisierais a mí, vendríais... Por favor.

—Ay, Dios —masculló Barry aturdido, quitándose sus gafas y limpiándolas con la camiseta—. Ay, Dios.

Pero yo ya me había olvidado del recital de poesía.

—Pecas, ¿acabas de decir que quieres a Raúl?

Dejé la costura a un lado.

Fiona se sonrojó.

—Puede ser.

Sonrió.

Se hizo un silencio. Todos los ojos se clavaron en ella.

Bea puso otra vez los brazos en jarras, y su bata, que estaba mal atada, volvió a abrirse.

—¡GUÁRDATE EL POTORRO! —le gritó Barry con ferocidad—. Perdona —le dijo en voz baja al masajista brasileño, que se encogió de hombros. Le interesaba mucho más Barry que el potorro recortado de Bea.

—¿Y bien? —dijo Bea mientras se ataba la bata—. ¿Es eso cierto? ¿Quieres a ese extraño bohemio? ¿Con sus amigos viudos y su poesía?

Fiona se puso a juguetear con el botón de sus pantalones cortos.

—Sí —murmuró con una risa nerviosa—. Creo que sí. Creo que va de verdad, en serio. Bueno, nunca me había sentido así antes, nos llevamos de maravilla, y él es fantástico, de verdad que es uno entre un millón, tan guapo y encantador... Y él también está loco por mí... Así que... ¡AARRRRR!

—Champán —bramó el masajista brasileño, acercándose con decisión a nuestro gigantesco frigorífico.

Llevaba ya una semana dándole masajes a Bea: ya le había pillado la onda. Y, efectivamente, dentro de la nevera había tres botellas de Dom Pérignon puestas a enfriar.

—*¡Preziosa!* —gritó Bea entusiasmada—. ¡Cuánto me alegro por ti! ¡Claro que vamos a ir a tu recital de poesía! *¡Santé!*

Barry parecía un poco molesto.

—Espera un minuto —dijo—. Bueno, yo también me alegro por ella y todo eso, pero, en serio, ¿no habéis oído lo que acaba de decir la chica? ¡Quiere que vayamos a un recital de poesía! ¿Alguno de vosotros sabe de verdad qué es un recital de poesía?

—¿Lo sabes tú, tesoro? —le preguntó Bea mientras descorchaba el champán.

—Bueno, estrictamente no, pero...

—Entonces cállate —dijo Bea tranquilamente—. Vamos a ese café literario, escuchamos unos poemas, le damos nuestra bendición a la feliz pareja, y de paso le digo a Raúl que si hace sufrir a nuestra niña, haré carne picada con su pene.

Fiona se rió con nerviosismo.

—Es un encanto —afirmó—. De verdad, no creo que tengas que...

—Ignórala. —Me levanté para darle un abrazo—. No vamos a permitir que se acerque a su pene. ¡Me alegro muchísimo por ti, Pecas!

Y era cierto.

Fiona, que debería haber estado cansada porque se había pasado toda la noche en pie, se puso a bailar como una loca mientras parloteaba dirigiéndose a Barry, que pasaba olímpicamente de ella. Pasado un rato se le unió Bea y yo estuve mirándolas con curiosidad, preguntándome qué había que hacer para activarse de esa manera una soñolienta tarde de sábado.

*C*omo tenía un poco de resaca y había estado casi todo el día hecha polvo, me quedé un rato más en casa cuando se fueron al East Village para poder acabar mi vestido oriental. Eran ya más de las ocho y la oscuridad rozaba con sus suaves dedos nuestro selvático patio. Las noches eran cada vez más cortas y frescas tras un verano abrasador, y me descubrí buscando una chaqueta por primera vez desde hacía semanas.

Mientras cosía pensé en la noticia que nos había dado Fiona. Raúl parecía un tipo majo, desde luego. Un pelín preocupado por todo lo *cool*, quizá, pero lo cierto era que podría haber sido mucho peor. Ese mismo día yo estaba esperando a Barry en una panadería cuando había entrado en la tienda un hombre con zapatillas de bota, culotes ochenteros de raso y camiseta de rejilla. Llevaba una visera y gafas de aviador, y desde luego no iba a una fiesta de disfraces. (Lo sabía porque Barry se lo había preguntado.) Lo de Raúl no era para tanto, ni mucho menos. De hecho, si no lo hubiera buscado en Internet, jamás habría creído que formaba parte de un grupo musical. Parecía pasarse la vida jugando a Angry Birds en el móvil y llevando a Fi a citas encantadoras. Lo de conducta a lo Ferrero Rocher en el avión debía de haber sido cosa de los nervios.

Y estaba clarísimo que Fiona le gustaba. Un montón. La llamaba constantemente y hasta cuando (muy de tarde en tarde) decidían «pasar una noche separados», acababa por tirar la toalla y bajar a nuestro apartamento. Le daba la mano en público y la llamaba Pecas, cosa que a mí me gustaba. También parecía comprarle un montón de cosas, y Fi se lo permitía, lo cual era muy raro en ella. Fiona era un desastre con el dinero, pero también increíblemente orgullosa.

Pero lo mejor de todo era el efecto que Raúl parecía estar teniendo sobre su costumbre de beber. Yo no la había visto ni darle un sorbito a una cerveza, y casi siempre parecía tener mucha más energía que antes. Y mucho más interés en hablar con nosotros. Todavía se cabreaba con frecuencia, pero se le pasaba más deprisa. En general, era mucho más fácil estar con ella.

Me pinché el pulgar con la aguja y me puse a maldecir a oscuras. ¿Cómo era posible que se hubiera hecho casi noche cerrada y que no me hubiera enterado? Estiré el brazo y encendí uno de los flexos de acero que había distribuidos por el apartamento. No pasó nada. Me levanté y pulsé el interruptor principal. Nada.

—Ay —dije en medio de la habitación a oscuras—. Se ha ido la luz. Ha habido un apagón —añadí imitando chapuceramente el acento americano.

Pensé en dejar mi vestido oriental e irme a buscar a los otros, pero me acordé de que estaba en camisón y chaqueta y aún no me había lavado el pelo. Un café literario, pensé, seguramente estaría poblado por personas con problemas semejantes, pero mi pelo sucio tenía la desventaja añadida de oler a tabaco y a cerveza; la noche anterior habíamos estado cenando pizza al fresco en Bushwick, en el Roberta's.

Me propuse encontrar una linterna en el armario de «los cacharros», pero no encontré nada.

Fi me mandó un mensaje: *Hey, ¿dónde estás? ¡Ven, ven, ven! ¡ENSEGUIDA! XX.* Maldita sea. Quería estar allí con ella esa noche.

Salí a tientas al pasillo de fuera para ver si el apagón era general. Y sí, lo era, aunque había luz en el piso de arriba, donde vivía Raúl. Una luz vacilante. Parecía como si alguien hubiera dejado una vela delante de su puerta.

Artistas. Qué chalados. ¿Por qué narices tenían que dejar una vela encendida en el pasillo si habían salido a beber y a recitar poemas?

Subí corriendo las escaleras para tomarla prestada unos minutos.

Estaba metida en un largo tubo de cristal y la verdad es que quedaba preciosa en medio del gran descansillo industrial, proyectando la sombra de la barandilla sobre los ladrillos encalados y desconchados de la pared. El que la había dejado la había rodeado de piedras.

«Estos artistas no están del todo majaras», concedí generosamente mientras agarraba el tubo de cristal.

Entonces me detuve. Heme aquí, mofándome de los artistas y al mismo tiempo birlándoles su vela.

Por lo menos tenía que comprobar que no había nadie allí arriba.

—Eh... ¿hola? —dije alzando la voz mientras llamaba cautelosamente a la puerta.

Con la suerte que tenía, seguro que el artista chiflado que todavía estaba de luto por la muerte de su mujer estaría dentro, cantando lastimosamente y haciendo una *performance* desnudo sobre el tema de la pérdida del ser amado.

—¿Hola? —contestó una voz de hombre.

Me quedé de piedra.

—Ay, perdón —dije—. Iba a robarte tu...

Se abrió la puerta.

—Vela —concluí compungida, alzando la vela delante de mí. Y empecé a balbucir—: Bueno, no es que fuera a robarla, iba a cogerla prestada porque me apesta el pelo y quería salir a reunirme con los demás en el café y... Espera, ¿por qué no estás tú con ellos?

El hombre de la puerta era un artista, casi seguro. No llevaba pantalones pesqueros, ni pañuelo al cuello, ni nada, pero se había puesto la camiseta del revés y con lo de atrás delante, y llevaba la cremallera abierta. Además tenía un pelo casi, casi monstruoso. A pesar de todo lo cual era muy atractivo.

—Eh, ¿qué? —dijo después de un silencio—. ¿Qué es todo eso que acabas de decir?

Tenía el acento más raro que yo había oído nunca. Y además parecía estar divirtiéndose.

Volví a dejar la vela en el suelo. Tenía la cara y el cuello ardiendo de vergüenza.

Me incorporé y lo miré de frente. «Confiesa enseguida cuando hagas algo mal», decía siempre mi madre. «¡No esperes ni un minuto más, Sally! ¿Entendido?»

Me aclaré la voz.

—Lo que te decía es que iba a tomar prestada tu vela y te pido disculpas. —Hice una pausa—. Sólo que no iba a tomarla prestada, iba a robarla, porque lo de llamar se me ha ocurrido después.

Él se apoyó contra el marco de la puerta e intentó no sonreír.

—Continúa —dijo.

Tragué saliva.

—Bueno, pues eso, que lo siento mucho. No soy una ladrona. No he robado nada en toda mi vida. Menos el He-Man de mi hermano Dennis, y sólo porque había que arreglarlo y Dennis no quería soltarlo...

Me interrumpí al ver que levantaba una ceja. ¿Qué estaba diciendo, en nombre del cielo?

Se metió las manos en los bolsillos y esperó a que continuara.

«Está intentando no reírse de mí», pensé acongojada.

—Y luego te he explicado que el motivo por el que necesitaba una vela era que quería lavarme y cambiarme, porque, necesito hacerlo.

—¿Es eso lo que has dicho exactamente? Me ha parecido que decías algo acerca de que te apesta el pelo.

Algo dentro de mí empezó a morirse.

—Eh... Esto, sí. He dicho que me huele mal el pelo. Y luego te he preguntado por qué no estabas en el café con los demás. —Bajé la cabeza—. No ha sido mi mejor saludo, lo siento. Ahora te dejo en paz. Perdona por todo.

Él estuvo un minuto sin decir nada. Luego comenzó a sacudirse. Y por fin estalló, soltando una carcajada enorme como una marea de risa. Se rió y se rió hasta doblarse por la cintura.

—¡Por favor! —aulló—. ¡Por favor, no te vayas! ¡Pasa! ¡Pasa enseguida! ¡Quiero hablar contigo un poco más!

¿De dónde era? Hablaba como si su madre fuera una manhattaniana de clase alta y su padre un pony de Devon viejo y peludo. De hecho, lo mismo podía decirse de su físico.

—Eh, no, no quiero pasar, ya te he molestado bastante...

Cambié de postura, apoyándome en un pie y luego en el otro.

Empezó a recuperarse, aunque todavía le daban sacudidas de risa.

—Vale. Pero ¿qué vas a hacer con tu pelo apestoso? Porque sigues queriendo salir, ¿no?

Yo era muy consciente de que no quería que aquel hombre supiera que me apestaba el pelo. Él me miraba atentamente mientras intentaba abrocharse la correa del reloj, sujeta en parte con cinta aislante.

—Ojalá no hubiera dicho lo del pelo —balbucí—. No suele olerme mal el pelo... Es que anoche estuvimos sentados en una terraza y todo el mundo estaba fumando, es por eso.

—Ha sido la presentación más encantadora que he oído nunca.

—Tengo otras mejores.

—¿En serio? Dime algunas. No se me ocurre mejor forma de abrir una conversación que «Voy a robarte tu vela, me apesta el pelo y ¿QUÉ HACES QUE NO ESTÁS FUERA COMO TODOS LOS DEMÁS?».

—Si me has entendido la primera vez, ¿por qué me has hecho repetirlo? —pregunté.

Tenía una vaga conciencia de que aquello era lo que se llama una «conversación ingeniosa». No era algo en lo que yo tuviera mucha soltura, pero la verdad es que era bastante divertido. Y ahora que se me había pasado la vergüenza inicial no me sentía asustada en absoluto, como solía pasarme cuando hablaba con hombres superguapos.

Umm. Sí. Superguapo. Estaba realmente buenísimo. Incluso más de lo que me había parecido diez segundos antes, a pesar de su pelo (que no sólo, noté, estaba todo alborotado, sino que además era muy crespo). Seguramente debía marcharme cuanto antes. Los hombres guapos no eran lo mío.

—Te he pedido que lo repitieras porque me ha parecido brillante —dijo—. Ay, mierda.

Se le cayó el reloj al suelo.

—¿Quieres que te eche una mano? —pregunté—. No parece que estés teniendo mucha suerte con eso.

Estaba deseando dejar de ser el centro de atención.

Me tendió la muñeca. Era muy bonita. Una muñeca cálida y tersa. Le abroché el reloj y me di cuenta de que tenía que marcharme: estaba empezando a enamorarme de él.

—Perdona por todo y adiós —dije con firmeza—. A lo mejor nos vemos en el recital de poesía.

Arrugó la frente, cruzó los brazos e hizo caso omiso de mi despedida.

—Lo siento. —Intentó no sonreír, pero fracasó—. Lo siento... Pero ¿de dónde coño eres? ¡Tienes un acento de locos!

—¡Le dijo la sartén al cazo! ¡Tú hablas como si la presentadora de una tertulia de televisión se hubiera enrollado con un granjero viejo y greñudo y te hubieran tenido a ti!

Al oír esto, se dobló otra vez y soltó otra carcajada. Yo intenté no reírme, pero no hubo manera. Mi acento era de verdad ridículo. Y el suyo aún peor. Nos partimos de risa los dos, él con sus greñas, yo con mi pelo apestoso, mientras la llama de una vela temblaba entre los dos. Yo no tenía ni idea de qué estaba pasando, pero me sentía de maravilla: radiante y como si tuviera burbujitas por dentro.

Al final nos recuperamos y me preguntó de dónde era.

—Eh, pues de Stourbridge, Inglaterra. Está en el Black Country, en la esquina más al sur, no muy lejos de Birmingham pero...

—Sé dónde está Stourbridge —dijo.

—¡Caray! Nadie sabe dónde está Stourbridge. ¡Y menos aún los americanos!

—Me crié en Devon —dijo para inmensa sorpresa mía—. Mi madre es americana y llevo años aquí, en Brooklyn, pero mi padre es... ¿Qué has dicho? ¿Un granjero viejo y greñudo? Tiene una granja en el valle del Teign. Donde me crié. Por eso tengo este acento tan raro.

—¡Ah! Bueno, lo que he dicho de tu acento sólo era una broma... Pero he dado en el clavo...

Tenía que marcharme, de verdad. Aquel hombre y yo teníamos en común un acento muy raro, y probablemente nada más.

—Julian —dijo, tendiéndome la mano cuando ya iba a darme la vuelta para marcharme.

Se la estreché.

—¿Julian qué? Yo soy Sally.

Le apreté la mano una fracción de segundo más de lo necesario, mirándolo a los ojos. ¿Qué me pasaba? Esa noche estaba siendo osada como un tejón.

Se quedó callado un momento antes de contestar. No me sorprendió del todo: tenía pinta de ser de los que se olvidan hasta de su apellido.

—Eh, Julian Bell —contestó al final—. ¿Quieres pasar? Pasa, por favor.

Lo miré entornando los ojos en la penumbra mientras me preguntaba si sería uno de esos tipos que parecían normales y en realidad estaban pensando en hacerte picadillo en la bañera y conservarte en vinagre.

—Claro —me oí decir.

Pasé a su lado y entré, preguntándome qué demonios me proponía. Mi cuerpo había actuado por cuenta propia, sin consultar antes con mi cerebro.

La habitación estaba llena de velas. El hombre, Julian Bell, cerró la puerta a mi espalda.

ACTO CUARTO
Escena Sexta

Londres, septiembre de 2012

De: Sally Howlett [mailto howler_78@gmail.com]
Para: Fiona Lane [mailto fionatheballetlegend@hotmail.com]
Enviado: Miércoles, 12 de septiembre 2012, 20.06.30 GMT

Fi, hoy me he enterado de que Julian es profesor de canto en la escuela.

No puedo seguir con esto, cariño, lo siento mucho.

Lo he intentado porque te quiero, pero no puedo volver a estudiar allí. No es mi mundo, odio estar allí y, sobre todo, no puedo soportar ver a Julian todos los días. Arruinó mi vida, Fi. Si alguien lo entiende, ésa eres tú.

Mañana voy a hablar con Brian y a explicarle que no puedo seguir.

Te quiero muchísimo y no sabes cuánto lo siento.

Sally XXXXXXX

Escena Séptima

Londres, al día siguiente

Brian me miró por encima de las gafas. A pesar de la vergüenza agobiante y de la tristeza que sentía, seguía teniéndole un cariño inmenso a aquel hombre: un afamado cantante de ópera que llevaba las mismas gafas de leer cutres, de las de tres libras, que usaban mis padres. Colgadas alrededor del cuello con un cordón de zapato.

Estuvo un rato sin decir nada. Yo me quedé mirando el Royal Albert Hall por la ventana y sentía que el aire cálido y denso se movía pesadamente a mi alrededor. Estábamos teniendo una miniola de calor septembrina, lo que hacía tanto más difícil mi decisión de dejar la escuela.

«Con el cielo gris y un edificio húmedo y frío sería más fácil», pensé en tono lúgubre.

Podría haberme perdonado abandonar aquel lugar si hubiera sido sensorialmente deprimente.

Pero no lo era. Oía a alguien ensayando una suite de violonchelo de Bach allí cerca, y el sonido era tan bello que podría haberme echado a llorar. Los árboles de fuera murmuraban suavemente y la luz del sol resbalaba despacio por entre las hojas.

Sentí una amarga decepción conmigo misma mientras estaba allí de pie, en el aula 304: un aula en la que tantos cantantes deslumbrantes y tenaces habían luchado por entrar.

Pero mi sitio no estaba allí. No me merecía ver a diario aquel panorama del Royal Albert Hall, ni que Brian fuera mi tutor ni un solo segundo. No era ni lo bastante especial ni lo bastante valiente para estar allí. Y, lo que era aún más importante: no podía respirar. No podía, estando Julian Bell en el edificio. Digo Julian Jefferson.

Después del taller del día anterior, había escapado llorando de allí y me había encerrado en el armario con *Zanahoria* hasta que había vuelto Barry. Había llamado a Fiona, pero su voz sonaba tan lejos que casi no la oía, lo cual había empeorado las cosas.

Por una vez, Barry se había puesto muy serio y había pasado media hora larga sentado en el armario conmigo, en medio de un adusto y respetuoso silencio.

—El puto Julian. Qué cabrón, qué cabrón —repitió en voz baja—. Qué cabrón. No se merece tener trabajo. Y menos en un sitio así.

Después había pedido una pizza para mí (hasta se había comido valerosamente una porción) y nos habíamos sentado juntos a buscar cosas sobre Julian en Internet.

«Julian Jefferson», comenzaba la Wikipedia, «es un afamado tenor estadounidense». Julian (en versión rara y elegante) sonreía desde la página en blanco y negro, con la cara iluminada por una luz moteada y una pared de ladrillo desenfocada de fondo. Llevaba una camisa blanca tiesa y perfectamente planchada (ni rastro de sus camisetas descoloridas y agujereadas) y el pelo largo peinado en aquel mismo estilo ondulado y cursi con el que se había presentado ante mi puerta y luego en la escuela. Parecía muy seguro de sí mismo, rebosante de talento y aplomo. Como si tuviera que llamarse «Horacio». Estaba claro que era el mismo Julian, y sin embargo estaba a años luz del hombre al que yo había amado antaño tan locamente.

Barry miró un rato la foto, farfulló algo de que parecía uno de esos capullos que administraban fondos de inversión y rompió a reír.

Yo lo miré. Estaba tan aturdida que casi había perdido la cabeza.

—Lo siento, Pollito —sollozó—. Pero ¿a qué cojones está jugando? Este Julian se cuida más que un maricón, así que ¿por qué iba a querer arruinarlo todo disfrazándose como una especie de cantante melódico con melena? ¡Ese pelo! Ay, madre...

Ante mi angustiado silencio, por fin dejó de reírse y volvió a poner cara de circunstancias.

«¿Quién eres?», pensaba con tristeza mientras miraba la pantalla.

Ver a Julian el día anterior, dando instrucciones a Violet Elphinstone, había sido como un mal viaje de ácido, o así al menos me lo imaginaba yo. Oír todos aquellos términos italianos y aquellas bromitas operísticas, y ver cómo mejoraba de verdad el aria de Violet en apenas una hora de clase, había sido espantoso y surrealista, todo al mismo tiempo. Nada de lo que le había oído decir anteriormente, nada de lo que le había visto hacer, me había dado la más leve pista de que era... aquella persona. Julian Jefferson, el tenor de fama mundial al que Wikipedia dedicaba una entrada de buen tamaño. Un sujeto que lucía un Rolex y calzaba elegantes zapatos de piel.

«Julian Jefferson You Tube», tecleó Barry.

Quise pararle porque sabía que no debía escuchar cantar a Julian, pero se me atascó la voz en la garganta. Me quedé allí sentada, muda, mirando cómo se cargaban varios centenares de vídeos de Julian Jefferson. Con un suspiro, Barry enchufó sus altavoces a mi iPad y los dos nos armamos de valor.

La voz de Julian viajó hasta mi corazón como una droga intravenosa. Era increíble. Cuando empezó a salir por los altavoces, densa, cálida y extrañamente familiar, sentí que me tensaba, que me estremecía y que me daba por vencida. Llena de impotencia, me fui a un lugar que hacía más de un año que no visitaba, y dejé que aquel amor intenso y perfecto surgiera de nuevo.

Era tan químico, tan visceral como entonces.

La música siguió sonando. Barry y yo estábamos hechizados.

—Eh, Pollito —masculló Barry pasado un minuto más o menos—. ¿Tú estás cachonda? Porque a mí se me ha puesto morcillona.

Yo estaba sin habla. La voz de Julian no era de este mundo.

—Qué hijoputa —comentó Barry parando el vídeo—. Por lo menos podía cantar de pena, ¿verdad, Pollito?

Me rodeó los hombros con el brazo y me apretó con fuerza.

—Es un fenómeno —musité yo.

Barry se apartó de mí y me miró directamente a los ojos.

—Pollito —dijo en voz baja—. Pollito, prométeme que no vas a volver a enamorarte de él. Prométemelo. No es de fiar, ¿sabes lo que te digo?

De mala gana, porque aquella sensación de amor recordado era tan agradable que quería que siguiera eternamente, cerré ese portal en mi cabeza y regresé con Barry y con los hechos fehacientes.

Porque los hechos eran muy simples: Julian lo había destruido todo. Y no sólo en mi caso, sino en el de todos. Nuestras vidas habían cambiado irrevocablemente por su culpa, y por esa razón era esencial que abandonara la escuela.

Tan repentinamente como me había invadido el amor, me llené de ira. Ni siquiera se llamaba Julian Bell. ¿Qué otras mentiras me había dicho? ¿Y qué otras mentiras le había dicho a la escuela? ¿Sabían acaso que habían contratado a un delincuente?

*A*y, Sally —dijo Brian quitándose las gafas y sacándoles brillo distraídamente con el pico de la camisa. Miró el teclado del piano con aire meditabundo. Luego sus ojos de color gris acero volvieron a posarse en los míos. Había una sonrisa bondadosa en ellos, en alguna parte—. No puedo aceptarlo. Lo siento, Sally, pero eres demasiado buena, no podemos perderte.

—Yo también lo siento —dije tercamente. Había repasado mi discurso varias veces esa mañana; había previsto sus respuestas y ensayado mis argumentos en contra—. Lo siento de verdad, Brian. Pero la verdad pura y dura es que no quiero ser una cantante de ópera.

Tal vez no fuera la única razón de mi abandono, pero era bastante cierto. Esos últimos días, mientras observaba a mis compañeros de clase, no había sentido ni una pizca de su determinación o de su fe en sí mismos. O de su convicción de que aquel era su destino. Querían ser cantantes de ópera y estaban dispuestos a mover cielo y tierra para conseguirlo. Yo no.

Brian siguió pensativo.

—El problema es que ya eres una cantante de ópera.

—No, no lo soy.

—No, en serio, lo eres. Si de algo estoy seguro es de eso, jovencita. Todos los que te hicieron las pruebas de acceso estuvieron de acuerdo en que tenías el talento más puro y en bruto que recordaban haber oído. No puedes desperdiciarlo.

Cambié el peso del cuerpo al otro pie. Me sabía de memoria mi diálogo:

—Eres muy amable por decir eso, pero prefiero desperdiciarlo. Lo siento. —Recogí mi bolso del suelo—. Hoy mismo hablaré con la gente de las becas para organizar la devolución del pago. Brian, no puedo pasarme la vida haciendo algo que odio, y menos aún a expensas de otras personas. ¡Están derrochando miles de libras en mí! Y piensa en todas esas personas que quieren estudiar aquí. Dales una oportunidad.

Brian dio un puñetazo al teclado del piano. Un sonido airado y discordante llenó la sala y a mí se me aceleró el corazón. Nunca le había visto perder los nervios. Incluso cuando se encolerizaba en escena yo siempre tenía la sensación de que era como un osito de peluche.

—No —dijo enérgicamente—. Te lo dije el lunes: fue a ti a quien elegimos. ¿Es que no sientes ninguna responsabilidad hacia ti misma, Sally? ¿Y tus padres? ¿Qué dirán de que pierdas una oportunidad como ésta? ¡Eso es el Royal College of Music! ¡Es una oportunidad que sólo se da una vez en la vida!

Me invadió una profunda tristeza.

—Mis padres tampoco quieren que esté aquí —contesté—. Créeme, estarán encantados de que lo deje.

—¿Por qué? —Brian estaba verdaderamente enfadado—. ¿Por qué, en el nombre de Dios, quieren que lo dejes?

Sentí que mis defensas se desplomaban. No quería quedarme allí mientras otra persona intentaba entender a mi familia. Bien sabía Dios que yo misma lo había intentado con ahínco muchas veces.

—Porque quieren que tenga un trabajo como es debido —dije con sencillez—. Esto les parece ridículo. Creen que estoy dando el espectáculo.

Brian siguió pensativo.

—No te creo.

—Pues créeme. Me voy, Brian. Lo siento de veras.

Él lanzó un largo y profundo suspiro y yo me colgué el bolso del hombro. Brian se quedó mirando por la ventana como si buscara inspiración. Delante del Albert Hall había una muchedumbre admirando la fachada y haciendo fotos. El guía turístico señalaba con el dedo y parloteaba sin cesar.

—Asiste a una clase antes de irte —dijo Brian volviéndose hacia mí—. Demos una sola clase. Tú y yo. Tranquilamente, sin que nadie te oiga. Porque ése es el problema, ¿no? Que no te gusta cantar delante de otras personas.

Me retorcí, nerviosa.

—Sally, fue evidente desde el principio —añadió Brian suavemente—. La única vez que te he oído cantar sin miedo fue el año pasado, antes de que te marcharas a Estados Unidos. Te pillé cantando en el departamento de sastrería a las siete de la mañana cuando creías que faltaban horas para que llegaran los demás, y fue bellísimo. Pero en cuanto hay gente mirándote, te derrumbas.

No dije nada. Me daba demasiado miedo echarme a llorar, lo cual no encajaba con la airosa partida que tenía planeada.

Brian me miró pensativo.

—¿A qué se debe ese miedo? —preguntó—. ¿Crees que es algo que podamos solucionar?

Negué con la cabeza.

—Hay un montón de gente que tiene miedo escénico —prosiguió—. Y pueden hacerse cosas. Ejercicios, técnicas, terapia... Algunos hasta se medican. Pero se enfrentan a su miedo escénico porque merece la pena hacerlo. Y tú también debes hacerlo, Sally.

¿Cómo iba a decírselo? ¿Cómo iba a explicarle por qué era tan importante para mí que nadie me oyera cantar? Yo misma apenas lo entendía. Pero había sido así desde que era pequeñita, y para mí era algo tan instintivo como respirar.

—No quiero actuar —dije cansinamente—. Quizá pudiera afrontarlo si pudiera quedarme ahí parada y cantar, pero tienes que... actuar. Poner todas esas caras ridículas y fingir emociones. Yo no puedo hacer eso. —Me acordé de una frase que había oído en la Royal Opera House—: Yo soy más bien de la escuela de los que se quedan como un clavo y berrean —añadí.

Brian sonrió.

—¡Ja, ja! Quedarse como un clavo y berrear. Sí, ahora también hay que interpretar. Pero, Sally, eso hace más fácil cantar. Es mejor. Hace que la interpretación sea más exaltante.

—¡YO NO QUIERO SER EXALTANTE!

Mi voz quedó suspendida en el aire unos segundos cargados de tensión y luego se dispersó en pequeñas ondas de rabia. ¿Ésa era yo? ¿Acababa de gritarle a Brian?

Pues sí. Cruzó los brazos, quizá para defenderse.

—Bien, vaya. —Se rió—. Por fin. Hay vida ahí dentro. Estaba siendo como hablar con un sapo catatónico, Sally. Todo lo que me has dicho hasta ahora lo tenías ensayado.

Sacudí la cabeza cansinamente.

—Mira, daré una clase de canto contigo si quieres. Y luego puedes refocilarte en la tragedia de haberme perdido. Aunque es más probable que descubras que de buena te has librado. En todo caso no voy a quedarme. Hoy es mi último día.

Pareció absolutamente encantado.

—¿En serio lo vas a hacer? Cariño mío, te doy mi palabra de que conmigo puedes cantar tranquila.

Me encogí de hombros. Ya estaba agotada y sólo eran las diez y cuarto de la mañana.

Brian removió unos cuantos papeles.

—Ahora tengo un alumno y luego voy a necesitar una taza de té, pero... si vienes a las once y cuarto puedo darte clase. ¿Vendrás? ¿Dentro de una hora?

A mí no me quedaban fuerzas para luchar.

—Sí. Vale. Hasta luego.

Me volví para marcharme, pero Brian se levantó de un salto y se interpuso entre la puerta y yo.

—Por favor. Te diga lo que te diga tu cabeza, vuelve. Prométemelo.

—Te lo prometo.

Mi voz sonó hueca, pero mi promesa no lo era. Me caía bien Brian. Le debía al menos eso.

Escena Octava

Fui a la cafetería y me senté en el rincón, ignorando a mis compañeros de la escuela de ópera, que estaban sentados en la Mesa de los Cantantes. Parecían todos tan normales allí sentados, comiendo cruasanes en aquellas absurdas sillas de plástico duro. Tan relajados. Jan Borsos estaba haciendo partirse de risa a Sophie y Summer, dos chicas muy pijas, mientras Ismene y Violet se reían por lo bajo con su pandilla. Hector, el del tupé rubio, estaba intentando hechizar a Helen con su magia de pantalones chinos y americana, pero ella se reía en su cara de aquella manera suya tan agradable. Hector no parecía enterarse.

Eran todos modernos, jóvenes, simpáticos y talentosos. Yo me sentía estúpida y torpona con el conjunto «moderno» que me había comprado para encajar allí. Además de avergonzada por haberme comprado ropa especial, sobre todo porque no pensaba quedarme. ¿Qué me pasaba? ¿Por qué estaba siempre al margen de todo, intentando encajar sin sentirme nunca a gusto en ningún sitio, sin encontrar nunca mi lugar?

Aislada. Distinta. Rara. Se me retorcieron las tripas a lo bestia, y la autocompasión me inundó como una marea.

—Enseguida le cogerás el tranquillo a esto —dijo la señora que atendía en caja—. No son tan malos como parecen.

Era una mujer de unos sesenta años y aspecto agradable cuyo acento me sonaba mucho.

—La verdad es que ellos son un encanto. El problema soy yo.

—¡Ajá! —Se le iluminó la cara al oírme—. ¿Del Black Country?

—Justo, sí. De Stourbridge. No estoy segura de que el Royal College of Music sea sitio para mí.

—Yo soy de Walsall —dijo con orgullo—. Y éste sí es sitio para mí. Y también para ti, cielo. Ya lo verás.

Sonreí sin saber qué decir y me llevé mi sándwich de beicon al rincón.

Helen se acercó casi enseguida.

—Ya veo —dijo pensativa—. Así que todo el mundo se sienta allí y tú decides sentarte en el rincón. ¿Es eso?

Me gustaba Helen. Había recurrido a la medicación para superar los nervios de su primera semana en la escuela, pero aun así tenía muchos huevos, aunque fuera de una manera muy discreta. Además, en esos momentos me estaba ofreciendo un bombón marca Rolo, lo que la hacía doblemente brillante. Ya nadie compraba bombones marca Rolo.

—Gracias —dije a regañadientes—. Te cojo dos si no te importa.

—Por supuesto. Los Rolo están de muerte con beicon.

Sonreí.

—¿Estás bien? —preguntó—. Nos acabamos de conocer y no quiero hacer como si fuera tu mejor amiga, pero... En fin, no pareces estar pasándolo muy bien.

Me esforcé por buscar algo que decir.

—Y tampoco soy lesbiana —añadió tajantemente—. Es sólo que me caes bien.

Noté un suave resplandor en algún punto del estómago, y no precisamente por los bombones.

—Tú también me caes bien —dije tímidamente—. Y ahora mismo me siento como si tuviera diez años y tuviera que preguntarte si quieres ser mi mejor amiga para siempre.

—La verdad es que eso sería genial —dijo sentándose en el brazo de mi silla—. Me deshice hace poco de mi mejor amiga. Me vendría muy bien que ocuparas su lugar.

Me reí a mi pesar.

—¿Por qué? Lo de tu mejor amiga, quiero decir.

Resultó que su mejor amiga había estado mandando mensajitos románticos a su prometido, Phil. Cosas como «Espero que Helen sepa la suerte que tiene. No le digas que he dicho eso» y «Estoy deseando verte delante del altar. Vas a estar guapísimo. Xxxxx».

—Vaya —dije, un poco más alegre—. ¿No iba un poco descaminada? ¿Mensajitos de amor a un hombre que va a CASARSE CON OTRA?

Helen también se rió, aunque no sin cierta tristeza.

—Phil estaba tan asustado que al final me dio su teléfono y gritó: «¡Socorro!» No es la primera vez que intenta ligarse a un chico al que quiero. Así que he tenido que pasar de ella.

—Debe de haber sido horrible —dije comprensiva—. Perder a tu mejor amiga es igual de malo que perder a un novio, creo yo.

Asintió reflexivamente con la cabeza.

—Umm. Entonces, ¿a ti también te ha pasado?

Pensé en Fiona, tan lejos, y me sentí triste.

—Sí, a mí también me ha pasado.

—Anda, vamos. Yo te he contado lo mío. Ahora te toca a ti.

Respiré hondo. No me gustaba hablar de Fi y de mí porque, cuando lo hacía, la enorme brecha que había entre nosotras, y todo el lío de entre medias, empezaba a parecerme real. Así que no entré en detalles.

—Mi prima —contesté por fin—. Mi hermana, prácticamente. Seguimos siendo muy buenas amigas, pero se largó a Nueva York y no va a volver. Ahora sólo charlamos algunos días. —La tristeza infinita comenzó a tirar de mí y a escocerme—. Por eso —continué alegremente, cogiendo otro Rolo y animándome un poco—, creo que éste es un proyecto excelente. Seamos grandes amigas. Deberíamos hacer una ceremonia.

Helen hizo un gesto afirmativo.

—Estupendo. Sacaré algunos de Mis Pequeños Ponis. Podemos pintarlos con laca de uñas. O lo que sea que se haga con tu amiga del alma. Ir a comprar tampones juntas. O robarlos, probablemente.

Me reí.

Helen cogió mi plato y se levantó.

—Vamos. Vente a la mesa. Los cantantes llevan sentándose a ella varias décadas, dicen. ¡No podemos abandonar a nuestros compañeros!

Los miré a todos, tan alegres y despreocupados. Me sentía gorda y patética. Ni siquiera conseguí reunir fuerzas para decirle que iba a marcharme.

—Venga —insistió mientras se alejaba—. Si no nos relacionamos con otras persona esto se volverá demasiado intenso, nos pelearemos a lo bestia y entonces tendré que buscarme otra superamiga. Y, francamente, Sally, no me apetece.

Me reí en voz alta.

—Eres muy graciosa —le dije.

—¡DEJA DE INTENTAR LIGAR CONMIGO! —Me agarró del brazo y me llevó a rastras hacia la mesa—. ¡Lesbiana!

Nos sentamos entre Hector el del tupé rubio y un tipo con el que todavía no había hablado. Me había parecido entender que alguien se refería a él llamándolo «Noon»,* pero no había hecho caso de esta información pensando que tenía que ser un error.

—Hola —dijo jovialmente. Llevaba coleta y chaqueta de motero—. Soy Noon. Todavía no nos hemos presentado...

—Sally —dije yo. No entendía nada. ¿Por qué se llamaba Noon? ¿Cómo podía llamarse alguien Noon? Miré las caras sonrientes en torno a la mesa, los cafés con leche a medio beber y los envoltorios de Kit Kat vacíos. Pensé en la Royal Opera House, donde los cantantes ni se acercaban a los lácteos, al parecer eran dañinos para las cuerdas vocales, y me maravilló que mis compañeros estuvieran tan relajados. Aquello me confundía. ¿Por qué no se ponían a sudar aterrorizados y corrían a los servicios con cagalera con sólo pensar en el día que tenían por delante?

Me fijé en que Helen se estaba comiendo su segundo paquete de bombones Rolo.

—No digas ni mu —masculló al ver que la estaba mirando—. Me he quedado sin ansiolíticos.

Me obligué a hablar con Hector y Noon un rato y, aunque no me identifiqué con nada de lo que contaron, me relajé ligeramente.

Pero no por mucho tiempo. A eso de las once fui consciente de que algo había cambiado en la sala y antes incluso de mirar a mi alrededor comprendí que se trataba de Julian y de su estúpida y reluciente

---

* *Noon*: mediodía. *(N. de la T.)*

melena. Estaba tan absolutamente ridículo, tan poco Julian... Llevaba *pantalones de pana*, y una *camisa elegante*, y una *americana*. Marqué mentalmente en cursiva esos términos, perpleja todavía, y divertida. ¿Qué se proponía?

«Tú no sabes quién es Julian en realidad», me recordé.

Al mismo tiempo paré de reírme, y fue una suerte porque Helen me miraba atentamente.

Julian pagó su té y unas galletas y luego recorrió el local con la mirada. ¿Me estaría buscando?

Pues sí. Me miró a los ojos justo antes de que yo apartara la mirada y sonrió, agitando un paquete de galletas Jammie Dodgers. Un millón de sensaciones, todas ellas incómodas, cruzaron mi abdomen como estrellas fugaces, y me descubrí mirándome el regazo y deseando para mis adentros que no se acercara. Jammie Dodgers. Era un truco cruel.

—Hola —dijo al llegar a nuestra mesa.

—¡Hola!

—¡Hola!

—¡AY, HOLA, JULIAN!

Me di cuenta de que se habían puesto todos como locos al verlo. Summer, la pija, hasta le dio un pellizco a Sophie, la otra pija, y a Hector se le iluminó la cara como una mañana de verano.

—Qué alegría conocerte —farfulló levantándose de un brinco para estrecharle la mano—. Soy un gran admirador de tu trabajo. Y la clase magistral de ayer...

Movió las manos en círculo frenéticamente y se interrumpió como si de pronto se hubiera quedado estupefacto.

—¿No os fijasteis en que llamé a Rossini «italiano»? —Julian sonrió—. ¿O en que cuando toqué esa piececita al piano para hacer la demostración lo hice como si fuera un animal de pezuñas hendidas?

Se partieron todos de risa y le dijeron que no fuera tonto. Me pregunté cómo era posible que alguna vez su ridículo acento me hubiera parecido atractivo. Era horrible. Estúpido. ¿Y por qué siempre me había parecido tan gracioso? ¿Por qué se lo parecía a los demás?

—Fue fantástico, Jules —dijo Violet zalameramente.

Fruncí el ceño. «¿Jules?»

—Qué va —contestó él con modestia.

Abrió el paquete de Jammie Dodgers y lo ofreció a su alrededor. A todos les hizo mucha gracia que hubiera elegido esas galletas, menos a mí. Yo sabía qué se proponía. Intentaba recordarme el pasado. Hacerme sonreír. El muy cerdo.

—Eres absolutamente magnífico. Tengo mucho honor en conocerte —dijo Jan Borsos.

Su cara de furia habitual parecía aún más furiosa, pero rebosaba admiración.

—¡Hola, hombre! ¡Tú debes de ser Jan Borsos! He oído que has venido andando hasta aquí. ¡Bien hecho, tronco!

Jan casi se muere, con su cara furiosa paralizada por el asombro, el alborozo y la incredulidad como si la hubiera golpeado un rayo.

—«Tronco» —masculló, maravillado—. Soy «tronco».

Violet, que ya había visto de cerca la sonrisa encantadora de Julian, una sonrisa que yo ya sabía que no era de fiar, no pudo resistir la tentación de ir a por más.

—Fue TAN fabuloso trabajar contigo... —Sonrió radiante—. Y la verdad es que me sorprende que no nos hayamos conocido antes. Estuve en el taller de la Ópera de Chicago el verano pasado. Qué raro que...

Yo desconecté. Dejé de oírla a ella y a todos, hablando con énfasis de personas con las que habían estudiado y a las que Julian tenía que conocer, o de actuaciones suyas que habían visto y que les habían encantado. Si hubiera sido una gritona, me habría puesto a chillar a pleno pulmón, les habría dicho que no tenían ni idea. Que era un embustero peligroso. Un criminal.

Julian, todo modestia y comentarios graciosillos, se erguía entre ellos como una especie de sabio de ondulante melena que repartía galletas entre los hambrientos y los menesterosos.

—Vaya, gracias, hombre... No, no, nada de eso... Venga, tío, no estuve tan bien...

A mí se me puso la piel de gallina de puro asco. «Tío» por aquí, «tío» por allá. «Cállate, cállate, cállate. Vuelve a Nueva York. O a Devon. O a Siberia. Pero vete.»

Helen me estaba mirando con una ceja levantada. «Cuéntame», decía su cara. Le dije que no con la cabeza. ¿Por dónde empezar? ¿Cómo empezar? Inclinó la cabeza respetuosamente como diciendo «Cuando tú estés lista», y me sentí agradecida con aquella chica tan discreta y sincera.

Al final, Julian dejó de aceptar cumplidos y anunció:

—Bien, señoras, sólo he venido a preguntar quién va a hacer las pruebas para el anuncio. ¿Habéis visto todas el cartel?

Cabeceos afirmativos a montones.

—Yo voy a presentarme, claro —dijo Violet.

Summer, Sophie, Ismene y hasta Helen contestaron lo mismo sin tardanza.

—Genial —dijo Julian calurosamente—. Poneos a ensayar. Quiero que cantéis esa aria a tope. No nos interesa que alguna pelandusca de Guildhall o de la RAM se lleve el anuncio, ¿eh?

Se rieron todos, menos yo. («¡Pelandusca!», «¿Verdad que es para partirse de risa?», «Ay, Dios mío, no me puedo creer que haya dicho eso, ja, ja, ja!»)

Julian me miró.

«No. No te atrevas a hablarme.»

—Sally —dijo, y pareció un poco menos seguro de sí mismo—. ¿Y tú, no vas a presentarte?

Me miraron todos. Violet sonrió de oreja a oreja, pero su cara transmitía diversos mensajes, tales como «No estás lista para presentarte a una prueba» o «¿Por qué sabe tu nombre?» y «Me caes de pena». Pero en ese momento Violet y lo que pensara de mí me importaba un pimiento. Ya sólo estábamos Julian y yo en la cafetería. Julian, sus mentiras y sus disfraces.

—¿Alguna pelandusca? —me oí balbucir—. ¿En serio?

Julian cruzó los brazos, pero yo no lo conocía lo suficiente para saber que era señal de incomodidad, no de aplomo.

—Estaba bromeando, evidentemente —dijo con calma—. Si las talentosas alumnas de esas venerables instituciones son unas pelanduscas, entonces yo ocupo la misma posición y soy una de esas moscas asquerosas que viven en las boñigas de las vacas de mi padre.

(«¿Boñigas?», «¡JA, JA, JA!», «¡Ay, Julian, ¿de verdad tiene vacas tu padre? ¿En un gran rancho en América o algo así? ¡Es genial!»)

«Basta —pensé furiosa—. «No me vengas con bromitas íntimas.» Julian seguía mirándome.

—¿Y bien? ¿Vas a presentarte a las pruebas?

—No creo que tenga tiempo —refunfuñé—. Tengo un trabajo de media jornada.

Violet asintió con la cabeza, complacida.

Se hizo un silencio momentáneo mientras las otras chicas esperaban a que él intentara persuadirme para que me presentara. Pero se le habían agotado las ideas. Se limitó a mirarme con nerviosismo mientras un músculo vibraba ligeramente encima de su ojo. Se había puesto un perfume que parecía extremadamente caro y llevaba la camisa planchada al milímetro. Menuda mierda.

Sentí un gran alivio cuando inclinó la cabeza educadamente, dejó que Jan le chocara la mano y fue a reunirse con Brian, que acababa de llegar y se estaba sirviendo un té. Mientras se alejaba, noté que un mechoncito de su pelo había escapado al efecto de la gomina y se enroscaba, caracoleado como el de un caniche, alrededor de su oreja. Fue la gota que colmó el vaso. Noté que me picaban los ojos y tuve que clavarme las uñas en las palmas de las manos tan fuerte que se me desgarró la piel.

«No. No te atrevas», me ordené a mí misma.

—¿A que es genial que se haya aprendido los nombres de todos? —preguntó Violet.

Me miró expectante, deseando que le dijera por qué sabía Julian cómo me llamaba.

—¿Verdad que sí? —contesté cansinamente.

Brian y Julian estaban enfrascados en su conversación junto a la máquina de las bebidas calientes, lo cual me estaba poniendo aún más nerviosa. No quería que mi encantador Brian sufriera el contagio de Julian.

Como si me hubiera leído el pensamiento, éste se quedó callado un momento en medio de la conversación y me miró. Brian también.

Se me erizaron todos los pelos del cuerpo. Más les valía no estar hablando de mí.

Julian le dijo algo a Brian, que asintió pensativamente y luego le dio unas palmadas en el brazo y salió con su taza de té, canturreando en voz baja. Él se fue a leer a un rincón.

Pasé los minutos que quedaban para mi primera y última clase de canto charlando con Ismene y Noon, y no oí ni una palabra de lo que dijeron. Era un alivio pensar que no iba a tener que hablar con aquellas personas nunca más. Eran encantadores, en absoluto como me esperaba, pero formaban parte de un mundo para el que sencillamente no estaba preparada.

Me levanté sin decir nada para ir a mi clase. No podía explicárselo a ellos, que llevaban toda la vida esperando entrar en aquella escuela.

Pero cuando salí de la cafetería, alguien se interpuso en mi camino. Mi cuerpo comprendió enseguida que era Julian, incluso antes de que mis ojos se lo confirmaran.

—Hola —dijo en voz baja—. ¿Estás bien?

Lo miré parpadeando y procuré mantener los ojos apartados del mechón de pelo que se rizaba junto a su oreja.

—¿Que si estoy bien? ¿Tú qué crees?

Julian era más guapo de la cuenta. Incluso en ese instante, mientras estaba delante de mí visiblemente incómodo, era como un ángel de pelo largo y ojitos dormilones. ¿Cómo era posible que alguien tan malo pudiera ser tan guapo?

—Hace un rato he hablado con Brian de tu miedo a cantar.

Me quedé boquiabierta.

—¿Qué?

—Bueno, intentaba ayudar, quería…

Pasé a su lado y salí al pasillo con los ojos nublados por lágrimas de rabia y de vergüenza. ¿Cómo se atrevía? ¿Cómo se le ocurría entrometerse en mi vida, como si fuera el profesor de canto de mi barrio?

Me lancé por el pasillo acristalado, hacia las aulas de música. Iba a decirle a Brian que no podía dar la clase. Era una idea estúpida, una pérdida de tiempo.

—¡Sally!

Era Helen. La oí caminar deprisa detrás de mí, intentando alcanzarme. Apreté el paso.

—¡Sally!

Era Julian. También iba detrás de mí. Eché a correr mientras se me agolpaban los sollozos en el pecho.

—Sally. —Julian me paró con una sola mano y se puso delante de mí—. Por favor —dijo. Y luego—: Ay, Dios, Sal, por favor, no llores. Yo...

—¡No te atrevas a llamarme Sal! ¡Apártate! —sollocé furiosa. Tenía que alejarme de él. Di media vuelta y vi a Helen a pocos metros de allí, mirándonos sin saber qué hacer.

«Perdona», dijo gesticulando sin emitir palabra mientras retrocedía. Intenté detenerla, pero Julian me sujetó.

—Por favor —dijo en voz baja—. Sally, tenemos que hablar, de verdad. No podemos seguir así. Tenemos que trabajar juntos. Voy a ser tu entrenador vocal. Voy a darte clase una vez por semana como mínimo.

Yo lloraba lágrimas de impotencia y desesperación.

—No voy a quedarme —le dije mientras mis lágrimas caían al suelo—. Voy a dejarlo. ¿Recuerdas lo de «aprovecha el momento»? Pues tú lo has echado todo a perder.

—No —susurró Julian—. No puedes dejarlo. Tenemos que encontrar una solución a esto, Sally. Por Fiona...

—¿QUÉ? —dije con un grito ahogado—. ¿Cómo te atreves a meter a Fiona en esto? ¿Cómo te atreves siquiera a pronunciar su nombre? No tienes vergüenza, Julian. Ni siquiera sé quién eres. ¿Quién coño es Julian Jefferson? ¿Era verdad algo de lo que me contaste en Nueva York?

Suspiró y se pasó los dedos por su ridículo pelo.

—Todo lo que te dije es cierto —afirmó—. Me llamo Julian Bell. Era el editor de *The Brooklyn Beaver*. Y te quería. Te quería tanto que habría cruzado a nado el océano Atlántico por ti. Iba a contarte lo del canto, lo de mi nombre artístico, lo de... En fin, todo, pero luego se torcieron las cosas y...

—¡LAS COSAS SE TORCIERON POR TU CULPA! —grité—. ¡Destrozaste mi vida! ¡Y la de Fiona! ¡Y mientras tanto fingiste ser otra persona!

Me miró fijamente, lleno de impotencia. Yo aún podía adivinar su estado de ánimo con sólo estar a su lado: estaba absolutamente destrozado.

Mi ira se disipó. No tenía sentido. Nada tenía sentido.

—Déjame en paz —repetí cansinamente—. Déjame en paz, Julian como te llames. No quiero que me incluyas en tus bromas. Las galletas, lo de la granja de tu padre… Quiero ser una estudiante más.

Se quedó callado.

—Julian, ¿me has oído? Te he pedido que me dejes en paz. ¿Entiendes? Ya has hecho bastante daño. Ahora mismo no puedo soportar nada más. No puedo.

Julian dejó que sus manos se balancearan inútilmente junto a su pierna.

—Está bien —dijo sin inflexión—. Respeto tus deseos.

Respiré hondo, me recompuse como pude, pasé a su lado y doblé la esquina de la escalera.

—¿Sally?

Seguía aún detrás de mí. Dejé de andar.

—Voy… voy a dejarte en paz. Pero sólo quería felicitarte de parte de mi madre. Se puso contentísima por que fueras a hacer este curso…

Seguí andando y cuadré los hombros para defenderme de sus palabras. Otro puñetazo a la cara. Yo le tenía mucho cariño a su madre. Me había escrito dos veces ese último año, pero no había tenido ánimos para enfrentarme a sus cartas. Las había devuelto sin abrir, pero seguía estando tan poco preparada como entonces para saber de ella.

Oí el ruido de los extraños zapatos de piel de Julian cuando se alejó, derrotado. «LA, LA LA LA LAAAA», canté para mí, aterrorizada de mis propis pensamientos.

Me sentí flotar en una especie de sueño intranquilo. A mi lado pasaban estudiantes. Un chaval minúsculo y etéreo avanzó por el pasillo acarreando un enorme bajo doble y un taburete. Parecía tan insustancial como una sombra.

—Sally —dijo una voz de hombre.

Levanté la vista y miré guiñando los ojos la cara que iba enfocándose delante de mí. Era Jan Borsos. Estaba sonriendo de aquella manera suya tan extrañamente furiosa.

—Deseo invitarte a cenar —dijo.

Lo miré vagamente sin saber qué había dicho.

—¿Vienes a cenar conmigo? —insistió—. ¿Mañana? ¿Sí? ¡Sí! ¡Estamos de acuerdo!

Y se alejó tan ufano como un reyezuelo.

Justo cuando llegué ante la puerta del aula 304, me llamó otra vez a voces desde el fondo del pasillo:

—¡Sally! ¡Yo te llevo a cenar, pero tienes que pagar tú! ¡No tengo mi beca hasta más de una semana!

Escena Novena

Bien hecho —dijo Brian con calma cuando entré en el aula.

—¿Qué?

Lo miré pestañeando. Seguía estando a kilómetros de allí, con la cabeza todavía en Nueva York.

—Has hecho bien en volver —contestó, ofreciéndome una silla—. Hacen falta agallas.

—Cerré los ojos y respiré hondo varias veces. No quería enfadarme y disgustar a Brian. Era más bueno que el pan, y si todavía me quedaban fuerzas, iba a hacerle el discurso de despedida más bonito de la historia.

Se sentó tranquilamente, sin decir nada, dejando que recuperara la calma.

Al final levanté la vista, me aparté de la cara el flequillo y sonreí.

—No voy a quedarme —dije por fin—. Lo siento mucho, Brian, pero ni siquiera quiero dar una clase. No es sólo por el miedo, hay también otras cosas. Yo...

—Está bien —dijo suavemente—. Te aseguro que esto me parte el corazón, Sally, pero si no quieres quedarte, no quieres quedarte. Yo no puedo obligarte.

Durante el silencio que siguió nos volvimos los dos a mirar por la ventana. El sol se había movido y ahora entraba a chorros. Fuera el día iba cobrando impulso. Cantó un pájaro lejos de nuestra vista y la radio de un coche que pasaba nos atronó con música de McFly.

Era hora de irse.

—Gracias —le dije, poniéndome en pie—. Por todo.

Se encogió de hombros y me sonrió por encima de sus gafas.

—Mantente en contacto —dijo—. Y cuídate mucho, Sally.

Asentí con la cabeza; no estaba segura de poder hablar sin echarme a llorar, y di media vuelta para marcharme.

Entonces me detuve.

En el rincón había un armario enorme. Un gran ropero que no estaba allí cuando había salido del aula una hora antes.

Brian se acercó y se paró a mi lado con las manos en los bolsillos.

—Eso era para ti. —Suspiró—. Ha sido idea de Julian Jefferson. Me ha dicho que te gusta cantar en los armarios.

Lo miré pasmada. Sonrió.

—Le he pedido al encargado de escenario de la Sala Britten que nos los subiera y he pensado que... En fin, es igual.

Intenté darle las gracias, pero no pude hablar. Sólo pude graznar tristemente.

Luego, sin previo aviso, Brian se metió en el armario y cerró la puerta.

Empezó a cantar el dueto de Pamina y Papageno de *La flauta mágica*. Me quedé helada un momento, pero luego, a pesar del violento huracán que se agitaba dentro de mi cabeza, me eché a reír. Me reí por lo absurdo que era que mi profesor de canto se pusiera a gorjear dentro de un armario ropero (estaba cantando la parte de la soprano en un falsete chapucero), y por que me acordé de él paseándose con un bigote pegado a la bragueta durante el mismo dueto en la producción de *La flauta mágica* que había hecho años antes la Royal Opera House. Me reí porque en ese momento todo en mi vida era tan trágico que la verdad es que tenía bastante gracia. ¿Qué más daba?

Casi sin darme cuenta, dejé el bolso en el suelo, abrí la puerta y me metí en el ropero con él justo a tiempo de retomar la parte de Pamina.

Por el filo de luz que entraba, vi a Brian sonriendo de oreja a oreja. Cantamos de un tirón el final del dueto y ni siquiera pensé en lo que estaba haciendo. Al final, Brian salió del armario, dejó la puerta entreabierta y tomó asiento frente al piano mascullando:

—¡Fantástico! ¡Fantástico! ¡Vamos a empezar!

La tristeza y el pánico se habían apartado un poco, dejándome espacio para respirar durante un rato. Iba a dejar la escuela ese mismo día, claro. Pero la sensación que me invadía y que palpitaba dentro de mí en ese momento era demasiado fuerte para poder sofocarla. ¿Apoyo paternal y un armario en el que cantar? ¡Lo que siempre había querido!

—Habrás calentado, me imagino —preguntó Brian.

—Pues… no.

—¿En serio? Vale, entonces creo que vamos a empezar con algunos de mis ascendentes.

Tocó una tecla del piano.

Yo no hice nada.

—Sally, ¿oyes el piano ahí dentro?

—Sí.

—¡Estupendo! Vamos a empezar con unos de mis ascendentes.

Tocó otra vez la tecla, ejecutando una pequeña introducción.

Pero cuando me pareció que había llegado el momento en que debía empezar a cantar, yo seguía sin tener ni la menor idea de qué tenía que hacer.

—Eh… —Brian se levantó y se acercó al armario—. Sally, ¿sabes cómo calentar la voz?

Parecía un poco nervioso.

Le sonreí a través de la rendija. Me sentía a salvo dentro de aquel armario: podía decirle cualquier cosa.

—No.

—Ay, Señor.

—No he dado ni una sola clase de canto en toda mi vida, ya lo sabes.

Se hizo el silencio.

—Ya —dijo Brian con cautela—. Entonces, ¿nunca calientas la voz antes de ponerte a cantar?

—Exacto —contesté desde el armario—. O, por lo menos, no lo hago como se supone que hay que hacerlo.

—Santo Dios —dijo, momentáneamente perplejo—. Imagino que lo sabía, claro, pero… ¿Cómo es posible que cantaras tan bien en las pruebas si no habías calentado? No me lo explico, Sally.

Abrí un poquitín la puerta.

—¿Lo ves? Sería un infierno tenerme en la escuela. ¡Una cantante que ni siquiera sabe cómo calentar!

—Para —dijo Brian—. Podemos enseñarte a calentar la voz. Podemos enseñarte teoría musical, italiano, alemán y lo que haga falta. Por todos los santos, si no aprendes esas cosas aquí, no podrás aprenderlas en ninguna parte.

—Pero si voy a marcharme —le recordé—. Aunque no me importa dar una clase. En el armario. De hecho, me gustaría. —Estaba impaciente por empezar. Quería abrir mis pulmones y CANTAR. Allí en el armario me sentía segura y, cuando me sentía segura, cantar era lo que más me gustaba del mundo. Más incluso que comer.

—¡LalalaLAlalala! —canté en voz baja.

Brian gritó emocionado que lo que acababa de hacer era un arpegio y así empezamos el calentamiento. Me enseñó a hacer toda clase de sonidos raros, a abrir el paladar blando, era como imaginarse que alguien te había metido una gran patata caliente en el cielo de la boca, y casi se desmayó de emoción cuando canté sin esfuerzo un do sostenido mayor.

—Entonces, ¿eso es un do sostenido mayor? —pregunté desde el armario.

¡Dios mío, aquella clase estaba siendo fantástica! ¡No cabía en mí de alegría!

Brian dejó de tocar.

—¿QUÉ?

Apoyó la cabeza entre las manos.

Lo miré por la rendija, desconcertada.

—¿Brian?

—Ay, Dios mío —murmuró—. No sabes leer música, ¿verdad?

—¡Claro que no! —contesté alegremente.

Se echó a reír.

—Madre mía. —Suspiró—. Pero… ¿cómo pasaste las pruebas de acceso? ¡Te examinan de solfeo para entrar en el máster!

—Me pararon en mitad de la prueba y me dijeron que era tan buena que tenía que volver y presentarme a las pruebas de ingreso para la escuela de ópera —le recordé—. Sólo llegué hasta la mitad de mi segunda aria.

Brian se rió aún más fuerte.

Yo también empecé a reírme.

—Ya te lo decía yo —le dije—. Habría sido un infierno para ti intentar ser mi profesor de canto.

Empezamos trabajando con *L'ho perduta*, una de las arias más sencillas del repertorio de soprano y que yo llevaba cantando desde que tenía ocho años. Era también el aria que había intentado cantar en el colegio aquella vez que me hice pis en el escenario y recibí a cambio la prohibición perpetua de cantar, cortesía de mi madre.

Desde entonces no me entusiasmaba demasiado. Pero la alegría de cantarla otra vez en un lugar donde nadie podía verme, donde la angustia sofocante de mis padres no podía alcanzarme, fue inmensa. Como si alguien hubiera encendido una luz blanca y brillante dentro de mi pecho.

Brian la fue desmenuzando conmigo, y se partió de risa al darse cuenta de que no tenía ni idea de italiano y, por tanto, sólo conocía grosso modo lo que cantaba Barbarina. Me la tradujo palabra por palabra. Barbarina cantaba aquella aria porque había perdido un alfiler muy importante, del que dependían muchas cosas, y estaba un poco asustada. Y para expresarlo, cantaba un aria completa.

—La ópera es ridícula —grité desde dentro del armario—. Hacen falta unas ocho páginas de música para expresar una sola emoción, repitiéndola una y otra vez.

Brian se rió.

—Eso es un aria, sí. Pero se trata de la música, ¿no? ¿No es eso lo que hace que todo cobre vida?

—Sí —convine con un suspiro.

No podía negarlo. La ópera era, en efecto, ridícula en muchos sentidos, pero también era lo mejor del mundo. Si en mi día a día poseyera la fortaleza exaltante que me daba la ópera, sería capaz de superar cualquier cosa. ¡Cualquier cosa!

Así se lo dije a Brian, bastante tontamente.

—¡Exacto! —bramó él, abriendo de golpe la puerta del armario.

Lo miré pestañeando.

—Vete.

—Soy tu profesor de canto. No puedes decirme que me vaya.

—No eres mi profesor de canto. Estoy a punto de dejar el curso. Eres mi amigo.

«Y prácticamente mi padre», quise añadir.

—Ay, Sally, serás… cretina. ¡Me sacas de quicio! —estalló.

Levanté una ceja.

—Cuidadito, Brian…

Se echó a reír.

—¡Mírate! Fíjate en lo segura de ti misma que estás ahora. ¿Te imaginas diciendo «Cuidadito, Brian» hace media hora? ¡Y fíjate en lo que acabas de decir! Que podrías superar cualquier cosa si te sintieras como te sientes cuando cantas ópera. ¡DE ESO SE TRATA!

—Ah, no —dije al tiempo que cerraba la puerta—. No creas que vas a engatusarme para que vuelva. Aquí estoy bien, en un armario con la puerta cerrada. Pero no puedo salir ahí fuera y cantar en el mundo real.

Se metió las manos en los bolsillos y meneó la cabeza.

—Te estoy viendo sacudir la cabeza —grité.

Se rió.

—Ay, Sally. Sólo inténtalo. Inténtalo sólo un mes. Piensa en cómo te sientes aquí y ahora, en el armario, cantando. Te sientes de maravilla. Estás viva. Dime que no quieres seguir sintiendo eso.

Dentro de mí se estaba librando una complicada batalla. Una parte de mi ser se cerró en banda y descartó cualquier posibilidad de seguir en la escuela. Quedarme significaba exponerme, someterme a un terror cotidiano y posiblemente a profundas humillaciones. Eso por no hablar de Julian, de sus ridículos trajes pijos y de su absurdo pelo. Pero quedarme también equivalía a libertad, a felicidad y a euforia cotidiana. La sensación que acababa de experimentar no se parecía a nada que yo conociera. Era poderosamente liberadora, de una manera absolutamente visceral. Quizá Brian tuviera razón. Quizá pudiera de veras seguir adelante si tenía el canto como medicina.

Pero ¿cómo podía ser el canto la cura si era el problema?

Sentada en el armario, di vueltas y más vueltas al asunto. Brian se quedó allí con las manos en los bolsillos, esperando tranquilo mi respuesta. Y cuando hablé, pareció que iba a echarse a llorar.

Porque dije que sí. Sí, iba a intentarlo. Un mes.

*P*ollito, eso es fantástico —me animó Barry más tarde—. ¡Mi castorcito valiente!

Levanté la vista de mis salchichas con puré de patata.

—Eh, ¿castorcito?

Arrugó el ceño.

—Vale, no ha sido mi mejor metáfora —reconoció—. Pero ya sabes que los castores son unos bichitos muy atrevidos, industriosos y esas cosas... Roen los árboles y construyen madrigueras muy grandes y enrevesadas y tal...

Se interrumpió y estiró la pierna a un lado, como hacía a menudo cuando se daba cuenta de que lo que estaba diciendo sonaba un poco raro.

—A mí «castor» me parece un término excelente —le dije antes de engullir otra deliciosa montaña de puré de patata con mantequilla. Iba a necesitar un montón de comida reconfortante durante las siguientes cuatro semanas—. Pero, si no te importa, prefiero quedarme con «Pollito». Lo de castor me recuerda a... a...

—Al *Brooklyn Beaver** —concluyó Barry, poniéndose pálido—. Ay, perdona, Pollito. Como si no tuvieras ya suficientes motivos para pensar en el gilipollas de Julian.

Se sentó a mi lado y cortó un trozo de mi salchicha.

—¿Estás bien? —preguntó—. No es un momento fácil.

Me encogí de hombros.

—Sólo estoy intentando cumplir la promesa que le hice a Fi —contesté en voz baja—. Pero sí, es duro. Lo del armario fue idea de Julian. No puedo soportar que intente congraciarse conmigo con actos de bondad espontáneos. Es tan... desvergonzado. Y ENCIMA antes sacó a relucir a su madre.

—Uy, qué mala idea —convino Barry, enfadado—. Claro que no va a conseguir que te olvides de lo que hizo porque ahora se ponga supersimpático. Es demasiado tarde, Pollito.

Se hizo un silencio deprimente.

———————————

* *Beaver*: castor. *(N. de la T.)*

—De todos modos estoy aprovechando el momento, Bazzer. Como prometí. Voy a quedarme en la escuela un mes.

Barry se lamió los labios.

—¿Y... eh... se lo has dicho a Fiona?

Me concentré en mi cena, pero noté que su tono se había vuelto un pelín demasiado despreocupado para mi gusto.

—Sí —contesté escuetamente—. Se lo he dicho antes.

—¿Y?

—Y está encantada.

Percibí que asentía intranquilo con la cabeza. Deseé que no le molestara tanto que hablara con Fiona. Sí, mi prima nos había metido en toda clase de líos ese último año, pero ¿qué quería que hiciera? ¿Abandonarla? ¿Dejarla en Nueva York y no volver a hablarle?

—Bueno, voy a salir a cenar con un chico de mi clase —dije alegremente.

—NO JODAS. ¿Con quién? ¿Cuándo?

—Se llama Jan Borsos. Es ese húngaro loco del que te hablé. El que se divorció a los dieciocho y atravesó Europa a pie para llegar aquí.

Barry me miró con incredulidad.

—Pero, Pollito, ¿no me dijiste que tenía como quince años?

—Bueno, sí. Tiene veintitrés. Y es bastante raro, la verdad. Pero también tiene algo extrañamente atractivo...

Soltó una carcajada.

—Ay, madre, Pollito. Estás como una cabra.

ACTO TERCERO
Escena Sexta

Un apartamento en Brooklyn, septiembre de 2011

Estaba en un apartamento lleno de velas y me di cuenta de que no tenía ni idea de qué hacer a continuación. La ingeniosa conversación de la puerta se había interrumpido y la había reemplazado un ruidoso silencio. ¿Quién era aquel tal Julian Bell?

La respuesta: un perfecto desconocido, un hombre con el que me hallaba sola de pronto como por arte de magia.

Estaba apoyado contra la pared con una actitud entre curiosa y confiada y observaba mi cara mientras se estiraba la camiseta. No parecía haber notado que la llevaba del revés y con lo de atrás delante.

—Bueno, eh, perdona otra vez por haber intentado robarte la vela —dije.

—No te preocupes, Sally.

Sonreí al oírle decir mi nombre. Su acento era absolutamente alucinante. Así se lo dije.

Puso cara de escepticismo.

—Sally, creo que acabas de decir una mentira. Lo que crees es que mi acento es absolutamente ridículo. No has hecho prácticamente nada por ocultarlo.

—Puede ser. ¡Pero el mío no es mejor!

Sonrió.

—En eso tienes mucha razón. ¿Puedo prepararte una copa?

—Sí —dije con decisión—. Me apetece un *bourbon*.

—¿En serio?

—No.

—Ya me parecía. —Se acercó a la zona de la cocina—. ¿Qué te apetecería?

Sonreí.

—La verdad es que me gustaría tomar un poco de vino blanco, por favor.

Al oír aquello soltó una risotada.

—Yo también digo cosas así. —Se rió—. «Quiero un *bourbon*» cuando en realidad lo que me apetece es una buena taza de té. —Hizo una pausa, sonriéndome—. Eres muy graciosa.

La idea de que me encontrara graciosa resultaba extrañamente atractiva. Lo miré mientras sacaba una botella de vino de la nevera, algo desconcertada por lo que estaba pasando. Allí, en mi pellejo, había una chica segura de sí misma que acababa de entrar en el piso de un guapo desconocido y había pedido un *bourbon*, y luego un vino, sin importarle si hacía el ridículo. ¿Quién era esa chica?

—¿El vino es de Raúl? —pregunté.

Tenía un olor fuerte e intenso, y la copa ya había empezado a empañarse. Cuando Julian me la dio, sentí el impulso inexplicable de cancelar mi cita y quedarme allí, en medio de la enorme cocina, bebiendo vino frío y embriagador con el hombre que tenía delante, que se estaba sirviendo una copa con una concentración que me pareció enternecedora. Era muy guapo, y muy ancho de hombros, noté. Me gustaban los hombres con las espaldas más anchas que mi trasero.

«Cuidado, Sally.»

—Sí, es de Raúl —contestó mientras guardaba de nuevo la botella en el frigorífico—. Vengo aquí con frecuencia a robarle su vino. Él tiene un gusto excelente y yo no. Y mi apartamento es una pocilga, no como éste. ¿Tú entiendes de vinos?

—Sí, bueno, algo sé… —comencé a decir. Y añadí—: No, qué va. Era otra mentira.

—No me parecías muy puesta en cuestión de vinos.

—¿Por qué no?

—Porque la gente que sabe de vinos suele ser muy dominante y arrolladora —dijo reflexivamente—. Tú eres más bien insegura y estás un poco loca. Y también pareces bastante asustada. No quiero matarte, ¿sabes?

—Mejor. Aunque ¿cómo sabes que no quiero matarte yo a ti?

—No lo sé —reconoció—. Pero no creo que tengas muchas posibilidades de hacerlo. Esto es acero para los barcos —dijo flexionando sus bíceps para mostrarme que apenas tenía músculo, lo que me hizo reír.

Bebí un sorbo de vino delicioso y perfectamente frío y noté que a Julian Bell se le estaba escapando la sonrisa a pesar de que de pronto había puesto cara de póquer.

—¿Por qué estás intentando no reírte? —le pregunté.

—¡No estoy haciendo eso!

—Claro que sí.

Empezó a reírse.

—Supongo que es por la misma razón por la que tú has pedido un *bourbon*. Quiero cultivar mi carisma. Siempre me ha gustado la idea de ser un hombre taciturno e inescrutable. Ya sabes: fuerte y misterioso.

—Ah. Pues no se te da muy bien, me temo.

Nos miramos los dos fijamente a los ojos.

Él arrugó el ceño como si me tomara la medida.

—¡Ya estás otra vez! —me oí chillar, y no me gustó mi tono coqueto—. ¿Por qué me miras así?

—No sé —dijo lentamente—. No sé por qué. Es que… Espera.

Se volvió, salió de la cocina de Raúl y dobló la esquina.

Fingí que no lo seguía con la mirada y procuré ignorar el hecho de que algo rayano al frenesí se estaba desatando en mi estómago. Me parecía muy pronto para que Julian Bell se hiciera una idea sobre mí. Y al mismo tiempo era muy emocionante.

—¡AJÁ! —le oí gritar desde una habitación invisible.

Estaba verdaderamente chiflado.

Volvió agitando unas gafas en una mano.

—Sin éstas soy medio ciego. —Se rió—. Quería verte mejor antes de decir nada más. ¿Puedo verte como es debido?

—Eso depende de a qué te refieras. Porque no voy a quitarme la ropa.

Me sonrojé inmediatamente. Era la primera vez en mi vida que decía algo así.

Julian estuvo de acuerdo.

—No. Eso sería muy raro. Sólo quiero mirarte completamente vestida, por favor. ¿Puedo?

—Eh...

—Estupendo.

Se puso las gafas y me pareció que estaba guapísimo. Y además parecía muy inteligente. Considerado. Elegante...

«Cállate», me ordené a mí misma.

Me miró de arriba abajo un momento, pero se concentró sobre todo en mi cara.

—Tengo las gafas rotas y se me caen todo el tiempo —me dijo—, por eso nunca me las pongo. Siempre me están regañando por eso. Mi madre, mi compañera de piso, mis amigos, mis compañeros de trabajo... —Cruzó los brazos y yo intenté no mirar las costuras de su camiseta vuelta del revés—. Pero por esto es por lo que conviene que empiece a ponerme las gafas —anunció—. ¡Tú! Eres...

Ladeó la cabeza pensativo.

—¿Apestosa? —pregunté yo, indecisa.

No estaba acostumbrada a tanta intensidad.

—Eh... No.

Bebí un sorbo de vino mientras esperaba a que diera con el adjetivo preciso.

Siguió sonriéndome.

—Fresca.

—¿Qué?

—¡He dicho que eres fresca!

—Ah. —Volví a ponerme colorada como un enorme tomate italiano—. Gracias. Pero acabas de conocerme. No tienes ni idea de si soy fresca.

—Vale, entonces guapa. Para decir eso no necesito conocerte.

Lo miré boquiabierta.

—No, borra eso. Espectacular. Creo que eres un poquitín espectacular.

Pasó un segundo.

Y entonces la magia que había estado revoloteando levemente a nuestro alrededor se dispersó. Estaba en un piso con un hortera pervertido. El viudo loco, probablemente. Un pequeño escalofrío recorrió mi espina dorsal. ¿Corría peligro?

—¡Ay, joder! —Sonrió sacudiendo la cabeza—. ¡Vosotros los ingleses! ¡Siempre tan estirados! ¿Tan malo es decirle a una chica mona que lo es?

—¡No me vengas con «vosotros los ingleses» —contesté—. No veo por qué voy a ser una estirada porque me parezca raro que un hombre al que acabo de conocer emplee adjetivos tan fuertes para describirme. Y has dicho «espectacular», no «mona».

Julian se echó a reír. Abiertamente. Y antes de poder refrenarme, yo también empecé a reírme. Qué ridícula sonaba. Una estirada, sí, enfadándome con un hombre que acababa de decirme algo tan bonito. Un hombre que evidentemente no era un pervertido, ni un loco, ni un hortera.

—¡Pero tú también eres inglés! —protesté—. ¡Y ningún inglés dice esas cosas!

Se encogió de hombros y cogió su copa de vino.

—Supongo que me he quedado con lo mejor de los dos mundos. Por eso puedo decir cosas como «eres espectacular» sin que me dé un colapso.

¡Ahí estaba otra vez! «¡Espectacular!» Me dio un calambre en el estómago. Entonces me acordé de que ni siquiera era un poquitín espectacular y me pregunté por qué estaba diciendo esas memeces.

—Para —me ordenó como si me hubiera leído el pensamiento—. No importa lo que lleves puesto ni cómo creas que te huele el pelo. Estabas ahí, robándome la vela, hablando por los codos y fingiendo que te gusta el *bourbon*. Una chica como tú, que se pasea por ahí en camisón, que es capaz de portarse como una chalada y reírse de ello, es fantástica. Espectacular. Así que ya lo ves.

—Vaya, pues gracias, entonces —dije.

Por un segundo hasta empecé a creerle.

—Yo llamo preciosas a las vacas, por si así te parezco menos hortera —añadió—. Y a los perros. Sobre todo a los perros. *Pam*, la perra de mi compañera de piso, es gorda y estúpida, pero aun así es la perra más preciosa del mundo.

Se rió, seguramente pensando en la Gorda y Estúpida *Pam*.

—Está bien que te asocien con una perra gorda y estúpida.

Julian se rió y se quitó las gafas. Estaba guapísimo. Luego volvió a ponérselas y también estaba guapísimo. Luego se las quitó otra vez y se las puso, y al final se dio una palmada en la cabeza, levantándose un remolino de pelo.

—Ven a ver las vistas de Raúl —propuso—. Antes de que haga más el ridículo.

La vista, que se fue desplegando como a cámara lenta, era fantástica. No perfecta: había un kilómetro y pico de maraña industrial entre nosotros y el río, y alguien había plantado un buen montón de pisos de lujo en medio, pero aun así era la más bonita que había visto hasta entonces. El río East era oscuro y terso, y Manhattan vasto y titilante.

—¡Hala! —susurré—. No me extraña que a Fiona le guste tanto Raúl.

Julian sonrió.

—¿Cómo te apellidas? —preguntó.

—Howlett.

—Hola, Sally Howlett.

Me ofreció la mano y yo se la estreché calurosamente, encantada por la incongruencia de todo aquello.

«¿Me dice que soy espectacular y luego me estrecha la mano? ¡Este hombre está como una regadera! ¡Me encanta!»

—Bueno, yo soy Julian Bell. Raúl y yo somos amigos desde el colegio. Él se convirtió en una estrella del rock y yo en un periodista del montón. Él vive en un almacén con vistas a Manhattan y yo comparto un apartamento mísero con una perra gorda y la loca de su dueña.

—Es una buena forma de definirse —comenté—. ¿Y yo? Pues... Mi prima Fiona, a la que seguramente ya conoces, se ha convertido en una conocida bailarina, mientras que yo soy solamente una sastra de teatro del montón. Ella es... —me detuve—. Borra lo que he dicho. No soy «solamente» una sastra. Estoy orgullosa de mi trabajo.

Julian asintió con la cabeza con aire de aprobación.

—Ah, qué bien.

—De hecho, me encanta —dije, animada por su respuesta. En realidad nunca hablaba de lo mucho que me entusiasmaba mi trabajo, a pesar de que me había hecho muy feliz y de que hacía que me sintiera muy segura de mí misma—. Estoy trabajando en el Met, en Turandot, y me encanta... ¡El departamento de vestuario es alucinante!

—¿Y eso?

—Eh... Es difícil explicárselo a alguien que no sabe nada de esta industria. Porque tú no sabes de ópera, ¿verdad?

Sonrió vagamente.

—Bueno, un poquitín... No mucho. Cuéntamelo como si fuera un neófito.

—Pues es... En fin, fabuloso. Sólo la sala de tintes es más grande que todo mi piso de Londres, y tienen veintitrés mil trajes de escena, y la gente tiene muchísimo talento. Si necesitas a alguien cuya especialidad sean los sombreros de bruja torcidos y con compartimentos secretos de los que salgan murciélagos, allí lo encuentras. ¡Me encanta! ¡Me pongo contenta sólo con pensarlo!

Julian se estaba riendo.

—Sombreros de bruja torcidos —repitió imitando fatal mi acento—. «Sombreros de bruja torcidos.» Ay, Dios, eres genial.

—¡Deja de reírte de mí!

—No es eso. Es que me gustas, Sally Howlett.

¿Qué quería decir con que le gustaba? Yo todavía no le había pillado el tranquillo a la forma de hablar de los americanos. ¿Significaba lo mismo aquello que en mi país? ¿O sea, «me interesas»? «¿Me gustaría enrollarme contigo en algún momento?»

—¿Qué significa «me gustas» cuando lo dice un americano? —me oí preguntar.

¿Qué me proponía?

Julian siguió riéndose de mí. Se le arrugó toda la cara y las gafas le resbalaron por la nariz. A mí me gustó mucho su risa. Era sonora y un poco como de oso, y me hizo sentirme como si fuera la persona más divertida sobre la faz de la Tierra.

Me puse ligeramente roja.

—«Me gustas» significa que me gustas —contestó—. Significa que me pareces mona, y que no dices las cosas que dicen las otras chicas, y que me gustaría que siguiéramos viéndonos.

—Lo mismo digo —contesté tímidamente.

Julian, que estaba a unos pasos de distancia, se acercó a mí.

—Bien —dijo mientras contemplaba Manhattan.

Noté un hormigueo de desconcierto y emoción. ¡Qué raro era aquello! Estaba bien. ¡Era una locura! Era encantador.

Me gustaba, sí. Y además olía muy bien. Un poco como una vela de Jo Malone que me había comprado Bea la última Navidad.

—Hueles como una vela que tengo —le dije, e hice una mueca—. Ay. Todo el piso está lleno de velas.

Se limitó a sonreírme. Noté con placer que su pelo se había descontrolado un poco durante nuestra conversación. Salía por todos lados en mechones tiesos y rizados.

Entre su cuerpo y el mío chisporroteaba la energía casi visiblemente, y yo seguí mirando su pelo para no estallar.

—Ay, mierda —dijo de repente, llevándose las manos a la cabeza—. Lo tengo todo alborotado, ¿verdad?

Miré educadamente su pelo como si me fijara en él por primera vez.

—No, qué va —mentí.

—¡Mentirosa! —gritó. Se subió la camiseta por la cara y la cabeza. Y luego dijo—: ¡Mierda y requetemierda! —Se tambaleó hacia los lados como un gran fantasma torpón—. ¡Maldito pelo rizado de capullo! ¡Agggh!

Chocó contra el sofá de Raúl y se fue dando tumbos hacia la cocina. Se le cayeron las gafas desde el bajo de la camiseta.

—¿Adónde intentas ir? —pregunté—. ¿Necesitas ayuda?

—Cállate —dijo, señalando hacia donde creía que estaba yo. Pero se equivocó—. No te rías de mí, Sally Howlett. No tienes ni idea de las batallas que tengo con este pelo. Es… ¡AGGGH!

Yo ya había empezado a sacudirme de risa. Julian seguía teniendo la cabeza tapada con la camiseta mientras daba tumbos por la habitación, pero su pelo asomaba crespo y rizado por el agujero del cuello como un cachorro travieso.

—A todo el mundo se le alborota el pelo de vez en cuando —dije yo.

—¡YO TENGO EL PELO ALBOROTADO DESDE QUE NACÍ! —gritó Julian.

Soltó una especie de grito de guerra, chocó contra la mesa del comedor, cayó de lado sobre un enorme puf, sacó la cabeza de la camiseta y salió corriendo por una de las puertas.

Yo me senté en el suelo, llorando de risa.

Cuando por fin me calmé, Julian volvió y se sentó a mi lado con el pelo domado y oliendo ligeramente a coco.

—No quiero volver a hablar de ese tema nunca más —anunció muy serio.

Dije que sí con la cabeza.

—Entendido.

Me miró de reojo. Yo lo miré de reojo a él, y luego volví a mirar por la ventana porque no sabía qué hacer.

Manhattan seguía titilando a lo lejos. Las velas también titilaban. Y la energía que chisporroteaba entre nosotros, también. Era emocionante.

—¿Te parezco un gilipollas? —preguntó.

—Desde luego que sí. ¿Y yo a ti?

—Una de las peores.

—Peor que tú no puedo ser —respondí—. Primero, todavía llevas la camiseta del revés y con lo de atrás delante. Segundo, tienes el acento más raro del planeta. Y, tercero, estás en un apartamento lleno de velas con vistas a Manhattan. Es como el decorado de una película porno rara. ¿Se puede saber qué te pasa?

Entonces me detuve y estuve a punto de sofocar un gemido. ¿Que qué le pasaba? ¡Que era el viudo! Me dio un vuelco el estómago. Seguramente había estado sentado entre las velas, hablando con su mujer muerta.

Una desilusión horrible y egoísta se apoderó de mí. Me gustaba Julian Bell. Estaba sentada a su lado en una habitación iluminada por la luz de las velas y, si adelantaba la película un par de horas, sabía que iba a querer besarlo. Nunca había sentido algo así por un chico al que acababa de conocer.

Pero no había sitio para mí en la vida de un hombre de luto.

Intenté retrotraerme a veinte minutos antes, cuando no había ningún Julian Bell en mi vida, pero no pude. Ya había ocupado un sitio a mi mesa.

—¿Qué demonios está pasando ahí dentro? —Julian me observaba intensamente—. Tienes cara de haber entrado en fase psicótica.

No pude refrenarme:

—¿Tú eres el viudo? —balbucí.

Si la pregunta le molestó, no lo demostró.

—Sí.

Me odié a mí misma. Grandísima tonta insensible...

Pero, para sorpresa mía, él volvió a sonreír.

—Crees que estaba aquí sentado comunicándome con los muertos, ¿es eso?

Se rió.

—Puede ser.

—¡Ja, ja! Estaba acabando la editorial para mi revista. Se ha ido la luz y mi portátil se está quedando sin batería. Por eso no estoy con los demás. Todavía.

—Ah.

No le creí y seguí odiándome a mí misma. ¿Acaso no tenía suficiente experiencia en cómo afrontar el duelo?

«Nosotros seguimos como si no hubiera pasado nada —siseaba mi madre—. Nada de jaleos.»

—Pues sí, Sally, soy viudo, y hace más de cinco años. Siempre me reúno con los chicos cuando se cumple el aniversario porque mi madre teme que me dé una crisis y mis amigos también, así que se juntan y lo arreglan todo para que no esté solo. Creen que no sé lo que se traen entre manos. Si te soy sincero, sólo lo hago por ellos. Yo estoy bien.

Yo deseé con todas mis fuerzas poder creerle.

—Es verdad. —Se encogió de hombros—. Estoy triste, claro. Hecho polvo, a veces. Me gustaría que no hubiera tenido que morirse, claro. Pero ya no es lo que más pesa en mi vida.

Hubo un largo silencio.

—La verdad es que está muy bien —reflexionó, complacido—. ¡Bien por mí!

Se quitó las gafas y las limpió con la punta de mi chaqueta.

—Lo siento muchísimo —dije por fin—. No es asunto mío y no tienes por qué explicarme nada. No soy más que una tarada que se ha presentado en tu puerta. Debería irme. Lo siento.

—Vale —dijo—. O podrías dejar de montar este drama y podríamos tomar un poco más de vino y salir por ahí. —Tenía una mirada traviesa—. ¿Qué va a ser?

Por fin, afortunadamente, me relajé.

—El vino —contesté con decisión. Me senté en un gran puf de arpillera junto a la ventana y sonreí—. ¡Emborrachémonos un poco!

Se fue a la cocina.

—Aunque, si lo prefieres —dijo—, puedo quedarme aquí sentado y cantar lastimosas canciones de amor a la luz de las velas.

Cuando volvió con la botella de vino, me señaló.

—Levanta tu dedo índice —ordenó.

Lo hice, y apoyó la punta de su índice contra el mío como si apretara un botón.

—Reiniciar —explicó—. Charla sobre viudos terminada. Empezamos otra vez.

Aquello me gustó.

—Reiniciamos —afirmé.

Llenó hasta arriba las copas y se sentó otra vez a mi lado. Las ventanas de arriba todavía estaban abiertas y una brisa refrescante me cosquilleaba delicadamente en los hombros.

Hablamos hasta acabar nuestras copas y acordamos de mala gana que debíamos ir a reunirnos con los demás en el recital poético. Yo no quería que aquello acabara, y notaba que él tampoco. Pero el deseo de estar junto a Fiona se había vuelto insoslayable.

—Voy a cambiarme, enseguida estoy lista —le dije—. ¡Gracias por el vino!

Julian también se levantó. Estaba muy cerca de mí.

—Dáselas a Raúl —dijo—. Se lo he robado.

Sonreímos los dos.

Luego dio un paso adelante y me besó en los labios con toda naturalidad. Yo le dejé porque quería que me besara en los labios. Se apartó, observó mi cara y yo deseé que hubiera seguido un poco más.

—Normalmente no me comporto así —dijo en voz más baja—.
¿Me he pasado?

—No. Me ha gustado.

Una sonrisa irreprimible iba brotando de mí.

Estaba apagando las velas a soplidos cuando fui a cambiarme.

Escena Séptima

El local del recital de poesía estaba en una calle normal y corriente, al borde del East Village.

—Esto es Alphabet City —anunció Julian—. En esta parte de la ciudad hay un montón de gilipollas, gente a la que le gusta dárselas de activistas y creativos, pero que en realidad sólo está enamorada de sí misma.

—Se parece a Williamsburg, entonces.

Se rió por lo bajo.

—Exacto.

—La verdad es que yo soy bastante activista —le dije—. Me gustan las protestas, los movimientos y esas cosas.

—No, qué va —dijo Julian con firmeza.

—¿Cómo dices? —contesté intentando hacerme la ofendida.

—Sally, tú eres más o menos igual de activista que *Pam*, la perra.

—¿Quién lo dice?

—Te has delatado en cuanto has abierto la boca.

Soltó una risita y yo también me reí.

No pude evitarlo. En aquel hombre todo era gracioso, desde su pelo alborotado, hasta sus extrañas deportivas marrones.

—Has dicho «yo también soy bastante activista». ¡Nadie es «bastante activista», ratoncita loca!

Se rió aún más fuerte. Y yo también. Me gustaba que me llamara «ratoncita loca».

Nos estábamos acercando a la entrada del local, un porche de cristal diáfano que daba paso a lo que parecía ser un edificio pequeño y lúgubre. Se llamaba «Nuyorican Poets'Café». Me armé de valor.

—Y ya puedes parar —dijo Julian a pesar de que yo no había dicho nada—. Es un sitio realmente especial. Raúl y yo solíamos venir aquí cuando éramos estudiantes.

—Ya, claro —dije valerosamente.

Julian rompió a reír otra vez.

—¡Mírate! ¡Ja, jaaaa! El gorro. El traje. Y esa carita toda asombrada porque vaya a recitales de poesía. Es todo… increíble. Me gustas.

En el metro, mientras me hablaba de la revista de la que era dueño y editor, un semanario satírico llamado *The Brooklyn Beaver*, me había pillado husmeando a escondidas mi pelo todavía sucio. Así que, al bajarnos en First Avenue, me compró un gorro de punto grande en una tiendecita que había en una esquina.

—Para que dejes de husmearte el pelo —me explicó.

Yo, conmovida, me lo puse sin vacilar a pesar de que el vestido de All Saints que me había puesto antes de salir no era lo que mejor le iba.

Julian Bell seguía riéndose.

—Sally Howlett, pareces una auténtica estudiante de Alphabet City amante del voluntariado, la poesía *beat* y el pachulí —dijo—. Y me gusta.

Yo no tenía ni idea de qué significaba la mayor parte de lo que había dicho, pero decidí hacerlo mío.

—Guíame hacia la creatividad —ordené.

El café de los poetas no era propiamente un café, sino más bien un pequeño local de actuaciones con un escenario, un amplio suelo de tarima y una terraza. Una barra no muy grande corría a lo largo de la pared desde la entrada y, para mi enorme sorpresa, el local estaba a rebosar. Fiona, Raúl, Barry, Bea, el masajista brasileño de Bea y varios hombres más a los que identifiqué como amigos de Raúl y Julian estaban sentados al fondo, con la mesa llena ya de botellas de vino y cerveza. Estaba claro que Julian y yo habíamos entrado durante una especie de intermedio, pero la gente se estaba acomodando ya para escuchar al siguiente poeta. Fiona parecía sofocada y nerviosa.

—¡Esto es buenísimo, en serio! —susurró. Y añadió—: ¿QUIÉN COÑO ES ÉSE?

Me encogí de hombros y preferí no explicarle que era el viudo, que nos habíamos conocido a última hora, que le había besado y que me había enamorado ligeramente de él. Hasta a Fi, con su loca imaginación, le habría costado asumirlo.

Raúl y los otros chicos se rieron por lo bajo mirando a Julian.

—Te has dado prisa, hermano —comentó Raúl, inclinando la cabeza impresionado.

A mí no me importó. Me senté, maravillada de lo normal que me parecía estar en un recital de poesía con un periodista viudo, una estrella del rock y un surtido de chalados de diversa especie. Aunque al observar el local con más atención me di cuenta de que en realidad no eran chalados. Parecían todos bastante normales. Ni siquiera Bea parecía fuera de lugar, aunque a decir verdad había optado por no ponerse sus tacones de aguja de costumbre.

El siguiente poeta cogió el micrófono.

Era un hombre delgado y de aspecto nervioso que se hacía llamar «Elfo el del Bronx», y al que empequeñecía su enorme traje. Sentí que se me erizaba la piel de vergüenza ajena, consciente de que un hombre que se sentía tan incómodo en su propio pellejo difícilmente podía tener algo de poesía dentro.

Qué equivocada estaba.

Nunca había ido a un recital de poesía, no me había apetecido, y sin embargo me hubiera pasado toda la noche escuchando a aquel hombre hablar por el micrófono. Su poema se llamaba «Vida doble» y trataba de cómo se corregía a sí mismo para que nadie pudiera ver cómo era en realidad. Era brutal y sin embargo no había en él ni un solo soplo de autocompasión. De hecho, por momentos era tan divertido que Barry se cayó debajo de la mesa de tanto reírse, cosa que por otro lado le encantaba hacer.

Cuando acabó Elfo, me quedé ronca de vitorearle. Acababa de contar la historia de mi vida.

La velada siguió adelante y por fin acabó, pero Raúl, que era buen amigo del dueño del café, consiguió que cerraran con nosotros dentro.

No pude evitar reírme al ver a Beatriz Maria Stefanini tomando parte en un encierro después de un recital de poesía, pero lo cierto era que se hallaba en su elemento.

Hice una foto mental del sitio, sabiendo que, pasara lo que pasara entre Julian Bell y yo, aunque no fuera nada, quería recordar aquella noche para siempre.

A continuación bebimos como cosacos. Julian estuvo toda la noche a mi lado y yo dejé de pensar que era genial y empecé a pensar que era alucinante. Era generoso con las copas, cariñoso conmigo, amable con sus amigos y siempre divertido: llamó «pirada» a Fiona, cosa que a nadie más se le habría ocurrido, y Raúl y él hicieron que nos partiéramos de risa con su conversación. Y aun así, cuando volví de la barra con otra ronda de bebidas, me dijo:

—Me parto contigo, Sally Howlett. ¿Por qué andas de lado para esconder el culo? ¡Es maravilloso!

Me sonrojé, haciéndome la tonta.

—Eres increíblemente divertida —me informó—. Sobre todo cuando no te lo propones.

Se estaba riendo de mí, no había duda, pero yo también de él. El pelo se le escapaba de los fijadores que se había puesto precipitadamente antes de salir, y había empezado a encrespársele a medida que avanzaba la noche y se animaba el ambiente. Me pilló mirándolo, soltó un alarido y me robó mi gorro de punto nuevo.

—BUENO —dijo de pronto Fiona—, ¿qué te parece nuestra Sally? PRECIOSA, ¿verdad?

Mi prima estaba muy alborotadora esa noche. Y… muy rara. Había algo en su actitud que me inquietaba. Estuvo un montón de tiempo hablando directamente a la cara de Raúl, y luego a la de Julian y después a la mía, y provocaba constantemente discusiones absurdas sobre cosas por las que dos segundos después perdía el interés. Noté también, con una punzada de temor, que estaba rara con Raúl. Se ponía pesada con él, y luego borde, y a continuación se enfurecía.

Julian había comenzado a pergeñar una respuesta cuando lo interrumpió:

—¡Todo el mundo quiere a Sally! En nuestro trabajo, ella es la auténtica estrella, no yo. Para mí es como una hermana, Julian, así que, si te metes con Sally, te metes conmigo...

—Hey —la corté—, cállate.

Pareció tan sorprendida como yo.

—¡Vale, vale! —chilló, y se levantó de un salto para contarle a Barry que acababa de mandarle callar.

—¿Normalmente es así? —preguntó Julian, mirándola curioso.

Yo me sentía dividida entre el instinto maternal de defenderla y el impulso urgente de decirle toda la verdad.

—Sí y no —dije lentamente—. Tiene un carácter difícil. Pero esta noche está especialmente rara.

—Creo que está colocada —comentó Julian.

Me quedé pálida.

—¡No!

Siguió observándola.

—¿Tiene problemas con las drogas?

—¡No! Quiero decir que... Bueno, en junio la pillé poniéndose coca, pero me dijo que podía dejarlo cuando quisiera. Me aseguró que lo había dejado.

Julian asintió con la cabeza.

—Umm.

—Pero yo la creo. También ha dejado de beber. Me dijo que estaba todo arreglado.

—Es lo que dicen siempre.

—¿Quiénes?

—Los drogadictos.

Se me hizo un nudo en el estómago.

—No es una cocainómana. Me dijo que lo había dejado. Totalmente. Y también ha dejado de beber. ¡Y últimamente está fantástica! Mucho más estable y... ¡y está BIEN!

Julian deslizó una mano sobre la mía.

—Oye —dijo—, no te preocupes. Puede que me equivoque.

Me quedé mirándolo. Notaba las garras del pánico clavándose en mi abdomen.

—Eh, ¿cómo es que sabes tanto de drogadictos, Julian?

Sonrió.

—¿Te apetece una rayita?

—¿Qué?

Se rió.

—¡Es BROMA!

Viéndome dudosa, me apretó la mano.

—Era broma al cien por cien —dijo en voz baja—. No soy cocainómano. Y estoy seguro de que tu prima tampoco lo es. No sé por qué he dicho eso.

Hice un gesto afirmativo.

—Vale…

—Me lo estoy pasando en grande esta noche —añadió con sencillez. Sus ojos estaban muy cerca de los míos—. Todo esto es una locura, ¿verdad?

Todo se diluyó en el silencio: Fiona, el miedo, la preocupación constante… Respiré hondo.

—Una locura, pero estupendo.

Muy rápidamente, antes de que Raúl y los otros tuvieran tiempo de notarlo, me besó con suavidad en los labios.

—Me gustas todavía más ahora que antes, cuando te dije que me gustabas.

Se levantó para ir a la barra, y la etiqueta de su camiseta, que seguía estando del revés, se agitó bajo su pelo desgreñado.

*M*ucho más tarde, a una hora a la que seguramente yo ya tenía unas dos botellas de vino en el cuerpo y farfullaba cosas como «NEZEZITO IRME A CAZA PERO EZTOY DEMAZIADO BODACHA PARA MOVEDDDDME», alguien se puso a tocar el piano. Bea, sí, fue ella. Tenía un pequeño piano de cola en su piso de cinco habitaciones en Marylebone y tocar sonatas de Haydn era otra vertiente de su repertorio.

—Sigo sin entender por qué trabaja —le confesé a Julian—. Lo digo porque es suuuuuperrica. Podría comprarse la casa de Barack Obama…

Julian levantó una ceja.

—¿La Casa Blanca? Caray.

—¡Y LA DE DONAL TRUM! ¡LA CASA DE DONAL TUMP! Digo LA CASA DE TRUMP. ¡No! La de TRUMP no, digo la de DO-NALD...

—Dios mío, en serio, deja de hablar. —Julian se estaba meando de risa—. ¡Me dijiste que aguantabas bien la bebida!

—Te mentí —afirmé alegremente—. La aguanto fatal. ¡TRUMP! ¡TRUMPY DONALT!

Nos interrumpieron. Uno de los otros chicos que se alojaban en el piso de Raúl, un artista del tamaño y la forma de un gran tanque, se acercó y prácticamente levantó a Julian en volandas.

—Ven a cantar —le ordenó.

—Eh, tío, no... —protestó—. No quiero, estoy hablando con esta bella señorita, es...

—Ven a cantar —repitió aquel tipo—. Jorge ha pedido que cantes. Hace siglos que tendría que haberse ido a casa y aquí está, sirviéndonos cervezas —añadió.

Jorge era el dueño del local, y al parecer amigo de aquel grupo de bohemios chiflados.

—¡Vale, vale! Suéltame, mamón.

Julian se acercó al piano.

Bea levantó la vista del teclado y soltó un chillido de emoción.

—Me han dicho que cantas de maravilla —ronroneó—. Ven a sentarte junto a Beatriz...

En cuanto Julian se levantó, Fiona se acercó a mí.

—¿Qué cojones...? —siseó—. ¿Os habéis acostado o qué? ¡Saltan chispas entre vosotros!

La miré dos veces, sorprendida. En algún momento de la noche, mi prima había empezado a beber. Yo no me había fijado, quizá porque estaba pedo, o quizá porque estaba muy acostumbrada a verla con una copa de vino resobada en la mano. El caso es que estaba borracha. Tenía los ojos amarillentos y desenfocados y me hablaba muy cerca de la cara. Noté el olor del alcohol en su aliento. Y quizá de otra cosa. Un olor penetrante y químico.

«Déjalo», me dije.

Yo también estaba borracha. Como una cuba. Todo el mundo tenía derecho a darse una alegría de vez en cuando, ¿no?

Intenté esbozar una sonrisa cómplice y enigmática, pero me salió una mueca bobalicona.

—Julian es un encanto —fue lo único que alcancé a decir—. Un encaaaanto.

—Bueno, una de las dos debería ser feliz —contestó Fiona—. Lo digo porque a mí nunca van a ascenderme en el trabajo y me estoy poniendo como una foca y seguramente voy a cagarla con Raúl, pero está muy bien que tú seas feliz. Lánzate, hazme caso.

Suspiré desanimada y fui a contestar, pero Fiona soltó una risilla.

—¡Era una broma! —dijo dándome un puñetazo en el brazo.

Pero entonces dejé de oír su voz. De pronto el local se calmó y se oyó un sonido que me llenó del más puro gozo, y no gracias al alcohol. Bea estaba tocando el dueto de *La Bohème* en el que Rodolfo y Mimí se encuentran por primera vez en la gélida buhardilla de él en el Barrio Latino, donde se enamoran en el acto. Me embargó la melodía y se me pusieron los pelos de la nuca de punta, alborotados por la borrachera. Ay, Dios, aquella música me rompía el corazón. Me mataba. Era preciosa.

Fiona había dejado de hablarme y estaba mirando el piano con aire soñador. Alguien había empezado a cantar muy bien la parte de Rodolfo. De pronto vi que era Julian Bell quien cantaba. Saltaba a la vista que no era un cantante profesional ni nada por el estilo, pero lo hacía muy bien, con una afinación perfecta y una sensibilidad impresionante para alguien que se había bebido varios cubos de vino.

Bea cantó la parte de Mimí con sus graznidos de cuervo, lo que hizo reír a todo el mundo.

—Esto es una décima parte de lo que puede hacer —nos dijo con orgullo el hombre tanque.

Yo no le creí porque, si Julian podía cantar aún mejor, tendría que haber sido cantante, pero sentí que me contagiaba del orgullo infeccioso del Hombre Tanque.

«Eres increíble —pensé aturdida mientras lo miraba cantar—.

Realmente increíble.» Recordé fugazmente que sólo un par de semanas antes había pensado que los hombres increíbles estaban muy lejos de mi alcance, que jamás se interesarían por alguien como yo.

—Éste es tu favorito, este dueto, ¿no? —susurró Fi.

Asentí con la cabeza, y aunque Bea cantaba la parte de Mimí desgañitándose horriblemente, se me saltaron las lágrimas. Me sentía tan feliz viendo a aquel hombre brillante que me había besado, rodeada de personas a las que quería, que escuchar mi pieza musical más amada a la luz de las velas casi fue demasiado.

Fiona me pasó el brazo por los hombros y me besó en la mejilla.

—Te quiero muchísimo, Sally —dijo en voz baja, sudorosa y pegada a mí—. No sé qué haría sin ti. Eres mi vida entera.

Dejé que las lágrimas, unas de felicidad, otras de desesperación, siguieran su curso.

Julian y Bea siguieron cantando, pero al acercarse las notas más agudas, ella dejó de tocar.

—¡No puedo seguir! —chilló—. ¡Que alguien cante a Mimí, por favor!

Y sin vacilar, sin pensarlo siquiera, me levanté, me acerqué al piano, me puse delante de Julian, lo miré a los ojos y empecé a cantar.

Cuando acabé, noté que había mucho ruido. Era Bea, que estaba chillando otra vez. Pero ahora no cantaba: me estaba gritando a mí.

—¿Tú cantas? ¿Tú CANTAS? ¡*DIO MIO*, SALLY, CARIÑO MÍO, HA SIDO PRECIOSO!

Fi saltó sobre mí y los demás se pusieron a aplaudir y a silbar. Miré a mi alrededor, estupefacta. ¿Había cantado?

Por fin miré a Julian, que me estaba mirando como si de pronto hubiera estallado en llamas. Meneó la cabeza y murmuró algo. A pesar del alboroto que había, lo oí claramente:

—Joder, has estado increíble. ¿Cómo puede ser?

Entonces comprendí que debía andarme con cuidado, que había llegado el momento de hacer mutis por el foro, de desaparecer y morir, que debía fingir que aquello no había sucedido y comportarme como si fuera una especie de estúpido malentendido. Pero no pude y no lo hice.

Como si fuéramos las dos únicas personas que había en el local, Julian se inclinó hacia mí y me tomó de la mano.

—Vaya, eso sí que es guardarse un as en la manga. Qué calladito te lo tenías, Sally Howlett. Vámonos. Estoy harto de compartirte. ¿Puedo tenerte para mí solo ya?

Escena Octava

Es un hecho universalmente conocido que ninguna persona en su sano juicio puede enamorarse de verdad en una sola noche. Como mucho, puede uno obsesionarse. Tener la sensación arrolladora de que esa persona, ésa justamente entre millones y millones de seres humanos, es la respuesta a todos tus problemas. En el peor de los casos, se trata sólo de un calentón malinterpretado.

«Debe de haberme hecho tilín —me dije a mí misma, borracha como una cuba—. Sólo tilín, nada más. Eso, y que me siento muy sola.»

Julian estaba en la puerta, despidiéndose del dueño, Jorge, que tenía todo el aspecto de sentir verdadera adoración por él. Mientras bajábamos por la calle a trompicones, Jorge gritó detrás de nosotros:

—¡Cuida bien de mi amigo Jules! ¡Ese tío me salvó el pellejo, eso por no hablar de este café!

—¿Qué ha querido decir? —pregunté.

Julian me puso el gorro por si tenía frío y me pellizcó la nariz.

—Ah, nada. Sólo que me gasto mucho dinero en su bar. Nos conocemos hace mucho tiempo. Es un hombre encantador, encantador, Jorge.

«Tú sí que eres encantador —pensé yo—. Verdaderamente encantador.»

Me había criado en una casa en la que rara vez se decía algo amable de otras personas. Julian era distinto. Era generoso.

—Bueno —dijo, negándose a ponerse en marcha—, dime ahora mismo qué pasa con esa voz que tienes. —Le brillaban los ojos de curiosidad y alborozo—. ¡Has cantado a Mimí de puta madre! No sé si creerme que sólo eres sastra de ópera.

El pánico fustigó un poco mis entrañas, pero conseguí recomponerme.

—Soy sastra de ópera, en serio —le dije.

—Pero debes de haber estudiado canto. Años y años. Sastra o no...

—No he dado ni una sola clase de canto en toda mi vida —contesté sinceramente.

Cruzó los brazos, sonriendo.

—¿Por qué mientes, Gorrito? —preguntó—. Es imposible cantar así sin haber estudiado.

Yo también crucé los brazos.

—¿Y tú cómo lo sabes? Tú tampoco lo has hecho mal del todo.

Hubo un pequeño rifirrafe que resolví mirándole el pelo.

—¿Qué pasa? —preguntó llevándose bruscamente las manos a la cabeza—. ¿Otra vez se me ha alborotado? ARGGGG.

Sonreí.

—No. Y yo no canto. Ni ahora, ni nunca.

Julian se quedó mirándome un minuto. Luego se echó a reír.

—Ah, cuánto me haces reír. Haces que me ría un montón. Vamos, ratoncito loco.

Me llevó a Avenue B, donde paró un taxi. Parecía una estrella de cine desaliñada y me agarraba de la mano como si fuera lo más natural del mundo. Era ridículo y completamente normal, todo al mismo tiempo.

Ninguno de los dos dijo nada mientras cruzábamos a toda pastilla Williamsburg Bridge. Los ocupantes anteriores del taxi habían dejado las ventanillas abiertas de par en par y yo dejé que el aire, ahora fresco y limpio, agitara mi pelo todavía sucio. Cuando llegamos a Brooklyn y torcimos al norte, miré a Julian de reojo. Tenía los ojos cerrados, pero noté que no estaba dormido. Sonrió.

—Deja de mirarme el pelo.

—¡No te estaba mirando el pelo!

Se limitó a sonreír, soñoliento, y a darme un pellizco en la pierna.

Miré por mi ventanilla las calles todavía ajetreadas. Williamsburg estaba vivito y coleando. Gente moderna, *hipsters*, tenía que empezar a llamarlos, fumaba en la puerta del Union Pool, y dos chicas con zapatos *vintage* intentaban cruzar los carriles elevados con inmenso arrojo.

—Cantas como un ángel —dijo Julian después de un silencio.

Sentí que me miraba. Lo más raro de todo es que no me sentí amenazada por su mirada. Acaba de alabar una parte de mi vida que nadie veía nunca, y no me molestaba.

—Tú también cantas bien. ¿Cómo es que te sabes la letra de ese dueto? —pregunté distraídamente.

Seguía sin volverme, mirando cómo pasaban a toda velocidad los límites de Williamsburg por mi ventanilla.

—Bueno, me la aprendí una vez. Me gustaba.

—Es absolutamente preciosa, ¿verdad? —dije yo eufórica y sin sentirme en absoluto como una pardilla.

Cuando llegamos a la Calle 10, se inclinó hacia delante y tocó la ventanilla del taxista.

—¿Puede girar a la izquierda y dejarnos en la 11 con Wythe?

El hombre no dio señas de haberle oído, pero giró obedientemente a la izquierda.

—¿Adónde vamos?

Julian no me hizo caso. Se limitó a sonreír.

—¿Habrá sándwiches de queso a la plancha? Quiero un sándwich de queso a la plancha.

Estaba tan borracha que resultaba cómica cuando hablaba, así que decidí mantener la boca cerrada.

Pero Julian soltó una carcajada.

—A mí también me encantaría un sándwich de queso a la plancha —dijo—. Y una taza de té inglés como Dios manda. Veré lo que puedo hacer.

Un par de minutos después paramos frente a un edificio de ladrillo en cuyo costado se leía en enormes letras de neón rojo «Hotel». Me quedé atónita, pero no me alarmé especialmente. Julian Bell no parecía de los que iban a un hotel a pasar una noche de loca pasión. Por lo menos eso esperaba. Aquello era demasiado mágico para acabar arruinado por un polvo chapucero.

Intentó pagar al taxista, pero yo insistí: había estado toda la noche invitándome a copas y, si algo me habían enseñado mis padres, era que no debía permitir que nadie se gastara demasiado dinero en mí.

(«¿Por qué? —me pregunté un instante—. ¿Es que no merezco que se gasten dinero en mí?»)

Una pequeña fisura de tristeza comenzó desgarrar el tejido de la noche, pero conseguí pararla en seco. No iba a permitirlo. Esa noche había hecho que me sintiera bien conmigo misma. Mis padres, no.

—Gracias por el taxi, señorita. —Julian sonrió de oreja a oreja mientras me hacía señas de que me acercaba al ascensor, al cual había llamado un portero elegantemente vestido. Luego añadió—: ¡Ay! ¡MIERDA!

Echó a correr hacia la calle, pero se paró en la puerta.

—Mi móvil —dijo—. Me he dejado el dichoso móvil en el dichoso taxi… Ay, joder.

El portero le estrechó calurosamente la mano.

—Tío, tú pierdes el móvil todos los meses. Me alegro mucho de verte, chaval.

Se rieron.

—¡Pero éste lo tenía desde hacía cinco meses! —se lamentó Julian, pasándose la mano por el pelo con exasperación. Se le aplastó un poco y quedó más o menos presentable.

El portero sonrió.

—Estás escarmentando, amigo mío.

Julian se encogió de hombros, impotente.

—Bah. Bueno, ¿qué tal tu mujer? —preguntó—. ¿Está bien?

El portero volvió a sonreír.

—Está genial. Mejor cada día. Le diré que te he visto.

—Dale recuerdos. ¡Ésa sí que trabaja duro!

El portero asintió orgulloso con la cabeza.

—Tienes razón. Bueno, id a tomar una copa —dijo, indicándonos que pasáramos—. Y gracias por preguntar, hombre.

Entramos en el ascensor y le clavé un dedo a Julian.

—Oye. ¿Puede saberse por qué te quiere tanto todo el mundo?

—Porque soy un fenómeno —contestó, rascándose un lado de la cara—. Aunque siempre llegue tarde y lo pierda todo.

Sonreí.

—Pues yo soy muy organizada. Y es muy aburrido. Seguramente lo tuyo es mejor.

—Umm. Fui muy organizado un tiempo, hace años. —Bostezó, se frotó los ojos y pensé que parecía un osezno soñoliento—. Perdona, no es que esté aburrido, estoy cansado. ¿Tú no?

—No.

No estaba cansada. La bombilla que Julian había encendido en mí esa noche se había multiplicado por veinte. Y a cada momento se encendía una nueva.

—Mejor, porque odiaría que te perdieras esto.

—¿El qué? ¿Vas a llevarme a la suite nupcial a echar un casquete? Porque si es así, puedes...

Julian soltó un resoplido de risa.

—¿Para echar un casquete? —repitió incrédulo—. ¿De verdad has dicho eso?

—Por supuesto. Lo que has oído.

—Un casquete —repitió imitando el acento de Birmingham sorprendentemente bien.

El ascensor se paró y, para mi desilusión, salimos a lo que parecía ser un bar de copas muy estirado. Nada de té con tostadas allí.

—Está cerrado —comenzó a decir la chica de detrás de la barra. Estaba haciendo caja. Luego se le iluminó la cara—. ¡Jules! ¡Hola, cariño!

Rodeó la barra dando saltos para saludarlo. Yo no salía de mi asombro. ¿Cómo era posible que el dueño de una revista local bastante cutre, según él, llamada *The Brooklyn Beaver* fuera tan conocido en un sitio como aquél? Saltaba a la vista que yo no era la única que opinaba que Julian Bell era un poquitín alucinante. La chica se lanzó a él como si Brad Pitt acabara de entrar en su bar y sólo lo soltó cuando Julian me la presentó.

—¡Uuuy! —dijo ella mirándome fijamente. Y eso fue todo. Nos hizo señas de que pasáramos—. Voy a traeros una bandeja, Jules.

—Gracias, Tasha. Eres la mejor.

Y entonces la vi.

La vista. Un panorama sobrecogedor de Manhattan que me hizo

contener la respiración. Estaba tan absorta mirando a Julian con cara de deseo que no me había fijado en que estábamos en un bar con las paredes de cristal y unas vistas sobre Nueva York que eclipsaban cualquiera que yo hubiera visto hasta entonces. Era espectacular.

Julian se rió de mi parálisis estupefacta y me empujó suavemente hacia una puerta que daba a una terraza.

—Está bien, ¿verdad? —se limitó a decir.

Nos paramos al borde de la terraza y contemplamos Nueva York. Un millar de luces me guiñaban sus ojos desde el otro lado del río, cada una de ellas una ventana hacia una vida, una historia, un alma distintas. Mientras estaba allí mirando sentí que la sonrisa de Julian me quemaba desde algún lugar a la izquierda, y no pude negarlo. No se trataba de que fuera a ocurrirme algo especial: ya había ocurrido.

—Es la mejor vista del mundo —musité.

Julian se acercó a mí y me pasó una mano por debajo del pelo para sujetarme la nuca. Su mano estaba caliente.

—Lo es —dijo—. Pero algunas veces que quedo aquí y pienso «echo de menos el valle del Teign. Echo de menos Dartmoor. Echo de menos los hierbajos, los matojos de hiniesta espinosa y la mierda de vaca». A veces me pregunto por qué estoy aquí, en este bar tan caro, cuando podría estar sentado debajo de un árbol mientras llueve, con las ovejas mirándome con sus caritas de locas y sólo el sonido de las hojas goteando lluvia. O quizás el ruido lejano de mi padre trajinando en su tractor. No sé.

Lo vi perfectamente: Julian sentado debajo de un árbol mientras llovía, en algún lugar agreste y hermoso.

—Suena precioso. Pero yo… yo no siento lo mismo por mi barrio de viviendas protegidas, si te soy sincera.

Se rió.

—Me encanta que hayas dicho eso. Que digas tranquilamente que eres de un barrio de viviendas protegidas.

—¿Por qué no iba a decirlo? ¿Crees que debería fingir que soy más pija o algo así?

—¡Dios mío, no! Pero otras chicas lo harían. Por eso siento… Por eso, eh, parece que me gustas tanto.

Le creí. Nos sonreímos.

—Joder, ¿qué me has hecho? —preguntó Julian.

Contempló Manhattan mientras acariciaba mi cuello.

Intenté girar la cabeza para darle un beso, pero en ese momento la chica de la barra salió con una bandeja.

—Dos sándwiches de queso a la plancha y una tetera —anunció simulando un mal acento inglés—. Ah, y he conseguido encontrar una de esas repelentes galletas alargadas de la última vez que estuviste aquí. Y esas tan horribles con mermelada de fresa. Qué asco.

Julian bajó la mano de mi cuello.

—¿Galletas de crema y Jammie Dodgers?

La chica sonrió y dejó la bandeja, un bello y delicioso cuadrilátero de britanidad y grasas trans, en la mesa más cercana.

—Vosotros los ingleses. —Suspiró—. Qué monos sois.

Cuando entró contoneándose en el bar cerrado, noté el olor a queso derretido y pan tostado y miré, riendo, cómo se apresuraba Julian a servir el té y a mojar en él una galleta de crema.

—Ah, Dios mío —masculló—. Ésta es la mejor noche de mi vida.

Se quitó las gafas para mirarme, para comprobar que era tan feliz como él, y sonrió despacio, una sonrisa muy bella, al ver que yo estaba completamente en éxtasis.

Entonces se le cayeron las gafas de la nariz y, aunque pareciera imposible, risible, incluso, comprendí que estaba enamorada.

*M*ás tarde, mientras estaba tumbada sola en mi cama, bullía de emoción por dentro. Me imaginé a Julian dormido tres pisos más arriba, rodeado de velas y de sus mejores y más queridos amigos, y sentí que iba a estallarme el pecho. Llevaba mucho tiempo viviendo precavidamente, escondiendo buena parte de mi ser, igual que el poeta de esa noche con su doble vida. Pero tal vez hubiera llegado el momento de cambiar.

Todo me parecía posible. Me abracé a mi edredón y sonreí y sonreí hasta que por fin caí en un sueño profundo, exhausto y rebosante de felicidad.

ACTO CUARTO
Escena Décima

Septiembre de 2012, The Royal College of Music

*M*i segunda semana en la escuela de ópera comenzó con una buena noticia y una mala.

La buena fue que me dieron un papel de corista en *Manon*, la producción de noviembre, lo que significaba que no tendría que cantar una sola palabra yo sola.

El papel protagonista se lo dieron a Violet Elphinstone.

—Fue de chiripa —me confesó alegremente—. Hice la prueba fatal. ¡Seguramente me confundieron contigo! A fin de cuentas, es de ti de quien hablaba todo el mundo.

—No creo —contesté con nerviosismo, toqueteando mi espantoso anillo.

Esperaba que no. Con un poco de suerte, mi no papel en la producción de noviembre pondría fin a todas esas chorradas acerca de que yo era especial y distinta, y el foco en quienes de verdad se lo merecían.

—Venga, tú eres la atracción estrella —prosiguió Violet con una sonrisa rencorosa—. Seguro que el trimestre que viene te dan el papel protagonista a ti. En cuanto te hayas soltado un poco.

—Eh, ¿qué?

—Julian es mi entrenador vocal —dijo despreocupadamente—. Dice que te da miedo cantar, pero que podrías cantar dentro de un armario o algo así. Yo me quedé diciendo «Eh, no, ¡no puede ser!»

La rabia vino y se fue. Julian no tenía derecho a hablar de mí con nadie. Y menos aún con Violet. Pero no iba permitir que eso me afectara.

—Es verdad que me gusta mucho cantar dentro de los armarios.
—Sonreí—. Sí.

Violet puso unos ojos como platos y me miró con condescendencia.

—¡Hala! ¡Qué graciosa eres! ¡Mi amiga la loquita! Me sigue encantado tu anillo, por cierto, es como… ¡alucinante!

Me costaba hablar con Violet. Resultaba tan obvio que era despampanante y que rebosaba talento, y era tan penosamente evidente que todos los hombres de la escuela querían echar un polvo maravilloso con ella, o un polvo a secas, fuera de la clase que fuera, seguramente, que parecía raro que estuviera tan empeñada en aplastarme.

Yo no representaba una amenaza para ella. Me llevaba bien con todo el mundo, pero sólo había conectado de verdad con Jan y con Helen, que eran, según confesión propia, figuras marginales dentro de la escuela, de modo que no era su popularidad lo que estaba en juego. Más bien al contrario. Yo apenas causaba expectación, mientras que a ella acudían todos como las pulgas a un perro de exhibición.

Y, en cuanto a físico, yo era una caca de perro comparada con su reluciente pelaje con pedigrí. Fuera cual fuese tu gusto en cuestión de mujeres, seguro que te gustaba Violet Elphinstone.

Y, por si no bastara con eso, yo estaba recibiendo clases de canto dentro de un armario porque no me atrevía a cantar delante de nadie.

Sencillamente, Violet y yo nunca estaríamos al mismo nivel. ¿Por qué le preocupaba yo tanto?

La mala noticia fue que Brian me convenció para que me presentara a las pruebas para el anuncio de televisión, pero no en vivo, sino mediante una grabación, y me dieron el trabajo. Les había contado no sé qué chorradas a los publicistas sobre que estaba muy liada con actuaciones privadas ante personajes importantes y los convenció de que era tan buena que estarían locos si no accedían a oírme. No sé cómo, pero accedieron. Me despacharon a un armario de una clase muy distinta, un estudio de grabación, y Brian se escondió debajo de la mesa de mezclas para que no me sintiera observada. De vez en cuando levantaba la mano y movía un botón. Por lo demás, estaba sola en una celda acolchada. Lo cual se me hizo llevadero.

El caso es que me dieron el dichoso trabajo. Yo estaba horrorizada, pero Fiona, a la que llamé inmediatamente, se puso como loca de contento y volvió a ponerme en el buen camino. Así que dije que sí al anuncio. Iba a aprovechar el momento, por Fi.

—No va a pasar nada.

Brian sonrió bondadosamente.

Estábamos en un pasillo, junto a una vitrina llena de curiosas trompetas y trompas antiguas. Yo me había aplastado contra un rincón y seguramente tenía los ojos dilatados por el terror ante la idea de grabar la sintonía para un anuncio.

—Vas a estar en un estudio —dijo—. Como en el que grabamos los dos.

—¡Pero nadie se va a esconder debajo de la mesa de mezclas para tocar los botones! —Respiré hondo, consciente que parecía al mismo tiempo una histérica y una desagradecida—. Perdona. No me hagas caso. Quiero hacerlo, de verdad. Y que se me pasen estos nervios.

Lo sentí sonreír.

—Bien —dijo con calma—. Puede que incluso salgamos pronto de ese armario, ¿eh?

—Umm.

Ladeó la cabeza.

—Julian Jefferson me ha pedido un favor —añadió—. Iba a ser tu entrenador vocal, como sabes, pero me ha preguntado si puedo encargarme yo de darte clase. O sea, que, de momento, sólo cantarías conmigo. Cree que será mucho mejor para ti, teniendo en cuenta lo nerviosa que te pones aún.

Mi alivio inicial se vio ensombrecido casi de inmediato por una sospecha insidiosa. ¿Qué se proponía Julian?

Brian seguía mirándome con curiosidad.

—Julian parece saber muy bien qué puede ayudarte a cantar —comentó—. ¿Sois amigos?

Me sonrojé.

—Por supuesto que no.

Brian levantó las cejas y yo me maldije a mí misma.

—No conocía a Julian *Jefferson* antes de entrar en la escuela —dije sin apartarme de la verdad—. Es un perfecto desconocido.

Brian asintió con la cabeza.

—Pues entonces tiene aún más talento de lo que yo creía. Estoy completamente de acuerdo con él en que es mejor que sigas dando clase conmigo de momento. Pediré en secretaría que te cambien el horario.

Menos mal. Brian, yo y el armario. Tal vez saliera bien.

—Bueno —prosiguió—, aquí tienes el paquete de información que me han dado los de la tele. Todo lo que necesitas saber está aquí. Léelo, dime de qué va y luego podemos prepararlo juntos, ¿vale? Y te acompañaré a la grabación.

Me fui lentamente al camerino, que por suerte estaba vacío, y abrí el sobre.

Y se me paró el corazón.

¿Qué?

Leí otra vez la primera frase. No, no había error posible. Me miré en el espejo y vi cómo la vergüenza iba tiñendo mi cara. ¡No podía hacer aquello! ¿Qué dirían mis padres? ¡Se morirían! Tenía que...

—¿Hola?

Un hombre había asomado la cabeza por la puerta sin preguntar. Eso no estaba bien. Y, para colmo, ese hombre era Julian.

Yo estaba tan impactada por lo que acababa de leer que no salí corriendo en dirección contraria, ni le pedí que se fuera, ni me quedé mirando pasmada su extraño pelo largo y brillante y su elegante vestimenta. Sencillamente, me quedé boquiabierta.

—Vale —dijo con aquel estrafalario acento de Devon-Manhattan. Cerró la puerta a su espalda y sacó de su bolso, un bolso exasperantemente pijo, un paquete de cortezas de trigo con sabor a beicon—. Menuda cara has puesto. ¡Mira lo que tengo! ¡Nuestras cortezas favoritas!

Me aparté de él enfadada.

—Sólo quería felicitarte. Por el anuncio —añadió al ver que yo no contestaba.

Sin duda se estaba burlando de mí. Nadie en su sano juicio me felicitaría por conseguir un trabajo así.

—Eh... ¡bien por ti! —añadió incómodo.

—No me toques las narices —dije con frialdad.

Se quedó atónito.

—¡No era eso! Sal, es...

—Y DEJA DE LLAMARME SAL.

Dejó las cortezas a un lado y suspiró.

—Muy bien. Sally, entonces. Pero te llame como te llame, sólo quería FELICITARTE. Es un comienzo brillante para tu carrera.

Se abrió la puerta de golpe y entraron Violet, Ismene, Sophie y Summer. Violet iba soltando un rollo acerca de la horrible vergüenza que le había dado una experiencia reciente y de cuánto «se alegraba de haberles dicho que no». Luego, al verme, su boca formó un pequeño «Oh» y un «OH» más grande y jovial al ver a Julian.

—¡Hola, chicos! —dijo despreocupadamente.

Se quitó un chalecito de cachemir para dejar desnudos los hombros, salvo por los tirantes de su camiseta de yoga. Acababa de tener clase de movimiento.

—Hola, Violet —dijo Julian en tono neutro.

Violet se sacudió la melena y fingió masajearse los delicados huesos del cuello. Julian levantó un poquitín la ceja, un gesto minúsculo pero cargado de ironía y cuya única destinataria era yo.

Pero estaba muy equivocado si pensaba que iba a unirme a su club. Hoy, no.

De repente, Violet se desplazó por la habitación y me dio un abrazo.

—¡Felicidades! —exclamó—. ¡Me he enterado de lo del anuncio! ¡Eres taaaan valiente!

Sentí que una parte de mí se moría.

—Yo me lo pensé muy seriamente cuando me lo ofrecieron... Pero no tuve valor. Claro que tú estás hecha de una pasta mucho más dura que yo —añadió amablemente mientras acercaba una silla a su tocador y lanzaba una mirada cómplice a Julian a través del espejo.

—No soy ni valiente, ni dura —dije en tono desanimado—. No sabía de qué era el anuncio porque no leí bien la información.

Claro que no había leído la descripción del maldito trabajo: bastante había tenido con sacar fuerzas para meterme en el estudio de grabación con Brian.

Julian estaba mirándome. Su cara no se movía, pero yo veía su alborozo tan claramente como la luz del día.

—¿No lo sabías? —preguntó—. ¿No sabías de qué era el anuncio?

—No —contesté escuetamente.

—¿De qué es?

Helen también había entrado en la sala. No se había presentado a las pruebas, decía que todavía no estaba preparada para una cosa así. «¡Preferiría meter la cabeza en una forja de herrero!», había añadido alegremente. Eso había sido después que yo grabara mi prueba.

Violet se rió por lo bajo.

—Sally va a anunciar algo muy especial —dijo—. ¡Bendita sea!

Helen me miró, se dio cuenta de que era improbable que fuera a contestar y se volvió hacia Julian.

Él se sonrojó ligeramente.

—Es un anuncio de... eh... una marca de compresas —dijo, y luego sonrió.

Helen volvió a mirarme.

—¿Vas a anunciar compresas?

Yo estaba paralizada. No podía contestar. Y menos estando Julian allí, intentando poner cara de pena cuando en realidad le estaba costando un ímprobo esfuerzo no echarse a reír a carcajadas. No podía decirle que se fuera a paseo estando las otras allí, así que me levanté y salí por la puerta de emergencias farfullando algo acerca de que necesitaba una bolsa de cortezas.

Me eché a llorar en cuanto se cerró la puerta detrás de mí. ¿Por qué había sido tan idiota? ¿Cómo rayos se me había ocurrido presentarme a una prueba para un trabajo del que no sabía nada? Y pensar que Violet lo había rechazado... Decidí ir a la cafetería a comprar una bolsa de emergencia de cortezas de beicon. No tenía ni idea de qué hacer.

Alguien me puso un pañuelo de papel delante de la cara.

—Llora —me ordenó Jan Borsos—. Llora, llora, llora. —Luego pareció un poco confuso—. ¿El imperativo es «llora» o «llorando»?

—¿Puedo contestar a esa pregunta en otro momento? —sollocé yo.

—No. Estás llorando ahora. Debo conocer la respuesta, por favor.

—«Llorando» es el gerundio. —Sorbí por la nariz cansinamente—. Como en «estoy llorando». El imperativo es «Llora». La orden. Por ejemplo: «¡Llora! ¡Llora ahora!» Pero normalmente la gente no se manda llorar la una a la otra.

Las lágrimas ya habían dejado de caer y lo absurdo de la conversación me había hecho esbozar una débil sonrisa.

—Es buena información —masculló Jan garabateando algo en un cuaderno—. Sabía esto, pero creo que es raro que vosotros los ingleses no tengáis una conjugación distinta para el imperativo.

Sonreí un momento. Jan era un caso.

«También pensabas que Julian era un caso», me recordó mi cabeza.

Quizá por desesperación, para no pensar en Julian, me descubrí contándoselo todo a Jan Borsos: que me daba tanto pánico cantar en público que daba clases metida en un armario, que había grabado la prueba y que acababa de enterarme de que iba a hacer un anuncio de compresas higiénicas.

Lo de Julian me lo callé de momento. Jan Borsos iba a invitarme a cenar, aunque fuera a pagar yo, y aunque para mí no era ni sería nunca una cita, me pareció mejor no ofenderlo.

Jan me escuchó frunciendo el ceño amablemente.

—Creo que esta situación es muy graciosa —dijo—. Y creo que a ti también te parecerá graciosa cuando pares de sentir vergüenza por las compresas histéricas.

Y con la misma velocidad con que había dejado de llorar, me eché a reír. Empezaba a darme cuenta de que Jan Borsos tenía un don para sacarme de la espiral de pesimismo en la que caía a veces. El hecho era que iban a pagarme tres mil libras por anunciar compresas higiénicas. Nadie iba a verme la cara: sólo tenía que grabar un aria que me encantaba en un ambiente parecido al de un armario ropero, y ya está. En realidad, era yo quien iba a reír la última. Me sequé los ojos y sonreí.

—Gracias, Jan Borsos —dije agradecida mientras me enjugaba las lágrimas. Echamos a andar hacia la cafetería—. Había perdido mi sentido del humor.

—Ya lo veo. Dime, Sally, ¿por qué te da tanto miedo cantar?

Me encogí de hombros.

—No estoy segura. ¿Una mala experiencia cuando era pequeña? Intenté cantar en una función del colegio y me entró el miedo escénico y… En fin, que salió un poco mal.

—Pero ¿por qué? ¿Por qué te dio miedo escénico?

Me quedé callada un momento.

—La verdad es que no lo sé —dije pensativa—. Pero si lo descubro, descuida que te lo diré, Jan Borsos.

Me ofreció su brazo. Tuve que inclinarme un poco para enlazar el mío con el suyo.

—Me está gustando que me llamas Jan Borsos —dijo—. Jan no es suficiente. Jan me da la sensación de ser un hombre bajo. Jan Borsos me da la sensación de que soy un hombre grande de Hungría con la voz de un oso enorme.

Me reí sin parar. Tenía unas ganas locas de cenar con él.

Escena Once

A los diez minutos de empezar mi primera clase de movimiento me hicieron salir para conocer a lord Peter Ingle, un señor muy amable, y muy rico, es de suponer, que estaba pagando una de mis becas. Aunque me habría gustado tener más tiempo para prepararme para conocer a un lord, me alegré de tener una excusa para salir de clase de movimiento. Nos habían dado un montón de explicaciones acerca de la necesidad de que «hiciéramos nuestra la fisicidad» del personaje que estuviéramos interpretando al tiempo que «apoyábamos la respiración», todo lo cual sonaba demasiado a escuela de interpretación para mi gusto.

Y encima tenía una resaca bárbara después de mi cena con Jan Borsos.

La clase había empezado mejor de lo que esperaba porque ese día sólo íbamos a hacer ejercicios de aerobic, una auténtica horterada de los noventa. Al principio me había hecho bastante ilusión, sobre todo porque tal vez así se reduciría un poco mi enorme trasero. Pero luego había descubierto que el aula en que íbamos a entrenar se veía perfectamente desde un pasillo elevado que corría a lo largo de dos lados de la sala. Helen, que hacía desgarbadas sentadillas a mi lado, me había susurrado de pronto que, por mi propio bien, no mirara hacia arriba, hacia la galería. Obviamente miré en medio de una sentadilla, como si me estuviera preparando para plantar un buen pino, y allí, encima de mí, estaba Julian. Se alejó por el pasillo rápidamente, con los ojos fijos delante, pero yo sabía muy bien la cara que ponía cuando hacía esfuerzos por no romper a reír. Tenía que haberme visto.

—Qué te he dicho, idiota —dijo Helen sacudiendo la cabeza.

Me pasó un trozo de Kit Kat y a las dos nos echaron una buena bronca por comer chocolate durante el entrenamiento.

El rapapolvo lo interrumpió Sandra, una de las administrativas, que fue a sacarme de clase para que conociera a lord Peter Ingle.

—Sin él no estarías aquí —me recordó—. ¡Ha sido muy generoso!

No tuve tiempo de cambiarme, y menos aún de prepararme. Lord Ingle estaba literalmente al otro lado de la puerta. Seguro que él también me había visto agachándome como si fuera a cagar.

—Sally Howlett —dijo lord Peter Ingle, alto y adusto, con esos extraños pantalones de pana de color mostaza que sólo se ponen los aristócratas. (¿Por qué? ¿Por qué lo hacían? ¿Qué tenían el dinero y el rancio abolengo que te predisponían desde la cuna a llevar pantalones de color mostaza o granate?) Me sonrió muy calurosamente y yo le estreché la mano e hice una mueca al darme cuenta de que la tenía sudada. Sandra, la administrativa, nos llevó a la Sala Britten, que estaba vacía, y caminamos hacia el escenario mientras charlábamos de esto y aquello. De repente noté un espasmo de miedo: no esperaría que cantara algo para él, ¿verdad?

Me calmé. No, qué va. Me indicó la primera fila de butacas de color morado del auditorio y nos sentamos. Me fijé en que tenía unas orejas de tamaño monumental.

—Me he pasado por aquí para resolver un par de asuntos —dijo.

Yo dije que sí con la cabeza sagazmente.

—Y he pensado «qué demonios, voy a ver si está y le digo hola un momentito».

—Hola —dije rápidamente.

—Hola —contestó.

Carraspeé.

—Muchísimas gracias por la beca, lord Ingle. No sabe cuánto significa para mí. Estudiar aquí es un sueño para mí.

Él entornó los párpados.

—¡Ja! ¡Chorradas!

—¿Perdón?

—Chorradas, Sally. Sé que no quieres estar aquí.

Soltó una carcajada.

Yo me puse a balbucir:

—Eh, pero si sí que quiero, es una oportunidad que sólo se presenta una vez en...

Lord Ingle levantó una mano.

—Chorradas —repitió.

Luego se rió otra vez. Sus orejas se estremecieron. Era como el Gran Gigante Bonachón.*

—Brian y yo somos buenos amigos —explicó—. Fue él quien me convenció para que ofreciera una beca a este sitio. Vine a ver su función de fin de curso, cuando se graduó hace, no sé, ¿cuarenta años? Dios mío, qué carcamales somos...

Cayó un momento en una especie de feliz ensimismamiento y me di cuenta de que seguramente debía contradecirle.

—¡Qué va, nada de eso! —balbucí.

—Chorradas —repitió lord Ingle, y decidí que era preferible que me callara un ratito.

—Brian y yo fuimos compañeros de clase en Oxford —añadió—. Me encantó desde el principio. Era un soplo de aire fresco en aquel horrible lugar. —Cruzó las piernas y se recostó en la butaca con una sonrisa—. Brian me quitó un montón de tonterías de encima. Yo había ido a Eton, obviamente —(¡Obviamente! Aquello me encantó)—, y él a no sé qué instituto de mala muerte, y sin embargo me enseñó más de la vida en ese año de lo que yo había aprendido en los dieciocho años anteriores.

Sonreí. Brian era de veras un hombre muy especial.

Venir de donde venía y haberse convertido en un afamado barítono, tan brillante que había podido retirarse de los escenarios cuando le había apetecido y aceptar un puesto como profesor en uno de los mejores *conservatoires* del mundo... En fin, era muy guay.

—El caso es que el año pasado perdí un par de cientos de miles de libras en una mala inversión en bolsa y, cuando se lo dije a Brian, me contestó: «Peter, deja de tirar tu dinero y dedícalo a una buena causa,

---

* Novela juvenil del británico Roald Dahl. *(N. de la T.)*

hombre». Y eso hice. ¡Tú eres mi primera becaria! —exclamó con una gran sonrisa.

—Genial —dije inexpresivamente.

—Tengo entendido que tus orígenes son parecidos a los de Brian —dijo con el aplomo imperturbable de quienes ocupan la cúspide de la cadena trófica—. Y eso está muy bien. En sitios como éste debería primar el talento, no el dinero.

Me relajé un poco.

Lord Ingle sonrió afectuosamente.

—Y me parece espléndido que prefieras tragarte tus propios glóbulos oculares a estar aquí.

Me sonrojé, compungida.

—Brian me lo ha contado todo sobre ti —prosiguió—. Me ha dicho que estabas empeñada en marcharte y que al final tuvo que meterte en un armario.

—Brian ha sido muy comprensivo —masculló.

No creía que lord Peter Ingle estuviera intentando avergonzarme, pero lo estaba consiguiendo, de eso no había duda.

—Seguro que sí. Es un tipo excelente. —Tamborileó con los dedos sobre la butaca y me miró—. Pero, Sally, confío de verdad en que seas capaz de salir del armario y empezar a cantar delante de la gente. Y pronto, además.

Me estremecí. Al parecer, los becarios a menudo tenían que «dar las gracias» a sus benefactores cantando en cenas o recitales privados. Yo prefería devolverle hasta el último penique a lord Ingle antes que pasar por eso. La sola idea de que toda aquella gente privilegiada clavara sus ojos en mí, el olor a carne asada y a oporto añejo de sus mesas… Puaj. No. Nunca.

—Por suerte —continuó lord Ingle como si me hubiera leído el pensamiento—, no quiero que vengas a cantar a mi baile de Navidad. Ni a la cacería que organizo. ¡Ja! Ni siquiera estoy bromeando. Es verdad que hago esas cosas. Terrible, ¿verdad?

Esbocé una sonrisa, o algo parecido.

—No, Sally, creo que la tarea que voy a ponerte será un poco más de tu agrado. Quiero que devuelvas algo a la sociedad.

—Ajá —dije con nerviosismo—. Cuénteme más, lord Ingle.

—¡PETER! —gritó horrorizado—. ¿Lord Ingle? ¡Santo Dios!

—Peter —farfullé. Aquel hombre era como un elefante, si bien un elefante encantador, con grandes y ondulantes orejas que daban ganas de acariciar. No me desagradaba ni lo más mínimo.

—Lo que no te he comentado es que yo también vivo en el extremo sur del Black Country —dijo—. Tenemos una finca preciosa escondida en medio de unos cuantos antros espeluznantes. Kilómetros y kilómetros de campo hermosísimo y luego, ¡zas!, otra fábrica monstruosa u otro pueblo de mala muerte. Mis antepasados se vendieron a la Revolución Industrial y, al hacerlo, perdieron miles de hectáreas. Un terrible error.

Sonreí para mis adentros. En efecto, aquello sonaba al rinconcito del mundo donde yo había crecido.

—El caso es que hace un par de años nos salvamos de un incendio intencionado gracias a un tipo de por allí que vio a una panda de gamberros saltando una de las tapias de la finca. Era un tipo corriente que volvía de trabajar en Hall's, la fábrica de ropa donde creo que trabajaban tus padres.

Asentí, impresionada.

—Y se enfrentó a ellos. A todos. Los muy sinvergüenzas le dieron una paliza, pero el hombre consiguió avisar a la policía justo a tiempo.

—Caray —dije, sinceramente sorprendida.

Seguro que no había sido mi padre quien había salvado la finca de Peter. Él ni siquiera se habría enfrentado a su propia esposa.

—En fin, que nos dimos cuenta de que habíamos estado viviendo allí todos estos años, mi familia y yo, y que nunca nos habíamos preocupado de la gente de la zona. Y decidimos que queríamos hacer algo por ellos, ¿comprendes?

Yo todavía no comprendía nada, pero asentí educadamente. Tenía la fuerte sospecha de que mi «gente» estaba a punto de recibir una ración de paternalismo.

—Hace un par de años abrimos nuestra casa al público para que todo el mundo pudiera darse una vueltecita por ella, pero aparte de los vigilantes de Patrimonio Nacional, nunca viene nadie. La gente de los alrededores huye de nosotros como de la peste. Hemos celebrado recepciones, conciertos, toda clase de cosas, pero no les interesan, es así de sencillo.

—¿Y le sorprende? —me oí preguntar con un resoplido.

Se hizo un breve silencio.

—Perdón —dije débilmente—. No era mi intención ser grosera. Es sólo que... En fin, no me imagino a mis padres queriendo ir a una, eh, recepción.

Peter se dio una palmada en la pierna.

—¡Por supuesto que no! ¿Por qué rayos iba a querer alguien de un barrio de viviendas protegidas visitar la finca de un ricachón para tomar una taza de té carísimo servido en un salón lleno de fotografías de mis antepasados enmarcadas en oro? ¡Santo Dios!

Me reí.

—Fue idea de mi mujer —dijo apesadumbrado—. Sabe aún menos que yo de la vida real. Pero tuve una charla con Brian acerca de eso, se lo comenté sólo de pasada y se le ocurrió un plan estupendo.

Esperé.

—Lo que queremos Brian y yo es poner en marcha un programa de trabajo solidario. En las escuelas.

¿Un programa de trabajo solidario? Ni siquiera estaba segura de qué significaba eso.

—Últimamente he estado charlando con varios directores de colegios —añadió Peter—. Me dicen que apenas tienen presupuesto para actividades artísticas. Casi no les alcanza para cubrir las necesidades básicas, así que rara vez encuentran dinero para ofrecer actividades extracurriculares creativas y de buena calidad. Quiero mandaros a ti y a mi otro becario para que cantéis con los chicos. Podéis decirme qué os parece mejor: montar un musical, una ópera, un concierto... ¿Darles clases? ¿Algo así?

No supe qué decir. Estaba claro que Peter daba por sentado que, siendo una chica de clase trabajadora que ahora estudiaba en un colegio pijo, tenía en mis manos la solución artística a la desigualdad social.

—Eh...

Me miró intensamente y luego pareció desinflarse.

—Ah, entonces tú tampoco tienes ni idea —dijo con pesar—. Bien, por favor, al menos piénsatelo, Sally. He hablado con el director de tu antiguo instituto y está muy interesado en el proyecto, ¿sabes? Se acordaba de ti.

Pensé con cariño en mi director, un hombre de modales amables, y me ablandé.

—Bueno, estoy segura de que se me ocurrirá algo —me oí decir—. ¿Un taller, quizá?

Y eso fue todo.

O casi. Justo antes de que se marchara Peter, mientras me estrechaba con entusiasmo la mano todavía sudorosa y me invitaba a tomar el té en su casa de campo, me acordé de una cosa.

—Por cierto, ha dicho que tenía dos alumnos becados aquí —dije.

Estábamos en el vestíbulo. Fuera soplaba un viento fresco y punzante como una aguja después de una noche de tormenta.

—¡Sí, sí! Tengo dos. Todavía no conozco al otro, tendré que arreglarlo. Por lo visto es un tipo estupendo.

—¿Quién es? —pregunté, notando una especie de vacío en las tripas.

Peter se rascó la cabeza intentando recordar su nombre y luego su cara se iluminó.

—¡Jan! —exclamó—. ¡Jan Borsos! ¿Lo conoces? ¿Te apetece trabajar con él? Es un joven con muchísimo talento, según me han dicho.

Asentí débilmente con la cabeza.

—Sí, conozco a Jan —dije con la cara más seria de que fui capaz—. Trabajaremos de maravilla juntos. ¡Hasta pronto, Peter!

Estaba hundida.

El problema no era que Jan no pudiera encajar de ningún modo en un instituto como el Stourbridge Grange, o que fuera a robarme protagonismo con su pasión por la interpretación, que era diez veces mayor que la mía. Era que habíamos salido a cenar juntos la noche anterior y que, a pesar de que era siete años menor que yo, unos ocho centímetros más bajito y estaba más loco que una cabra húngara, nos habíamos pasado buena parte de esa mañana haciendo el amor.

Escena Doce

La noche anterior

La cosa había empezado bien. Mis intenciones eran únicamente amistosas.

Ni siquiera estaba segura de que fuera buena idea salir a cenar con él, por si acaso se lo tomaba como una cita, pero Fiona había insistido.

—Sal con él —dijo—. Es hora de que te des cuenta de lo atractiva que te encuentran los hombres. Esos ojos tan grandes y tan bonitos que tienes, todo ese pelo tan espeso y brillante... Eres mucho más divertida de lo que crees y supermodesta. ¡La combinación perfecta, Sally Howlett! Anda, diviértete un poco.

Mi prima se había convertido en una especie de animadora de mi autoestima desde que se había ido a Nueva York.

Jan, cuya residencia estaba en Shepherd's Bush, había elegido el Havelock, un *pub* cercano al que yo había ido un par de veces. Era un sitio agradable y, lo que era más importante, servían una comida riquísima. Además estaba lejos de todo, así que no había peligro de que me emborrachara y accediera a «ir a otro sitio» a tomar una última copa. Cenaría, descubriría más cosas sobre mi nuevo amigo y luego tomaría el tren mágico de vuelta a Islington, donde dormiría a pierna suelta y me prepararía para mi clase de movimiento del día siguiente.

Jan no tenía clase por la tarde, así que ya estaba allí cuando llegué, sentado a una mesita junto a la barra del pan y los bollos. Se había cambiado. Llevaba traje y corbata. No, llevaba... Ay, Dios, estaba sentado en un gastrobar vestido con un esmoquin completo. ¡Con pajarita!

Me paré en la puerta aterrada, luego me pellizqué a mí misma y me acerqué a la mesa. ¿Por qué no iba a poder ponerse un esmoquin para ir a aquel bar? Era Jan Borsos. Una anomalía humana. Y, francamente, nunca llegaría a nada en esta vida si esperaba que todo el mundo tuviera la misma obsesión patológica que yo por pasar desapercibida.

La verdad es que estaba increíblemente guapo allí sentado, en medio de un mar de pantalones remangados último modelo y discretas prendas de cachemira. También estaba ridículo, claro, pero a mí me parecía más bien admirable.

—Quería ponerme algo elegante —explicó con sencillez—. Esto es lo único que tengo.

Lo cual era lógico. El hombre había cruzado Europa a pie para ocupar una plaza en el Royal College of Music.

Me senté frente a él, rodeada por el intenso tintineo y el murmullo de conversaciones de un *pub* en hora punta, y aspiré el aroma a queso de cabra al horno, a cordero asado y a pan recién hecho. Jan ya había pedido una gran copa de vino tinto para mí, que era justo lo que me apetecía, y cuando entrechoqué su copa con la mía me di cuenta de que ya había empezado a disfrutar de la velada. Bien sabía Dios que me hacía mucha falta. Tener que ver a Julian todos los días era una tortura bestial. Y que el muy capullo me hubiera felicitado por ir a hacer un anuncio de compresas… Era una ofensa de proporciones monumentales. Me merecía una buena noche de juerga.

Después de la primera copa de vino, me di cuenta de que estaba intentando persuadirme a mí misma para que me gustara Jan Borsos. Ello se debía, primero, a que él había dejado claro que yo le gustaba:

—Eres el tipo de mujer con el que quiero casarme —anunció como si tal cosa cuando llegó mi filete con patatas fritas.

Segundo, a que era muy divertido. En el curso de nuestros alegres chismorreos sobre nuestros compañeros de clase, tachó a Violet de «vagina con piernas. Sólo quiere atención. Es una vergonzosidad para ella misma».

Y tercero, a que yo había empezado a pensar, con el igualitarismo propio de los borrachos, que la estatura y la edad importaban un comino. Jan Borsos tenía una cara muy apasionada y romántica y, aunque siempre parecía estar furioso, yo sabía ya que no lo estaba nunca. Y que jamás era pesimista. A sus escasos veintitrés años había tenido una vida muy dura, y sin embargo rebosaba vitalidad por todos los poros. Un auténtico torbellino. Un hombre divertido, tierno y loco, con un uso divino de la lengua inglesa.

Después de mi segunda copa de vino, dejé de intentar persuadirme a mí misma para que me gustara Jan Borsos, porque cada vez me parecía más probable que de verdad me gustara.

Llevábamos un rato hablando de nuestras familias. De la suya no quedaba nadie con vida, excepto una tía muy gruñona que vivía en un pueblo con muchas sílabas en algún lugar de la campiña húngara. Jan me estaba hablando de su padre, que había muerto en el mismo accidente de tráfico que su madre:

—Era un hombre muy groseroso.

—¿Muy grosero?

—Sí, eso, muy grosero. —Se interrumpió para apuntarlo en su libretita—. Cuando alguien le decía hola en las calles, contestaba: «Que te jodan». Era muy eficaz. Al final, ya nadie le decía hola.

—¿Por qué le decía a todo el mundo «que te jodan»?

—Porque le gustaban los animales mucho mejor que las personas. —Jan Borsos se encogió de hombros—. Tenía un cerdo. Le gustaba su cerdo. Le gustaba su mujer.

Solté una carcajada.

—¡No te creo! ¡No tenía un cerdo! ¡Dijiste que vivías en una ciudad, no en una granja!

—Mi padre tenía un cerdo —afirmó—. Estás pensando que era un campesinado. No era un campesinado. Tenía mucho dinero. Pero le gustaban los cerdos.

—Se dice «campesino», no «campesinado» —dije yo—. «Campesinado» es el sustantivo colectivo. Pero en todo caso yo no pensaba que fuera un campesino. Te lo aseguro, Jan, contigo no doy nada por sentado. Eres una caja de sorpresas. Sólo pensaba que… En fin, es divertido. Un hombre que odia a la gente pero que ama a su cerdo.

Se rió, con la cara contraída todavía por su gesto de furia habitual.

—¡SÍ! Así es mi padre. Odia a la gente, ama a su cerdo. —Puso una cara triste—. Mi madre y él. Me dicen que puedo hacer cualquier cosa. «Todo lo que quieras hacer, Jan, puedes conseguirlo», me decían. Los echo de menos.

Me quedé callada un momento. Sencillamente, no podía imaginarme a unos padres que me dijeran cosas como «¡Puedes hacer cualquier cosa!» Y me parecía horroroso y triste.

—Siento mucho que perdieras a tus padres —dije por fin—. En cierto modo sé cómo te sientes.

—Pero dices que tus padres están vivos.

—Y lo están. Pero no tenemos mucha relación. Ellos no me cantaban, ni me animaban, como los tuyos. Y tampoco tenían un cerdo.

Intenté sonreír, imaginándome a mi padre con la pipa en la boca, mirando a un cerdo con un asomo de preocupación.

—¿Por qué? —Jan me acercó una pinchada de lomo de cerdo con un tenedor—. Perdona —le dijo al lomo—. A mí también me gustan los cerdos, pero sabes muy bien.

Acepté el ofrecimiento, Jan había estado dándome de comer espontáneamente durante toda la cena, no con intenciones románticas, sino de un modo muy cómico, como si pensara «tengo que dar de comer a esta mujer», aunque yo había perdido de repente el sentido del gusto. La carne, tibia y deliciosa, me supo a cartón cuando la probé.

«Por eso evito pensar en mi familia», me dije con enfado.

Una de las muchas consecuencias dolorosas de lo ocurrido en Nueva York había sido la desintegración total de cualquier sentimiento de lealtad o comprensión que pudiera tener hacia mis padres. Mi madre era una mujer fría y horrible a la que yo no parecía preocuparle lo más mínimo, y mi padre era simplemente un cobarde y un pusilánime. Su aparente falta de interés por lo sucedido en Nueva York y por el sufrimiento de su hija había sido la gota que colmaba el vaso.

—Bueno, el año pasado tuvimos algunos problemas —dije ambiguamente.

Me caía bien Jan Borsos, y me conmovía la sinceridad de muchas de las cosas que me había contado esa noche, pero me parecía muy poco apropiado abrir la caja de gusanos con el letrero «Familia Howlett», y más aún durante la cena.

Intenté explicárselo sin explicarle nada en realidad.

—Sucedió una catástrofe durante un viaje de trabajo a Nueva York, pasaron montones de cosas y... La familia se resquebrajó un poco y desde entonces ha sido todo muy difícil. Quiero decir que no pasa nada, pero...

Pero ¿qué? Claro que pasaba algo. Nunca había esperado cariño ni consuelo de mi familia, pero su notoria ausencia desde mi regreso me resultaba más dolorosa de lo que podía haber imaginado.

Jan Borsos, intuyendo que era un tema demasiado turbio para entrar en él, se inclinó y me tocó la cara, sonriendo tiernamente como si dijera «todo va a solucionarse». Fue un gesto propio de un hombre el doble de mayor, pero me conmovió.

—Yo también lo siento —dijo—. Echo de menos a mis padres todos los días, pero siempre he sabido que me querían. Me lo estaban diciendo todo el tiempo: «Te queremos, Jan, estamos orgullosos de ti, Jan, te aclamamos, Jan».

Sonreí tristemente. «Te aclamamos, Jan.» Yo también aclamaría a Jan Borsos. Yo también estaría orgullosa de él si fuera hijo mío.

—Vamos a hablar de otros temas —anunció tras un silencio respetuoso—. Como tu canto. Sally, ¿por qué odias cantar para la gente?

—Mi canto... Ah... Bueno, ésa es otra cuestión —balbucí—. Eh, ¿hay alguna posibilidad de que cambiemos de tema por tercera vez?

—No —contestó Jan Borsos—. El tema de tu canto es nacionalmente importante.

Rompí a reír.

—¿Qué?

—Eh... —Consultó su libreta, pasando unas cuantas páginas. Luego se le iluminaron los ojos—. Opino que tu canto es una cuestión de importancia nacional —leyó en tono triunfal—. Es una buena frase, ¿no?

—Es una frase muy buena. ¿Quién te la ha enseñado?

—Helen.

Helen era muy ingeniosa. El mensaje de texto que me había enviado cuando iba camino de mi cita decía: *Jan y tú = la pareja imposible que siempre he querido ver. Si os apareáis, moriré feliz.*

—Me cae bien Helen —dije con una sonrisa.

Jan estuvo de acuerdo.

—Es una mujer graciosa. A ella tampoco le gusta cantar para la gente. Creo que sois las dos muy raras. Cantáis las dos maravillosamente.

—Ah, ¿has oído cantar a Helen? —Entonces me di cuenta de algo—. Espera un momento, ¿me has oído cantar a mí?

Pareció encantado.

—¡Ja, ja! ¡Sí! ¡Ja, ja!

Me entró el pánico.

—¿Qué? ¿Cómo?

—Una voz como la tuya puede llenar un estadio —dijo—. ¿No creerás que el armario impide que nosotros te escuchamos?

Dejé mi cuchillo y mi tenedor, horrorizada. La misma angustia de siempre, tan conocida que era como si llegara una vieja amiga, se apoderó rápidamente de mí. De pronto tenía siete años otra vez y me hallaba escondida en el servicio, acobardada después de hacer el ridículo en el escenario.

—¿Quién me ha estado escuchando? —tartamudeé.

Jan pareció perplejo.

—Todo el mundo —contestó—. Nos quedamos en la puerta del aula 304 y escuchamos cuando cantas en el armario con Brian. El sonido es magnífico. Julian Jefferson te está escuchando todas las veces. Tiene los ojos cerrados mientras cantas.

—Joder —masculló.

No me gustaba decir tacos, pero «joder» me supo a poco en un caso como aquél. ¿Por qué no me dejaban todos en paz? ¿Por qué no ME DEJABA EN PAZ JULIAN? No tenía derecho a revolotear a mi alrededor con ojos llorosos. Era demasiado tarde para empezar a preocuparse por mí después de destrozarme la vida.

—Quiero que dejéis de escucharme —dije débilmente.

Jan meneó la cabeza.

—No. Tienes la voz más bella y potentosa que hemos oído nunca —dijo—. ¿Cómo vamos a dejarte en paz? Iría contra la ley. Tendría que telefonear a la Interpol.

Intenté relajarme. Quizá, sólo quizás, estuviera bien que cantara si la gente creía de verdad que era tan buena.

—Cantar o no cantar —afirmó Jan Borsos. Era un aforismo inesperado y bastante impresionante para un hombre con un inglés tan excéntrico—. ¿Qué prefieres?

Tenía razón. Cantar o no cantar. Algunos cantantes de primera fila me habían dicho que tenía una voz excelente. ¿Era posible que de verdad pudiera intentarlo?

A fin de cuentas, ¿qué iba a hacer si no? ¿Dejar otra vez la escuela cuando mis cuatro semanas llegaran a su fin?

Jan Borsos interrumpió mis cavilaciones.

—Yo contesto por ti —dijo tajantemente—. CANTAR. Cantar es para ti, Sally. No quiero tener que coger mi pistola y dispararte por esto.

—Cantar.

Le tendí la mano para estrechar la suya, comprendiendo que tendría que seguir esforzándome por superar mis miedos. Cantar era lo mío. Punto final.

Jan optó por besarme la mano en lugar de estrecharla. Me tiró del brazo y me lo besó hasta el codo, lo cual me pareció sorprendentemente agradable. El pub se mecía y despedía un brillo suave a mi alrededor. Estaba borracha y me sentía extrañamente feliz.

Me olvidé de mi determinación de no ir a tomar otra copa después de la cena. Jan Borsos me llevó a unos aseos públicos reconvertidos debajo del parque de Shepherd's Bush Green, donde había una fiesta de hip-hop y rap en pleno apogeo. Atontada por el rioja y borracha de vida, bailé con aquel loco, que resultó ser un bailarín espléndido a pesar de ir embutido en su esmoquin, y cuando se subió a un escalón y me besó con pasión wagneriana me pareció lo más lógico rodear con los brazos su ancho pecho y besarlo a mi vez. Era joven y guapo. Se había casado con una *répétiteur*. Se había divorciado. Había estudiado con László Polgár en Suiza o no sé dónde. Había atravesado Europa a pie. Era una leyenda.

Escena Trece

A la mañana siguiente me desperté con Jan Borsos en su habitación de la residencia de estudiantes. Tenía un aire muy años noventa, toda ella de color melocotón y blanco mate, madera clara y lámparas esmeriladas. La cama era estrecha; el edredón, magnífico: pesado, cálido y con el típico estampado floral y estrafalario.

Yo tenía una resaca tremenda y estaba cubierta por una película de sudor. Olía mal. Lo sabía porque me lo decía mi instinto, pero por suerte el olor a beicon frito inundaba la minúscula habitación, de modo que mi hedor quedaba disimulado.

Un momento. ¿La minúscula habitación inundada de olor a beicon?

Sí. A beicon frito. Jan Borsos, como era lógico en él, había instalado una cocinita de cámping en un rincón del cuarto y estaba delante de ella, en calzoncillos, friendo beicon mientras cantaba en voz baja *Aida*, cuya música salía de un tocadiscos. Naturalmente, Jan Borsos había cruzado Europa cargado con un tocadiscos. Todo en él parecía salido de una película de ésas imposibles de creer.

Intenté en vano recordar qué había pasado. Tenía la vaga idea de haberme abalanzado sobre el micro del *MC* en algún momento de la noche y haber farfullado algo acerca de dos que se lo montaban dándose morreos y restregones en una esquina de la calle. Pero ¿ir a la habitación de Jan? ¿Acostarme con él? De eso, nada.

Buscando una explicación, me hice un rápido cacheo por debajo del edredón. ¡No me había enrollado con Jan Borsos! ¡Tenía mis partes pudendas cubiertas de tela! Lancé una mirada de reojo a Jan y a sus calzoncillos. Estaba muy excitante, y aunque parecía un poco chalado, estaba realmente guapo.

Al dar la vuelta al beicon, le cayó un mechón de pelo sobre la cara.

—*La fatal pietra sovra mesi chiuse* —cantó en voz baja, y la profundidad de su voz me hizo estremecerme. Más allá de él, el cielo de la mañana era de un color marrón sucio y tempestuoso. Jan subió un poco el volumen y yo sentí una oleada de sensaciones extrañas. Otro hombre me había conquistado ya una vez con su voz, muy lejos de allí, en un café de poetas en Alphabet City. Pero, al final, se había demostrado que ese otro hombre no era de fiar. Allí, en la habitación años noventa de Jan Borsos, sentí que estaba todo lo a salvo que podía estar.

—Hola —dije con voz ronca.

—Sally. —Sonrió—. Hago beicon.

—Ya lo sé. Huele de maravilla. —Y era cierto. Cambié un poco de postura, consciente de que llevaba sólo las bragas y una camiseta—. Esto... Jan, respecto a anoche...

Esperé a que dijera que había sido una tontería y que debíamos olvidarlo. Pero no dijo nada parecido. Al contrario: recorrió de un salto la corta distancia que lo separaba de la cama y se sentó a mi lado, agitando las pinzas del beicon como si fueran castañuelas. Me besó sin el menor rastro de timidez o de pudor poscoital. Las pinzas siguieron castañeteando al ritmo de algún son cubano que no guardaba relación alguna con la melodía de Verdi que sonaba en el tocadiscos.

Cuando me di cuenta de que me interesaba mucho más besar a Jan Borsos que comerme el beicon, sonreí. Me alegraba de que no nos hubiéramos acostado aún. Me apetecía bastante. Tal vez saliéramos otra vez a principios de la semana siguiente, y luego otra vez, y entonces lo haríamos. Barry siempre me decía que era fundamental que jamás me acostara con alguien hasta la tercera cita, como mínimo.

—FUNDAMENTAL, POLLITO —imaginé que me decía en tono amenazador.

Pero de pronto Jan Borsos metió la mano dentro de mis bragas y me olvidé por completo de lo de «FUNDAMENTAL, POLLITO». ¿Qué estaba...? Ay, mi... ¡AH!

Las terminaciones nerviosas de mi entrepierna comenzaron a chisporrotear. Me pregunté vagamente qué había hecho con las pinzas del beicon y luego me olvidé de ello.

—Ay, Dios mío —me oí decir. Si hubiera sido consciente de algo más que de las manos de Jan, seguramente me habría echado a reír. Yo allí tumbada, toda sudada y maloliente, berreando «¡Ay, Dios mío!» mientras Jan se esforzaba por quitarme las bragas debajo de un edredón con volantes en Shepherd's Bush. Pero aquel no era momento para risas.

Tres segundos después, en cambio, sí lo fue. Sin previo aviso, Jan se inclinó y subió el volumen del tocadiscos. Se oyó a toda pastilla la melodía del dueto final, cuando Aida y Radamés se preparan para morir, y en el aire se elevaron tempestuosamente sucesivas oleadas de dolor y pasión. Fuera estalló el cielo y el zambombazo de un trueno matutino rasgó el aire. Empecé a reírme. Jan tenía su mirada furibunda de siempre, pero yo sabía que él también se estaba riendo. Íbamos a echar un polvo tumultuoso y operístico. No había duda.

Con otro movimiento impresionante, Jan Borsos me quitó de encima el edredón, pero era tan grueso y pesado que se me trabó en las rodillas y tuvo que correrse un poco hacia abajo para apartarlo con los pies. Luego se irguió tambaleándose sobre mí entre los relámpagos y la música de Verdi, que de vez en cuando acompañaba cantando. Yo me quedé debajo de él, riendo y retorciéndome, con la esperanza de que muy pronto volviéramos al manoseo.

—¡*Morir! Si pura e bella* —cantó.

Y luego, en una variante del conocido truco de magia que recordaría toda mi vida, se sacó de detrás de la oreja izquierda un condón que un segundo después se le cayó por un lado de la cama.

Otro trueno rasgó el cielo haciendo temblar el edificio mientras Jan Borsos intentaba apartar la cama de la pared para recuperar el condón. Fracasó. Yo, angustiada como estaba por mi sobrepeso, me levanté de un salto y, en un súbito ataque de timidez, me metí bajo el edredón tirado en el suelo en el instante en qué él conseguía arrancar la cama de la pared.

La cama me dio en la frente y grité. Jan Borsos también gritó. Me besó en la cabeza al tiempo que estiraba un brazo por detrás de mí para rescatar el condón errante. Estaba claro que no llegaba, porque se inclinó tanto sobre mí que caímos los dos de lado sobre el edredón de flores y volantes.

Me eché a reír. Jan Borsos, con el semblante furioso, hizo lo propio.

—Empecemos otra vez —dije yo.

Cogí mi bolso, saqué de la cartera mi condón de la suerte y miré discretamente su fecha de caducidad. Hacía bastante tiempo que no me acostaba con nadie. Jan Borsos empujó la cama hasta ponerla en su sitio, volvió a colocar el edredón y me depositó encima de él como si fuera una delicada princesa. Era sorprendentemente fuerte para ser tan bajito.

—*Cariad* —murmuró, y me llevé una pequeña sorpresa.

Barry usaba a veces esa palabra. Quería decir «cariño» en galés.

Acarició mis piernas con adoración, como si su grosor excesivo y su piel de naranja fueran lo más maravilloso que había visto nunca.

—*Cariad* —repitió, e hizo amago de quitarme las bragas despreocupadamente con la mano con la que estaba acariciándome.

Por desgracia se le enganchó el reloj en el encaje barato de las bragas y de pronto nos encontramos prendidos el uno al otro. Hicieron falta un montón de maniobras y, al final, unas tijeras para desengancharlo. La pasión y la espontaneidad que quedaban después de aquello, si es que quedaba alguna, se disiparon por completo cuando levanté las caderas en ese movimiento pélvico en vertical tan poco favorecedor que le permite a una quitarse las bragas justo en el momento en que Jan agachaba la cabeza para arrancármelas con los dientes. Le di en la nariz con el hueso de la pelvis. Tan fuerte que sofocó un gemido de dolor.

Tras otro intermedio bochornoso y ya en estado de desnudez, nos colocamos en la postura conducente al coito. Y justo cuando empezaba a olvidarme de los diez abominables minutos anteriores, la sartén del rincón, que había permanecido olvidada todo ese tiempo, estalló en llamas y saltó la alarma de incendios.

*F*ue una sorpresa que, tras pasar veinte minutos vergonzosos de pie en una bocacalle de Goldhawk Road, entráramos otra vez en la residencia y consiguiéramos hacer el amor como posesos sin causar otro estropicio. Y además dejando el pabellón bien alto.

ACTO TERCERO
Escena Novena

Septiembre de 2011, Brooklyn, Nueva York

El día después de conocer a Julian Bell me desperté sonriendo con todo el cuerpo, hasta con los dedos de los pies.

¡Había conocido a un hombre tan asombroso que hasta mis dedos de los pies sonreían! Y en lugar de sentirme alarmada por la intensidad de lo sucedido la noche anterior, me sentía bien. De hecho, me sentía tan bien que por primera vez en mi vida me olvidé de desayunar. Me puse a correr alrededor del cuarto de estar de nuestro apartamento chillando «¡Yuju!» y «¡Viva!» y «¡Yepa!», y cuando entró Barry y me encontró haciendo todas aquellas cosas tan impropias de mí, se rió tanto que tuvo que sentarse en el suelo. Luego se levantó y se unió a mí, y estuvimos un buen rato haciendo «¡Yuju!» y «¡Yepa!»

—UN NOVIO SEXY PARA SALLY —siseaba Barry de vez en cuando mientras ejecutaba una serie de *grands jetés* por el suelo en calzoncillos—. ¡VIVA LO SEXY!

Ese día Fiona cumplía veintinueve años, y Bea y yo habíamos organizado una fiesta sorpresa e invitado a toda la gente a la que habíamos conocido desde nuestra llegada a Nueva York. Yo había encargado una tarta enorme en un puesto de Smorgasburg, un gran mercado al que acudían los modernos de Williamsburg. Barry había compuesto una «imitación de Fiona Lane al estilo baile callejero» que, según me aseguró, más que hacer rabiar a mi prima, la divertiría (Fiona era muy suya en lo tocante a reírse de sí misma) y, cómo no, estaba el pequeño detalle de que tocaría un grupo famoso en todo el mundo. Raúl y sus compañeros de los Branchlines acababan de grabar un álbum y habían prometido cantar todos los temas de *Non-Sonic*, su maravilloso disco de 2007, y nada de sus registros posteriores, que habían sido compuestos para mortales mucho más modernos que nosotros.

Esa noche, al decirle adiós a Julian, él me había dicho:

—Si no hubiera perdido mi móvil como el perfecto inútil que soy, me pasaría el día mandándote mensajes y diciéndote lo bien que me lo he pasado. Así que quiero que hagas como si fueras a pasarte el día recibiendo esos mensajes, ¿vale?

Y eso estaba haciendo yo esa mañana, y me sentía loca de emoción. ¡Era feliz! ¡Todo el mundo era feliz!

O eso pensaba yo.

Desde que había dejado de beber, Fiona se había vuelto mucho más madrugadora. Pero ese día, cuando amanecí a las diez, no había ni rastro de ella. Me quedé sorprendida un momento: la historia que me había montado en mi cabeza era que, la noche anterior, mientras yo estaba enamorándome perdidamente en la terraza del hotel Wythe, mi prima y los demás habían vuelto a casa y se habían ido a la cama.

Pero había olvidado que Fiona había vuelto a beber.

«Espero de verdad que no se pasara de la raya», pensé nerviosa.

Cuando Raúl y ella salieron de su cuarto a mediodía, con el pelo desgreñado y exhalando olor a vodka, se me cayó el alma a los pies.

—Buah —dijo cuando le deseé feliz cumpleaños. No me miró. Se fue derecha a la nevera y bebió un poco de zumo de naranja directamente del envase. Luego se paró, miró los ingredientes y volvió a guardar el brick—. Los putos Estados Unidos —masculló.

—¿Qué?

—Le ponen azúcar a todo, joder. Hasta al zumo.

—Bueno, Pecas, algo tienes que tener en el estómago…

No me gustó la expresión crispada que puso cuando se sirvió un vaso de agua del grifo con aire quisquilloso y ofendido y se acercó a Raúl, que estaba remoloneando junto a la puerta, preparándose para marcharse.

Aquélla era la Fiona a la que yo estaba acostumbrada. Resacosa y siempre pendiente de las calorías. El germen de la preocupación comenzó a brotar.

—La puta RESACA —ronroneó señalándose la cabeza mientras él abría la puerta.

Noté que quería que se quedara y comprendí que de buena gana cancelería nuestra comida de cumpleaños si Raúl se quedaba. Pero él la besó educadamente, le deseó que pasara un buen día y se marchó.

Se habían peleado. Saltaba a la vista. Raúl, normalmente abierto y extrovertido, parecía muy retraído y ni siquiera me había dicho adiós.

Después de cerrar la puerta, Fiona se puso delante del espejo y se miró los brazos, las piernas y el estómago, pellizcando grasa imaginaria y metiendo tanto su tripa plana que las costillas tensaron su piel. Su cara tenía esa expresión furiosa que yo conocía tan bien y que significaba «Mi cuerpo no es como debería ser». Se fue a su cuarto irradiando ira. Poco después se abrió su puerta y a mí se me cayó más aún el alma a los pies. Estaba toda nerviosa, tiesa y acalorada y llevaba puesta la ropa de correr. Con el pelo recogido severamente en una coleta, salió por la puerta lista para salir pitando por McCarren Park y quemar toda esa grasa sobrante que no tenía.

Aquello no me gustó ni pizca.

Pero cuando regresó poco después volvía a ser la Nueva Fiona. Se duchó, comió algo y se puso unos pantalones caros y una camiseta preciosa. Se maquilló y parecía llena de energía. Hasta se acercó a mí para darme un abrazo de cumpleaños. Yo hice un esfuerzo por achacar su actitud anterior a una resaca puntual.

Como estaba previsto, celebramos una discreta comida de cumpleaños en el Smorgasburg. Para cumplir con la tradición estábamos sólo los cuatro: Fi, Barry, Bea y yo.

Y fue perfecto: hacía un día caluroso pero no húmedo, olía a cebolla pochada y a marisco. La gente del barrio llenaba sus bolsas con *chutney* y cafés artesanos, y un perro travieso iba de acá para allá comiendo trozos de chorizo caídos por el suelo. Comimos jugosos bollitos de langosta cuya salsa nos chorreaba por la barbilla, y me llevé una alegría al ver que Fiona se comía la mayor parte del suyo. Se rió, chismorreó y brincó a nuestro alrededor como si lo de esa mañana hubiera sido una simple anomalía, si bien es verdad que desapareció varias veces y estuvo quizás un pelín irritable cuando la gente le daba con las bolsas al pasar. Además se había olvidado la cartera, así que tuvimos que pagar nosotros. Lo habríamos hecho de todos modos, pero ella montó el gran drama. Pero en general estuvo bien. En general.

Más tarde nos fuimos ella y yo solas a pasear por el East River State Park, hasta el río. Nos sentamos al sol en un tronco que la corriente había arrastrado hasta la orilla, untamos con crema solar nuestros brazos y piernas, cuya blancura no tenía remedio, y bebimos cerveza Brooklyn clavando las botellas en la arena parda del río.

—¿Verdad que ha sido todo fantástico? ¿A que lo estamos pasando genial? ¿No hace un día precioso? —parloteaba Fiona mientras contemplaba Manhattan.

Una gaviota grande y de aspecto impertinente se posó en una señal de «Peligro» y se quedó mirándonos sin el menor escrúpulo. Las nubes se movían perezosamente allá arriba, por un cielo azul claro que casi parecía pintado en el techo de América.

—El mejor día de todos. Soy feliz. Feliz de verdad. O sea, FELIZ.

Sorbió y se limpió la nariz en los pantalones.

—Ten, bruta —dije cariñosamente, pasándole un pañuelo de papel—. ¿Te has resfriado?

Arrugó el ceño.

—Oye, Sally, no soy ninguna bruta. Es sólo que estoy acatarrada. —Luego añadió—: ¡Perdona, me he pasado! Está siendo un día precioso, Sal, un día PRECIOSO. Y gracias a ti. ¡Y una época maravillosa en Nueva York!

Miré el río.

—Ha sido fantástico —reconocí—. La verdad es que no quiero que acabe.

Cerró los ojos, se apoyó en mi hombro y se puso a tocar una canción imaginaria con los dedos sobre mi brazo.

—Ba, ba, ba, ba —musitó. Sonaba un poco a *rave*—. ¿Estamos bien? —preguntó de repente.

La gaviota nos graznó.

—¿No te fastidié mucho anoche? ¿O esta mañana? Fue sólo que me tomé unas copas porque era una noche especial, ya sabes. Y sólo me estoy tomando esta cerveza porque es mi cumpleaños. Sólo una, ¿vale? Luego lo dejo otra vez. No quiero que te preocupes por mí.

Estaba preocupada, pero le dije que no lo estaba.

—¿Raúl y tú estáis bien? —pregunté indecisa.

—Sí. Claro. Me he portado como una idiota. Provoqué una discusión. Pero luego lo arreglé.

—Entonces, ¿va todo bien?

—Sí, va todo bien. ¿Por qué? —Se levantó de un brinco y escudriñó mi cara—. ¿Te ha dicho él que no? ¿Ha hablado contigo?

—No. No me ha dicho nada. No pasa nada, Pecas. Cálmate.

—¡Estoy calmada! —Hundió su cerveza en la arena—. Estoy BIEN. ¿Por qué te pones así, como si fueras mi madre? Sólo me estoy tomando una cervecita al sol por mi cumpleaños. O sea, que no es como si… La verdad es que tengo que ir al baño, enseguida vuelvo…

La gaviota me miró con desprecio unos segundos más. Luego levantó el vuelo y, graznando estrepitosamente, pasó por encima del pequeño pantalán de madera que se pudría en el agua.

Me sentí rara. Astillada. Una parte de mí era toda dorados rizos de emoción. ¡Iba a ver a Julian más tarde y Julian era alucinante! Guapo, distraído, divertido y amable. Yo parecía gustarle de veras, ¡y hacía menos de veinticuatro horas que nos conocíamos! Y, al margen del guapísimo Julian Bell, era feliz. Por fin estaba disfrutando de la vida. Estaba arriesgándome y vivía en la bella, vibrante y loca ciudad de Nueva York, donde podía comer bollitos de langosta al sol.

Sin embargo, otra parte de mí estaba tensa y rígida como el acero. Esperando a que estallara la tempestad. De nuevo en la torre vigía, escudriñando el paisaje de la vida de Fi en busca de indicios de tormenta.

No quería estar allí. Creía haber dimitido de mi puesto.

A las nueve de la noche nuestro apartamento estaba lleno. Superando todas nuestras expectativas, el masajista brasileño de Bea se había presentado con un par de platos y un montón de música moderna pero muy bailable, y la gente, de hecho, se había puesto a bailar. ¡A las nueve de la noche! ¡Nuestra fiesta iba viento en popa! El sol se había puesto hacía rato, pero seguía haciendo calor y teníamos todas las ventanas abiertas de par en par.

Yo sólo pensaba en Julian. En Julian Bell, tan tierno, tan risueño, tan divertido, y con aquel olor tan agradable... Al llegar, se había acercado a mí con paso decidido, me había tomado en sus brazos y me había besado delante de todo el mundo.

—Llevo todo el día pensando en ti —anunció—. ¿Has recibido mis sms telepáticos? Ah, cuánto me gustas. ¿Tú también te has pasado el día pensando en mí? —preguntó sin una pizca de vergüenza.

A aquella sonrisa traviesa y encantadora le siguió una risilla y luego otro gran beso. Y un largo abrazo. Estaba espectacularmente guapo, a pesar de que llevaba una camisa arrugada que no sabía si quedarse dentro o fuera del pantalón.

Yo estaba loca por él. No me importaba que todo el mundo estuviera mirándonos. Me sentía orgullosa. Y si tenía alguna duda de que me había enamorado de él en dos segundos, se disipó cuando lo vi sentado en el patio, un rato después, hablando con la rana que vivía allí.

—Yo tuve una igualita que tú cuando tenía diez años —le oí decir con aquel estrafalario acento de Devonshire-Brooklyn—. Se llamaba Rana Diver. Vivía con Rana Grande, Rana Loca y Rana Flauta.

Al final, Bea me arrancó de su lado para interrogarme sobre lo que había pasado la noche anterior. Estábamos en el patio selvático, que Julian había dejado vacante, y las copas de champán se me fueron quedando tibias en la mano, una tras otra, mientras hablaba atropelladamente y me olvidaba de beber.

Barry había montado un dispensario de cócteles en la cocina.

—No puedes tomar nada hasta que pruebes uno de mis *blue fionas* —le oí gritar.

Bea sonrió y se fue, diciendo que tenía que ir a ver a un hombre para hablar de no sé qué perro. Yo entré alegremente en la cocina para probar un *blue fiona*.

Y hablando de Fiona, ¿dónde estaba? Todos los invitados a la fiesta se encontraban allí, menos Fiona. Había subido a casa de Raúl un rato antes para ir a buscar una cosa y no la había visto desde entonces.

—Fi no está todavía en tu casa, ¿no? —le pregunté a Raúl mientras le ofrecía un plato con unos aperitivos de jamón y queso parmesano que habíamos comprado en el Smorgasburg. En su cara centelleó algo que no me gustó—. Ah, pues sí, creo que sí —dijo con una despreocupación muy poco convincente—. Creo que Julian también está arriba.

—Ah. —Me llevé una sorpresa. Miré a mi alrededor y descubrí que, en efecto, él tampoco estaba—. ¿Fi está…? ¿Van a volver pronto?

—Claro. Oye, ¿a qué hora quieres que toquemos?

Estaba intentando cambiar de tema. Decidí no insistir. Si Fiona se había puesto imposible, seguramente Raúl no tenía ni idea de qué hacer. De momento sólo había conocido a la Fiona dulce, amable y chispeante, así que descubrir su versión más oscura y arisca debía de haber sido todo un *shock*. A mí todavía me costaba y tenía casi treinta años de práctica…

Confié en que Julian estuviera arreglándoselas bien. Era muy amable por su parte hacerle compañía, o escucharla despotricar. O lo que fuese.

—¿Qué te parece si tocáis a eso de las once? —le dije a Raúl mientras volvía a perderme entre el gentío. Luego me escabullí por la puerta.

La puerta del apartamento de Raúl estaba entreabierta y supe que Fiona estaba allí dentro antes incluso de entrar en la habitación. Sentí la energía crispada y hostil que despedía cuando le daba una de sus rabietas. Algo me atenazó el estómago. ¿Por qué estaba pasando aquello otra vez? ¡Me lo había dicho! ¡Me había dicho que no quería ponerse difícil otra vez!

«No siempre puede elegir», dijo una voz dentro de mi cabeza.

Había dentro de Fiona unas tinieblas que a veces eran más grandes que ella; más grandes que todos nosotros. Y yo, que intuía esas tinieblas, que respetaba su inmenso poder, siempre la perdonaba.

Pero cuando entré en el piso de Raúl sentí que esta vez quizá me fuera imposible perdonarla.

Estaba sentada en el suelo junto a la mesa baja. Sus hombros huesudos se balanceaban rítmicamente al son de Irene Cara, cuya voz vertía a raudales el equipo de música de Raúl. En otras circunstancias me habría gustado aquella discoteca improvisada, pero en ese momento mi prima estaba preparando una raya de cocaína y Julian estaba sentado a su lado, charlando tan tranquilo, como si Fiona estuviera haciendo una tarta.

Me quedé mirando sus espaldas, hecha polvo. Estaban de cara a Nueva York, Fiona dijo algo en voz baja, atropelladamente, y Julian sonrió mientras la veía preparar la rayita. A su derecha había un marco digital con una foto de Fiona ejecutando una pirueta.

«La nueva página web del Royal Ballet —pensé estúpidamente—. Sí, decían que estaría lista más o menos por estas fechas.»

Cuando Fiona se inclinó para esnifar la raya, Julian extendió la mano, ¿para esnifar otra rayita también él, quizá?, y dijo algo. Fiona le escuchó, sonrió, inhaló profundamente y recogió el polvillo suelto con el dedo. Después le pasó a Julian el billete enrollado.

Yo ya había visto suficiente. Los primeros acordes de «Native New Yorker», de Odyssey, comenzaron a sonar alegremente a través de los altavoces de Raúl, chocando con el sonido rítmico del bajo eléctrico que subía por la escalera, a mi espalda. Una película de densa tristeza se posó sobre mí. Fi no estaba mejor. Estaba tomando drogas en una fiesta para dos mientras su fiesta de cumpleaños, que yo había planeado con tanto esmero, se desarrollaba allá abajo. Y Julian Bell, con el que me había pasado todo el día fantaseando, parecía estar en las mismas. No podía soportarlo.

«Deberías haberte dado cuenta —dijo una voz dentro de mi cabeza—. No podía ser un cuento de hadas, idiota, tonta, gorda estúpida.»

Cerré de un portazo y bajé corriendo las escaleras. Mientras bajaba, vi que alguien miraba desde la barandilla de arriba y después oí a Julian llamándome, pero seguí corriendo. Pasé delante de nuestra puerta, por la que salían risas alegres y música estupenda, y salí a la calle.

Corrí por Bedford Avenue atravesando McCarren Park, y a medida que iba quedándome sin aliento aflojé el ritmo, primero a una marcha furiosa y luego a paso lento, aunque igual de furioso. Me fijé vagamente en los bares y los restaurantes llenos de *hipsters* al acercarme al centro de Williamsburg, y decidí que el ambiente allí era demasiado animado para mi gusto. A mi derecha, varios idiotas vestidos a la última moda bailaban al ritmo de una música estúpida y un par de chicas se reían a carcajadas junto a un carrito de comida mexicana. ¿Por qué había huido allí, nada menos? Sin pararme a pensar, me fui derecha al metro y me subí en el tren de la línea L que acababa de llegar al andén. Me dejé caer en una dura silla de plástico, me tapé los ojos con las manos y lloré.

Veinte minutos después, cuando llegué al final de la línea, me levanté y me quedé en el andén respirando trabajosamente. No sabía dónde ir ni qué hacer. Hacía un calor insoportable ahora que me había bajado del tren, y tenía el pelo pegado a la cara. El sudor me había dejado lacio el vestido, comprado especialmente para la ocasión.

—¿Y ahora qué? —me preguntó alguien.

Seguramente era un borracho. No le hice caso. Me quedé allí parada, intentando respirar, resituar mi vida que, después de hacerme tantas ilusiones, se había ido de pronto a la mierda.

El hombre intentó tocarme el brazo, pero antes de que pudiera hacerlo salí corriendo hacia las escaleras para hacer al transbordo a la línea A.

—Sally, por favor.

El hombre me agarró del brazo otra vez. Era Julian.

Nos miramos unos segundos y, a pesar de lo que acababa de pasar, sentí encenderse la misma magia de la noche anterior.

—¿Por qué? —me limité a preguntar.

No podía soportarlo. Julian Bell era sencillamente maravilloso. Allí parado, en un andén sofocante, rodeados por un tumultuoso torbellino de emociones, con el pelo un poco erizado ya por el calor, estaba perfecto.

Y al mirarlo comprendí que no había estado tomando drogas. Igual que la noche anterior, vi con asombrosa claridad lo que exudaba su cuerpo. Ni cocaína, ni alcohol. Era miedo, preocupación, y bondad.

—No estaba tomando coca —afirmó—. Sólo estaba acompañando a Fiona porque estaba desconsolada.

—Nadie usa palabras como «desconsolada» —dije—. Ni siquiera los medio americanos.

Después sonreí con tristeza. Así había empezado la noche anterior: debatiendo de lingüística.

—Pues yo sí. —Julian me miró precavidamente—. Y tu prima estaba desconsolada. Habían colgado una foto suya nueva en la página web del Royal Ballet o algo así, y se veía gordísima. Se ha puesto como loca, ha sido espantoso. Luego sacó la coca. Si te digo la verdad, me he quedado de piedra. Pero Fiona necesitaba un amigo. Por eso me he quedado.

—¡Yo soy su amiga! —dije a la defensiva.

Hizo un gesto afirmativo.

—Ya lo veo.

Me quedé sin fuerzas, paralizada por la indecisión y por una profunda tristeza.

—Estaba preocupado por ti —dijo él en voz baja—. Qué manera de correr, chica.

—Bah.

No supe qué otra cosa decir. Pero la verdad es que me gustaba pensar que había bajado corriendo por Bedford Avenue detrás de mí. Tenía que significar algo.

Hubo un largo silencio. Había tantas cosas que quería decirle, y sabía que él también quería decirme muchas cosas. Pero entre nosotros colgaban obstáculos invisibles que sofocaban por completo nuestra espontaneidad.

—Ven conmigo —dijo Julian ofreciéndome la mano.

La cogí, pero no me moví. No creía que se drogara, pero todo lo demás me parecía imposible.

—Ven conmigo —repitió—. Deja que tengamos una segunda cita.

Lo miré con desconfianza.

—Sally, la fiesta va perfectamente. Fiona está bien. Hoy, al menos. Estoy loco por ti. No quiero que estemos solos, tú y yo.

Aun así, dudé. Se acercó y me miró a los ojos.

—No estaba tomando coca —dijo en voz baja—. No tomo drogas.

Ni ahora, ni nunca. Santo cielo, pero si ni siquiera recuerdo dónde guardo los calcetines. ¿Cómo iba a ocultarlo si fuera drogadicto?

Sonreí un momento.

—¿Me crees? —preguntó.

Dije que sí con la cabeza, porque le creía.

Sonrió otra vez, aquella sonrisa encantadora, descarada y loca, y dejé que me llevara por las escaleras hacia la línea A.

Escena Décima

Hicimos transbordo en Columbus Circle, tomamos la línea I hasta Harlem y fue como entrar en Barrio Sésamo. Hermosas casas antiguas de arenisca marrón cuyas gradas bajaban hacia calles sacadas de películas de los años treinta, y el barrio de Sugar Hill, que se alzaba sobre nosotros como un trasatlántico majestuoso. Me llevé una desilusión al no ver a Óscar* sacando la cabeza de un cubo de basura, pero me olvidé de él cuando Julian me llevó a un pequeño restaurante de comida afroamericana, al lado de una iglesia iluminada con neones, y pidió para mí pollo frito con guarnición de macarrones con queso y verduras con beicon. O «*mac-n-cheese and collards*». Fue alucinante.

—DIOS mío —exclamaba yo sin parar.

—DIOS mío —repetía Julian imitando mi acento hasta que le di en toda la cara con un trozo de pollo.

No hablamos de Fiona ni de la fiesta. Estábamos otra vez metidos en la burbuja de la noche anterior. De hecho, no sé de qué hablamos, pero no me encontré ni una sola vez buscando angustiosamente algo que decir. Estaba segura de que Julian no se drogaba. Creía firmemente que no se había sentado demasiado cerca de Fi, ni todas las otras cosas que me decía mi cabeza. Sabía que era yo quien le gustaba.

Era imposible sentir esa química con otro ser humano si no era correspondida.

¿No?

---

* Personaje de *Barrio Sésamo*. (N. de la T.)

En algún momento a eso de la medianoche entramos en un bar de esos con los que yo siempre había soñado y en los que nunca había tenido valor para entrar. El Paris Blues era un antro total, un lugar ruidoso, bello, salvaje y sudoroso, atestado de gente y que vibraba literalmente al ritmo de un jazz de sonido palpitante. No Jamie Cullum ni un piano de pastel, sino auténtico jazz contagioso y arrollador, teñido de *blues* y de *rock'n'roll*.

Un saxofonista ya mayor estaba tocando un solo estruendoso, con un auténtico sombrero de fieltro de ala estrecha. Las notas se atropellaban unas a otras al salir del saxo y caer en el bar cargado de calor y de gente. Una mujer muy corpulenta con pelo a lo afro teñido de un rubio cremoso, deslumbrante en contraste con su hermosa piel oscura, se erguía detrás del micrófono, observando y dando palmas.

—*Don't tease me, baby** —bramó cuando se apartó el saxofonista—. *Don't tease me.*

Un contrabajo, un piano y una batería completaban el conjunto, aunque el local tenía ese aire que daba a entender que cualquiera era bienvenido. Una locura, y una maravilla. Si yo seguía pensando en Fiona, me olvidé por completo de ella.

Julian se reía de mi cara de pasmo. Señaló una viga que había a mi derecha para que me apoyara en ella, se fue a la barra y poco después volvió con dos bebidas de un color azul brillante espantoso.

—Lo siento —gritó con una sonrisa—. Es el cumpleaños de no sé quién. Se ha empeñado. Y se me da fatal decir que no.

—¡A mí también! —respondí a gritos—. ¡Fatal!

Un hombretón trajeado me saludó con la mano, y yo levanté la copa para desearle feliz cumpleaños. Su mujer, bajita, con una enorme sonrisa tipo Hollywood y el pelo negro muy corto y sexy, nos gritó que enseguida nos traía un poco de tarta.

Mientras nos acomodábamos en nuestro rinconcito junto a la viga, nos puso dos grandes pedazos de tarta multicolor encima de unas servilletas y gritó que no había de qué y que gracias por venir. Llevaba un

---

* «No me provoques, cariño.» *(N. de la T.)*

vestido azul de lentejuelas. La tarta sabía a edulcorantes con sabor a fresa.

El saxofón acabó su solo *freestyle* y el público enloqueció. La música siguió rugiendo. Yo estaba en la gloria.

—Este sitio es la leche —le grité a Julian al oído.

Me sonrió.

—Lo sé. Si hubiera tenido más tiempo habría comprado entradas para un concierto de Céline Dion. Te habría gustado, ¿verdad? A mí desde luego sí.

—Ay, Dios, sí. Habría sido mucho mejor.

Me puse a cantar la espantosa y patética «Think Twice» al oído de Julian.

—¿Te ha gustado? —grité—. ¿Qué tal esa melodía de Céline? ¿La has disfrutado?

Reflexioné un momento y me maravillé de mí misma al verme hablando así, tan libre y desenfadada. No me sentía forzada, ni estúpida. Con Julian era un poquitín ingeniosa.

«Puede que lo sea siempre», me dije fugazmente.

Me reí de mí misma, volviendo junto a Julian.

—¿Y bien? ¿Te ha gustado cómo suena? ¿Mi toque Céline Dion?

Julian se rascó la nariz.

—Si te soy sincero, me has parecido muy normalita. Yo puedo cantar a esa señora mucho mejor que tú, Sally Howlett. Escucha, pequeña.

Se aclaró la voz y me cantó el estribillo al oído, una imitación muy notable, de hecho, hasta que empecé a darle puñetazos para que parara.

—No tienes ni idea de música —dijo en tono severo.

Luego se puso a gimotear que aquello se estaba volviendo SERIO y que si estaba pensando en mí o en los dos.*

Me reí mucho y a Julian le gustó.

---

* Letra de la canción «Think Twice», de Céline Dion: *This is getting serious / Are you thinking 'bout you or us?*

—Le canto temas de Céline Dion a la Gorda *Pam* —me dijo—. Está loca. Se pone a aullar como si ella también cantara. AMO A ESA PERRA.

«Y yo estoy enamorada de ti —pensé aturdida—. Me encanta que le cantes temas de Céline Dion a una perra llamada *Pam*.»

Le sonreí, y ya no pude parar de sonreír.

—Cállate y déjame escuchar el jazz —ordené.

El bar titilaba alegremente a mi alrededor.

—Cállate tú. —Se apartó el pelo de los ojos y volvió a caerle en el mismo sitio—. En serio, necesito un corte de pelo. —Suspiró—. Mi pelo es como un desastre natural.

Me reí.

—¡Qué va! Es… especial, tu pelo. A mí me gusta.

—Pero si me lo cortara podría verte como es debido. —Me miró fijamente—. Eres… sencillamente preciosa.

Pasado un rato se volvió para mirar a los músicos y, en un gesto muy poco propio de Sally Howlett, lo besé a un lado del cuello, que quedaba junto a mi cara, y le dije al oído:

—Gracias.

Sonrió y me rodeó con el brazo al tiempo que volvía a fijar la atención en la música, y de pronto pareció que llevábamos así toda la vida, que encajábamos a la perfección el uno junto al otro, en bares tumultuosos de Harlem atestados de figurillas estrafalarias y de carteles resquebrajados.

Escena Once

Mucho más tarde, el local comenzó a despejarse un poco y la música se hizo más introspectiva. Bill, el que celebraba su cumpleaños, nos había ofrecido una mesa junto a un tanque gigantesco de cabrito al curry que había traído para sus invitados.

—Comeos eso. Hablad de amor.

Sonrió estrechándole la mano a Julian.

Nos sentamos el uno frente al otro y de repente aquello pareció de nuevo una cita. Se me hizo un nudo en el estómago de felicidad y, cuando Julian estiró el brazo, cogió mi mano y se puso a tamborilear con los dedos al ritmo de la banda sobre mi palma, sentí que sucesivas explosiones de un calor zigzagueante recorrían mi cuerpo.

—¿Estás bien? —preguntó.

Sonreí de oreja a oreja y asentí con la cabeza. Estaba verdaderamente bien.

—Sólo para que nos aclaremos —añadió en voz baja—, estaba hablando con ella. Estaba hecha polvo por lo de esa foto y necesitaba un amigo.

Suspiré. La verdad era que no quería hablar de Fiona mientras estábamos allí sentados, en aquel lugar secreto de Barrio Sésamo, pero seguramente había varias preguntas que aún tenía que hacerle.

—Te creo. Pero, eh, sólo quería saber si... ¿La coca era de Fiona?

Pareció incómodo.

—Creo que sí.

—Entiendo. ¿Y de dónde la ha sacado?

—No tengo ni idea, de verdad. —Miró la mesa y luego a mí—.

Aunque no habrá sido de Raúl, si es eso lo que estás pensando. No se acerca a nadie que tome esa mierda.

—¿Quién se la da, entonces? —Tamborileé con los dedos sobre la mesa—. Tengo que conseguir que quien se la proporciona deje de hacerlo.

—Pues te deseo buena suerte. —Acarició mi mano con el pulgar—. A los camellos no les importa, Sally. La única que puede ponerle freno es la propia Fiona. Y no estoy seguro de que sea capaz.

—Pero si ya lo ha hecho, Julian. Ha estado meses sin tomar nada. Bueno, tres meses, por lo menos.

Sostuvo mi mano mientras le hablaba de la transformación que había sufrido Fiona desde que había conocido a Raúl en el avión, en junio. Le hablé de las muchas veces que había temido que se emborrachara, o que se matara de hambre hasta el punto de la extenuación, o que montara una escena o me tratara como a una mierda, y le dije que no había hecho ninguna de esas cosas. Bueno, no mucho.

—No sé cómo, pero consiguió dejarlo —dije indecisa. Un chico joven estaba tocando la trompeta, una melodía densa y aguda que se deslizaba por encima de la barra como un humo que fuera desplegándose suavemente.

Julian arrugó el ceño.

—¿Estás segura? —preguntó por fin—. Porque a mí me parece que toma coca con bastante frecuencia. Le hace mucha falta tomarla, Sally. ¿No has notado nada?

—¡No! —repliqué a la defensiva. Y luego añadí—: Perdona, pero no creo que… Aunque la verdad es que…

Julian esperó a que continuara.

—Está un poco, no sé. Rara. Muy nerviosa, aunque de un modo un poco distinto al normal. Dice un montón de chorradas.

Julian asintió con la cabeza.

—¿Le cuesta más que antes ponerse en marcha por la mañana?

Empecé a notar un peso en el corazón.

—Supongo que sí. Sí. Y… desaparece un montón de veces, sobre todo cuando empieza a alterarse. Y cuando vuelve está bien.

—¿Y cómo está en general? ¿Más manejable? ¿Va a trabajar y esas cosas?

—Bueno, todavía falta bastante tiempo para que tenga que volver al trabajo —tartamudeé—. Pero es… En fin, tan poco de fiar como siempre. Se olvida de hacer la compra, se deja la ropa en la lavandería, se pone a discutir con extraños, pide dinero prestado constantemente… ¡Pero así es Pecas! ¡Siempre ha sido un desastre!

Julian sonrió compasivo.

—Ay, Dios —mascullé asustada—. ¿Crees que de verdad está…?

—No sé. Es posible.

El miedo me atenazó.

—Ay, Dios —repetí—. ¿Y estás seguro de que no tiene nada que ver con Raúl? Porque antes no se drogaba. Bueno, la pillé una vez, pero…

—Créeme —me cortó Julian—. Esto no tiene nada que ver con Raúl. Está preocupado, eso es todo. Él también se está dando cuenta. Me ha dicho que desde hace unas semanas Fiona está cada vez más intratable y más paranoica respecto a él. Estaba impresionado por cómo se desquició anoche, cuando volvió a beber.

Miré su cara buscando nuevas pistas.

—¿Y?

Se recostó en el asiento y se rascó la cabeza.

—No estoy seguro de que Raúl quiera seguir con ella si se descontrola —dijo con calma—. Él… En fin, tiene sus motivos.

«Mierda.»

—¡Pero si han sido muy felices! —dije en tono suplicante—. ¡Están genial juntos! ¡No puede dejar de gustarle así como así!

Julian se inclinó hacia un lado para hurgarse en el bolsillo y sacó un móvil que vibraba.

—¡Vaya! —dije, olvidándome por un momento de la conversación—. ¡Tienes uno nuevo!

—No. —Miró ceñudo el teléfono y volvió a guardárselo en el bolsillo—. Resulta que me lo había dejado en casa de Raúl. No me lo llevé al recital de poesía.

Sonreí débilmente.

—Ya te decía yo que soy un desastre y que lo pierdo y lo olvido todo. Bueno, ¿por dónde íbamos?

—Por Raúl. Me estabas dando a entender que es posible que esté a punto de dejar tirada a Fi.

—No sé, es sólo una suposición, así que, por favor, intenta no preocuparte. El caso es que Raúl está loco por ella. Pero Fiona ha cambiado muy deprisa y... Raúl se juega mucho. En eso tienes que creerme. Él no se droga, y no es mal tipo, pero no puede estar cerca de esa mierda.

Sentí un hormigueo de pánico. Julian, al notarlo, se inclinó hacia mí y me puso el pelo detrás de la oreja, lo cual me reconfortó.

—Olvídalo, Sally —dijo—. No eres responsable de ella.

—Sí que lo soy. Es mi prima, mi hermana prácticamente.

—Lo sé, pero aun así no es responsabilidad tuya.

—No, tú no lo entiendes. Fiona...

Me detuve, sin saber si debía continuar.

Se acercó una camarera a retirar el montón de vasos que se había acumulado sobre la mesa.

—Espera, deja que te ayude —dijo Julian.

Cogió un par de vasos y los llevó a la barra mientras hablaba con la chica. Ella le dio las gracias y él volvió.

—Qué amable eres —le dije—. Con todo el mundo. Te fijas en cada persona que te abre una puerta o que te sirve una copa.

Sonrió como si aquello le sorprendiera y luego se quedó pensando en lo que le había dicho. Mientras observaba sus ojos noté que mi estómago se mecía y ondeaba como un campo de trigo al soplo de una brisa de verano. Julian era como el sol.

«Por favor, contrólate de una vez», me dije.

Me ignoré a mí misma. Julian era como el sol.

—Me crié en una granja —dijo por fin—. Había dos tipos que trabajaban allí cuando había mucho que hacer y mi padre se... Era como si los considerara máquinas. No era antipático con ellos, pero tampoco se interesaba por sus vidas. —Se encogió de hombros—. Para mí era muy raro. Eran tan humanos y tan de verdad como él. Tenían tantos problemas como él, más seguramente, pero mi padre nunca reparaba en ello. —Se quedó pensando un momento—. Creo que nunca lo he superado. Te sientas en un restaurante y es como si el personal que te atiende no fuera humano. Como si no pudiera tener un mal día. O un día estupendo. Sólo son máquinas sonrientes que te traen la comida. Pero todos somos personas, ¿no?

Dije que sí con la cabeza. Tenía razón.

Julian apoyó la cabeza en las manos.

—Y no te enfades conmigo, pero me pregunto si no estás tan ocupada haciendo de madre para Fiona que te has olvidado de que tú también eres una persona.

Me pilló desprevenida.

—Ah... Esto... Bueno, no sé si...

—Perdona. No quería molestarte.

—No, nada de eso. Es sólo que... Como te decía, creo que en realidad no lo entiendes.

Clavó suavemente un dedo en el dorso de mi mano y luego siguió el trazado de una de mis venas.

—Podría intentarlo.

—Yo... No. Son cosas de familia. Es horrible.

Noté que me quedaba paralizada mientras Julian me observaba expectante. No podía contarle mi historia familiar. ¡Saldría corriendo!

Ladeó la cabeza como si escuchara mis pensamientos y, al hacerlo, el cuello de su camisa arrugada se levantó como la oreja de un chucho adorable. Miré su cara, que era la misma cara encantadora y chispeante con la que yo llevaba poco más de veinticuatro horas embriagándome, y pensé:

«Es el hombre más agradable que he conocido nunca.»

Quise explicárselo.

Así que se lo expliqué. No lo tenía previsto, claro, pero se lo conté todo. Lo de mi tía Mandy, la hermana de mi madre, que siempre había sido un problema para su familia porque bebía demasiado y soñaba con ser actriz a pesar de que mis abuelos eran ferozmente conservadores y celosos de su intimidad. Lo de que se había escapado literalmente con un circo cuando tenía trece años y se había enamorado de un acróbata, pero había vuelto una semana después, cuando apareció su mujer. Y lo de que había dejado el colegio y había entrado en una empresa de trabajo temporal que contrataba a camareros para trabajar por todas las Midlands.

Poco después de cumplir dieciocho años, mi tía fue a trabajar unos días al teatro de Birmingham, se enamoró de un corista y se escapó con él. Sólo que esta vez volvió embarazada. En nuestro pequeño y chismoso vecindario, donde todo el mundo estaba al tanto de los asuntos ajenos, la noticia corrió como la pólvora.

El padre de mi madre había sido un hombre temible. Yo siempre le había tenido un miedo saludable. Por lo visto, le dio a Mandy una buena paliza y la echó de casa diciéndole que se buscara otro sitio donde putear. Mi madre tuvo que actuar a espaldas de mi abuelo para mantener la relación con su hermana. También le daba buena parte de su sueldo a Mandy para que pagara el alquiler de una casa en nuestro barrio de viviendas protegidas que era de una prima segunda o algo por el estilo.

Yo, de niña, se lo oí decir muchas veces a mi madre cuando se peleaba con Mandy:

—No tienes ni idea de a lo que me arriesgo por ti —le susurraba—. Y de lo que me cuestas. ¿Es que ni siquiera puedes intentar encarrilar tu vida? ¿Valerte sola?

Por lo visto, no, y mi madre debía de saberlo porque nunca abandonó del todo a su hermana. Mi madre, tan callada y cumplidora, quería a la alborotadora y a la informal de su hermana como si fuera su propia hija.

Mandy había querido a la pequeña Fiona con frenesí, pero le costaba mucho ser madre. Era caprichosa e inestable, se emborrachaba a menudo y sufría una profunda depresión. Varias veces olvidó ir a recoger a Fiona al colegio, y los servicios sociales fueron a hacerle una visita cuando la niña, que por entonces tenía cinco años, le contó a una maestra que siempre se hacía ella la comida.

Pero, pese a todo, fue una sorpresa que la policía se presentara en nuestra puerta aquel día. Ninguno de nosotros se esperaba que fueran a decirle a mamá que el cadáver que había aparecido en el canal, cerca de Wolverhampton, era el de Mandy. Y que la pequeña Fiona llevaba cinco días sola en casa, esperando a que volviera su madre.

Mandy le había dejado a mamá una nota manchada de lágrimas diciendo que no servía para ser madre y que, si no encontraba al padre de Fiona, el actor, por favor se ocupara de criarla ella misma. Le pedía que siguiera llevando a Fiona a clases de ballet, y luego al conservatorio si el dinero se lo permitía. Fiona, que iba a la academia de ballet del pueblo, mostraba ya indicios de un talento excepcional y a Mandy le gustaba la idea de que siguiera los pasos de su padre en el mundillo teatral.

Firmaba: *Por favor, dile que la quería muchísimo. Mi preciosa Pecas.*

Nunca olvidaría la cara que puso mi madre el día que nos contó lo ocurrido. Estaba como perdida. Perpleja, destrozada, incrédula y sin embargo paralizada en medio de todas esas emociones. Casi sin habla.

Fiona se vino a vivir con nosotros esa misma noche y entonces dio comienzo la búsqueda de su padre. Una búsqueda muy desganada: mis padres no tenían intención de entregar a su sobrinita a un desconocido promiscuo, pero sospecho que mamá tuvo que intentarlo por respeto a la memoria de Mandy. Naturalmente, la prensa se enteró de lo que pasaba y la búsqueda avivó de inmediato las fantasías de toda la nación. Pronto apareció en las noticias que la «huérfana del canal» necesitaba «encontrar a su papá».

El padre no apareció y Fiona se quedó con nosotros. Nosotras, que ya éramos uña y carne, nos volvimos inseparables desde ese instante. Pero aunque tuve la suerte de vivir con mi mejor amiga, aquéllos no fueron años dorados.

Fiona, que ya era rebelde y alborotadora, empeoró. Después de haber pasado años oyendo despotricar a mi padre acerca de cómo había deshonrado la tía Mandy a la familia, para mi madre tuvo que ser un auténtico calvario tener que presentarse en la escuela primaria Far Hill al menos una vez al mes para defender la conducta de su sobrina. Castigaba enérgicamente a Fiona, pero servía de poco: mi prima se volvía aún más desafiante. Visto en retrospectiva, para mí estaba claro que era su forma de reaccionar a la tragedia que había vivido, pero mi madre parecía carecer por completo de compasión. Le decía a Fiona que Dennis y yo nunca le habíamos dado problemas y que por qué se empeñaba ella en ser tan distinta.

Aparte de las clases de ballet que le había pedido Mandy, mi madre no la dejaba apuntarse a ningún club, ni salir a jugar con otros niños. Por lo visto causaba demasiados problemas. Fiona estaba casi siempre encerrada en casa, y el confinamiento hizo que la niña, nerviosa de por sí, cobrara un ímpetu peligroso. Era una bomba sin estallar. Un pequeño meteoro rubio y solitario.

Mientras le contaba aquella historia a Julian, sentí agitarse dentro de mí el antiguo dolor. ¿Qué le pasaba a mi madre? ¿Por qué no podía querer a Fiona? ¿Y por qué era tan blando mi padre? Se limitaba a hacer lo que le decía ella.

—Bueno, ya entiendo por qué la proteges tanto —dijo Julian pensativo. Estábamos bebiendo cerveza y yo había perdido la noción del tiempo—. Suena bastante duro.

Yo pellizqué furiosamente la etiqueta de mi cerveza.

—Me cuesta no odiar a mi madre cuando pienso en cómo era. Quiero decir que yo era la única amiga de Fiona. En todo el mundo.

—La pena nos hace hacer locuras —masculló Julian—. Si lo sabré yo.

—¡Pero ése no es modo de expresar el dolor! ¡Tener a la hijita de tu hermana bajo arresto domiciliario cuando debía estar fuera jugando!

Julian se inclinó y me obligó a mirarlo.

—Hey, ya lo sé —dijo—. No intentaba disculpar a tu madre. Lo que quería decir es que tal vez se volvió un poco loca una temporada. Un poco controladora. ¿Quién sabe qué pensaba en esos momentos?

—Yo te diré lo que pensaba —contesté con vehemencia—. Pensaba: «¿Cuándo podré librarme de Fiona?» Julian, mandó a Fi al Royal Ballet cuando tenía once años. Dijo que era lo mejor para las dos. ¿Por qué? ¿Cómo iba a ser bueno para Fi que la apartaran de la única familia que tenía? ¿Cómo iba a ser bueno para mí perder a mi mejor amiga?

Unas lágrimas ardientes me nublaron la vista. Julian me pasó una de las servilletas de la tarta.

—Lo siento mucho —dijo—. No quería que pareciera que me pongo de su lado. Entiendo que fue horrible para ti. Sólo quería decir que tal vez tu madre no sabía qué hacer con Fiona. Y lo digo porque sé por experiencia propia que nadie tiene ni idea de cómo tratar con la gente que sufre.

Lo miré con extrañeza.

—Mi madre me obligó a irme a vivir con ella cuando perdí a mi mujer —explicó—. No me perdía de vista. Durante semanas no pude ir a ninguna parte sin que me siguiera para asegurarse de que no acababa en sitios donde pudiera meterme en líos, o disgustarme, ya sabes. —Sonrió con tristeza. Un recuerdo agridulce—. Ay, mamá.

La trompeta seguía sonando: una cinta de sonido lenta y triste. El pianista parecía casi dormido, pero yo sabía que sólo estaba absorto en la música.

—Tu madre parece encantadora, Julian.

Intenté no ponerme envidiosa.

Sonrió.

—Lo es. La mejor, sin duda.

—Pues la mía no. Y no lo digo por capricho. Me encantaría pensar: «Mamá no sabía qué hacer con Fiona, por eso la mandó a la escuela de ballet». Pero no fue eso lo que pasó. Aparte de todo los demás, mi madre odiaba que Fiona bailara. Odiaba todo aquello que nos hacía destacar. No tiene sentido que decidiera dejar que Fi se formara como artista. ¡Habría sido como repetir otra vez lo de Mandy, con su deseo de ser actriz!

Una ira profunda, teñida de amargura y de impotencia, comenzó a palpitar de nuevo dentro de mí. Se me pasó por la cabeza que tal vez Julian pensara que estaba loca, pero estaba tan alterada que no me importó. Nunca había tenido aquella conversación con nadie, y de pronto me resultaba extrañamente purificadora. Aquello llevaba años dentro de mí, dando vueltas y más vueltas con un suave chirrido.

—Continúa —dijo—. Y recuerda que estoy de tu parte, ¿vale?

Sonreí un momento.

—Pues, además de eso, mi madre se pasó años intentando separarnos. Me decía que tenía que tener «mejores amigas». No tiene vuelta de hoja, Julian. Sencillamente, no quería que Fiona me influyera. Que me volviera como ella. Así que cuando se dio cuenta de que no podía separarnos, la mandó lejos de casa.

Una lágrima solitaria escapó de mi ojo, y me la limpié furiosamente con la manga.

«Maldita sea mi familia. Malditas sean sus vidas mezquinas, crueles y rancias. No abrazar nunca a Fiona. No sentarla nunca en las rodillas o preocuparse por cómo estaba. Librarse de ella a la primera de cambio y comportarse como mártires cuando le dieron una beca y no tuvieron que pagar ni un penique.»

La furia fluía y refluía, las lágrimas siguieron corriendo por mis mejillas y no intenté detenerlas.

—No pasa nada —murmuró Julian cuando por fin hice un gesto de disculpa indicando mi cara, las lágrimas y mi aire general de desquiciamiento—. No pasa absolutamente nada. Ten.

Me pasó más servilletas de la tarta y le agradecí que no me pidiera que dejara de llorar, que no intentara impedir que me sintiera así. Se limitó a observarme con una compasión que me caló hasta la médula de los huesos. Con una bondad profunda y comprensiva que era nueva para mí.

Lo más extraño de todo, pensé mientras me limpiaba las lágrimas y los mocos con la servilleta, era que hasta ese momento no me había dado cuenta de lo enfadada que estaba con mis padres. De lo espesa e inabarcable que sería mi rabia si alguna vez permitía que aflorara.

«Julian es único —me dijo mi cabeza confusamente—. Con él soy yo. Yo de verdad.»

Acababa de darme cuenta de que había un «yo de verdad».

Julian estiró un dedo y limpió una última mancha de rímel junto a mi boca.

—Aquí yace la ira —comentó mirando la mancha negruzca de su dedo—. Ira bien gastada.

El sonido de la trompeta fue decayendo y empezaron a oírse lánguidos aplausos dispersos por el local. Miré la mano tersa y morena de Julian manchada de lágrimas mías y sonreí. Vi que tenía las manos llenas de garabatos a modo de recordatorio. Y que entre esos garabatos estaba escrito mi nombre, «Sally», rodeado por un corazón hortera y grandote.

—Por fin te has fijado. —Sonrió—. Estaba pensando en hacerme un tatuaje. Quizá también con mi nombre, y con un pequeño Cupido alrededor.

Me reí, y de pronto me di cuenta de lo cansada que estaba.

—No quería meterme donde no me llaman, y lo siento si lo he hecho —dijo Julian—. Las familias son siempre conflictivas. Muy conflictivas. Me siento honrado por que me hayas contado todas esas cosas, y no me extraña que te sientas tan responsable de Fiona. ¿Reseteamos?

Me limpió el rímel corrido con el dedo índice y luego lo tendió hacia mí.

Apoyé el mío contra el suyo.

—Reseteamos.

*M*ás tarde aún, sólo había tocando un piano, un bajo y una batería suave. Una pareja ya mayor bailaba absorta en un mundo que yo nunca vería. Me sentía más ligera por habérselo contado todo a Julian y quería de verdad quedarme allí con él, en aquel sitio hermoso y tenuemente iluminado, pero estaba borracha de cansancio. Estábamos muy lejos de Brooklyn.

Notando que me caía, Julian se levantó.

—Tenemos que bailar antes de irnos a casa. —Sonrió al tenderme la mano—. Así podrás contarle a todo el mundo que eres de verdad un hacha porque has bailado en el Paris Blues.

—«Un hacha.»

Sonreí mientras tiraba de mí hacia su camisa. Julian Bell era la mezcla más rara y maravillosa que había visto nunca en una persona. Un chico de campo, un viudo decoroso, un despistado y una calamidad, un neoyorquino ingenioso y chispeante, y el anglo-americano más cariñoso, tierno y guapo del mundo entero. Y quería bailar conmigo. Estaba empeñado en bailar conmigo.

Yo no sabía bailar una lenta como las bailaban algunas mujeres en las películas americanas, rebosando sensualidad y erotismo. Pero, como sucedía con muchas otras cosas, descubrí que con Julian Bell sí era capaz.

—Hay algo en ti que me encanta —masculló junto a mi cabeza—. Y creo que ese algo eres tú. ¿Podemos vernos mañana? ¿Y pasado? ¿Y al otro?

Sonreí extasiada junto a su hombro.

—Dilo otra vez —susurré.

—Bueno, sólo he mencionado de pasada que tengo la extraña sospecha de haberme enamorado de ti —dijo—. No es muy normal si se tiene en cuenta que nos conocemos desde hace veinticuatro horas, pero… En fin, así es.

Hice amago de contestar, pero me puso un dedo sobre los labios y sacudió la cabeza sonriendo.

Ya lo sabía.

Escena Doce

Quizá de manera poco realista, yo tenía la esperanza de que Fiona se disculpara al día siguiente de su fiesta. Ella sabía que me había pasado horas organizándola y, lo que era más importante, debía saber lo terrible que había sido para mí sorprenderla tomando cocaína mientras charlaba alegremente con Julian.

Pero no recibí disculpa alguna. Al día siguiente yo no tenía que estar en el Met hasta las cuatro, pero cuando llegó la hora de marcharme mi prima seguía durmiendo. Vi a Raúl en la escalera al salir del edificio, por eso supe que estaba sola en su habitación.

—Siento haberme marchado anoche tan bruscamente —le dije.

Se encogió de hombros.

—No pasa nada, mujer. Estabas disgustada.

—Me han dicho que no llegó a venir a su propia fiesta.

Raúl sacudió la cabeza.

—No. Pero fue estupendo. Estuvimos de fiesta hasta las siete.

—¿Y eso? ¿Hubo drogas? —pregunté atropelladamente.

—Eh… No sé. Si las hubo, no me enteré —contestó a la defensiva.

—No, no, perdona, Raúl. No era eso lo que quería decir. La verdad es que me preocupaba…

Me detuve.

—Fiona —concluyó por mí.

Su nombre quedó suspendido entre nosotros.

—Sí. ¿Estáis bien?

Parecía desesperada.

A Raúl se le nubló el semblante.

—Eso espero —contestó con tristeza.

*F*ue un golpe terrible, y sin embargo absolutamente previsible, cuando más tarde recibí una llamada de Barry avisándome de que Raúl había cortado con Fiona. Barry no estaba al tanto de las circunstancias exactas, pero me informó de que había habido un montón de gritos y llantos, y de que, al marcharse Raúl, Fiona había tirado un cenicero por la ventana, de modo que ahora teníamos que afrontar la ardua tarea de encontrar un cristal para la ventana del almacén.

Pensé en lo que me había dicho Julian esa noche, en que Raúl estaba loco por Fiona pero no podía estar cerca de personas que tomaban drogas. Y sentí un escalofrío.

*E*sa noche, cuando volví del trabajo casi a medianoche, el apartamento apestaba a mal humor. Fiona apenas se dio por enterada de mi presencia. Estaba encorvada en el sofá con una gran copa de whisky mientras una bolsa de hielo se derretía lentamente a su lado. Tenía las pupilas enormes, no paraba de decirle chorradas a Barry y le temblaban las manos. Me puse enferma. Cuando intenté hablar con ella se marchó a su cuarto con el whisky y cerró de un portazo.

Julian llegó poco después con una caja de té Yorkshire. Y un sobrecito de polvo para hacer natillas.

—Estoy mayor para empezar a beber después de media noche —explicó alegremente—. ¡Y echo de menos esta guarrería! ¡La compro de importación! ¡Vamos a hacer unas natillas y a tomar té!

Sentí tal alivio al ver cosas como natillas y té en vez de una botella de whisky, y la cara risueña de Julian en vez del ceño fruncido de Fiona, que rompí a graznar espontáneamente. Fue algo a medio camino entre la risa y el llanto, y Julian me abrazó y él también graznó un poco, aunque sus graznidos eran de pura risa.

—Pareces *Pam*, la perra, cuando está teniendo una pesadilla —comentó—. ¿Estás bien? —Se retiró—. No —contestó—. No estás bien. Bueno, voy a hacer unas natillas. Nos zamparemos un par de cuencos y luego, si quieres, podemos hablar de Fiona y, si no, comeremos más natillas.

Estuvo toda la noche abrazándome y ni siquiera hizo amago de intentar acostarse conmigo. Era nuestra primera noche juntos, y resultaba todo muy confuso. Yo me sentía resplandecer, loca de contento, pero al mismo tiempo me sentía un poco culpable teniendo en cuenta que en la ventana del apartamento había un agujero que parecía decir «Fiona está completamente fuera de control».

Pero Julian fue tan tierno… Me contó lo que le encantaba de Inglaterra, y eran las mismas cosas que me encantaban a mí aunque hasta ese momento no me hubiera dado cuenta. Julian no roncaba. Parecía muy fuerte, pero no con esa fuerza artificial de gimnasio, sino de una manera suave y latente, como si fuera capaz de levantar un coche si a una la atropellaban. Y olía a jabón, a piel y a cosas buenas. Cuando se quedó en calzoncillos noté que había intentado zurcir un agujero que tenía en ellos y que llevaba una tirita de los Teleñecos en un dedo porque había metido el pie en un cubo de basura (¡en un cubo de basura! ¡Eso dijo!) y mientras miraba a aquel hombre despistado, cariñoso y guapo a más no poder, que necesitaba un corte de pelo y se remendaba los calzoncillos e iba por ahí metiendo el pie en cualquier sitio, me sentí absolutamente embriagada.

«Es un milagro —pensé mientras me quedaba dormida—. ¡Si hasta le gusta mi trasero!»

Yo odiaba mi trasero con verdadera pasión, pero esa noche Julian me dijo que «no tenía igual». No paró de tocarlo maravillado y de exclamar cosas como:

—¡Llevo toda la vida esperando este trasero!

«A lo mejor estaba equivocada con mi culo —pensé medio dormida—. A lo mejor estaba equivocada en muchas cosas sobre mí misma.»

Escena Trece

Durante los días siguientes me enamoré aún más perdidamente de Julian Bell. En cambio con Fiona las cosas iban de mal en peor. Barry y ella debían empezar los ensayos de *El lago de los cisnes* esa semana, pero dijeron que habían conseguido una semana más de vacaciones para poder quedarse en Nueva York.

Tres días después de su ruptura con Raúl, descubrimos que Fiona había estado mintiendo. A diferencia de Barry, ella ni siquiera había mandado un e-mail al Royal Ballet, y desde luego no había llamado. La llamaron repetidas veces pero no contestó al móvil y, cuando finalmente me llamaron a mí, me dijeron que no tenían más remedio que suspenderla de trabajo y sueldo inmediatamente. A su regreso a Londres tendría que afrontar medidas disciplinarias.

Cuando le informé de ello, se fue veinticuatro horas de juerga.

—¡Ay, Dios! Me he tirado a un tío que está muuuuucho más bueno que Raúl —se jactó cuando volvió la noche siguiente.

Hizo un ruido que parecía el primo lejano de una risa y se puso a pasear por el apartamento claqueteando con sus tacones de aguja.

—*Favoloso* —ronroneó Bea—. Vuelves a las andadas, cariño.

Ni siquiera me molesté en intentar hacer callar a Bea, cuya idea del sexo y las relaciones de pareja escapaba a mi comprensión. Sólo veía a mi preciosa primita yendo de acá para allá con la ropa de la noche anterior, arrojando sórdidos detalles de su sórdida noche como si fueran cáscaras de cacahuetes. Me había mandado un mensaje diciéndome que iba a pasar la noche fuera pero, cómo no, yo no había pegado ojo. Julian se había quedado en vela conmigo contándome divertidas anécdotas sobre su infancia en Devon a las que yo apenas había prestado atención.

«Las bailarinas no deberían llevar tacones de aguja —pensaba abotargada—. Las bailarinas no deberían llevar tacones de aguja. Las bailarinas...»

Fiona parecía más flaca que nunca y estaba rígida y agarrotada. Siguió jactándose sin hacer caso del hombre al que yo había pagado para que viniera a arreglar la ventana, y entre anécdota y anécdota se bebió con ansia una botella grande de Coca-cola *light*.

Yo me sentía enferma.

«¿Qué debo hacer? ¿Qué debo hacer?»

Fiona interrumpió mis angustiadas elucubraciones.

—Sí, Sal, ¿sabes qué? Que le den por culo al trabajo. No van a ascenderme nunca, no me respetan, creen que soy una mierda, así que que les den por culo. Estoy pensando en quedarme en Nueva York. Aquí hay montones de rollos interesantes, y Julian me ha hablado de unos tíos que conoce que dirigen una compañía de danza experimental y dice que su compañera de piso a lo mejor se muda pronto, así que quizá pueda alquilar su habitación, y puede que lo haga porque la verdad es que creo que el Royal Ballet estaba siendo un lastre para mí. Porque son geniales y todo eso, pero han colgado aposta una foto mía en Internet en la que parezco una foca...

—¡Claro que no! —la interrumpí inútilmente—. ¡Jamás harían una cosa así! ¡Eres tú quien cree que estás gorda!

Sacudió la cabeza con aire desdeñoso.

—Vale, Sal, lo que tú digas. —Miró a Bea levantando las cejas y masculló—: Menuda mierda.

Me odié a mí misma por no saber cómo manejar a Fiona. ¿Qué me había pasado? Sólo podía pensar en lo doloroso que era que Julian prácticamente le hubiera ofrecido una habitación en su casa y no me lo hubiera dicho. Era patético.

Me aclaré la garganta y dije con una vocecilla trémula:

—Fiona, ¿podemos hablar?

Dejó de taconear de acá para allá y me miró con desconfianza.

—¿Sí?

—¿A solas?

Cruzó los brazos.

—¿Qué puedes tener que decirme que no pueda oír Bea? Somos amigas.

Me quedé mirando mi regazo con las mejillas encendidas y el pulso acelerado. Me detestaba por ser tan débil cuando ella necesitaba que fuera fuerte.

—Pecas, estoy preocupada por ti. Me preocupa que tomes drogas…

Me interrumpí, paralizada.

Levantó las manos y se fue a la cocina taconeando.

—¡Dios! —masculló como si yo fuera una vieja entrometida.

Bea se volvió en su silla.

—Sally —dijo—, ¿crees que toma drogas? ¿Qué drogas?

—Cocaína —murmuré.

—¡Y UNA PUTA MIERDA! —gritó Fiona desde la cocina—. ¡Sólo me pillaste poniéndome una rayita de nada en la fiesta! ¿Qué crees que soy, una drogata o qué? ¡Santo Dios! ¡Estás chalada!

Bea me miraba con curiosidad.

—¿Por qué crees que se droga, corazón? —preguntó.

—Porque la vi tomar coca en la fiesta. Y… —Bajé aún más la voz—. Porque Julian está convencido de ello.

Bea me miró pensativa y luego sonrió.

—Fiona es muy fiestera, eso lo sabemos todos —dijo con determinación—. No se droga, Sally. Claro que no. ¡Se habría vuelto loca!

Señalé frenéticamente hacia la cocina.

—Ay, *preziosa*. —Bea sonrió—. Fiona siempre ha sido así. Seguramente sólo está triste porque has conocido a ese hombre tan guapo que a lo mejor te separa de ella.

Me recosté en el asiento, un poco sorprendida. No se me había ocurrido.

—¿Por qué está Julian tan seguro? —preguntó Bea en voz baja—. ¿De dónde saca esa información?

La pregunta quedó suspendida en el aire como humo rancio.

Fiona volvió hecha una furia de la cocina con varios paquetes grandes de galletas Oreo.

—Me las voy a comer todas —anunció, y se fue a su habitación. Me quedé paralizada. Incapaz de hacer nada. Le fallé otra vez.

—Yo no oigo nada —dijo tímidamente el hombre que estaba reparando la ventana—. Por mí no se preocupen. Yo no oigo nada.

Al día siguiente Fiona dejó de comer pero inició una campaña para cebarnos a todos, cosa que solía suceder cuando tocaba fondo. Cuando no estaba hecha una furia en su habitación, preparaba enormes comidas y cenas para todos y se quedaba mirando mientras comíamos alegando que estaba «llena».

Una tarde, mientras yo picoteaba afligida uno de sus gigantescos burritos caseros, Barry comentó, con escaso sentido de la oportunidad, en mi opinión:

—Fiona, te estás portando como una auténtica tarada, florecilla mía. ¿Hay alguna posibilidad de que dejes de cebarnos a la fuerza? Si no nos andamos con ojo voy a ponerme de tan buen ver como aquí Pollito.

Dio unas palmaditas en mi tripa y luego se apartó por si acaso le daba un puñetazo.

Fiona solía dejar que Barry le tomara el pelo. Pero ese día no lo permitió. Se fue a la cocina indignada, refunfuñando que éramos unos desagradecidos y unos capullos y, naturalmente, yo la seguí porque no se me ocurrió qué otra cosa hacer.

Se estaba paseando de un lado a otro, y parecía desquiciada y un poco salvaje.

—Me he comido un montón de burritos mientras los estaba haciendo —afirmó, mirando a su alrededor con expresión temerosa—. Y ahora no puedo con ellos. Tengo que sacármelos de dentro, Sally. Tienes que ayudarme.

La miré horrorizada.

—¿Has estado vomitando?

—Sí —me espetó—. Y ahórrate el sermón. Iré a decirle al médico que estoy loca si quieres, pero ahora mismo tengo una emergencia. Necesito librarme de ellos. ¿Entiendes, Sally?

Sus manos, que se retorcían sin parar, parecían desproporcionadamente grandes al final de sus escuálidos bracitos de gorrión. Me dieron ganas de llorar, pero estaba tan impresionada que no podía hacer nada. No sabía que tuviera costumbre de provocarse el vómito.

Tenía que hacer algo. Pero ¿qué? Intenté suplicarle, pero se limitó a meterse en el cuarto de baño maldiciéndome en voz baja. Barry, que no sabía nada, se recostó en su silla y eructó.

—Juro que voy a palmarla si sigo zampando así —dijo.

Se había comido un cuarto de burrito.

Le lancé una tortilla que había sobrado y aterrizó justo encima de su cabeza, pero nadie se rió.

—No has comido nada, Pollito —comentó Barry, visiblemente desconcertado—. ¿Te encuentras bien?

*J*ulian, que iba a llevarme a dar una vuelta después del festín de burritos, lo había presenciado todo. Tras la cena me hizo entrar tranquilamente en un taxi, se sacó una galleta Jammie Dodgers del bolsillo y me la dio.

—Te hace falta —dijo.

La galleta había conocido mejores tiempos, pero a mí me alegró el día. Sonreí a aquel hombre encantador, con su suéter azul y sus ojos azules y sus garabatos de boli azul en la mano. Llevábamos más de una semana saliendo (¿saliendo? ¿Podía decirse así?). Se inclinó y me dio un beso en la mejilla, que yo tenía hinchada y llena de bultos por el montón de hidratos de carbonos con azúcar que acababa de meterme en la boca.

—¿Quieres hablar de ello?

Me puse el pelo detrás de la oreja.

Mastiqué mi galleta mientras miraba por la ventanilla la avenida Driggs, que nos conduciría hacia el interior de Williamsburg pasando por McCarren Park. En los pequeños y sencillos restaurantes empezaban a encenderse las velas. La noche estaba dando comienzo.

—No, creo que no —dije cansinamente—. Creo que prefiero pasar un rato agradable contigo, seguramente. ¿Adónde vamos?

Julian arrugó la cara como hacía cuando pensaba mucho en algo. Hasta ese momento se había negado a decirme adónde íbamos, pero probablemente comprendió que me sentaría bien oír una buena noticia.

—Vale, vale, te lo digo. Vamos… —De pronto se llevó la mano al bolsillo—. ¡MIERDA! —gritó—. ¿Por qué soy tan cretino? ¡Me he dejado el teléfono en tu habitación! ¡Y voy a necesitarlo cuando lleguemos! ¡Joder!

Me eché hacia atrás en el asiento y me reí mientras le pedía al conductor que diera la vuelta. Julian era una calamidad. La mejor calamidad de la historia.

—Se suponía que iba a ser un sorpresón alucinante —refunfuñó—. Y tenía pensado traerte una tarta de manzana Mr Kipling, pero eso también se me ha olvidado. Seguro que a estas alturas *Pam* ya se la habrá comido.

—Me gustaría conocer a *Pam*. ¿Podré ir pronto a tu casa y quedarme a dormir?

Pareció encantado.

—¡Sí! ¡Sería genial! Llevaré a *Pam* a la peluquería canina porque apesta a pedos, y le diré a mi compañera de piso que limpie el baño por una vez, y prepararé té a montones y… ¡será estupendo! —Se inclinó y me besó otra vez—. ¡Sally Howlett durmiendo en mi piso! ¡En mi apartamento! ¡Como se diga!

Yo me animé. Tal vez pudiera pasar una noche sin preocuparme.

Pero cuando entramos para recoger el teléfono de Julian, Fiona estaba otra vez en el baño.

«Nunca vas a poder pasar una noche sin preocuparte —me dijo mi cabeza cansinamente—. Olvídate.»

Volví al taxi algo desinflada.

—Venga, Sal —dijo Julian con tristeza.

Sus ojos estaban tan llenos de ternura que apenas pude soportarlo.

—¿Qué puedo hacer? —pregunté—. ¿Qué debería decir? No sé qué hacer.

Me acarició la mejilla.

—Mi pobrecita Sally Howlett —dijo suavemente—. Sé lo horroroso que es. Pero no puedes hacer nada, te doy mi palabra.

—¡Pero tengo que hacer algo! ¡Tengo que conseguir que pare!

El taxi estaba subiendo la rampa de entrada a la autopista Brooklyn-Queens, y los edificios se alejaban por debajo de nosotros como cayendo al vacío.

—Sé que quieres hacer algo, pero no puedes —insistió Julian—. ¿Te parece que Fiona tiene algún control sobre sus actos?

—¡Es una persona con libre albedrío! ¡Claro que puede controlarse!

—Las adicciones no funcionan así —respondió Julian—. El libre albedrío salta por la ventana.

—¡Pero se va a morir! —grité—. No puedo quedarme aquí sentada y decir: «Sí, no tiene elección. Creo que no me queda más remedio que ver cómo se muere». ¡No puedo! —Se me llenaron los ojos de lágrimas—. Está siendo tan egoísta... —musité—. Tan egoísta... ¿Es que no le importa lo que nos está haciendo a todos?

Estábamos girando hacia Williamsburg Bridge, y Manhattan brillaba al final de una selva de viguetas de acero. A mí se me estaba partiendo el corazón. Se suponía que Nueva York era un lugar feliz.

—Sólo eres egoísta si puedes elegir —afirmó Julian después de un silencio—. Y creo que Fiona perdió la capacidad de elegir hace mucho tiempo.

Intenté refutar su argumento pero no pude porque, en el fondo, siempre había sabido que mi prima no tenía elección. Me hundí en el asiento del taxi.

—Cuando esté lista, pedirá ayuda —prosiguió Julian—. Lo he visto otras veces. Y creo que no deberías agotarte intentando intervenir a la fuerza.

Suspiré, resignándome a darle la razón por ahora. Un tren del metro pasó traqueteando a nuestro lado y yo intenté no sentirme tan incapaz. Lo que decía Julian me reconfortaba, pero su actitud hacia Fiona me sacaba un poco de quicio. ¿Por qué siempre me estaba diciendo que no interviniera? ¿Por qué siempre estaba defendiéndola?

Escena Catorce

*E*staba tan absorta en mis pensamientos que no me di cuenta de que llevábamos casi media hora circulando por Manhattan. Julian llevaba siglos tecleando en su móvil, muy concentrado y con el ceño enternecedoramente fruncido. De vez en cuando mascullaba cosas como: «Odio los *smartphones*» o «Mierda de tecnología». O simplemente «Grrrrrr».

—¿Adónde vamos? —pregunté.

Me sentía atontada, como si me hubieran obligado a tener la cabeza metida bajo el agua una eternidad. Tenía que resolver aquello. La vida de Fiona se había adueñado por completo de la mía.

Julian sonrió.

—¡Ajá! Ya casi hemos llegado.

Avanzábamos muy despacio por Central Park South, cosa que me enorgullecía bastante saber.

—Vamos hacia Columbus Circle —dije como si tal cosa.

Julian se rió de mí.

—Pero mira que eres ridícula —contestó. Se inclinó y me dio un beso en la nariz—. Espera unos minutos más y ya verás adónde vamos.

Yo nunca me había considerado ridícula. Normalmente me decían que era «una roca» o «simpática» o «formal». Lo de «ridícula» me sonó un poco raro. Un poco fuera de tono.

«Pero ¿por qué no? —me pregunté con lo que me pareció una sonrisa malévola—. ¿Quién dice que tenga que ser sensata?»

Unos minutos después paramos frente al Lincoln Center. Las hermosas fuentes de la plaza brincaban formando enormes columnas de luz titilante y, tras ellas, el Met se erguía orgulloso con sus inmensos arcos encendidos. Centenares de pies se dirigían en tropel hacia la entrada y detrás de las altas ventanas de cristal se movían y subían muchos centenares más. Me bajé del taxi bamboleándome como la gelatina de sobre que hacía mal Julian. Nunca había estado allí a esas horas de la noche, cuando empezaba a llegar el público. Un hondo estremecimiento recorrió mi espina dorsal. Me imaginé a los cantantes calentando... ¿Qué función había esa noche? Ah, sí. *L'elisir d'amore.* Dannika Welter habría acabado de calentar la voz y estaría paseándose por los pasillos, aflojando los hombros.

—¿Vamos a...? ¿Vamos a la ópera? —pregunté casi sin aliento.

Parecía una niña cría desquiciada.

Julian contestó imitando chapuceramente el acento del Black Country:

—¡Desde luego que sí, pequeña!

Ni siquiera me importó que me tomara el pelo.

—¡Ay, Dios mío! —jadeé—. ¡Ay, DIOS mío! ¿Has sacado entradas para el MET?

Julian se echó a reír.

—Me preocupaba un poco que te llevaras una desilusión. Como trabajas aquí y todo eso. Pero tienes una cara como si hubieras estado esnifando pegamento.

—¡Me siento como si hubiera esnifado pegamento! —chillé—. ¡Ayyyyyy! ¡El Met! ¡El Met! ¡El Met! —Di un puñetazo al aire y Julian me llamó ratoncito loco y yo me deslicé medio volando por los círculos del pavimento de la plaza—. ¡Ayyyyy! —repetí entusiasmada—. ¡Ay, el Met, el Met! Gracias, gracias, gracias...

Pero Julian me tapó la boca con la mano.

—Sally —dijo con firmeza—, cállate. El placer es mío. Sé cuánto significa la ópera para ti.

Lo miré con sospecha, temiendo de pronto que Fiona le hubiera dicho algo sobre mi costumbre de cantar en el armario, pero tenía cara de perfecta inocencia. Así que seguí brincando mientras intentaba imaginarme qué estaría haciendo Dannika Welter en ese preciso momento. Un instante después, sin embargo, decidí olvidarme de ella. Quería experimentar el placer puro de ser un miembro del público. Quería disfrutar de las alfombras rojas y de las espinosas lámparas de araña, y mezclarme con los pijos del restaurante Grand Tier. Quería mirar emocionada el suntuoso telón de terciopelo mientras esperaba impaciente a que la orquesta comenzara a tocar.

Parada en el amplio y altísimo vestíbulo, me dieron ganas de llorar. El Met se extendía a mi alrededor entre el eco de un millar de voces.

—Voy a recoger nuestras entradas. —Julian sonrió—. Tú puedes quedarte aquí mirándolo todo con los ojos como platos, como un bebé.

Se perdió entre el gentío y enseguida volvió y me dio un beso.

—No puedo evitarlo. Estoy completamente enamorado de ti.

Volvió a marcharse.

Le mandé un mensaje para decirle que estaría en el bar y subí las escaleras fijándome en cada detalle. Miré al público, el champán, las patatas fritas tan pijas, los incómodos tacones de aguja de las que se atrevían a hacer el esfuerzo de ponérselos. Miré los bolsos de mano, los altísimos techos y la plaza que se extendía más abajo.

Como el aturdimiento había inhibido mi timidez habitual, me puse a observar a una mujer de aspecto fabuloso, una especie de Helen Mirren americana, con el pelo muy sexy, corto y plateado, y unas gafas de montura negra muy *cool*. Admiré su cuello elegante y sus pequeños pendientes de diamantes. Su poncho tosco pero seguramente carísimo, y su aire de perfecto aplomo.

«Qué mujer tan brillante —pensé—. Seguro que tiene una casa enorme y preciosa en Park Slope llena de libros y cuadros. Una americana segura de sí misma, culta e inteligente que sabe de vinos y esas cosas. Ojalá la conociera.»

La tristeza se apoderó de mí. Aquella mujer que comía canapés en una mesita mientras leía el programa como si se sintiera perfectamente a sus anchas en el bar de un teatro de la ópera, era el polo opuesto a mi madre. Me imaginé a mi madre con sus mejores galas, encorvada y de mal humor, juzgando a todo el mundo a su alrededor y quejándose (en voz baja) a mi padre de cuánto costaba una bolsa de patatas fritas. Mi madre jamás iría a la ópera. Jamás iría a Nueva York. El día anterior, cuando la había llamado, me había puesto verde porque el Royal Ballet también se había puesto en contacto con ella y estaba furiosa con Fiona.

«Pobre mamá —pensé con cierta sorpresa—. Pobre mamá, nunca se deja hacer nada. Nunca se permite probar nada nuevo.»

—Perdona —dijo Julian al aparecer a mi lado—. Las entradas no estaban. Tengo que llamar a la persona que me las reservó...

—Claro.

Le sonreí agradecida y seguí observando a aquella mujer, que sacó su móvil y dibujó una ancha sonrisa cuando vio quién la llamaba.

—¡Cariño! —la oí decir.

—Hola, mamá —dijo Julian a mi lado.

—¿Estás aquí? —preguntó la mujer de la mesa.

—Estoy en el Met. Eh... ¿Y tú?

Me di lentamente la vuelta para mirar a Julian. Estaba de pie, un poco de espaldas a mí, guapísimo con su camisa suave y vieja y su jersey. Miré a la mujer, que se había levantado y había empezado a buscar a alguien a su alrededor.

«Sus ojos. Tiene sus ojos. Y esa nariz delicada y pecosa.»

Mis sentidos se ralentizaron. Era la madre de Julian.

—Estoy en el bar de la segunda planta —dijo ella—. ¿Dónde estás tú?

Miré perpleja su cara. Y volví a mirar a Julian, que estaba diciendo que él también estaba en ese bar y que qué pasaba. ¿Por qué estaba ella allí? Los vi mirarse el uno al otro, vi a su madre romper a reír con un aire travieso. Julian puso cara de sorpresa y de perplejidad, luego meneó la cabeza como diciendo «¡Debería haberlo imaginado!». Y antes incluso de que me diera tiempo a ponerme nerviosa, me vi arrastrada hacia ella por su sonriente y alborozado vástago.

—Qué mala eres, mamá.

Julian sonrió y dejó que le diera un gran abrazo.

—Sí, lo soy —contestó ella echándose hacia atrás para mirarlo—. Estás maravilloso, cariño. Tan guapo. Aunque lleves el jersey sin planchar —añadió con ternura, quitándole una pelusilla.

Julian fingió no hacerle caso, pero se veía que estaba encantado.

—¡Mamá! —dijo meneando otra vez la cabeza—. ¡Eres malísima!

—Stevie Bell —me dijo, clavando en mí sus ojos azul acero—. Y tú eres Sally. ¡Qué alegría tan grande!

Le estreché la mano y le dije lo gracioso que era que hubiera resultado ser la madre de Julian porque había estado observándola y pensando en lo elegante y fabulosa que parecía. Stevie se mostró encantada.

—¿Lo ves? —le dijo a Julian—. Ya te dije que no le importaría. Julian decía que era demasiado pronto para que nos conociéramos —me explicó—. Y yo le dije: «Vale, hijo, te dejo las entradas en taquilla». Pero luego cambié de idea. Privilegios de mujeres, así que tú a callar —dijo con firmeza dirigiéndose a Julian.

—Mi madre ha tenido la amabilidad de conseguirnos entradas —dijo Julian mientras me daba la mano—. Porque se habían agotado y conoce a un montón de gente. Pero le dije que tenía prohibido venir.

—Pues eso está fatal —contesté yo, y Stevie se rió encantada al oírme.

—Tienes razón, querida —dijo—. Y además mi butaca está justo al lado de las vuestras, chicos, así que nada de meteros mano, por favor. ¿Tomamos una copa?

—¡Sí! —dije—. Así podemos comparar notas.

—Ay, Dios. —Julian suspiró—. Esto es peor de lo que pensaba. —Pero en realidad estaba entusiasmado—. ¿Puedo dejaros solas mientras voy al servicio?

—Claro —contestamos al unísono.

—Mierda —masculló él mientras se alejaba.

Stevie se rió otra vez con una risa preciosa y me dio el brazo.

—¿Puedo invitarte a una copa, Sally?

—No, señora Bell, no puede. Voy a invitarla yo. Ha sido usted muy amable al conseguirnos las entradas. ¡Me encanta esta ópera!

—Tesoro, si me llamas «señora Bell» voy a tener que darte un bolsazo, y preferiría no hacerlo. Me llamo Stevie, ¿de acuerdo?

Me reí por lo bajo.

—Recibido.

—Recibido, no, tesoro: Stevie.

Le brillaron los ojos. Me había entendido perfectamente.

—Bueno, Stevie, ¿qué tomas?

Estaba muy impresionada conmigo misma por estar tan tranquila y no ponerme a parlotear sin ton ni son. Pero con Julian me había pasado lo mismo. Tal vez fuera cosa de los Bell.

Stevie echó un vistazo a la carta de bebidas.

—¿Nos tomamos un cóctel, Sally?

—Vale.

Sonrió, una sonrisa radiante de estrella de cine.

—Julian no para de hablar de ti —dijo—. Mi pobre niño lo ha pasado muy mal. Es maravilloso verlo tan feliz.

Me quedé un momento paralizada, esperando lo que seguiría inevitablemente: «Así que, si le haces daño, te hago pedazos y te doy de comer a mi perro». Pero Stevie no dijo nada parecido.

—Nada de vulgaridades —añadió como si me hubiera leído el pensamiento—. No estoy aquí en calidad de matona. Estoy aquí porque confío en el instinto de Julian y quería conocerte. Eso es todo.

Fui flotando hacia el bar. Stevie era fabulosa. Me había preocupado vagamente que, si alguna vez conocía a la madre de Julian, de la que él hablaba constantemente, mirara mi figura bajita y rechoncha y mi pelo de caballo percherón y pensara, «Ay, Dios, mi hijo ha perdido la cabeza».

Seguía sin saber nada de la difunta esposa de Julian, pero estaba segura de que me hablaría de ella cuando estuviera preparado para hacerlo. Eso, sin embargo, no impedía que me preocupara pensando que quizás había sido todo cuanto yo no era: alta, delgada, guapísima y talentosa; una niña bien que entendía de vinos y sabía hacer masa de hojaldre en lugar de comprarla congelada.

«Pero Stevie no parece ni remotamente decepcionada —pensé con una sensación de felicidad—. Le gusto. ¡Ya le gusto!»

Me sentía aturdida cuando me acerqué a ella con dos copas y una sonrisa rebosante de seguridad en mí misma. Últimamente apenas me reconocía a mí misma. No tenía mucho dinero y mi familia seguía siendo un desastre. Nunca había tenido un bolso bueno de verdad ni había comido caviar (Barry me había dicho que era caca de pez), pero en ese momento era verdaderamente feliz. Era yo. Había salido al mundo, no estaba exhibiéndome pero tampoco me escondía.

Y cuando Julian volvió del servicio, dio a su madre otro gran abrazo y se rió con ella de algo, me di cuenta de que estaba perdidamente enamorada del que quizá fuera el mejor hombre sobre la faz de la Tierra.

Escena Quince

Lloré, cómo no, cuando los cantantes salieron a saludar al terminar la función. Siempre lloraba cuando iba a ver una ópera, aunque fuera una comedia absurda y disparatada como la de esa noche. Lloraba porque me gustaba muchísimo la música, y porque era una delicia escuchar cada ópera. Lloraba porque la ópera me recordaba quién era yo y hacía danzar todas las cosas a mi alrededor.

Julian, que estaba sentado a mi lado, me pasó un pañuelo de papel.

—Te gusta mucho la ópera, mi pequeña tontuela —dijo—. ¿Verdad?

Dije que sí con la cabeza mientras me sonaba y hacía un gesto con la mano intentando disculparme con Stevie, que estaba sentada al otro lado.

—No pasa nada. —Me sonrió mientras volvía a ponerse las gafas—. Cuando alguien me dice que no le gusta la ópera, nunca le creo. No la entienden, eso es todo. Para amar la ópera hay que conocerla de verdad. Y tú la conoces de verdad, ¿a que sí?

Bell hijo y Bell madre me miraban con interés.

—Siempre me ha apasionado —dije vagamente mientras un vergonzoso hilillo de moco escapaba del pañuelo de papel—. ¡Ay, Dios! ¡Perdón!

Julian se fue a buscar un rollo de papel higiénico y nos dijo que le esperáramos en la entrada principal.

—Me caes bien —dijo Stevie mientras bajábamos el último tramo de escaleras—. Y no lo digo con condescendencia. Bien sabe Dios que apoyaría a cualquiera que hiciera feliz a mi niño. Pero es verdad, Sally. Me caes bien. Creo que eres una buena persona y pareces agradablemente sincera.

—No te dejes engañar. También tengo mis cosas.

—Vamos, tesoro, ¿y no las tenemos todos?

Un poco sorprendida, la reté diciéndole que seguramente una mujer como ella lo tenía siempre todo bajo control.

Sonrió con cierta tristeza, pensé yo, y miró a su hijo bajar por las escaleras.

—No te dejes engañar tú, querida —dijo en voz baja—. He cometido errores. He cometido algunos errores colosales. Como cualquier madre que ama a su retoño.

—Pues el tuyo parece haber salido bastante bien parado —dije yo.

Stevie sorbió por la nariz, un momento de flaqueza pasajero, y luego se irguió.

—Contigo es él de verdad, absolutamente —me dijo—. Y no sabes el alivio que es eso.

Julian, relajado y sólo medianamente despeinado, casi había llegado a nuestro lado. No le pregunté a Stevie qué había querido decir.

ACTO CUARTO
Escena Catorce

Islington, Londres, octubre de 2012

*N*O PUEDE SER.

Barry dejó de hacer estiramientos y me miró. Cambió el peso del cuerpo de un pie al otro.

—Pues sí, la verdad.

—¿TE HAS ACOSTADO CON EL HÚNGARO?

—Pues sí.

—¿Cuántas veces?

La cara de Barry parecía partida en dos por el asombro.

—Unas cuantas, para serte sincera. Hemos salido tres veces y yo… Nosotros… Eh… No puedo parar, Barry. Resulta que me gusta el sexo salvaje mucho más de lo que pensaba.

Sacudió la cabeza estupefacto.

—Ay, madre mía —dijo—. Ay, madre mía. Pollito se está tirando a un enano húngaro.

—¡No es un enano! Sólo es más bajito que yo.

Barry miró con mucho énfasis mi coronilla.

—Ser más bajo que tú, Pollito, es ser bajito de cojones.

Fruncí el ceño.

—Tú eres como un pony Shetland chiquitín, mi niña. Sin tanto pelo. Aunque en cuanto a tripa sí que te pareces bastante a un pony Shetland…

—¡CÁLLATE!

—¡Perdona, Pollito!

Barry soltó una risilla. Yo no.

—Barry, en serio. Basta ya de hablar de mi peso.

Nos callamos los dos, sorprendidos.

Me miró.

—Pollito, ¿estás bien?

—Estoy bien. Pero estoy un poco harta de oír hablar de mi peso. ¿Puedes dejarlo de una vez, por favor?

No sabía que fuera tan sencillo ponerse firme.

—Por supuesto que sí, Pollito —dijo él, levantándose del suelo donde había estado estirándose—. Y te pido mis más sinceras disculpas, no sabía que estaba molestándote.

—Imagina cómo te sentirías tú si yo te dijera que estás gordo —repuse mientras volvía junto a la cocina, donde la comida había empezado a borbotear.

Barry se puso pálido.

—Creo que me moriría —reconoció.

—Exacto. El hecho de que no sea una bailarina de ballet no significa que no me preocupe mi peso. Me preocupa. Sólo que no se me da muy bien mantenerlo bajo control.

Barry sacó una zanahoria de la nevera.

—Lo digo siempre en broma, de todos modos —dijo—. Perdona.

Contesté con una sonrisa y Barry me llevó la copa de vino y me la ofreció.

—Pollito, quiero proponerte un brindis. Llevas sólo tres semanas y media en la escuela y ya eres pura dinamita.

Le di un manotazo.

—¡No seas tonto!

—No, escucha, mi niña. Primero, te tiras al húngaro. Y ahora me dices que me vaya a paseo. Y encima haces la cena de verdad en vez de comer toda esa porquería de supermercado cutre. ¡Te has hecho mayor!

Añadí un poco de vino a la boloñesa de la sartén y la removí. Me gustaba lo que estaba diciendo Barry y la verdad es que tenía razón. No sólo estaba haciendo todas esas cosas, sino que también había grabado el dichoso anuncio de compresas sin morirme ni desmayarme. Y me había apuntado a las pruebas de enero para entrar en la British Youth Opera, lo que suponía cantar delante de un plantel de gente.

Pero el mayor logro de todos era que ese mismo día había cantado fuera del armario. Por fin, tras un año de profunda y estancada fealdad, la seguridad en mí misma que había descubierto en Nueva York comenzaba a aflorar de nuevo con esfuerzo. Lenta y penosamente, pero empezaba a aflorar. Y no tenía nada que ver con Julian Bell.

—¡Madre mía, QUÉ ME DICES! —gritó Barry cuando le conté que había cantado fuera del armario—. ¡QUÉ ME DICES!

Brindamos y bebimos hasta que se fue a contestar a una llamada. Para mi fastidio, me encontré pensando en Julian.

Él, al igual que yo, parecía haberle cogido el tranquillo a la escuela y todo el mundo estaba loco por él. Me ponía furiosa verlo tan parlanchín, tan ingenioso y graciosillo. Como si fuera un hombre decente y no un mierda egoísta y mentiroso, y seguramente un traficante de drogas.

Me obligué a mí misma a pensar en Jan Borsos.

Jan Borsos estaba como una cabra y yo estaba disfrutando muchísimo de nuestro lío. Tanto, de hecho, que parecía pasarme casi todas las noches manteniendo estrafalarios y magníficos encuentros sexuales con él. Esa noche me había llevado al Gay Hussar, donde me había hecho comer *kacsasült* y otros platos cuyos nombres eran aún más difíciles de pronunciar. Por fin había llegado el dinero de su beca, así que no sólo pagó la cuenta, sino que luego me llevó al Townhouse de Dean Street, donde había reservado una habitación para darme una sorpresa. La cama era del tamaño de un establo. Jan se empeñó en que hiciéramos el amor en cada palmo de ella y cantó varias veces a la tirolesa.

Era lo mejor que podía pasarme en ese momento.

Me senté y llamé a Fiona mientras mi boloñesa hacía chup-chup. Sospechaba que iba a llevarse una alegría cuando le dijera lo de Jan Borsos.

Y así fue. Se puso a chillar de alegría cuando le conté lo de esa noche en el hotel.

—Es todo gracias a ti, Fi —le dije—. No estaría haciendo nada de esto si no fuera por ti. ¡Tú y tu dichoso «aprovecha el momento»! Me ha hecho muy valiente, ¿sabes?

Fiona me dijo que estaba muy equivocada si creía que podía echarle la culpa a ella de mis sórdidas hazañas con un joven húngaro, pero nos interrumpió Barry. Yo tenía los ojos cerrados y no le había oído entrar.

—¿Pollito?

Me levanté de un salto, avergonzada, y corté la llamada. Fiona había tenido que acostumbrarse a que nuestras conversaciones acabaran de repente.

—¿Con quién hablas?

—Con nadie.

Barry pareció apenado.

—Vamos, Pollito. Tienes que dejar de llamarla.

Me acerqué a mi boloñesa esquivando su mirada y no dije nada. Me entristecía que todos los demás hubieran abandonado a Fiona. Lo que había pasado en Nueva York era horroroso, claro que sí, pero me ponía furiosa que nadie, ni siquiera Barry, estuviera dispuesto a mantener abierta la comunicación. Fiona había tenido una vida muy solitaria, bien lo sabía Dios, y más aún ahora que estaba allí, en Nueva York, a miles de kilómetros de sus amigos. ¿Es que no le importaba que no tuviera a nadie más?

Antes de que me diera cuenta de que me había puesto a llorar encima de la boloñesa, Barry me pasó un pañuelo de papel.

—De todos modos le hacía falta una pizca de sal —dijo para tranquilizarme mientras removía el contenido de la sartén—. Perdona, Pollito, no quería disgustarte. Si quieres seguir en contacto con Fiona, es asunto tuyo.

—Echo de menos mi antiguo estoicismo —contesté sorbiendo por la nariz—. Odio ser tan emotiva, Baz.

Nos quedamos un rato delante de la cocina en medio de un agradable silencio, Barry removiendo la boloñesa y yo enjugándome los ojos con trocitos de pañuelo húmedo.

—¿Has sabido algo de tus padres? —preguntó Barry por fin.

Negué con la cabeza.

—Claro que no. Me odian.

—¿Y Dennis y su mujer?

—Bah. Ellos todavía me hablan, pero sólo cuando es imprescindible. Mis padres se comportan como si no existiera.

Barry suspiró.

—Ay, Pollito —dijo—. Este asunto de Fiona va a acabar con tu familia si no tienes cuidado.

Removí el contenido de la sartén con decisión.

—Quizá podrías intentar olvidarte un poco de Fiona, sólo para arreglar las cosas con ellos —añadió.

Sus delicadas facciones habían enrojecido de nerviosismo.

—Barry —dije ásperamente—, no soy yo quien tiene que intentar arreglar las cosas con nadie. Yo no hice nada malo.

Sacó unos platos y los puso junto a la cocina, listos para servir.

—Lo sé. Fue todo culpa del puto Julian. Pero ellos no lo ven así.

—En efecto. Creen que fue todo cosa mía.

Una ira abrasadora se encendió dentro de mí. A nadie de mi familia le interesaba ni remotamente lo que sentía yo, ni lo duro que había sido ese último año para mí.

—Ni siquiera se preocupan por Fi —dije con rabia—. Está allí, completamente sola, y les importa un bledo. Es como si la hubieran borrado del mapa. ¿Qué les pasa?

Barry silbó admirado.

—Te noto un poco enfadada, Pollito. Menudo cambio, ¿eh?

Parpadeé sorprendida. Barry tenía razón: estaba enfadada. Furiosa, de hecho. Quizá me hubiera hartado de quitar siempre importancia a las cosas. De cargar con la culpa de todo.

—Que les jodan, Barry. Trataron a Fiona como si fuera basura. Y ahora me están tratando igual a mí. ¡Lo único que les importa es tener a alguien a quien echar la culpa!

Barry estaba atónito.

—¿Acabas de decir «que les jodan»?

—Sí, y no me da miedo decirlo otra vez.

—Calma, Pollito —dijo Barry en tono tranquilizador—. Espera, deja que te sirva un plato. Tú ve a sentarte y sírvete una buena copa de vino. No quiero que causes desperfectos. Madre mía —masculló cuando me senté en el sofá—. El Pollito contraataca.

Escena Quince

Al día siguiente llegué a la cafetería lista para tomar mi café de todas las mañanas mientras charlaba con Norah, la de la caja, pero me encontré a Julian enfrascado en una alegre conversación con ella. Había olvidado ponerse fijador. Seguía teniendo el pelo largo y horrible, pero más bien crespo y ahuecado, con una esponjosidad que me resultaba tan familiar que al verlo sentí una explosión de emociones contradictorias.

Fue como si estuviera por primera vez en presencia de Julian Bell desde lo de Nueva York. Seguía teniendo cierto aire a lo sastrería de Savile Row que me parecía ridículo, pero sentí más cerca al Julian que yo conocía. Al Julian al que había amado.

Se despidió de Norah y se acercó a la zona de las bebidas calientes, donde yo sabía que se prepararía una taza de té Yorkshire. Sabía también que sonreiría al hacérsela, encantado por que en el Reino Unido hubiera tal abundancia de té de verdad.

No podía permitirme ese tipo de recuerdos. Para mí era como si Julian Bell estuviera muerto. Evidentemente él no pensaba dejar su trabajo para facilitarme las cosas, así que lo mejor que podía hacer era pensar que aquella persona era Julian Jefferson, llamarlo así y disociarlo por completo de mi pasado.

—Para estar disfrutando como una loca de tirarte a cierto tenor húngaro, pasas un montón de tiempo mirando a tu ex —comentó Helen al pasar por la puerta de la cafetería.

Mi trasero y yo casi habíamos bloqueado la entrada.

—Sí —dije azorada.

Sentía que debía defenderme, pero no sabía cómo hacerlo.

—¿No será que todavía te gusta?

—No.

De verdad, no me gustaba. Por lo menos de eso estaba segura.

—Ya.

—Ya.

Helen levantó una ceja.

—Bueno, Sally, me ha encantado nuestra charla, pero creo que voy ir a comerme una tostada si a ti te da igual…

Dejé de mirar fijamente a Julian.

—Perdona, Helen. De verdad que ya no me gusta, pero es que esto sigue siendo muy raro. ¡Uy, si has ido a la peluquería!

Se había cortado el flequillo y estaba guapísima. Ahora se le veían los ojos, que eran de un azul profundo y ligeramente rasgados, en todo su delicado y felino esplendor.

—¿Ves? Estabas tan concentrada mirándolo que ni te has fijado en mi pelo —graznó con aire triunfante.

—Anda ya.

Se fue al mostrador de los desayunos. Yo me quedé atrás. No quería que Julian me viera y me daban ganas de escabullirme por la puerta, pero era demasiado tarde. Miró de reojo a Helen cuando apareció a su lado, exclamó «¡Bonito flequillo!» y luego me vio allí detrás, acechando. Me saludó con la mano con aire jovial y un poco azorado.

Incliné educadamente la cabeza mirándolo. Un instante después llegó Violet Elphinstone con una bonita gorra con visera y un cálido jersey desestructurado de cachemira, hecha un brazo de mar, y yo me hundí en su oleaje. Como de costumbre, me dio un abrazo hipócrita de medio lado.

—Buenos días, guapa —dijo cariñosamente.

—Ah, hola, Violet. ¿Qué tal?

—¡Genial! —contestó apretándome el hombro, y se acercó a Julian—. Hey —dijo poniendo una voz especial, suave y aterciopelada, una voz que la distinguía de las demás alumnas.

Hice una mueca. Como si una inglesa normal dijera «hey».

—Hey —contestó él tranquilamente, como si no notara lo falsa que era.

Julian siempre veía lo mejor de la gente.

Violet se quedó parada mientras él empezaba a llenar su plato con un desayuno inglés completo. Sin duda estaba pensando cómo abordarlo. Si algo había aprendido esas últimas semanas, era que a Violet le gustaba Julian aún más que a las otras chicas.

—Me encanta desayunar a lo grande —dijo mientras comenzaba a llenar su plato de salchichas y alubias.

Asentí con la cabeza, impresionada. Saltaba a la vista que a Violet no le gustaba en absoluto desayunar a lo grande, pero cuando veía una buena oportunidad, sabía aprovecharla.

—Eso es estupendo —dijo Julian, tan impresionado como era de prever.

—Seguro que dentro de poco estaré gordísima.

Añadió dos croquetas de patata al plato para demostrarle lo mucho que le gustaba comer. ¡Nada de vigilar su peso, qué va!

Julian chasqueó la lengua y protestó sin emplear ni una sola palabra. Era evidente que quería decir: «Está claro que tú nunca te pondrás gorda porque eres una auténtica diosa», pero naturalmente no podía decirlo porque era su entrenador vocal. Violet pareció no inmutarse, pero yo noté el regocijo que emanaba de ella como un gas tóxico.

Para rematar su actuación se puso en el plato un montón de patatas fritas y se volvió hacia Julian, que se estaba sirviendo unas tostadas.

—Muchísimas gracias por ofrecerte a que ensayemos tú y yo solos, Julian. Te tomo la palabra encantada. Ahora mismo no hago más que ladrar ese papel como un perro.

Se refería a su rol protagonista en *Manon*, y según se decía estaba cantando de maravilla.

Suspiré cuando Julian comenzó a negarlo, como era inevitable:

—¡Oh, vamos! ¿Ladrarlo como un perro? ¡Pero si lo estás haciendo genial!

—Qué va… A lo mejor podemos dar clase hoy a última hora, después de los ensayos. Y por la noche te invito a una copa para darte las gracias. Necesito oír un poco más de ese acento tan encantador que tienes, ja, ja.

Julian fue a ponerse una croqueta de patata en el plato, pero falló y la croqueta cayó al suelo. La recogió, riéndose amigablemente, pero yo noté que estaba avergonzado. Y angustiado. Sabía que yo había oído a Violet invitándolo.

—¿Y bien? —preguntó ella mientras le servía otra croqueta.

Julian remoloneó y me miró un momento. Yo casi oí girar los engranajes de su cerebro.

—Sería genial —dijo débilmente, y le odié.

También me odié a mí misma. No debería importarme. Violet y él eran tal para cual.

Escena Dieciséis

Nos habían pedido que a la hora de comer fuéramos al teatro para asistir a un recital especial. Nadie sabía muy bien de qué iba el asunto, pero a todos nos habían animado encarecidamente a asistir como si fuera cuestión de vida o muerte.

Mientras hacíamos cola fuera de la Sala Britten con los sándwiches en la mano, me descubrí por una desafortunada casualidad justo al lado de Julian. Pero antes de que mi cuerpo empezara a crisparse, me recordé que me hallaba en presencia de Julian Jefferson, un cantante de ópera famoso y con mucho talento del que podía aprender un montón de cosas. No en presencia de un zurullo salido de mi pasado.

—Hola —dijo.

Me estaba sonriendo.

—Hola.

—He oído que estás progresando mucho con Brian.

Me retorcí, incómoda.

—Sí, supongo.

Me observó con aquella mirada brillante y traviesa que yo había visto por primera vez la noche que nos conocimos. Deseé que apagara aquella mirada y que usara conmigo sus ojos de siempre, los normales y corrientes, aquella caca de ojos.

—Bueno, ¿qué tal van las cosas con tus padres? —preguntó, así como así.

Me dio un vuelco el corazón y clavé los ojos en mis pies. Estaba perpleja.

—Eh… ¿Mala pregunta? —titubeó—. Esto…

—Mala pregunta —mascullé yo.

«¿Cómo pueden ir las cosas con mis padres, pedazo de capullo?»
Violet, que estaba delante de nosotros, se giró en redondo.

—¿Os conocéis?

—No —dije yo.

—Sí —contestó Julian.

Me quedé mirándolo. ¿Por qué? ¿Por qué me hacía aquello?

—Sally trabajó en la sastrería del Met el año pasado —explicó—. Nos conocimos entonces.

Violet pareció casi tan enfadada como me sentía yo.

—Ah, genial —dijo con una sonrisa gélida—. Julian y yo hemos ido un par de veces al pub últimamente y nunca me había hablado de ti. Tiene gracia.

Un par de segundos después se giró de nuevo.

—Entonces, ¿cómo os conocisteis? —preguntó sin poder refrenarse—. Quiero decir que seguramente eres demasiado importante para ir a pasar el rato al departamento de sastrería, ¿no, Julian? Y creía que habías pasado una larga temporada sin cantar.

—Nos conocimos porque Sally intentó robarme una vela —explicó él como si tal cosa. A pesar de la situación, se atrevió a sonreír—. Decidí darle el beneficio de la duda. Le ofrecí un whisky y me dijo que sí. Luego dijo que era mentira y que en realidad quería una copa de vino. —Empezó a reírse—. Fue muy divertido. Aunque supongo que había que estar allí.

¡Aquel hombre no tenía vergüenza! ¡Ni pizca! ¿Cómo se atrevía a ponerse sentimental y a hablar de nuestros recuerdos?

—Vaya. —Violet pareció aún más harta—. Eso suena un poco raro.

—No, fue genial. —Julian sonrió—. Hasta que me hizo ir a un café literario. ¡Ja, ja! Parece una chica normal, Violet, pero por debajo es una hippy de mucho cuidado.

Se rió tanto que soltó un gruñido de cerdo, y luego se rió aún más. No podía controlarse cuando se reía.

Por un instante sentí como si estuviera viendo otra vez a Julian Bell, el amor de mi vida, y fue horrible.

«Para —le supliqué para mis adentros—. Puedes ser un profesor cursi, un cantante, lo que sea, pero no Julian Bell.»

—¡JA, JA, JA! —bramó Violet, pero su risa sonó poco convincente—. ¡Dios mío, eso suena espantoso! —añadió—. ¡Un café literario!

Antes de que me diera cuenta dije:

—La verdad es que fue increíble. Lo pasamos en grande. Una de las mejores noches de mi vida, de hecho.

Me dieron ganas de abofetearme. ¿Por qué? ¿Por qué tenía que competir con ella? Y además usando a Julian como arma.

La cara de Violet, que se había quedado paralizada un momento por la impresión, volvió a la vida. No me gustó su expresión.

—Hablando de pasárselo bien —dijo—, he oído un rumorcito acerca de ti.

Julian cruzó los brazos.

—¿Ah, sí? —Sonrió—. ¿No habrá montado un chiringuito ofreciendo lecturas de poesía espiritual y aceites para masajes?

Violet soltó una risita musical.

—No —contestó con dulzura—. Lo que he oído es que aquí nuestra común amiga... —Se estremeció—. ¡Se ha liado con Jan Borsos!

Se hizo un terrible silencio. Violet no cabía en sí de gozo, yo estaba horrorizada y Julian parecía divertido.

—¿En serio? —preguntó.

Tenía una sonrisa descarada y traviesa, y me odié a mí misma por reparar en que no parecía celoso.

Mientras me devanaba los sesos intentando decir algo, oí unos joviales arpegios de tenor detrás de mí.

Era Jan Borsos, que iba abriéndose paso por la fila para entrar en el teatro.

—¡Ah-ah-ah-AH-ah-ah-aaaah, ah-ah ah, SALLY! ¡BUON GIORNO! ¡Ya estoy AQUÍ!

Me volví cuando clavó una rodilla en tierra, me cogió la mano y me la besó apasionadamente.

—Supongo que eso es un sí, entonces.

Julian sonrió con sorna. Le lancé una mirada glacial, pero en realidad me estallaba la cabeza. ¿Qué debía hacer? ¿Qué podía decir? ¡No quería que se enterara toda la escuela! (¿Por qué?)

—Sí —dije después de un silencio, y me erguí en toda mi corta estatura—. Jan y yo estamos saliendo.

—¡FANTÁSTICO! —bramó Violet.

Fue la primera cosa sincera que dijo.

Julian estuvo mirándome unos segundos más de lo necesario. Luego le estrechó la mano a Jan.

—Eres un hombre afortunado —dijo.

Jan estaba un poco desconcertado.

—Lo sé. —Se hinchó tanto que pareció el doble de grande—. Sally es como un bizcocho delicioso.

Julian soltó una carcajada.

—Seguro que sí, Jan. Seguro que sí…

—Bueno —terció Violet—, ¿alguien sabe qué vamos a hacer aquí a la hora de comer?

Jan me cogió la mano con orgullo.

—No —contestó todo el mundo, menos Julian, que seguía con los ojos clavados en mí.

—No es más que un cantante viejo y gordo que va a dar un recital —dijo desdeñosamente—. Nada del otro mundo.

En ese momento se abrieron las puertas y entramos en fila. La Sala Britten se llenó rápidamente: parecía que había venido no sólo la escuela de ópera, sino la facultad de canto al completo. El teatro vibraba, rebosante de expectación. Me concentré en comerme mi sándwich y en sofocar los gorgoteos nerviosos de mi estómago.

«No pasa nada, no pasa nada.»

Naturalmente me daba un poco de vergüenza que la gente se enterara de lo mío con Jan. ¡Sólo hacía un par de semanas! Y era lógico que me diera reparo decírselo a alguien de quien había estado enamorada.

Pero ya estaba dicho, y con un poco de suerte Julian me dejaría en paz y yo podría seguir con mi canto.

Helen se había sentado a mi derecha.

—¿Tienes idea de qué va esto? —preguntó mientras recorría la sala con la mirada—. ¡Está hasta arriba!

—Julian ha dicho que era un cantante viejo y gordo —contesté—. Nada del otro mundo, según él.

Dos segundos después Hugo, el director de la escuela de ópera, subió al escenario.

—He tenido que mantener en secreto este acontecimiento —dijo con una sonrisa—, porque si se corría la voz habríamos tenido un tumulto. Llevaba semanas pidiéndole a nuestro invitado que cantara para nosotros y él se negaba una y otra vez, hasta que por fin conseguí ablandarlo. Señoras y señores, tengo el gran honor y el placer de dar la bienvenida al escenario a uno de los mejores tenores del mundo para dar su primer recital en años. ¡Julian Jefferson!

Cuando los estruendosos aplausos remitieron por fin y Julian, que parecía tan campante, lo cual me sacó de quicio, nos dio las gracias a todos por venir, mi corazón había empezado a aflojar un poco el ritmo. Me concentré en su pecho porque sabía que tenía el pelo alborotado y no soportaba mirarlo.

Pero luego empezó a cantar y todo se torció. Porque el sonido que salía de su boca era de los que hacen que se te pare el corazón.

*A*y, Dios mío —dijo Helen débilmente cuando acabó el recital—. ¿Estás segura de que no lo quieres? Porque si no lo quieres tú, yo sí. Estoy dispuesta a anular mi boda. Estoy segura de que Phil lo entenderá.

Yo estaba sin habla. Sacudí la cabeza y oí a Violet detrás de mí diciéndole a Ismene que «ya estaba bien».

—Lleva semanas coqueteando conmigo —dijo en un susurro—. Esta noche voy a tirármelo de una puñetera vez.

Escena Diecisiete

Fueron pasando las semanas, y yo hice todo lo posible por olvidarme de la extraordinaria voz de Julian. Me permitía pensar en él únicamente como Julian Jefferson, un cantante de ópera excepcional con el que teníamos la suerte de contar. Julian Bell fue convirtiéndose por fin, menos mal, en un recuerdo desagradable. Y fue una suerte, porque poco después del recital de Julian comenzaron a circular rumores de que se le había visto llegar a la escuela con Violet por las mañanas.

No fue ninguna sorpresa, pero aún así me molestó. Me lo estaba pasando estupendamente con mi novio chiflado, pero saber que estaban saliendo juntos a veces parecía deslucir un poco mi relación con Jan Borsos. (Al menos para mí.) De pronto nuestros salvajes encuentros sexuales (muy frecuentes), que incluían cantos tiroleses (por parte de Jan) y posturas de las que yo nunca había oído hablar (de las que nadie había oído hablar, posiblemente) me parecían pueriles e inferiores. Me imaginaba a Julian Jefferson y a Violet Elphinstone practicando el sexo de manera muy adulta y sofisticada. Cenarían en restaurantes de Kensington tenuemente iluminados, en vez de en mi cocina, donde Barry solía interrumpir nuestras comidas hechas de cualquier manera irrumpiendo en la habitación en tanga y dando saltitos de ballet.

Me los imaginaba manteniendo sesudas conversaciones sobre música y ópera, mientras que a mí me costaba trabajo que Jan Borsos hablara de un mismo tema más allá de un par de minutos. Una de las cosas que más me gustaban de él y que más me sacaban de quicio era su nula capacidad de concentración: resultaba entretenido estar con alguien que ahora quería hablar del servicio postal británico y un minuto después de la chalada de su exmujer, pero a veces, cuando veía a Violet y a Julian caminando por un pasillo enfrascados en una conversación, me entraba una especie de congoja. Lo que tenía ¿era suficiente?

No dediqué mucho tiempo a pensar en estas cosas. Jan me hacía reír hasta llorar y ésa, francamente, era una cualidad indispensable. Siempre hacía que me sintiera bien, mientras que Julian me había amargado la vida por completo. Julian, por atractivo e irresistible que fuera, era peligroso y traicionero. Jan estaba loco, pero era encantador. Punto final.

*P*oco antes del estreno de *Manon*, Jan Borsos y yo hicimos nuestra primera sesión de «trabajo solidario» para lord Peter Ingle en el instituto de Stourbridge Grange. Nuestro taller iba a durar dos días y, si salía bien, ofreceríamos otros dos.

—Y después podemos ver si lo hacemos también en otros colegios de la zona —dijo Peter.

«Yo que tú no me haría muchas ilusiones», pensé para mis adentros, acordándome de cómo era mi instituto.

—Pero ¿qué es eso del trabajo solidario? —preguntó Jan cuando intentamos explicárselo—. En mi pueblo no tenemos esta cosa.

—Te aseguro que en Stourbridge tampoco la teníamos. Creo que habrá que aceptar que va a ser un desastre, Jan.

Tras proponer varias ideas, decidimos utilizar *Los miserables* como punto de partida. Lord Peter Ingle no estaba muy convencido.

—Muy bien —dijo con nulo entusiasmo. Hubo un silencio. Luego añadió—: No. Muy bien, no. ¡*Les misérables* no es una ópera!

Dijo «*Les misérables*» con auténtico acento francés, lo cual me hizo sentirme como una palurda. Pero me mantuve firme.

—Créeme, conseguir que canten ya será un triunfo —le dije—. *Los miserables* es el musical más parecido a una ópera que pueda haber. Y está otra vez de moda porque en enero estrenan la película.

Peter seguía sin estar convencido, pero cuando le expliqué que en mis tiempos de estudiante se consideraba una ofensa despreciable hasta cantar el himno nacional por la mañana en el instituto, capituló.

—Puede que esta idea sea más ambiciosa de lo que pensaba —dijo a regañadientes.

Una vez decidido que usaríamos *Los miserables*, Jan y yo pudimos organizar rápidamente un plan de acción. Sería todo muy sencillo, y quedamos en que nadie tendría que salir al escenario a menos que quisiera hacerlo (esto fue idea mía). Presentamos nuestros planes al centro de desarrollo de la escuela de ópera y empezamos a estudiarnos la partitura de *Los miserables*.

Estaba ya casi todo listo, pero quedaba un cabo suelto que me mantenía en vela por las noches. Ese cabo suelto eran mis padres. Brenda y Patrick Howlett. La Estirada Murmullona y el Felpudo Fumapipas, como los llamaba Barry.

Mis padres habían cortado prácticamente todo contacto conmigo desde mi vuelta de Nueva York, un año antes. Había habido un único y espantoso encuentro en Stourbridge, durante el cual nadie había hablado: mi padre se había quedado detrás del periódico casi toda la noche, lanzando incómodas nubes de humo por encima del *Mail*, y mi madre, que daba la impresión de estar furiosa, había permanecido muda. Era como si no quisiera abrir la boca por miedo a vomitar insultos y reproches como lava líquida. Cuando había intentado hablarles de Fiona se habían quedado los dos callados como tumbas, y había acabado hablando para el fuego de gas de la chimenea.

Al día siguiente, cuando me bajé del coche en la estación, más hecha polvo aún que al llegar, hice un último intento:

—Venid a verme la próxima vez que vayáis a visitar a Dennis y a Lisa —dije.

—Ya veremos —respondió mi madre entre dientes.

Miraba de un lado a otro como si tuviera miedo de algo. ¿Miedo de qué? ¿De que la gente nos viera? ¿De que en el pueblo se chismorreara sobre lo que nos había pasado a Fiona y a mí? Después, con una extraña inclinación de cabeza, se subió al coche y ordenó a mi padre que arrancara. Me quedé perpleja allí parada, en la entrada de la estación, con mi maleta con ruedas y la cara amarillenta y demacrada después de haberme pasado días llorando. No podía seguir ignorando la verdad: me culpaban a mí de todo. Me odiaban.

Después de aquello, mi madre no volvió a llamarme. Me mandó por correo unos cupones de descuento de un hipermercado que le habían dado con su tarjeta club, y me escribió cuando ingresé en la escuela de música diciendo que bien hecho, pero que mi padre y ella estaban muy preocupados por el rumbo que estaba tomando. Nada más. De no ser porque Dennis y Lisa me invitaron a regañadientes por Navidad después de lo de Nueva York, no habría visto a nadie de mi familia en más de un año.

Lo más fácil era que Jan y yo nos presentáramos en Stourbridge Grange, durmiéramos en el hotel que nos había reservado lord Ingle y que yo no les dijera a mis padres que estaba allí. Pero también era una maniobra peligrosa. Que yo supiera, Carol, la amiga de mi madre, seguía siendo la secretaria del instituto, y sólo era cuestión de tiempo que mi madre se enterara de que estábamos allí. Y de todos modos estaba harta de esconderme. Si querían echarme la culpa, era asunto suyo. Yo ya no me escondía más.

—Pero tu madre se ha portado como una bruja —dijo Barry cuando le conté mi decisión—. Nunca te llama, sólo te manda cupones de supermercado, y llevas un año entero enfrentándote tú sola a toda esta mierda sobre Fiona. ¿Por qué vas a llamarla?

—Porque no pienso seguir siendo el chivo expiatorio de mi madre —dije con más convicción de la que sentía—. Ya me odio lo suficiente a mí misma por lo de Nueva York. No necesito que me hagan sentir peor. Si estoy en Stourbridge, tendría que poder verlos. ¡Son mis padres, Barry!

Barry asintió con la cabeza.

—¡Adelante, Soldado Pollito! —dijo con orgullo—. Tienes mucha razón. ¡No permitas que te avasallen!

—No lo permitiré.

No sabía si creerme a mí misma, pero estaba dispuesta a intentarlo. Y en cuanto comprendí que así era, una suave sensación de valentía, todavía nueva para mí, me entibió el corazón.

$\mathscr{P}$or desgracia, la decisión de cuándo y cómo contactar con mis padres escapó a mi control.

Fue la víspera de nuestro viaje a Stourbridge. Estaba sentada debajo de Jan, en su estrecha cama de Shepherd's Bush, mientras me hablaba de la parte central de su niñez. Le encantaba contarme anécdotas de su infancia y, quizá por suerte para ambos, a mí me fascinaba el aire a Hans Christian Andersen que tenían sus historias.

Me estaba contando que su madre, que al parecer había sido una mujer bellísima pero de armas tomar, acostumbraba a cantarle canciones folk en inglés para que tuviera ya algunas nociones del idioma cuando se pusiera a estudiarlo. Luego, como si tal cosa, se interrumpió, me miró a la cara y anunció:

—Y pronto voy a conocer a la madre de Sally Howlett. Voy a decirle que su hija es muy preciosa y tiene un gran trasero.

—No vas a conocerla necesariamente —contesté—. Aunque la llame no va a invitarnos a una cena íntima en su casa, créeme.

Le había dicho a Jan que mi relación con mis padres era inexistente, pero no le había explicado el porqué. Nunca me había preguntado por ello, cosa quizá rara en él, pero de todos modos había muchas cosas acerca de mí que Jan seguía sin saber. Yo, en cambio, había estado escuchando la historia de su vida en capítulos diarios desde que nos conocíamos.

Hubo algo en la sonrisa furiosa de Jan y en su expresión ligeramente culpable que me preocupó. Se apartó el pelo de la frente.

—¡Ajá! ¡Jan Borsos sabe cosas distintas sobre tus padres!

Se me aceleró el corazón.

—Jan...

Sus ojos brillaron.

—Llamo a tus padres.

—¡NO! ¡NO DEBES LLAMARLES!

—Perdona, es mi inglés. *Llamé* a tus padres. Ya está hecho.

La angustia se revolvió dentro de mí.

—Me gustas, Sally Howlett y quiero conocer a tu familia. Así que les llamo y digo: «Hola, aquí Jan Borsos. Vengo a Stourbridge con tu hija Sally Howlett a ayudar a niños de la escuela. Por favor, vamos a cenar a tu casa».

Me quedé boquiabierta.

Jan entornó los ojos.

—Es un martillo, tu madre.

Estaba tan atónita que no pude decirle que se decía «un hacha». Lo único que pude hacer fue intentar seguir respirando.

Al principio no dice nada, pero luego dice: «Sí, venid para cenar en nuestra casa. Si estás con nuestra Sally queremos conocerte».

No podía creerlo. Noté en los ojos un picor de lágrimas de pánico. ¿Por qué no podía haberse refrenado? ¿Por qué tenía que ser siempre tan puñeteramente impetuoso?

—Jan, no creo que sea buena idea. Tú no entiendes lo que pasa con mi fami…

—¡Nada de palabras! ¡Cantaré para ellos! ¡Me amarán!

—¡NO! ¡No debes cantar! Es lo peor que puedes hacer. ¡Ay, Dios, Jan!

¿Por qué había tenido que hacerlo? ¿No podía ocuparse de sus asuntos aunque fuera sólo por una vez?

—No, Sally, está bien. Llegamos en Stourbridge el lunes, hacemos taller, luego después a las seis treinta horas cenamos con tus padres. Luego hacemos más taller solidario el martes y volvemos a Londres. ¡Es todo perfecto!

Me eché a llorar a moco tendido.

Jan se bajó de mis rodillas y se tumbó a mi lado, mirándome con desaliento. Me quitó una lágrima de la mejilla con el pulgar.

—¿Cuál es el problema? —susurró.

—No sabría por dónde empezar.

—Puedes hablar con Jan.

—No, no puedo.

Asintió pensativo.

—Entonces creo que es mejor que hagamos más sexo por ahora.

$\mathcal{M}$ucho, mucho después, mientras Jan dormía con la mano sobre la almohada y el pelo byroniano cayéndole alrededor de la cara, salí al pasillo sin hacer ruido para llamar a Fiona. Hacía días que no hablaba con ella y la echaba de menos. Como siempre, cerré los ojos como para engañarme a mí misma y hacerme creer que estaba allí, a mi lado.

Últimamente la conexión había sido muy mala, pero esa noche la oí tan claramente como si estuviera agachada en el pasillo de la residencia de Jan. En cuanto empecé a hablar, comprendí que todo iba a salir bien.

Me dijo que tenía que ir a cenar con mis padres, que no lo dudara.

—Ya va siendo hora, Sally —dijo—. Hora de reconciliaros. Y, egoístamente, me alegro porque todo este embrollo es culpa mía. Te quiero, Sal, y quiero que te lleves bien con tus padres. Bastante daño te he hecho ya.

Zanjó la conversación recordándome que Stourbridge Grange era un hueso duro de roer pero que, si alguien podía roerlo, era yo.

—Tú y ese puñetero acento tuyo. —Se rió—. Les vas a encantar.

Luego desapareció, como hacía siempre. Era imposible retenerla mucho rato, ni siquiera en Nueva York.

Sólo entonces, mientras estaba allí sentada sobre la moqueta rasposa del pasillo, apoyada contra la fría pared, comprendí que todo iría bien.

—Gracias, Fi —dije en medio del pasillo vacío—. Te quiero.

Y así, a pesar de que el Centro de Desarrollo de la escuela nos llamó para decirnos que lord Ingle había solicitado que nos acompañara un tutor y que le habían pedido a Julian Jefferson que fuera él, conseguí conservar la calma. Fiona quería que siguiera adelante. Poco importaba quién estuviera allí para complicar las cosas. De hecho, sería un punto a nuestro favor tener a un cantante tan bueno a nuestro lado.

ACTO TERCERO
Escena Dieciséis

Nueva York, septiembre de 2011

Tenía novio. Un novio de verdad, por el que estaba chiflada. Que me hacía reír, que me cuidaba y a quien quería cuidar. Un hombre con el que me enorgullecía salir por ahí o quedarme en casa, o, francamente, estar en cualquier parte. ¡Un hombre del que estaba enamorada!

Julian Bell. Julian Bell. A veces, cuando no estaba con él, decía su nombre en voz baja como una obsesa de película de terror, y luego chillaba cosas como «¡Viva!» y «¡Hurra!» porque yo no era una obsesa ni aquello una película de terror, sino un precioso y resplandeciente Romance en Nueva York.

Con él me sentía la mujer más divertida del mundo, cosa que no era cierta, y tenía la sensación de haber encontrado en él al hombre más gracioso del planeta, lo cual posiblemente tampoco era verdad. Pero nos pasábamos horas, días, riéndonos. No nos sentábamos a hablar de filosofía hasta las tantas de la madrugada, que es como yo pensaba que empezaban las auténticas relaciones de pareja. De hecho, a menudo hablábamos de un montón de gilipolleces y nos partíamos de risa.

Yo sabía que era amor porque no nos costaba ningún trabajo hablar de gilipolleces y partirnos de risa.

Julian Bell me parecía el hombre más guapo que había visto nunca, y él me decía que yo era preciosa. A menudo lo pillaba mirándome con una media sonrisa encantadora y pensaba: «Todo en tu cara es ALUCINANTE». Y cuando le preguntaba qué estaba pensando, me contestaba sencillamente: «Que te quiero».

Yo sabía que era amor porque le creía.

La primera vez que lo vi en su apartamento, en medio de sus libros, sus copas de vino desparejadas, sus jerséis raídos y sus paquetes de galletas emburrujados y cerrados con gomas, me enamoré de él más aún. Adoraba cada pequeño detalle de su persona. Comíamos queso chédar Somerset importado, echábamos unos polvos y cantábamos y bailábamos al ritmo de «Eye of the Tiger».*

Yo sabía que era amor porque hete allí a un hombre que compraba queso inglés de importación y tenía «Eye of the Tiger».

Hasta ese momento yo había disfrutado de mi vida. La había disfrutado muchísimo a veces. Pero Fiona tenía razón: nunca me había arriesgado a nada, lo cual no me había causado ningún problema hasta entonces. Antes de Nueva York, las dimensiones de mi vida me parecían perfectas para mí. Pero ahora estaba en el Acto Tercero y el panorama se había agrandado.

Me sentía como si la Sally que había dejado en Londres hubiera estado siempre en un escenario vacío, con unos pocos focos mortecinos aquí y allá. Ahora, en cambio, Julian Bell, aquel personaje tan hermoso y constante, estaba iluminando cada rincón de la escena. Veía cada parte de mí y parecía amar el complejo batiburrillo que era Sally Howlett. Me ayudaba a aspirar a una vida mejor, y no en términos de riqueza o de éxito, sino de valentía. A hacerme visible. A ser yo.

De hecho, veía cosas que a mí me pasaban desapercibidas.

—Bueno, he sido educado y he esperado un poco —anunció un día que estábamos comiendo tacos en La Superior—. Pero ya está bien. Sally, ¿qué COJONES te pasa con la ópera?

Me apresuré a engullir un taco de gambas por si acaso perdía el apetito, y Julian se rió. Esa noche se había acordado de ponerse sus gafas y parecía un intelectual, muy guapo y un poco loco, porque seguía llevándolas pegadas con cinta aislante.

—¿Cómo que qué me pasa con la ópera? ¿Qué quieres decir?

---

* Canción de la banda de rock estadounidense *Survivor* perteneciente a la banda sonora de *Rocky III*. (N. de la T.)

—Quiero decir que lloras como una niña cada vez que ves una ópera, que trabajas en la ópera y, lo que es más importante… —Hizo una pausa turbadoramente dramática—. Lo que es más importante, Sally, está claro que eres una cantante de ópera.

Me atraganté.

—¡No lo niegues! ¡Te oí cantar a Mimí la noche que nos conocimos! Y no te atragantes. Tienes prohibido atragantarte.

Dejé de atragantarme y me zampé otro bocado mientras esperaba a que mi apetito se evaporara y mi cuerpo quedara congelado.

Pero no fue eso lo que pasó.

Poco a poco, como por arte de magia, me di cuenta de que en realidad no me molestaba tanto.

«Santo cielo —me dijo mi cabeza aturdida—. ¡Vas a decírselo! ¿A que sí? ¡Santo cielo —contesté—. ¡Sí! ¡Qué narices! ¡Voy a decírselo!»

—Eh, bueno, no soy cantante de ópera. Ésa es la verdad. Soy sastra. Pero llevo cantando ópera desde que tenía siete años. En privado.

—¿Qué significa eso exactamente?

—Significa que cantaba dentro de mi armario. Y que todavía lo hago.

Julian se recostó en la silla y cruzó los brazos. Por su cara pasó una expresión de pasmo y de cariño, o eso al menos esperaba yo que fuera.

—¿Cantas dentro del armario? —preguntó lentamente, con perfecto asombro.

—Exacto.

—Porque no querías que te oyeran tus padres —dijo casi para sí.

Yo dije que sí con la cabeza. No tenía que explicarle nada más porque ya lo sabía todo. Lo de mi familia. Lo de su miedo absurdo a llamar la atención. Lo de su vergüenza cuando eso ocurría.

—Santo cielo —murmuró—. ¿Aprendiste a cantar así dentro de un armario?

—¡No soy tan buena!

Cogí otro taco, uno de cerdo. Aquello era genial: Julian había dejado de comer, yo no me había muerto de un ataque al corazón y encima me estaba comiendo todos los tacos.

—Eres buenísima. Desde un punto de vista técnico, eres excelente.

(No se me ocurrió preguntarle cómo lo sabía. Un año después me acordaría de ese momento y me daría de bofetadas al pensar en cómo podía haberlo pasado por alto.)

—Qué va —contesté—. Llevo años comprando vídeos de clases magistrales, así que he aprendido algunas cosas gracias a ellos.

Julian pareció volver en sí y se apoderó de tres tacos por si acaso me los comía todos.

—Atrás —ordenó—. Sólo para que nos aclaremos, ¿nunca has estudiado canto? ¿Nunca has cantado para nadie? ¿En toda tu vida?

Empecé a sonrojarme.

—Se suponía que iba a cantar en una función escolar cuando estaba en primaria —dije—, pero estaba tan aterrorizada que me hice pis encima. Y luego no volví a intentar cantar en público hasta el recital de poesía. Y te eché a ti la culpa porque me hechizaste o algo así y acabé cantando delante de todo el mundo. Y, ya que estamos, ¿cómo es que TÚ cantas tan bien?

Julian quitó importancia al asunto.

—Bueno, fui a clases de canto cuando era más joven. Hice un par de cosas. —Bebió un sorbo de su cerveza Modelo y luego estiró el brazo sobre la mesa para coger mi mano—. Siento mucho que te hicieras pis —dijo muy serio—. Debió de ser horroroso.

—Yo también lo siento —dije alegremente—. Lo fue.

Y de pronto, sin venir a cuento, me eché a reír. Me reí tan fuerte que un trocito de lechuga salió volando de mi boca y se pegó en un lado de la botella de cerveza de Julian, pero no me importó. Me reí de aquella experiencia horrible y angustiosa porque ahora podía hacerlo, y al final Julian se rió también y los modernos de Williamsburg nos miraron como si estuviéramos pirados, que lo estábamos. Julian no volvió a insistir. Sólo hacía unas semanas que estábamos juntos, pero ya sabía dónde estaban mis límites.

¿He dicho ya que era maravilloso?

*P*ero, pese al amor y las risas, aquél no fue un tiempo de vino y rosas. Mi prima, mi hermana, mi mejor amiga, se había descontrolado por completo. Que tomaba drogas era ya indiscutible. Había dejado de beber porque engordaba, pero la mayor parte del tiempo rebosaba una energía crispada y angustiosa. Se ponía casi siempre autoritaria y discutidora, paranoica y alborotada. Otras veces, en cambio, parecía casi en estado comatoso. Su físico se estaba yendo al garete y, con él, el finísimo hilo de credibilidad que había tenido en algún momento.

No comía, intentara yo lo que intentara. Ya no controlaba su dieta: comía una clara de huevo por la mañana, unos guisantes a la hora de la comida y una ensalada por la noche. Fuera de eso, la única desviación que admitía era no comer nada en absoluto. Tenía los ojos saltones y el cuerpo visiblemente más velludo. Aquella desintegración tan repentina y brutal me causaba un dolor físico. Julian me rodeaba con el brazo cuando me quedaba en vela mirando las sombras que se movían por el techo, preguntándome cómo iba a acabar todo aquello.

Pasaba todo el tiempo que podía con ella. Estaba loca de preocupación.

Lo que me sorprendía era que Julian también parecía querer pasar mucho tiempo con ella. Era como si se hubiera convertido en su proyecto, a pesar de que no parecía tener interés en intentar impedir que consumiera drogas. Sólo parecía querer estar a su lado. Con mucha frecuencia.

Más de una vez volví del Met y me los encontré sentados en el sofá mientras Bea o Barry los miraban con desconfianza desde el otro lado de la habitación. Con Julian, Fiona estaba siempre mucho más animada que con los demás, incluida yo. La segunda vez que me los encontré juntos en el sofá ella se reía descontroladamente de un videoclip que Julian le estaba enseñando en su teléfono. Se agarraba a su brazo mientras las carcajadas sacudían su frágil cuerpecillo.

—¡Hola! —dije, aliviada por oír el sonido de la felicidad.

—Hola, nena —dijo Julian tendiéndome la mano.

Por un momento me molestó que no se levantara a darme un beso. Fiona no me saludó; le quitó el teléfono y siguió viendo el vídeo. Tenía los ojos ligeramente inyectados en sangre.

—Hola.

Me incliné para besar a Julian, y le dije a mi cabeza que se callara.

Julian no tenía que levantarse del sofá para demostrarme que estaba enamorado de mí. Me lo había dicho esa misma noche unas cien veces, mientras estábamos tumbados en mi cuarto, contándonos los lunares y debatiendo sobre tipos de pedos.

—Hola, Pecas —dije.

Fiona levantó la vista un segundo.

—Ah, hola, Sally. Lo siento, estoy viendo esto.

Julian, al ver mi cara, me guiñó un ojo con ternura. Como si dijera, «Déjala».

Me fui a la cocina, donde Bea y su masajista brasileño estaban preparando un plato muy complicado con col verde y habas.

—¿Cuánto tiempo lleva aquí Julian? —le pregunté a Bea.

Alzó los ojos al cielo.

—Horas. Debe de estar empeñado en salvar a Fiona —susurró.

—Eso pienso yo. Pero ¿le has oído alguna vez decirle que deje de drogarse? ¿O que coma? ¿O que empiece a comportarse como una persona con sentido común? Porque yo no.

—Pues no, pero debe de decírselo cuando nosotros no estamos.

—No estoy segura, ¿sabes? Si tuvieran alguna conversación importante, me lo diría. Sólo parecen estar… divirtiéndose.

Bea levantó la vista de la col que estaba cortando.

—¿Estás celosa, corazón?

—No.

No lo estaba, de veras. Estaba más bien… confusa. Últimamente eran uña y carne, habían formado un pequeño club que, aunque no me hacía sentirme amenazada, me resultaba incomprensible. ¿Cuál era el vínculo entre ellos? ¿Por qué estaba tan encantado Julian de pasar tanto tiempo con ella? ¿Y por qué se sentía Fiona tan a gusto hablando con él, cuando a los demás había dejado prácticamente de dirigirnos la palabra?

Me habría sentido mucho más cómoda si hubiera entendido cuál era el lazo que los unía. Sabía que Julian no tomaba drogas. Y ni siquiera se me pasaba por la cabeza que pudiera gustarle Fiona, o él a ella.

Entonces, ¿qué era? ¿Qué les pasaba?

Bea me ordenó que sacara un vino de la nevera.

—Es hora de tomar una copa —anunció—. A lo mejor estás disgustada porque Fiona va a mudarse con Julian un par de meses.

Me paré en seco.

—¿Qué?

Bea chasqueó la lengua.

—Ah. Pues sí, *preziosa*, pero ya lo sabías, ¿no? Estoy segura de que no es nada malo.

—Sabía que cabía esa posibilidad —dije sombríamente—. Pero no sabía que ya estuviera decidido.

Me quedé mirando a lo lejos mientras Bea me llenaba la copa con vino blanco muy frío. No me cabía en la cabeza no ver a Fiona un solo día. ¿Cómo iba a arreglárselas sin nadie que la cuidara?

—Hola —dijo Julian, entrando en la cocina detrás de mí—. Vengo a buscarte, por si puedo besuquearte y luego sobarte un poco. Vete, Bea, por favor —ordenó, cosa que ella hizo con muchos aspavientos.

Julian se había escrito en la mano, «Amo a Sally y a Céline Dion». Me besó por toda la cara y me dijo que era una ardillita. Luego me dio un largo y precioso abrazo.

—Hoy no ha estado mal del todo —dijo junto a mi pelo—. Así que esta noche puedes relajarte. Disfruta del manjar de col y habas de Bea y después mátame a pedos.

Me relajé. Si Fiona quería de verdad quedarse en Nueva York, estaba en buenas manos. Julian Bell iluminaba cada habitación en la que entraba.

*C*reo que no quiero irme de Nueva York —anuncié—. ¿Qué podemos hacer? —Fue al día siguiente de la cena a base de col verde (que Bea y Fiona arruinaron poniéndose a discutir a gritos en el cuarto de Fi). Acababa de darme cuenta de que sólo quedaban cinco días para que me marchara.

—¿Umm? Espera.

Julian estaba sentado en el suelo de su habitación, con el portátil sobre las rodillas, corrigiendo un artículo para su revista. Se había arremangado hasta los codos, pero una manga había vuelto a deslizarse hacia abajo, como una especie de bandoneón flojo de color azul oscuro que le colgaba de la muñeca. Le sonreí, fijándome en cada detalle de su cara, en su pelo, en sus dedos extrañamente elegantes. Quise meter la mano por dentro de su manga.

«No teclea sin mirar», pensé con sorpresa.

Yo sabía que había fundado el *Brooklyn Beaver* tres años antes, pero como no había querido indagar sobre su mujer no tenía muy clara la cronología de su vida antes de eso.

Eso, sin embargo, era lo bueno de nuestra relación: que no tenía ninguna prisa por saberlo todo. Confiaba en que las cosas irían desplegándose cuando llegara el momento.

—Perdona, Sally, no tardo ni un minuto.

Levantó los ojos un momento, me sonrió por encima de las gafas y sentí que algo cálido brillaba dentro de mi pecho. Me acerqué a la ventana mientras esperaba.

Julian vivía en un apartamento relativamente moderno en East Williamsburg, muy cerca de Graham Avenue, y tenía por vista la parte de atrás del patio de un edificio de arenisca marrón y una maraña de cables eléctricos. A la casa le faltaban el tamaño y la magnificencia del piso de Raúl, pero a mí me parecía igual de fascinante: allí, a fin de cuentas, estaba la vida real, embutida en pequeños apartamentos, enmarcada por ventanas descascarilladas y alumbrada por lámparas de pantalla andrajosa y ristras de bombillitas. Una mujer hispana muy bajita se pasaba horas sentada en la ventana de la casa que había justo enfrente del piso de Julian. Hacía con ímpetu incesantes collares de cuentas que colgaba de un gancho que salía por el marco de la ventana. Encima de ella vivía una pareja que pasaba más tiempo hablando por sus respectivos teléfonos que entre sí, y a la derecha de la pareja había una habitación ajada y descolorida por la que de vez en cuando pasaba arrastrando los pies un hombre mayor.

El apartamento de Julian estaba en la planta baja, o la primera planta, como dicen los americanos, y tenía un jardincito al que daba su habitación. Su cuarto era el corredor por el que *Pam*, la perra de su compañera de piso, pasaba para llegar a su sitio preferido debajo de una morera: irrumpía en la habitación cuando le daba la gana, lo cual había sido un poco embarazoso en más de una ocasión.

—Hola, *Pam* —dije, saliendo para sentarme con ella.

La puerta del cuarto de Julian tenía una de esas mosquiteras típicamente americanas que se cerraban de golpe para impedir que entraran los mosquitos.

—¡Perdona! —gritó Julian al oír que se cerraba la mosquitera—. Estoy en el último párrafo.

—No te preocupes. Estoy con *Pam*.

Me senté en el banco, al lado de la perra, que golpeó la tierra con el rabo con entusiasmo y luego volvió a dormirse. Pensé en lo gracioso que era que la compañera de piso de Julian le hubiera puesto *Pam* a su perra. Se llamaba Carmen y trabajaba por las noches en un albergue para indigentes. Como Julian casi siempre dormía en mi casa, yo sólo la había visto un par de veces, pero me había parecido que tenía una templanza increíble. Me costaba imaginarme a Fiona ocupando su lugar.

Me apoyé contra la pared del edificio y, aspirando el aire de mi amado Brooklyn, sopesé lo que debíamos hacer Julian y yo respecto al futuro.

Enseguida sonreí, maravillada. ¡Había pasado! ¡Me había enamorado! ¡Y mi amor tenía un futuro que merecía la pena sopesar! Una bandera solitaria, vestigio de una hilera de banderines de fiesta, ondeaba por encima de mí empujada por la brisa cálida. Un insecto volador se posó en la pernera de mis vaqueros, y entonces me di cuenta de que hacía semanas que no me miraba en el espejo y pensaba, «Esos pantalones te hacen gorda». Sentí, no por primera vez, lo profundamente feliz que era.

—Estás guapísima sentada aquí con Pam. —Julian salió con dos botellas de cerveza fría—. Por favor, ¿puedes sentarte siempre en mi patio?

—¿Hasta cuando haga frío o esté nevando?

—Sí. Te compraré un iglú. Serás como una muñequita de nieve en mi jardín y podremos hacer el amor en el iglú.

—Me apunto.

—«Me apunto» —repitió Julian imitando mi acento y soltando una risilla.

Cada vez lo imitaba peor.

Se sentó en el banco y me besó. Me encantaba besar a Julian. Me encantaba sentir sus labios y el roce de su barba y cómo abría siempre los ojos al mismo tiempo que yo. Me levantó las piernas y las puso sobre las suyas, rodeándome con sus brazos.

—No te vayas —susurró—. Sin ti podría morirme. Podría parárseme el corazón. Y entonces ¿cómo te sentirías?

Sonreí, feliz.

—Eso es justo lo que estaba intentando decirte hace un momento, bobo.

—¿En serio?

—Sí. Te he preguntado qué vamos a hacer.

Rompió a reír.

—¡Ay, Dios! Habrás pensado que soy un capullo total. ¡Tú me preguntas por el futuro y yo sigo trabajando!

—No pasa nada. Estabas concentrado en lo que hacías. Me gusta que te interese tanto tu trabajo.

—Pues aun así lo siento.

—No, lo digo en serio. Te apasiona el periodismo, ¿verdad?

Durante una décima de segundo Julian desapareció en un lugar al que no pude seguirlo. Fue una tontería, pero provocó una suave onda de inquietud: me había acostumbrado a leerle el pensamiento sin ningún esfuerzo. Sin embargo, aquella sensación se esfumó tan rápidamente como había surgido.

—Supongo que sí —contestó como si fuera la primera vez que pensaba en ello—. Sí, supongo que sí. No esperaba que ocurriera, pero…

«No tienes por qué saberlo todo sobre él ya», me recordé.

Me apretó contra sí otra vez y me besó en la cabeza.

—Pero sé que lo nuestro va a funcionar. Yo podría ir en… ¿en octubre, digamos?

Me dio un brinco el corazón.

—¿A Londres?

—Bueno, yo estaba pensando más bien en Irán.

Me retiré y lo besé por toda la cara.

—¡Sí! ¡Sí, por favor, ven a Londres! ¡Me encantaría!

Se rió.

—Y quizá tú puedas tomarte vacaciones en Navidad y venir aquí… Esto es mágico en Navidad. No sabrás lo que es derrochar hasta que pases tu primera Navidad en Estados Unidos. Yo puedo darte un par de clases.

—¡Sí! ¡Vacaciones americanas a lo loco!

Se hizo un alegre silencio durante el cual Julian me cogió de la mano.

—Y luego podemos hacer planes a más largo plazo —dijo, mirándome fijamente—. Porque igual que sé que siempre voy a tener este pelo indomable, sé que siempre voy a querer tenerte a mi lado.

Una honda felicidad echó el ancla en mi estómago. Sentí que iba a estallar.

—Qué bien —susurré. Pero decir «qué bien» era quedarme muy corta—. Lo mismo digo.

Sonó mi teléfono y no le hice caso.

—¿No será mejor que contestes? —preguntó Julian—. Puede que sea Fiona.

Contesté, un poco enfadada. Era Fiona, sí, y se había quedado en la calle sin llaves.

—En fin, vamos a buscarla —dijo Julian con resignación.

Una ligera capa de vaho se formó sobre la reluciente curva de mi felicidad.

—¿Qué pasa, Sal?

—Eh… Nada, sólo Fiona. ¿De verdad va a vivir aquí?

—Ah, eso… No estoy seguro.

Pareció azorado. Le resbalaron las gafas por la nariz.

—Hablamos de esa posibilidad —añadió, indeciso—. Tendrás que preguntárselo a ella…

—¿Por qué habla contigo y conmigo no? —balbucí.

«Para —me dije—. No estropees este momento tan bonito.»

—No es verdad —contestó—. Bueno, no del todo —añadió—. Supongo que es porque Raúl es mi mejor amigo.

—¿Tú crees?

Yo no estaba convencida. Pero si no era por eso, ¿por qué era?

Julian me besó otra vez poniendo las manos a ambos lados de mi cara.

—Sí, lo creo. De todos modos, ya está decidido. Iré a verte en octubre, tú vendrás en Navidad y luego haremos algo más radical. ¿Trato hecho?

—Trato hecho.

—Sería capaz de cualquier cosa por hacerte feliz —me dijo con sencillez—. Eres lo que más me gusta del mundo entero.

*C*uatro días después acabé en el Met y comenzaron mis últimas horas en Nueva York. Bea estaba organizando una fiesta de despedida en la azotea del Hotel Wythe, donde Julian me había invitado a té inglés y sándwich de queso a la plancha la primera noche que pasamos juntos.

Iba a venir toda la gente a la que habíamos conocido durante nuestra temporada en Nueva York, y Julian me había comprado un vestido preciosísimo en una boutique cerca de su casa. Yo no imaginaba que un hombre pudiera elegir un vestido para una mujer, pero era perfecto: sencillo, sedoso e ideal para mi collar de trozos de plata gruesos.

—Desestructurado —dijo Julian sagazmente, y luego se revolcó de risa como un niño—. ¿DESESTRUCTURADO? ¡No me lo podía creer cuando lo dijo la dependienta! ¡Las mujeres estáis locas! ¡Es un vestido!

Nuestro último día tenía un aroma triste, como de final de curso. El cielo estaba hinchado y amoratado. Se respiraba el cambio en el ambiente. Yo había hecho el equipaje, había vaciado mi taquilla del Met y había dado un último paseo sola por el East River State Park recordando los momentos felices que había pasado allí con Fiona unas semanas antes.

Mi prima me había dicho oficialmente que iba a quedarse en Nueva York de momento, pero se negaba a hablarme de sus planes. Yo me esforzaba por ser comprensiva con ella, pero me costaba trabajo. No estaba acostumbrada a ser el enemigo: Fiona siempre me lo había contado todo. Siempre. De no ser porque Julian había prometido cuidar de ella, habría tenido que renunciar a mi trabajo y quedarme.

A las tres tenía el equipaje listo y estaba preparada. Sólo me quedaba comprar unos zapatos para esa noche. Me propuse hacer un último peregrinaje al Soho para comprarlos.

Cuando salí del metro en Spring Street, el cielo estaba pesado, pero yo tenía el corazón ligero. El Soho estallaba a mi alrededor: turistas con grandes bolsas de papel entraban y salían de las grandes tiendas de ropa mientras niñas ricas, sofisticadas y perfectamente arregladas, se probaban joyas carísimas o examinaban bolsos tras las puertas cerradas a cal y canto de las boutiques más pijas. El tráfico se movía perezosamente por Broadway y una mujer con falda larga hablaba a gritos acerca del amor de Cristo acompañada por un coro de cláxones e indiferencia humana. Estaba observándola con curiosidad cuando oí otra voz femenina que conocía muy bien.

Me volví bruscamente. Fiona estaba literalmente a unos pasos de mí, caminando por Spring Street hacia Mercer, cogida amigablemente del brazo de Julian. Me quedé mirándolos, paralizada sin saber por qué. Julian miró a Fi y se rió de algo que estaba diciendo. Luego miró su reloj y dijo algo. Apretaron el paso y se alejaron entre la multitud.

Estuve mirándolos hasta que se perdieron de vista y me pregunté por qué de pronto sentía tanto miedo.

Sin duda no estaban…

No. Eso era absurdo. Julian no se había enrollado con Fiona, había sido un buen amigo para ella. ¿Cómo no iba a sentirme agradecida con él? Si mi prima no se hubiera aferrado a Julian, se habría aislado por completo.

Sin darme cuenta de lo que hacía, marqué el número de Julian.

—¡Sal! —contestó casi enseguida.

Un camión de bomberos se abría paso por Broadway, y oí su sirena a través del teléfono.

—¡Hola! —dije con fingida alegría.

—¿Qué pasa, huroncito?

—¡Nada! Es que estoy comprándome unos zapatos y se me ha ocurrido llamar para decirte hola.

El corazón me palpitaba penosamente en el pecho. No quería mentirle.

—Ah, bueno, pues hola, cariño. Me he pasado antes por tu casa para meterte mano un poco, pero no estabas.

—Ya.

Se hizo un silencio estruendoso cuando las sirenas se alejaron por fin.

—Era una broma —dijo, un poco indeciso.

—¡Ya lo sé! Bueno, ¿qué haces?

Me odié a mí misma. Odié que se me encogiera el estómago por miedo a lo que podía decir. Me aterrorizaba que mintiera.

«Por favor, dime que estás con Fiona en el Soho. Por favor.»

—He salido a entrevistar a una persona —contestó tras un silencio de una décima de segundo—. Voy para el Village, he quedado allí, pero volveré con tiempo de sobra para la fiesta.

No dije nada.

—Quiero ver cómo te pones tu vestido nuevo y te arreglas —añadió—. Pintarte un bigote en la cara, esas cosas.

Antes de que me diera tiempo a pensar, corté la llamada y apagué el teléfono para que pensara que me había quedado sin batería. Todo me parecía de pronto lacio e insulso. No me encontraba bien.

Una gota de lluvia me cayó en la frente, seguida por otra. En mi estado de petrificación, me parecieron como balas estrellándose en mi piel.

La lluvia comenzó a arreciar, pero el sol seguía fuera. Relumbraba en las ventanas superiores de los edificios altos que bordeaban Broadway, proyectando un extraño resplandor hiperrealista.

«No puede pasar nada —pensé frenéticamente—. ¡Julian me quiere! Seguramente sólo está dándole un capricho a Fi. Pero ¿por qué? —replicó mi cabeza—. ¿Por qué ha mentido?»

Entré de lado en una zapatería y estuve diez minutos mirando unas deportivas de hombre sin verlas antes de que el vendedor viniera a preguntarme qué estaba buscando.

ACTO CUARTO
Escena Dieciocho

Londres, octubre de 2012

De: Sally Howlett
Para: Fiona Lane
Enviado: 15/10/12 23:01 GMT
Asunto: Nueva York

Fiona:

Me siento muy rara por contarte esto por e-mail. He estado a punto de no hacerlo porque lo último que quiero es disgustarte, estando tú allí sola, en Nueva York... Pero es que tengo que contártelo.

El día de nuestra fiesta de despedida, hace un poco más de un año, fui a comprarme unos zapatos al Soho y os vi a ti y a Julian yendo juntos por Spring Street. Ibais en dirección al Village. Tú le habías cogido del brazo. Os estabais riendo.

No sé por qué, pero no tuve valor para pararos. Me entró el pánico. No es que no confíe en ti, cariño mío, es que... No sé. Había algo que me parecía raro.

Llamé a Julian y me mintió. Me dijo que había salido a entrevistar a alguien para la revista. Y luego, cuando vino a nuestro apartamento antes de la fiesta, me mintió otra vez.

No quiero hablar con él de esto, ni de nada que tenga que ver con Nueva York. Por fin he empezado a relajarme en la escuela y estoy intentando mantener una relación con Jan. Cosa que no resulta fácil estando Julian por aquí, claro está.

Así que te lo pregunto a ti. Me detesto a mí misma por hacer esto, pero tengo que saberlo. ¿Vas a decírmelo, Fi? ¿Vas a decírmelo? Porque te quiero y a él lo quise también una vez, y necesito saber qué estaba pasando.

Con todo mi amor,

Yo xxxx

De: Mail Delivery subsystem
Para: Sally Howlett
Enviado: 15/10/12 23:02 GMT
Asunto: Fallo en la entrega del mensaje

Su mensaje no ha sido entregado en la dirección de más abajo.

Error: cuenta borrada. Error permanente.

Me quedé mirando el mensaje de la pantalla y dejé que me arrollara la terrible e insondable desesperación que durante tanto tiempo y con tanto empeño me había esforzado en evitar. Barry estaba en la habitación de al lado, riéndose mientras hablaba por teléfono con un amigo. Mientras lo escuchaba parlotear, una voz ahogada procedente de otro mundo, sentí que me estrangulaba una verdad tan espantosa que era imposible de soportar.

Lloré lentas y calladas lágrimas de angustia frente a mi ordenador. Lloré hasta que mi cuerpo comenzó a plegarse sobre sí mismo.

Y luego, tan bruscamente como había empezado, paré.

No podía hacer esto. No podía volver a las andadas. No podía. Si Fiona estaba decidida a separarse de mí, así tendría que ser.

ACTO TERCERO
Escena Diecisiete

Nueva York, septiembre de 2011

Las copas de despedida fueron agridulces. Un espíritu de fiesta contagioso se mezclaba con una honda tristeza mientras bebíamos combinados y decíamos chorradas como «¡Vámonos todos a fundar una comuna en Francia!», «¡Nos vemos el año que viene para escalar el Kilimanjaro!»

La lluvia de la tarde se había disipado, dejando un cielo que parecía haber sido barrido con una escoba gigantesca. Se desangraba, rosa, mientras el sol se hundía detrás de Nueva Jersey y los edificios de Manhattan perdían sus líneas y se convertían en siluetas punteadas de luz.

Yo tenía en la mano una bebida amarga con sabor a manzana y estaba hablando con Barry. Le acompañaba un hombre al que habíamos visto mucho últimamente y del que sin embargo Barry aseguraba que era «sólo un amigo, Pollito».

—Es un momento muy triste, sí —comentó Barry contemplando Manhattan—. Ha sido una época gloriosa, ¿verdad que sí, Pollito?

Dije que sí con la cabeza.

—Gloriosa, tienes razón.

El «amigo» de Barry se fue a traer más copas.

—¿Qué va a pasar contigo y con Julian? —preguntó Barry con aire astuto—. ¿Crees que va a... declararse esta noche? No me extrañaría de él, y no lo digo por nada.

La angustia intentó tenderme una emboscada, pero yo conseguí zafarme. Esa noche, Julian había estado tierno, bobo y encantador: bailando por mi habitación con un colador de tela en la pilila y diciéndome que estaba absolutamente preciosa con aquel vestido.

—¡No puedes dejarme! —gritó, riendo. Se le cayó el colador y se puso a dar saltos por la habitación, desnudo—. ¡Mira! ¡Mira lo que vas a abandonar! ¿Es que estás LOCA?

Tenía que haber una explicación para que me hubiera mentido sobre su salida con Fiona. Y yo tenía que esperar pacientemente a que me la diera.

—No creo que vaya a declararse —dije con firmeza—. Pero va a ir a Londres dentro de tres semanas…

—¡Ay, madre! ¡No me digas!

—Sí.

—Te quiere —afirmó Barry.

Parecía muy complacido.

—Pues sí, me quiere. —Me sonrojé—. ¡Sabe Dios por qué!

—No me des motivos para darte una bofetada, Pollito —contestó Barry con calma—. Por cierto, ¿has visto que ha venido Raúl?

—Sí. Espero que no pase nada.

Barry hizo una mueca.

—Ahora mismo, con Fiona puede pasar cualquier cosa —masculló—. Creo que habrá que hacer algo cuando lleguemos a casa. Ir a ver a tus padres o algo así.

—¿Estás loco? ¿Decirles a mis padres que se droga?

Asintió con la cabeza.

—Umm, puede que tengas razón, Pollito. En fin, tendremos que deliberar a nuestro regreso, ¿de acuerdo? Tú, yo y Bea. De alguna manera conseguiremos sacarla de ésta.

—¿Tú crees? —pregunté débilmente.

Por primera vez en mi vida había empezado a perder la esperanza.

—Pues claro —contestó con firmeza—. Está hecha unos zorros, pero no es para tanto. ¡No está robando ni nada por el estilo! Te prometo —añadió en voz baja— que vamos a solucionar esto. Quiero que disfrutes de tu noche con Míster Calzones Elegantes, ¿me oyes?

—Sí.

Por primera vez desde hacía semanas, sentí una pizca de esperanza al pensar en Fiona. Naturalmente, yo no podía sacarla de aquello sola. Pero estaban Barry y Bea para ayudarme, y podría hablar con mi maravilloso novio por Skype. Tal vez hasta lo consiguiéramos.

—Bueno, Pollito —dijo Barry enérgicamente—. ¿Qué regalo has traído? ¿Algo bonito? Si es así, ¿puedes describirme el envoltorio para que lo coja yo?

Me di una palmada en la frente y solté una maldición. ¡Claro! ¡Los regalos! A Bea, que había organizado la fiesta, se le había ocurrido que lleváramos todos un regalo. Los pondríamos en una mesa y, cuando estuviéramos todos, cogería cada uno un regalo sin saber de quién era.

—Así nos ahorramos tener que comprar doscientos regalos de despedida —había explicado.

Habíamos estado todos de acuerdo, aunque seguro que nadie, excepto Bea, se habría molestado en comprar regalos de despedida.

Yo tenía pensado comprar el mío en el Soho esa tarde, pero después de ver a Julian y a Fiona me había costado hasta comprar un par de zapatos.

—Ay, Dios —suspiró Barry—. Que no se entere Bea de que no has traído un regalo, o te comerá para cenar, Pollito. Busca algo rápidamente, te lo suplico.

El sol descoloría su cara, y de pronto parecía increíblemente distinguido con su camisa cara y sus vaqueros.

—Te quiero, Barry —le dije mientras me iba en busca de mi bolso—. Te quiero mucho, mucho de verdad.

—Es una lesbianorra —oí que le decía a su guapo amigo.

Mi bolso estaba a la vuelta de la esquina, en la parte de la terraza que daba al este, frente a Brooklyn y en dirección a Queens y, más allá, en algún lugar, hacia el Atlántico.

«Julian y Fiona», pensé puerilmente.

Entonces vi que, en efecto, eran Julian y Fiona.

—Ah, hola —dije mientras hurgaba buscando mi cartera.

Iría corriendo a comprar algo en una de esas tienditas que había en torno a la Sexta con Bedford.

—Hola, mi gnomito de jardín —dijo Julian acercándose a mí.

Fiona lo miró alejarse con una expresión de vago resentimiento. Por un momento la odié. Julian era mío. Era mi chico. No tenía derecho a enfadarse.

Julian se acercó y me envolvió en sus brazos, estrechándome con fuerza.

—Estoy triste —dijo.

—Yo también —masculle.

—Sé que voy a verte dentro de tres semanas, pero aun así me… me duele. Voy a echarte tanto de menos… —Se retiró un poco y me besó en la frente mientras acariciaba con el pulgar mi nuca—. Te quiero, Sally, tontuela. Lo sabes, ¿verdad?

—¡Por favor, vale ya! —gritó Fiona.

Se acercó, y vi con sorpresa que estaba borracha. Desde hacía una temporada su método para escapar de sí misma tenía cero calorías; ahora, en cambio, llevaba en la mano un vaso que parecía lleno de vodka solo y cubitos de hielo medio derretidos. Noté un espasmo nervioso en el estómago. Tendría que vigilarla esa noche si iba a beber, además de lo otro.

Pero también sentí rabia. ¿No podía pasar una noche divirtiéndome? ¿Acabaría alguna vez aquella angustiosa preocupación maternal, aquella mala conciencia?

—Oye, ratón —dijo Julian en voz baja, mirándome—, ¿qué está pasando ahí dentro?

Fiona estaba ya a un par de metros de distancia. Sacudí la cabeza y le dije que hablaríamos después.

De pronto se abalanzó sobre nosotros y nos rodeó la espalda con sus brazos huesudos.

—¡ABRAZO DE GRUPO! —gritó.

Hicimos los tres ruiditos de abrazo de grupo y me pregunté si Julian y ella se sentían tan incómodos como yo. Cuando no pude soportarlo más, me aparté.

—¿Estás bien, Sally?

Fiona me miró fijamente, respirando en mi cara; sí, olía a vodka. Tenía la piel tan seca que la base de maquillaje había empezado a pelarse y el carmín se le pegaba a los labios cortados. De cerca parecía una extra de una teleserie de médicos. Flaca, descuidada, potencialmente peligrosa. Pero también muy vulnerable. Sus ojos escudriñaron los míos, ansiosos por descubrir que no era ella la causante de mi mal humor.

—Estoy bien —dije después de un silencio—. Es sólo que se me ha olvidado comprar un regalo.

Fiona cruzó los brazos y se tambaleó ligeramente.

—¿Qué te pasa de verdad? Por si te sirve de ayuda, yo estoy pasando una pesadilla. Ha venido el puto Raúl. ¿De qué cojones va?

Suspiré. Aquello no tenía sentido.

—Es que estoy triste porque es nuestro último día. Amo Nueva York. Y amo… —me interrumpí, avergonzada.

—¿A mí? —sugirió Julian, nada avergonzado.

No pude menos que sonreír.

—Puede ser.

Fiona gritó:

—¡SÍ! Aunque a mí me hayan dejado tirada, por lo menos vosotros dos estáis cada vez mejor. —Y se tragó el resto del vodka. Dejó bruscamente el vaso en la mesa que había a nuestro lado, pero falló y el vaso cayó al suelo—. Ay, joder —dijo con aire despreocupado, y retiró vagamente parte de los cristales con el zapato de tacón alto. Su pierna parecía un palo de golf.

—Voy a por un poco de agua —dije con intención—. ¿Vosotros queréis?

—Para mí un vodka doble, por favor.

Me sostuvo la mirada, desafiándome con nerviosismo a llevarle la contraria; rogándome que no la odiara.

Di media vuelta y me alejé, confiando en que Julian me siguiera.

Pero no me siguió. Los miré cuando entré para ir a buscar las bebidas, y estaba muy cerca de ella, diciéndole algo que la hizo sonreír de mala gana.

—¿Pollito?

Era Barry.

—Pollito, no estarás… preocupada, ¿verdad?

Él también los estaba mirando.

—No —dije automáticamente. Luego, notándome un poco mareada, añadí—: Bueno, sólo un poco molesta. Pasan un montón de tiempo juntos. Está claro que hay algo, aunque no sea nada preocupante. ¿Tú tienes idea de qué es?

Barry los miró.

—No.

Me estremecí.

—Voy a salir a comprar un regalo para la mesa —le dije—. Y a caminar un poco.

Para mi horror, Barry me cogió la mano y dijo algo que daba mucho, mucho miedo:

—No te vayas, Pollito. ¡Quédate y lucha por tu hombre!

Tragué saliva con esfuerzo.

—Eh, ¿en serio? ¿Crees que debería preocuparme?

Julian alargó la mano y pellizcó la nariz pecosa de Fiona, y ella le apartó de un manotazo riendo.

—Necesito una copa —dije con voz temblorosa.

—Seguramente es buena idea, Pollito —dijo Barry amablemente—. En cuanto a lo de ese regalo... ¿Tienes algo en ese bolso que pueda servir?

—No.

Parecía hecha polvo.

—Tonterías. Algo tendrás. —Se puso a hurgar dentro—. Vamos a ver. Un bloc de *post-it*. Perfecto.

—No puedo dejar un bloc de *post-it* —dije distraídamente—. ¿Qué tal si...? ¿Qué tal si escribo un vale en una de ellas? Como, «la persona que consiga este vale disfrutará de un almuerzo gratis en Schiller's» o algo así?

Barry se lo pensó y luego tuvo una idea mejor:

—¿Y si ofreces una noche de fiesta en Londres? —sugirió—. Porque seguro que estarías encantada de salir de copas con cualquiera de esta fiesta, Pollito. Menos con Fiona, quizá —bromeó airosamente.

Esbocé una sonrisa débil y desganada.

—No voy a darla por perdida aún —dije—. Hace un momento acordamos sacarla de ésta.

—Lo sé —repuso Barry—. Y vamos a hacerlo. No estoy preocupado, en serio, Pollito, porque sé que Julian te quiere, pero Fiona está muy colocada y está bebiendo alcohol, y no queremos que se eche encima de tu hombre, ¿verdad que no? Es lo único que digo.

Yo no estaba segura de que sólo estuviera diciendo eso, pero lo dejé correr.

Quien reciba esta nota tiene derecho a una noche de fiesta en Londres a mis expensas, escribí. *Me encontrarás en Bevan Street número 89, The Old Wharf 36, Londres NI 2ZM. Firmado: Sally.*

Escena Dieciocho

Una hora después me sentía bastante borracha, pero mi angustia no había disminuido lo más mínimo. Hablaba con la gente pero no oía lo que me decían. En el momento del intercambio de regalos, había abierto uno que contenía un enorme anillo amarillo muy hortera, y ni siquiera había sido capaz de reírme al ponérmelo en el dedo.

Julian y Fiona seguían inmersos en aquel club para dos en el que nadie más podía entrar. Sólo que ahora el club se reunía a la vista de todo el mundo: estaban en la terraza lateral con vistas a Manhattan, acurrucados en un rincón, intercambiando bromas y anécdotas que por lo visto sólo les interesaban a ellos. La gente intentaba hablarles y enseguida desistía. Fiona estaba visiblemente pedo apoyada contra Julian, desquiciada, o chillando estrepitosamente o lamentándose por lo de Raúl.

Barry fue supercariñoso conmigo, y hasta me dijo en cierto momento que parecía «delgada». Era mala señal.

Después de debatirse durante una hora más o menos, se dio por vencido.

—Mira, Pollito —comenzó a decir con nerviosismo. Yo me puse tensa—. ¿No creerás que…?

Lo miré fijamente.

—¿Qué?

—Bueno, Pollito, es sólo ese asunto de las drogas, ¿sabes?, el de siempre. Me estaba preguntando si crees que él… Si podría estar, ya sabes…

—¿Suministrándole drogas a Fiona? ¡Claro que no!

Barry asintió con la cabeza con aire tranquilizador.

—Sí, claro que no. De todos modos, es mejor hablar de ello, ¿no, Pollito?

—¿Por qué crees que le está dando drogas?

—Bueno —comenzó a decir Barry—, es que, ya sabes…

—No sé nada. Dímelo tú.

—Bueno, es que estuvo metido en no sé qué lío de drogas. Por la época en la que murió su mujer.

El mundo dejó de girar un momento.

—¿Qué? —Me quedé mirando a Barry—. ¿QUÉ QUIERES DECIR?

Me llevó a rastras lejos de los demás, hasta el fondo de la terraza. De repente apareció Bea.

—¿Se lo has dicho? —le preguntó a Barry.

Él dijo que sí con la cabeza. Bea chasqueó la lengua y me dio una copa de vino que yo no acepté. Luego me dio unas palmaditas en el brazo como si eso pudiera calmarme.

—DEJAD DE OCULTARME COSAS —siseé.

Me parecía casi inconcebible que supieran cosas que podían alterar mi vida y que hubieran esperado hasta ahora para decírmelo.

Bea se encogió de hombros exageradamente, a la italiana.

—Julian estuvo involucrado en un escándalo monumental, según he oído —dijo—. La gente dice que por eso murió su mujer. Algo relacionado con drogas.

Yo me agarré a la mesa.

—¿Cómo que un escándalo relacionado con drogas? ¿Qué quieres decir?

—Desconozco los detalles, corazón. Sólo sé lo que te he dicho.

—Pero ¿cómo lo sabes?

—Por favor, intenta calmarte, Sally. Lo sé porque me lo dijo Fiona. A ella se lo dijo Raúl. ¡Puede que sea todo un gran malentendido!

Me tambaleé, mareada y aturdida.

—Pero, cielo, reconozco que tengo mis dudas respecto a Julian. Es evidente que él no toma drogas, ¿no?

Asentí distraídamente con la cabeza. Saltaba a la vista que Julian no se drogaba. En eso Bea tenía razón.

—Mi problema es —prosiguió Bea— que Julian es dueño de una revista que sólo compran cuatro gatos. Piensa en la revista. No tiene muchos anuncios. ¿No es un poco raro que tenga dinero suficiente para ser dueño de un apartamento tan grande en Mulberry Street? ¿Que te invite a cenar? ¿Que lleve ropa tan cara?

—¿Cómo que un apartamento en Mulberry? ¡Pero si vive en Brooklyn! Tiene una habitación alquilada en casa de una mujer con un perro que se llama *Pam*.

—Ah —dijo Bea—. No sabías lo del apartamento.

—¡Porque no hay ningún apartamento! ¿O sí?

Bea me dio más palmaditas en el brazo.

—A lo mejor quería darte una sorpresa algún día —dijo para tranquilizarme.

—¡No! —chillé—. ¡Os equivocáis! Su ropa no es cara… ¡Es un desastre!

Y lo era. Llevaba camisetas. A veces, camisetas con un jersey encima. Tenía un aspecto clásico, medianamente a la moda, y a veces zarrapastroso. Su ropa no parecía cara. Y desde luego no tenía pinta de traficante de drogas si era eso a lo que se refería Bea.

Bea sacudió la cabeza.

—Es ropa cara —me dijo—. Confía en Bea. Ella sabe de diseñadores. No todo son camisas con gemelos y pantalones de pinzas, Sally. Los vaqueros que lleva esta noche. ¿De dónde son?

Me quedé pasmada.

—No tengo ni idea. ¿De Gap?

Bea se rió, pero su risa sonó hueca.

—No, tesoro. Son de Gucci. Cuestan quinientos dólares.

—Pero eso no es tanto. Quiero decir que…

—Sally, tiene cuatro pares distintos de pantalones como ésos. Yo me fijo en estas cosas. Esta noche lleva una camisa de Armani. Su jersey es de Phillip Lim. No se plancha la ropa ni se la remienda cuando tiene un agujero. Pero son prendas muy bonitas y muy caras.

—¡Eso son gilipolleces! —grité desesperada—. ¿Por qué intentas que sospeche de él?

Bea sonrió con tristeza.

—Ay, corazón, tú ya sospechas. Bea sólo te está diciendo lo que sabe. Quiere que tengas todos los datos.

—No. No, no y no.

—No sé nada con seguridad, corazón —añadió en voz baja—. Puede que me equivoque.

El corazón me martilleaba en el pecho. Me senté rápidamente en una silla para no caerme. Julian no era un traficante de drogas. No era un traficante de drogas. Empecé a dar vueltas al anillo hortera alrededor de mi dedo.

¿O sí lo era?

—No —dije enérgicamente—. Gracias, Bea, sé que te preocupas por mí, pero no pienso creerlo. Es absolutamente imposible que Julian sea un traficante de drogas. Su mujer debió de dejarle dinero.

—Su mujer no tenía nada cuando murió.

Bea había empezado a hablar muy deprisa.

—¡No! ¡No te creo! Gracias, pero… —me detuve—. ¿Por qué no me lo has dicho antes? —le pregunté.

Me sostuvo la mirada.

—Me he enterado hoy —dijo con cierto nerviosismo—. He hablado con Fiona. Me ha contado lo de la mujer de Julian. No sabía más de lo que te he contado. Y luego me he puesto a pensar en Julian y en su tren de vida. Hay algo que no encaja.

Un bloque de dolor se agolpó en mi pecho, presionando mis pulmones. Todo en Julian Bell encajaba. Aquél había sido el mes más hermoso y fácil de mi vida, estando allí, con él. Era mi hombre ideal. ¡No podía ser todo mentira! Era cariñoso, generoso. Me besaba en la punta de la oreja, me estrujaba el culo y, cuando se despertaba por las mañanas, me sonreía en lo más íntimo de mi ser.

No. No pensaba seguir escuchando las historias paranoicas de Bea. Seguramente lo que pasaba es que estaba aburrida porque no se estaba tirando a nadie.

Me levanté con las piernas temblorosas como Bambi y me fui a buscar a mi hombre. Demostraría que la teoría de Bea estaba equivocada y reclamaría a Julian para mí. Disfrutaría siendo su novia. Disfrutaría de nuestras últimas horas juntos.

Doblé la esquina, vi que Julian cogía algo que le daba Fiona. Un trocito de cartón doblado en forma de sobre en miniatura. Dejé de respirar. Fiona se lo estaba dando con alegre despreocupación, pero Julian parecía sumamente nervioso. Se lo quitó de la mano y se lo guardó. Sentí que alguien me había cerrado la llave del oxígeno.

De pronto, Julian me vio.

—¡Hola! —dijo, y su cara se estiró en una sonrisa incómoda. Su dedo rozó el bulto que formaba en el bolsillo el minúsculo sobre—. Vamos a buscarte una copa, mi dulce Sally.

Besó mi mejilla paralizada y entró, dejándome con mi prima.

—¿Qué tal, Sal? —dijo Fiona vagamente.

Estaba completamente borracha, pero menos arisca que antes. Me acerqué y me quedé de pie a su lado junto a la barandilla.

—Hola.

—¿Estás bien, tía? —preguntó.

Noté que me miraba.

—¿Qué estabais haciendo Julian y tú hace un momento? ¿Con esas... con esas cosas?

Fiona pareció ponerse nerviosa.

—No es lo que crees, Sally —dijo con lengua estropajosa.

Me agarró la mano y tiró de mí para explicármelo.

Noté el olor intenso y desagradable a vodka y a algo químico que exhalaba.

—Por favorrrrr, no te pongas tan seria conmigo. Todo el mundo se está divirtiendo, ¿verdad? Te voy a explicar...

Parecía un borracho de dibujos animados.

Me desasí de un tirón y la miré a los ojos.

—No quiero oír tus explicaciones. Ya no creo nada de lo que dices. —Mi voz sonó cargada de ira—. Acabas de intercambiar drogas con mi novio. Lo he visto con mis propios ojos. Yo... ¿Cómo has podido?

Sacudió la cabeza frenéticamente.

—¡No, no, no! Te equivocas. Vamos a dar un paseíto y te lo explico.

Tiró de mí hacia un rincón de la terraza, se tropezó con la pata de una silla y chocó contra la pared.

—Por el amor de Dios, ten cuidado —dije crispada.

Había mucha distancia desde allí hasta el suelo.

—Sally, he decidido solucionar mis problemas —comenzó a decir. Una camarera le dio otro vodka. Debía de ser doble, por lo menos, pero se lo bebió en tres tragos sin dejar de mirar a Raúl.

—Sí, he decidido solucionar mis problemas —repitió con esfuerzo—. Y Julian... —Arrugó la cara con nerviosismo, pensando qué decir—. Umm, ¿cómo decirlo? Bueno, él...

Yo ya había oído suficiente. Me di la vuelta para marcharme, pero otra vez tiró de mí.

—No, Sally, vamos a hablar. Te echo de menos... Has estado tan ocupada con Julian y el trabajo...

—No. No me eches a mí toda la culpa —grité—. He intentado estar a tu lado. Dios mío, lo he intentado, Fiona. Cada día, casi toda tu vida.

Su cara se crispó, llena de remordimientos etílicos.

—Has sido tan buena... —murmuró—. Te quiero muchísimo. —Intentó abrazarme, pero la aparté. Empezó a llorar—. Sally, lo estoy intentando —gimió—. Quiero ser mejor... No quiero ser así. No quiero ser una carga para ti. Me detesto por... —Estiró un brazo—. Por todo esto. Por todo lo que soy.

Yo me sentía agotada. Había oído aquello una y otra vez.

La verdad era que Fiona no podía cambiar. El suyo era un caso perdido. Cuando llegáramos a Inglaterra, Bea, Barry y yo íbamos a mantener una reunión de emergencia y a llamar al teléfono de la esperanza, o lo que se hiciera ahora para averiguar cómo podía desintoxicarse un drogadicto. Yo ya no podía seguir cuidando de ella, y ella no podía cuidar de sí misma.

—Por favor —suplicó Fiona—. Háblame.

—Vale. Quiero que cambies de idea sobre lo de quedarte en Nueva York. Quiero que vuelvas a Londres con nosotros, y que pidas ayuda de verdad. Que te desintoxiques —dije tajantemente.

—¿Qué? Venga, Sally, no es para tanto. ¡Sólo tengo que dejar de comprar drogas estúpidas! ¡Y dejar de beber una temporada!

—No. Necesitas ayuda de verdad, y yo no puedo dártela.

Pareció horrorizada.

—¡Por favor, Sally! —susurró. Una gota de saliva aterrizó en mi frente—. Sé que tengo que parar, pero… ¡No puedes mandarme a un sitio de mierda lleno de drogadictos!

—No me queda otro remedio —dije, embotada—. O, mejor dicho, no te queda otro remedio a ti.

Sólo podía pensar en el paquete del bolsillo de Julian. En qué significado tenía para mí, y para el resto de mi vida. Una vida que ya no podría incluirle.

Fiona, acorralada, empezó a defenderse.

—Mira quién fue a hablar —dijo temblorosa—. Tu vida no es precisamente perfecta.

En otro momento tal vez me habría sorprendido.

—Te has pasado la vida entera evitando todo lo que te asusta —me dijo—. Has desperdiciado tu voz escondiéndote en ese trabajo de sastra. ¡Y cantas dentro del puto armario! Así que ya ves. No soy sólo yo quien la ha cagado.

Julian había vuelto y estaba detrás de mí, nervioso. Ni siquiera pude mirarlo. Llevaba drogas en el bolsillo. Después de todo lo que le había contado sobre mis miedos respecto a Fiona y… Me detuve, agotada. No podía soportar el dolor. Se había acabado.

Pero Fiona no había acabado conmigo. Tenía la cara roja, estaba asustada, pero siguió luchando.

—Dejas que tus padres te traten como a una mierda, dejas pasar todas las oportunidades, no vaya a ser que te saquen de tu zona de confort. ¿Es que no tienes agallas?

—Tengo una vida —dije débilmente—. Y un trabajo estupendo.

—¿Y QUÉ MÁS DA? —Fiona gritaba y lloraba al mismo tiempo. Vi que Raúl se escabullía por la puerta, en dirección a los ascensores—. ¡Sí, a tomar por culo! —gritó Fiona dirigiéndose a él—. ¡Lárgate, cobarde de mierda!

—Fiona… —dijo Julian.

La gente había dejado de hablar a nuestro alrededor y nos escuchaba abiertamente.

—Tú también puedes irte a tomar por culo —siseé yo, volviéndome hacia él—. Déjanos en paz.

No intentó llevarme la contraria: sabía que estaba acabado.

—De acuerdo, chicos, vamos a dejar que hablen en privado —dijo dirigiéndose a los demás.

—Sally acaba de decirle a un hombre que se vaya a tomar por culo —informó Bea con orgullo antes de que la mandaran callar.

Fiona se volvió hacia mí con la cara más relajada.

—¿A quién le importa que trabajes en la ópera cuando tienes una voz capaz de parar el tráfico? ¿A quién le importa, cuando tienes una voz tan bella que cuando cantas me siento en la puerta de tu cuarto y lloro? Estás desperdiciando un don precioso —sollozó—. Estás encerrada en tu mundo pequeñito y seguro, intentando controlarlo todo para no tener que afrontar tus miedos. ¡Mírate, Sal!

—Oye, Fi —dijo Julian, acercándose otra vez—. Venga, sé que te preocupas por Sally, pero eso no viene a cuento ahora.

A Fiona se le puso la cara morada.

—Ah, así que ahora la defiendes, ¿eh?

Antes de que tuviera ocasión de contestar, Fiona se acercó a él y metió la mano en el bolsillo de sus bonitos y gastados vaqueros.

—Que te jodan —le dijo con furia—. Que te jodan, traidor. ¡Creía que estábamos en esto juntos! ¡Dijiste que éramos un equipo!

—¿Un equipo? —repetí débilmente—. ¿Un equipo de cocaína?

La terraza había quedado en silencio, salvo por el ritmo repetitivo y sintético que salía por el altavoz exterior y por algunos intentos de conversar poco sinceros procedentes del otro extremo de la terraza.

—Sí —dijo Fiona, crispada, mientras abría el envoltorio. Cogió un poco de polvo blanco con la uña y lo aspiró, mirándome con desafío y terror—. Un equipo de cocaína —repitió furiosamente mientras una lágrima se deslizaba por su cara.

—¿Te vendía él las drogas? —me oí preguntar.

De todos modos se me había partido el corazón.

Fiona miró a Julian y se rió ferozmente.

—¡Sí! ¡Es él quien me ha estado dando drogas! ¿Cómo te sientes ahora? Menos satisfecha de ti misma, ¿eh?

—¡Fiona! ¡Dios! Mira, deja que te lo explique —dijo Julian al ver que me derrumbaba—. Sally, yo… El caso es…

No pudo continuar. No podía mentir cuando las pruebas estaban ahí mismo, delante de nosotros, en la mano de Fiona.

—¡Camello! —dijo Bea con voz chillona detrás de mí.

Julian se tapó la cara con las manos. Aquella cara preciosa, encantadora, tan guapa. La cara de mi amado y peludo osito. Yo no podía soportarlo. No podía, literalmente.

—Creo que deberíamos irnos a casa —le dije a Fiona tras un silencio largo y desesperado. No quedaba ya nada que decir. Teníamos que volver a Londres para intentar arreglar aquello. Para salvar lo que aún pudiera salvarse de la vida de mi primita, aunque la mía se hubiera hundido—. Vamos.

Fiona había vuelto a animarse, aunque de un modo artificial y desagradable.

—¡Vale, vale! Pero sólo si me prometes solucionar tus malos rollos. ¡Y convertirte en una cantante de ópera!

—Vale —dije cansinamente—. Intentaré cantar un poco si tú buscas ayuda. Vámonos, por favor.

Cruzó los brazos, muy seria de pronto.

—No, Sally, no hablo sólo de clases de canto. Tienes que formarte para ser una profesional. ¡Una cantante de verdad!

—Venga, Pecas —murmuró Barry, acercándose discretamente—. Ya has oído a Sally, va a hacerlo.

Fiona empezó a llorar, la cara arrugada en una mueca fea y dolorosa.

—No, tienes que PROMETÉRMELO, Sally. He desperdiciado mi vida y no puedo permitir que tú desperdicies la tuya. Tienes que ir a la facultad y esas cosas, tienes que ser famosa…

Yo estaba atónita. ¿Por qué le importaba tanto aquello?

—Es importante —dijo, adivinándome el pensamiento por una vez—. Es importante para mí. Es culpa mía que siempre te haya dado tanto miedo cantar. Culpa mía, joder. Si no fuera por mí y por la imbécil de mi madre, tu madre no se habría pasado la vida intentando que fuéramos todos invisibles. Podrías haber disfrutado de la vida.

—¡Pero si he disfrutado!

—¡No! ¡Te has estado escondiendo! Y todo por mí y por la puta inútil de mi madre!

Había empezado a aullar. Grandes y desgarradores sollozos que me hacían trizas.

—Te has pasado toda la vida cuidando de mí, intentando hacer lo que no hacían tus padres, y ni una sola vez has pensado en ti misma y en lo que querías hacer… Por favor, Sally, aprovecha el puto momento —sollozó—. Sé valiente. Aprovecha el momento por mí. Mi vida está jodida, pero tú todavía tienes una oportunidad. Te quiero muchísimo…

La abracé y lloramos las dos, ahogándonos. Claro que haría aquello por ella si significaba tanto. Haría cualquier cosa por ella.

Escena Diecinueve

Salí del hotel y eché a andar. Llevaba los brazos cruzados con fuerza sobre el pecho como si así pudiera defenderme del dolor, y la cabeza hundida en la bufanda que me había prestado Barry al marcharme. Miraba sólo la acera desigual bajo mis pies.

—¿Vas a suicidarte? —había preguntado Barry con desconfianza.

—No.

—¿Seguro?

—Sí. Sólo necesito tomar un poco el aire. Y Fiona necesita despejarse un poco. Cuando vuelva la meto en un taxi y nos vamos todos a casa.

—Vale, Pollito. —Barry parecía demacrado—. Pero no te vayas muy lejos.

No oía nada más allá de mi propia respiración agitada. De vez en cuando pasaba un coche avanzando con cuidado por los adoquines desiguales: mundos extraños sobre ruedas. Bordeé el centro de Williamsburg y me encontré pasando frente a La Superior, donde había hablado tan abiertamente con Julian sobre mi amor secreto por el canto.

Seguí caminando.

Julian ya no tenía cabida en mi vida. Le había vendido drogas a Fiona. La angustia que me producía aquello era tan intensa que aún no podía acercarme a ella. Me concentré en Fiona. Fiona estaba dispuesta a desintoxicarse. Y a cambio yo me había comprometido a formarme como cantante.

¿Lo haría?

Tendría que hacerlo. Lo que yo quisiera carecía de importancia si podía salvar a mi querida Fiona. Y de todos modos seguramente no se acordaría de nada cuando se le pasara la borrachera.

Seguí caminando.

Recordé lo que había dicho mi prima sobre mi vida. Que era culpa suya que hubiera aprendido a pasar desapercibida a toda costa. ¿Era cierto?

Seguí caminando.

Pasada una hora, empecé a dirigirme hacia el norte, hacia nuestro apartamento. Mandé un mensaje a Barry pidiéndole que trajera a Fiona a casa. La fiesta podía sobrevivir sin mí y no quería estar cerca de Julian.

Sólo que no era verdad. Y ése era el problema. Julian, el embustero, el traficante de drogas, el cerdo que había ayudado a hundir a mi Fiona y al que sin embargo yo anhelaba con cada célula de mi ser y con el que deseaba acurrucarme en una cama calentita en algún lugar muy lejos de todo aquello.

¿Cómo, cómo iba a dejar de quererlo de un momento para otro? El amor era un tejido con la trama muy densa. No podía deshacerse así como así.

Seguí andando hacia el norte. Al día siguiente me iría de Nueva York. Tenía que alejarme de él.

Una lágrima se deslizó lentamente por mi cara cuando me imaginé un Londres que Julian no visitaría. Un futuro en el que no estaría presente, tan brillante como el filamento de una bombilla, tan precioso como el oro.

Tal vez debiera volver y despedirme. Intentar dejar las cosas civilizadamente.

La idea de un último abrazo, un último beso, aunque errónea, me hizo dar media vuelta en la Calle 10 y emprender el camino de vuelta al hotel. Tenía que decirle adiós. Tenía que verlo una última vez. Y luego me llevaría a mi bella y demacrada Pequitas a casa para que se pusiera bien.

La calle brillaba con un parpadeo azul que procedía de la parte de atrás de la Brooklyn Brewery. Cuando me acerqué al hotel se me aceleró el corazón en la garganta y me imaginé la sensación de un último abrazo. Un último beso. Un último adiós.

Levanté la vista de la acera, vagamente consciente de que pasaba algo raro. ¿Por qué parpadeaba aquella luz? ¿Por qué el aire parecía tan cargado?

Apreté el paso instintivamente. Empezó a revolvérseme el estómago. Aquellas luces azules eran luces de sirenas. No veía los coches, pero lo sabía.

Al torcer hacia Wythe Avenue, el mundo tembló a mi alrededor, estrechándose en un túnel. Había cerca de una docena de vehículos de emergencias frente al hotel. Uno de ellos era una ambulancia. Dos, quizás. En algún punto, la cinta policial se tensaba empujada por el fuerte viento que subía del río. Los transmisores chisporroteaban y el aire iba cargado de repugnancia y horror.

Eché a correr. De mi garganta salían ruidos extraños mientras corría hacia el hotel. La adrenalina me daba una velocidad que nunca había tenido.

—¿Qué ocurre? ¿Qué ha pasado? —chillé. Alguien de uniforme me había agarrado. Enseguida llegó otra persona. Me sujetaron con fuerza y grité—: ¿QUÉ HA PASADO? ¡SUÉLTENME! ¿DÓNDE ESTÁ FIONA? ¿QUÉ HA PASADO?

—Señorita, por favor, retírese —decía uno de ellos.

Yo le arañaba el brazo como un animal.

«Tengo que encontrar a Fiona. ¿Dónde está? ¿Dónde está Fiona?»

—Sally. —Era Barry. Avanzaba a duras penas hacia mí desde los coches amontonados—. Sally…

Estaba llorando, sollozaba con la cara crispada por el dolor. Se lanzó hacia mí y supe que había pasado lo peor.

—¡Fiona! —grité desesperada.

Barry sacudió la cabeza sobre mi hombro.

—Lo siento mucho, Pollito, lo siento mucho. Lo siento, lo siento. Ha sido un accidente estúpido. Ni siquiera estaba tan borracha. Se había calmado, estaba…

Me oí llorar. Me oí gritar. Empecé a desmayarme. Y entonces lo vi. Una camilla con ruedas y una bolsa negra encima. Una camilla con ruedas y una bolsa negra encima.

A Bea la estaba sujetando un agente de policía. Estaba aullando de dolor. El hombre que empujaba la camilla parecía desconsolado. Y junto a mi oído Barry seguía intentando decirme algo, pero apenas podía hablar.

—Se estaba exhibiendo —sollozó—. Estaba allá arriba haciendo el tonto en el muro y de pronto desapareció, Pollito, se fue, se fue…

—No. No, por favor, no, Barry, por favor, no, mi Pecas no, mi Pecas no, mi Pecas no. Dios mío, no, mi pecas no. ¡JULIAN! ¡Quiero a Julian! ¿Dónde está, Barry, dónde está?

Barry lloró aún más fuerte.

—Ha salido corriendo, el cabrón —sollozó—. Dios mío, Pollito, Dios mío…

Se aferró a mí y yo me aferré a él hasta que el ruido y las luces se pararon y en su lugar llegó la nada.

ACTO CUARTO
Escena Diecinueve

En la cama, Islington
Octubre, 2012

Mi preciosa Pecas
East River State Park
Brooklyn, Nueva York

Hola, cariño mío:
    He intentado mandarte un e-mail, pero han cancelado tu cuenta.
    Tengo miedo, Fi. Tu voz es cada vez más débil cuando hablamos. Es como si te estuvieras alejando de mí. Por favor, no te alejes, mi pequeña. No estoy lista para decirte adiós. He hecho lo que dijiste, Pecas. Estoy yendo a la facultad, y voy a quedarme, y voy a ser cantante. Pero, cariño mío, tienes que quedarte conmigo. No puedo hacerlo yo sola. Te quiero, Fiona, te quiero muchísimo.
    No puedo dejar que te vayas sin más al cielo o donde sea. Somos un equipo, Pecas. Sigue hablándome. Por favor, cariño mío.
    Ha pasado más de un año desde que te fuiste. Pienso en ello constantemente. En lo muerta que me sentía, y en lo fuerte y enérgica que estuvo Bea llevándonos a todos al avión. La echo de menos. Sé que cada uno lo afronta a su manera, pero me siento tan perdida y triste porque se haya ido a Glyndebourne y no quiera saber nada de nosotros… Estábamos los cuatro, y ahora sólo estamos dos.

He estado pensando en la investigación y en lo horrible que es que Julian se fuera de rositas. No deberían haberle permitido venir a Inglaterra a enseñar canto y que toda esta gente se comporte como si fuera Dios. ¿Te imaginas lo que haría la escuela si se enteraran? No paro de preguntarme si debería decir algo. Ya sabes, avisarles. Pero me siento paralizada. Como si le odiara y al mismo tiempo una parte de mí siguiera sintiendo una especie de... No sé, de lealtad, supongo.

He escrito que tu dirección es el East River State Park. Siento que así es. A veces nos veo allí, sentadas en aquel tronco al sol. Pienso en tu piel pálida, en las pecas que te salían, y en cómo me decías lo ilusionada que estabas con el futuro.

Hoy voy a volver a Stourbridge y casi no soporto la idea de estar allí sabiendo que ya no estás en el mundo. Nuestros juegos en aquella calle cortada del barrio. Las botellas de Coca-cola del súper. Bailar con macarras en Millennium. La comida para llevar los sábados por la noche. Tú y yo, siempre riéndonos por lo bajo.

Ojalá lo hubiera sabido. Ojalá me hubiera dado cuenta de lo que iba a pasar. No te habría perdido de vista. Sigo sintiendo que me partieron en dos. Que volvieron a juntarme y que voy por ahí como si estuviera entera, pero esa sensación sigue ahí. Es una raja que parte mi vida entera.

Barry dice que tengo que dejar de hablar contigo, pero él no lo entiende. Sigue siendo una persona completa. Yo no.

Te echo muchísimo de menos, Pecas.
Xxxxxxxx

Cada vez se me daba mejor fingir que Julian Jefferson era un profesor más de la escuela, en vez de un embustero y un camello. Me ayudaba que llevara aquella ropa de capullo y que la gente prácticamente se desmayara cuando se cruzaba con él por el pasillo, porque ninguna de esas cosas tenía relación con mi exnovio Julian Bell, que cuidaba de una perra llamada *Pam* y tenía el pelo siempre alborotado y las gafas rotas.

Pero aquel autoengaño se volvió más difícil cuando Julian apareció en la estación de Euston dispuesto a acompañarnos a Jan y a mí al taller en el instituto de Stourbridge, con el pelo recién cortado y despeinado y sin su horrible ropa de pijo. Se paseaba de un lado a otro buscándonos, con un bocadillito de beicon y un aire de amable despiste. Indistinguible del Julian Bell al que yo había amado tanto. Hizo que se me parara el corazón.

Me escondí detrás de un quisco para observarlo.

Estaba todo allí otra vez. Aquella bondad parsimoniosa y caótica. Aquel aire de desaliño y ternura. Aquel encantador...

«¿Qué está haciendo? ¿Por qué se ha cambiado de ropa? ¿Y por qué se ha puesto el jersey que más me gustaba, el muy CAPULLO? ¿Con la puntita rozada del cuello de la camisa asomándole encantadoramente por encima? ¿Huele como antes? ¿Le...?»

—Cállate —me dije con furia—. Cállate y déjame en paz. No importa. Es un cerdo.

Eran solamente las siete cincuenta y cinco de la mañana, pero ya estaba llena de ansiedad.

Y a medida que fuera pasando el día sería mucho, mucho peor.

*C*inco minutos después salimos de Euston rumbo al norte Julian, Jan y yo, embutidos alrededor de una estrecha mesita. Yo seguía estando un poco asustada por volver al pueblo donde había crecido con Pecas, al pueblo donde residían mis padres, que me culpaban de su muerte. El hecho de que Julian, aquel Julian discreto y familiar, tan parecido al Julian Bell de antes, fuera uno de los ingredientes de aquella ensalada era para mi endeble estado de ánimo el equivalente a una bomba incendiaria.

—¿Qué haces aquí? —le preguntó Jan a Julian como sólo él podía preguntárselo.

Estábamos atravesando a toda velocidad la maraña de vías férreas de Hendon mientras bebíamos un té flojucho.

La franqueza de Jan hizo sonreír a Julian, que había estado tirándose del puño de la camisa.

—Por lo visto, los proyectos nuevos de trabajo solidario tienen que ser supervisados por alguien de la escuela. Por eso estoy aquí.

—¡Pero tú eres entrenador vocal! No eres de verdad del colegio —insistió Jan.

Se había tomado tres cafés solos esa mañana y estaba ya un poco desquiciado. Sus ojos se movían nerviosos entre Julian y yo. Por suerte no era consciente del avispero en el que se había metido.

—Ya sé que no pertenezco al personal del colegio —dijo Julian divertido—. Y ojalá pudiera dejar que os las arreglarais solos, amigo mío, pero resulta que hoy no había nadie libre. Así que lo siento, tronco, vas a tener que cargar conmigo.

«Vete a la mierda —pensé yo—. Deja de intentar hacerme reír.»

—Pues yo me alegro de que te manden —comentó Jan. Alargó un brazo y se sirvió una de las galletitas de manteca de Julian—. Creo que lo pasamos bien nosotros los... los tres de noso...

—Nosotros tres —masculló, esquivando la mirada de Julian.

No me apetecía nada que se hicieran amigos.

—¡Sí! ¡Nosotros tres! —Jan se metió la galleta entera en la boca—. Y estás muy distinto, Julian. ¿Por qué hoy vistes como campesino? —preguntó cordialmente.

Julian soltó una carcajada.

—Mi madre suele preguntarme lo mismo.

—¿Y bien? —Jan no iba a dejarlo correr, y era una suerte, porque yo también tenía muchísimo interés en conocer la respuesta.

—Así es como visto.

Julian miró con aire contrito su ropa—. La verdad es que no soy nada elegante.

—¿Y por qué llevas ropa elegante en la escuela? —insistió Jan—. ¿Por qué tienes pelo largo y le pones grasa encima?

—¡AGGGGGGG!

—¿Cómo dices?

Julian me miraba con un brillo en los ojos.

—Perdón. Es que me he atragantado con el té —dije.

Jan era increíble. Absolutamente increíble.

—¿Que por qué me pongo ropa elegante y gomina en el pelo? —se preguntó Julian en voz alta, alborozado—. ¡Ja, ja! Bueno, es lo que he hecho siempre desde que soy cantante de ópera, supongo. El agente que me busqué después de acabar la facultad tuvo una visión: me imaginó convertido en un tiarrón guapo y elegante que haría furor entre las mujeres de mediana edad. Fue idea suya, no mía —añadió atropelladamente—. En el primer reportaje fotográfico que me hice, pidió que me arreglaran así y así me quedé. Así es como quiere ver la gente a Julian Jefferson.

—Pero... —Jan estaba perplejo. La conformidad no era algo que entendiera muy bien—. Pero ¿por qué? Si no representa tu verdacidad, ¿por qué vistes como empresario que tiene señoras desnudas en su piscina?

Esta vez no pude contenerme, y Julian tampoco. Nos tronchamos los dos de risa y Jan se unió a nosotros, muy contento.

—¡JA, JA, JA! —gritó encantado—. ¡JA, JA, JA!

Yo dejé de reírme igual de bruscamente que había empezado, porque no me parecía bien estar partiéndome de risa con Julian, y aquella ansiedad mareante volvió a apoderarse de mí. Aquel viaje era un error de principio a fin. Un error, un error y un error. Tal vez pudiera escabullirme al llegar a Hemel Hempstead.

Julian tomó un trago de té.

—Es una lata —dijo con pesar, y se volvió hacia Jan—. Yo me hice esa misma pregunta hace muy poco. ¿Por qué sigues llevando toda esta mierda tan elegante? La escuela no te exige que vistas como un capullo repugnante. Y como no encontré una respuesta que me sirviera, pensé «A tomar por culo», me fui al turco del otro lado de la esquina, que me cortó el pelo por ocho pavos, y ¡zas! saqué toda mi ropa vieja.

—¡ZAS! —repitió Jan, ofreciéndole la mano para que se la chocara.

Julian lo hizo riendo.

Luego Jan empezó a sonreír malévolamente.

—¿Y qué dice Violet de tu nuevo estilo? —preguntó.

—¿Cómo dices?

Noté que su mandíbula se tensaba ligeramente. Y sentí que la mía hacía lo mismo.

—¡Vamos, señor Julian Jefferson! —Jan soltó una risita—. ¡No engañas a nosotros! Todo la gente del mundo dice que estás echando polvos sexuales con Violet Elphinstone —añadió—. ¡Ja, ja!

El tren siguió avanzando con su suave traqueteo. Yo puse cara de supremo aburrimiento, aunque notaba que el corazón me latía en la boca, o en la frente, quizá.

Julian, por su parte, parecía como paralizado.

—¿Todo el mundo habla de nosotros? —preguntó con nerviosismo.

—¡Ajá! ¡Lo confirmas! ¡JA, JA!

—Eh... Esto...

El corazón se me hundió en el pecho y luego se me cayó hasta los pies. Empecé a maldecirlo.

«Contrólate. ¡Es el enemigo! ¡Violet y él son tal para cual!»

—Si fueras de verdad del colegio sería muy grave, ¿no? —preguntó Jan jovialmente—. Pero no eres del colegio, así que no pasa nada, ¿no? Nosotros hombres del colegio, del mundo entero, nos inclinamos ante ti. ¡VIOLET ELPHINSTONE!

—No, la verdad es que es grave —dijo Julian débilmente—. Muy poco profesional. Eh...

Se acabó de un trago el té y dejó escapar un gritito cuando le quemó la garganta.

Yo saqué mi cuaderno y mi boli como si tal cosa. Me temblaban las manos. No tenía ni idea de cómo iba a pasar las treinta y seis horas siguientes. Me sentía enferma, angustiada y atrapada.

«Socorro» —le pedí a un Dios en el que nunca había creído—. Auxilio.»

*E*l taller empezó mejor de lo que esperábamos en el sentido de que se presentaron los treinta chavales de dieciséis años que nos habían asignado. Estaban en el gimnasio, un sitio deprimente con ventanas altas e inalcanzables y una acústica espantosa, y nos ignoraban, unos en silencio y otros a grito pelado. La mayoría, con unas pocas excepciones, estaban inmersos de manera central o periférica en alguna conversación de ligoteo mantenida a gritos.

«Las cosas han cambiado», me dije maravillada al ver aquella panoplia de velos, turbantes y gorras.

Cuando yo era pequeña Stourbrigdge era todavía un pueblo de clase trabajadora blanca muy tradicional. Hoy en día, en cambio, era un mar de caras de distintos colores.

—¡AHÍ VA! ¡AHÍ VA!¡QUÉ PASADA! —gritó una chica en el instante en que Jan Borsos entonaba a pleno pulmón un penetrante sol sostenido.

De pronto se hizo el silencio en el gimnasio. Treinta pares de ojos viraron hacia nosotros, algunos con sorpresa, la mayoría con aire de fastidio. Yo me puse colorada. Estaba horriblemente incómoda y asustada.

Me acordaba de estar allí, en aquella misma sala cuando era una adolescente, sintiéndome gorda y angustiada con mis zapatillas de gimnasia, confiando en que nadie se fijara en mí. ¿Cómo había conseguido superarlo? ¿Qué me había ayudado a sobrellevar el hedor pútrido de la adolescencia? Fiona, naturalmente. Me escribía tres veces a la semana desde la escuela de ballet, todas las semanas. Siempre llena de energía, me animaba a seguir adelante, a no dejarme achantar, y me contaba historias desternillantes y llenas de palabrotas acerca de aventuras imaginarias protagonizadas por nosotras dos.

Siendo como era, había necesitado, claro, un montón de cosas por mi parte: consejos sobre cómo enfrentarse a los matones de la clase, palabras de aliento asegurándole que mis padres querían que fuera a casa por Navidad, estímulo para seguir perfeccionando su arte. Pero, aunque me tocara actuar como una madre, con el paso de los años esas cartas habían contribuido a apuntalar mi escasa confianza en mí misma. En aquel torrente interminable de sobres y hojas de papel estaba la prueba de que formaba parte de un equipo. Aquellas cartas me recordaban que, al menos para una persona, yo era importante y necesaria.

Mi pequeña Pecas. Yo, claro está, no había sido capaz de acabar con nuestras conversaciones. Barry tendría que entenderlo. Puede que Fiona estuviera loca, pero era mi compañera de equipo. Mi sostén. Mis cimientos.

«Basta —me dije—. Aquí no.»

Miré a los chavales. Jan y yo parecíamos prácticamente enanos delante de ellos. Jan, con su majestuosa figura en miniatura, y yo, tan pequeñaja, con mi gran trasero y mi cuerpo fondón, nos erguimos ante aquella tribu de ruidosas amazonas y durante un instante no dijimos nada.

Luego Jan, al que por lo visto no le asustaba nada ni nadie, comenzó:

—NARANJA Y LIMÓN, DICEN LAS CAMPANAS DE SAN SIMÓN. Y PARA TI UN COLÍN, DICEN LAS DE SAN MARTÍN.

El gimnasio quedó en silencio, menos por una chica que llevaba una peineta en el pelo a lo afro y que masculló algo acerca de que aquel tipo estaba loco, pero en el buen sentido, ¿sabes lo que te digo?

Jan se paró y los miró.

—¿No conocéis esta canción?

Uno o dos de los del fondo levantaron la mano, pero volvieron a bajarla rápidamente. Los demás miraron a Jan con una mezcla de desinterés y hostilidad.

—Ya veo —añadió Jan—. A lo mejor no sois todos ingleses. A lo mejor tenemos muchos extranjeros aquí.

Yo me encogí por dentro hasta hacerme muy pequeñita. ¿Por qué Jan nunca pensaba antes de hablar?

—Yo no soy inglés tampoco —añadió alegremente—. Pero mi madre me enseña esta canción cuando era pequeño. ¡Me dice que todos los niños ingleses conocen esta canción!

—Pues entonces no sabía una mierda sobre Inglaterra —comentó un chico pálido, flaco y mal vestido.

No llevaba corbata, y en lugar de los zapatos negros del uniforme calzaba unas deportivas arañadas. Pero lo peor de todo era que lucía aún los vestigios de un ojo morado.

Me encabrité, enfadada porque Jan hubiera tenido que oír cómo insultaban a su madre en los primeros cinco minutos de clase. Naturalmente, como aquel era mi colegio, me sentía responsable. Lo sentí a mi lado, pequeño, recio y visiblemente sorprendido. En su mundo, toda la gente lo amaba. Se reían de él con frecuencia (y con razón), pero nadie le insultaba jamás. Era demasiado adorable.

«¡NO PUEDO! —me gritaba mi cabeza—. No puedo estar aquí,

en Stourbridge, con Julian, mientras insultan a Jan, sin Fiona y con unos padres que no merecen llamarse padres y... ¡NO PUEDO!»

—Tienes razón —dijo Jan, atajando mi ataque de histeria mental—. Mi madre no sabía una mierda de Inglaterra. Pero sí que sabía cantar. Y por eso yo estoy aquí hoy. Estoy aquí para enseñaros lo que mi madre me estaba enseñando a mí: a amar la música.

El chico flacucho le sostuvo la mirada unos segundos, luego la bajó y se miró las uñas mordisqueadas y sucias.

A pesar de mi precario y febril estado mental, la tarde empezó bien. Después de hablar de nosotros y nuestras vidas para demostrarles a los chicos que la ópera no era cosa de pijos entrados en carnes, Jan cantó «La donna è mobile», y algunos de ellos dieron muestras de conocerla, lo cual nos tranquilizó. Habíamos acordado previamente que yo no cantaría.

Hubo un par de preguntas incómodas y casi todos se negaron a participar en el «divertido» calentamiento vocal que habíamos ideado (que, según nos dimos cuenta demasiado tarde, era un tostón), pero Jan superó cada bache con su ingenio enternecedor y su alocado encanto. Por sugerencia mía los hicimos salir del gimnasio, hacía una tarde ventosa, y los animamos a cantar lo que les apeteciera mientras dábamos una vuelta por los patios de césped artificial. Sus voces se las llevaría el viento que soplaba veloz, y allí no tendrían que mirar a nadie a los ojos.

En aquel contexto más relajado varios de ellos se animaron a cantar. Muchos sacaron sus teléfonos móviles y canturrearon al compás de *rhythm & blues* de pacotilla o de rock garajero turco, las chicas riéndose a gritos para disimular la vergüenza. Pero para cuando volvimos a entrar dispuestos a empezar con *Los miserables*, la perspectiva de que participaran todos había empezado a concretarse.

«Dieciséis años no son muchos —me dije. Todavía quedaba ahí dentro, en alguna parte, un niño o una niña lo bastante desinhibidos para disfrutar de algo tan instintivo como la música—. Ojalá alguien me hubiera animado a mí a los dieciséis, aprovechando ese valor que todavía queda.»

—Sally Howlett, estás haciendo un trabajo fantástico —dijo Julian en cierto momento. Había aparecido de repente—. No creo que ni la mitad de estos chavales hubieran podido relajarse y cantar sin tu ayuda. Estoy muy impresionado.

Me sonrió directamente, todo él Julian Bell, sin nada de Julian Jefferson. Procuré no pensar en el cuerpo conocido que se escondía debajo de sus ropas conocidas. Intenté no acordarme de cuánto lo había querido y de lo mucho que me había decepcionado.

Miré mi reloj. Aún tendríamos que estar treinta y una horas en Stourbridge. Mi estómago se encogió y se agitó. No podía soportarlo.

Una hora después, Jan y yo íbamos zigzagueando entre una multitud de chavales que cantaban con furia bastante convincente acerca de la vida en un arrabal parisino.

—Bajad la mirada y contemplad la inmundicia de las calles. Mirad, mirad a vuestro prójimo —cantaban.

Algunos seguían haciendo el indio y unos pocos se negaban tercamente a cantar, pero los demás, en su mayor parte, se habían lanzado.

Julian echó a andar a mi lado. Mientras paseábamos entre el gentío de mendigos sentí que mi cuerpo se tensaba poniéndose a la defensiva.

—¡Lo están haciendo genial! —comentó—. Lo cual demuestra lo que pasa cuando uno se deja llevar, ¿no crees?

Me puse colorada.

—¿Qué quieres decir exactamente?

—Que tú también puedes hacerlo. Dejarte llevar. Cantar sin reservas.

Me quedé muda. ¿Qué derecho tenía Julian a hablarme de mi miedo a cantar? ¿Qué derecho tenía a hablarme de nada? Seguí andando, hice un gesto de ánimo a una chica que por fin se había animado a cantar unas palabritas.

—Gracias por tus comentarios —contesté. Tenía ganas de llorar—. Ahora, si me disculpas...

El chico que había ofendido a la madre de Jan estaba en un rincón de la sala, sin hacer caso de nadie. Estaba jugando con el móvil y bebiendo una cosa asquerosa de color azul brillante de una botella de plástico. Me asustaba un poco, pero me sentí atraída hacia él.

—¿No te gustan *Los miserables*? —le pregunté, sentándome en el suelo a su lado.

Hizo como que no me oía.

—¿Qué clase de música te gusta entonces? —insistí.

Nada. En la pantalla de su móvil, una cosa fue brutalmente asesinada.

—No vamos a estar con *Los miserables* toda la tarde, vamos a...

—Me gustan *Los miserables* —dijo entre dientes.

Sonreí. Me sentía tan a gusto oyendo aquel acento... Era como hablar con mi hermano Dennis cuando éramos adolescentes.

Entonces caí en la cuenta de lo que había dicho.

—¿En serio? ¿Te gustan *Los miserables*?

Se encogió de hombros y siguió jugando.

—¿Has visto la función?

—No. La ponen en Londres.

—Te lo preguntaba por si a lo mejor habías ido a verla.

Arrugó el entrecejo malhumorado y meneó la cabeza sin apartar la mirada del teléfono.

—No podemos permitirnos coger el puto carro para ir al puto Londres a ver un puto musical.

Dije que sí con la cabeza.

—Ya. Claro.

Acabó el juego. Había ganado el chico. Sonrió triunfante y me miró.

—Mi madre lo tenía en cinta. Lo escuchaba sin parar. Me crié oyendo esa mierda.

Sonreí animosamente.

—Es bastante bueno —comentó rascándose la cabeza. Miró a Julian, que estaba anotando algo en su cuaderno—. ¿Quién es?

—Un profesor de mi escuela de ópera. Y también es cantante de ópera. Un cantante de ópera bastante famoso.

El chico pareció impresionado. Se volvió hacia mí.

—No lo parece.

—No —reconocí con pesar—. No lo parece. Lo parecía, pero luego... En fin, da igual.

—¿Tú eres cantante de ópera? —me preguntó.

—¡Sí! Bueno, estoy estudiando para serlo.

—Yo no podría dedicarme a eso.

Se estremeció.

—Te entiendo. A mí me parece que voy a vomitar cada vez que me preparo para cantar. Pero en cuanto abro la boca todo va bien.

El chico me miró como si estuviera loca, lo cual era posiblemente una reacción lógica.

—¿Tú cantas? —pregunté.

Se guardó el móvil en el bolsillo deshilachado.

—A veces.

Dejó de hablar. Los demás seguían cantando de fondo, acompañados por un pequeño reproductor de CD que Jan llevaba sobre el hombro como un radiocasete de los antiguos.

—La verdad es que me gusta cantar *Los Miserables*. Pero solamente en el cuarto de baño. Mis hermanos me darían la vara si me oyeran.

Sonreí.

—¿No te gusta que te oiga la gente?

—Joder, no. Cantar es de pardillos. De pardillos auténticos. Perdón, señorita.

—Por mí puedes decir todos los tacos que quieras —le dije—. Entonces, ¿tienes alguna canción favorita?

Se removió incómodo y me pregunté hasta donde podría presionarlo antes de que se cerrara en banda.

— ¿«Estrellas»? ¿«Sillas vacías»? ¿«Sálvalo»?

—«Sillas vacías» —refunfuñó poniéndose colorado—. Es una canción de puta madre.

Escena Veinte

Veinte minutos después acabó el taller y por primera vez ese día me sentí relajada. La clase había sido un éxito sin precedentes y varios de los chicos habían preguntado si podíamos arreglarlo para que volvieran al día siguiente, cuando le tocaba venir a otra clase. A pesar de la maraña de tristeza que tenía en la cabeza por estar en Stourbridge sin Fiona, por el temor de ver a mis padres esa noche y por algunos otros sentimientos embrollados acerca de Julian y Violet que todavía no quería mirar con detenimiento, me sentía bastante eufórica.

Pero lo mejor estaba aún por llegar. Siguiendo mis instrucciones, Jan había hecho salir a todo el mundo, incluso al profesor encargado de acompañarnos, que había accedido a esperar junto a la puerta, y el chaval y yo nos quedamos solos en el gimnasio vacío y resonante. Se llamaba Dean y vivía en el mismo barrio que mis padres. La tarde se estaba oscureciendo y los enormes focos que colgaban del techo daban a su cara una palidez mortal.

—¿Qué te parece si pruebas a cantar en el vestuario si el gimnasio es demasiado grande? —le sugerí—. Yo me pasé años cantando en un armario, donde todo suena fatal. La primera vez que canté en una habitación de verdad fue como una revelación. ¡Sonaba increíble!

—Umm.

—El problema fue que entró alguien y me oyó. Pero puedo asegurarme de que no venga nadie a interrumpirte. Anda, no tienes nada que perder. ¡Puede que ésta sea tu única oportunidad de cantar esa canción en una sala de verdad!

Soltó un bufido.

—Es usted muy rara, señorita. ¿Quiere ser cantante y no le gusta cantar?

—Pues sí.

—No la creo, señorita.

—Pregúntale al recepcionista del Hostal Hagley. —Sonreí—. Sabe que somos cantantes y nos pidió por favor que cantáramos algo. Jan cantó como cuatro canciones y yo me quedé en un rincón como un pasmarote sin decir ni mu.

Dean se rió.

—Sí que es usted rara.

—Sí. Aunque no más rara que tú. Anda, prueba. Aunque sea la única vez en tu vida que vas a oírte cantar de verdad, valdrá la pena, créeme.

Dean se removía azorado. Quería cantar, yo se lo notaba. Jan había interpretado «Sillas vacías» delante de la clase un rato antes y los chicos se habían quedado hechizados, excepto los que siempre armaban más bulla. Dean, en particular, se había quedado extasiado. Verlo a él era como ver un espectro de mí misma.

Sin más dilación puse «Sillas vacías» y coloqué el reproductor de CD encima del banco, dentro del vestuario.

—Vamos —dije, señalando hacia el vestuario.

Entró refunfuñando un poco y cerré la puerta tras él.

Dean dejó que sonara el acompañamiento, pero no cantó. A pesar de que no me había atrevido a abrigar esperanzas de que lo hiciera, me desanimé un poco. De todos modos había sido una tontería, me dije. Yo había necesitado varias semanas de apoyo intensivo para salir de mi armario, y era mucho mayor que el chico.

—No puedo, señorita. —Abrió la puerta el ancho de una rendija—. Me siento como un *pringao*.

Lo miré, miré la piel delicada y verdosa de alrededor de su ojo izquierdo, y me imaginé cómo debía de ser la vida en su casa.

«Yo era igual que tú —pensé—. Paralizada por el miedo y la vergüenza.

Sin pararme a pensar, puse de nuevo la música y comencé a cantarla. Salí al gimnasio, que, vacío ya, hacía resonar bellamente mi voz. La canción estaba por debajo de mi tesitura, pero incluso en esas condiciones sentí que aquel cálido torrente de libertad brotaba de nuevo en mi pecho. Caminé despacio por el gimnasio y sentí que Dean me observaba desde la puerta del vestuario. No lo miré, en parte por vergüenza y en parte con la esperanza de que se animara a cantar.

Y eso hizo. Comenzó a cantar. En voz baja al principio, pero cada vez más fuerte, hasta que su voz, un muro de sonido sorprendentemente poderoso, llenó el gimnasio. Bajé el tono, dejé de cantar por completo y lo miré, aterrorizada por que él también parara, pero clavada en el sitio. Al acercarse las notas más altas y emotivas, comenzó a soltarse de verdad.

> *Ah, amigos míos, amigos míos, perdonadme*
> *por vivir aún después de vuestra muerte.*
> *Hay una pena de la que no puede hablarse.*
> *Un dolor que nunca enmudece.*

Miré a Dean, con su ojo morado y sus zapatillas viejas, y lloré. Por mí, por él y sobre todo por Fiona. Cuando acabó la canción y la vergüenza lo dejó paralizado de nuevo, empecé a aplaudir y me sequé los ojos.

—Ha sido perfecto —le dije—. Perfecto de verdad, Dean.

—Eso, eso —dijo detrás de mí una voz medio americana, medio de Devon.

Me giré en redondo.

—Ha sido absolutamente brillante, colega.

Julian sonrió. Estaba apoyado contra el marco de la puerta, de brazos cruzados, junto al profesor acompañante.

De golpe me asaltó un recuerdo, el de Julian de pie junto a otra puerta, la noche que nos conocimos, tan guapo como en ese momento, sonriendo de aquella manera irresistible. Mi calma se hizo añicos. Volvió el torbellino de angustia.

Dean se escabulló por la puerta de emergencia sin decir palabra.

—Le prometí que no dejaría entrar a nadie —le dije a Julian crispada—. ¿No podías haberte quedado fuera? «Y haberte ido a tomar por culo, a tirarte a Violet Elphinstone», —estuve a punto de añadir.

—El profesor me ha dicho que no se pueden quedar solos con las visitas —contestó Julian. Luego se vino derecho hacia mí, hasta que estuvo a pocos centímetros de mi cara. Se inclinó ligeramente hacia mi oído y sentí el calor de su aliento en el cuello—. ¿Y podrías dejar de ser tan desagradable conmigo, Sally?

Escena Veintiuno

¡Me cae bien este hombre! —exclamó Jan Borsos fogosamente. Estaba acalorado por el buen humor, y seguramente también por el whisky escocés.

Julian y él estaban en el bar del hotel desde que habíamos vuelto del instituto. Yo había subido a ducharme y a tratar de tomar las riendas de mi mente fracturada y dominada por el pánico. Sencillamente no estaba preparada para ver a mis padres esa noche y no sabía qué hacer.

Sopesé un momento si estaría bien que besara a Jan delante de Julian, y luego me enfadé conmigo misma por preguntármelo siquiera.

—Hola —dije, y di un enérgico beso a Jan en la boca.

—¡Me cae tan bien que lo invito a cenar! —gritó Jan—. ¡Vamos todos a ver a tus padres! ¿Sally? —añadió tirándome de la manga cuando me puse blanca—. Sally, ¿estás bien? ¿Te alegra que invite a Julian?

Julian, noté yo, procuraba esquivar mi mirada.

—Estoy encantada —dije rígida como un palo—. Loca de contenta.

—¡Vámonos de FIESTA! —gritó Jan eufórico—. ¡Tengo que ir a las tripas!

Y con ésas salió corriendo hacia los aseos mientras cantaba a voz en cuello «La canción del pueblo».

—Es todo un personaje.

Julian sonrió tras un largo y tenso silencio.

—Sí. —Dibujé con el pie un círculo nervioso sobre la alfombra estampada—. No hay nadie que se parezca a Jan. Y eso es genial.

Julian asintió con la cabeza.

—Genial, sí. —Jugueteó con la tarjeta llave de su habitación—. ¿Eres feliz, entonces? —preguntó como si tal cosa.

—Eh... ¡sí! Sí, la verdad es que sí.

—Qué bien.

—Sí, qué bien —convine yo.

Julian me observaba con un ligero aire de reproche. El cuello de la camisa le asomaba aún, tieso, como la oreja de un perro malhumorado.

—Sólo quiero que seas feliz, Sal.

«Déjalo —me supliqué para mis adentros—. Déjalo.»

Pero no pude contenerme.

—¿Y qué se supone que quiere decir eso?

Julian libró una breve batalla interna, lo vi tan claramente como si tuviera un télex corriéndole por la frente. Luego dijo:

—Quiero decir que no puedo evitar preguntarme si esta relación que tienes con él no es un poco insincera, y no estoy seguro de entender qué es lo que tenéis en común, aunque supongo que sobre todo lo que quiero decir es que Jan no es muy de tu estilo, en mi opinión.

—¿No me digas? —dije enfadada—. Conque no es de mi estilo, ¿eh? ¿Y eso por qué?

Pero Julian también estaba enfadado. Tenía la cara colorada y me miraba con la misma determinación con que me había mirado la primera vez que me dijo que me quería.

—Jan es... Bueno, está un poco loco —dijo—. Y tiene como dieciséis años. Y creo que estás cometiendo un error.

Lo miré pasmada.

—¿Crees que estoy cometiendo un error? ¿Porque en tu opinión Jan está loco?

Miré hacia los aseos, pero Jan seguía dentro. Se le oía cantar alegremente, con el ruido del secamanos de fondo.

—Vale, vale, loco no. Eso sólo que... no es como tú. ¿De verdad conectáis? ¿Profundamente? ¿Espiritualmente?

¿Cómo se atrevía a darme la charla sobre conexiones espirituales después de lo que me había hecho? Intenté contestar, pero no pude.

Julian cruzó un brazo sobre el pecho, rígidamente, como hacía siempre cuando se sentía violento.

—Sé que me estoy extralimitando —dijo tercamente—, pero venga ya... Mira lo que has hecho hoy. Jan estuvo fantástico, les hizo reír y esas cosas, pero fíjate en lo que hiciste tú, Sally. ¡Fíjate en la cantidad de chavales a los que pusiste a cantar! Mira lo bien que les entendiste, cómo te ganaste su confianza, cómo conseguiste que se soltaran. Ese chico, Dean, ¡puede que hayas cambiado su vida!

Fui a sentarme, pero me di cuenta de que no había ninguna silla cerca, así que me removí en el sitio y clavé la mirada en la alfombra. Describía espirales de colores, igual que mi cabeza.

—Jan me cae muy bien —insistió Julian—. Pero no tengo más remedio que preguntarme qué te traes entre manos, Sal.

—Pues yo no tengo más remedio que preguntarme qué te traes tú entre manos con Violet Elphinstone, pero a diferencia de ti tengo la buena educación de no decirlo.

Se me escapó antes de que me diera tiempo a pensar.

Se quedó callado.

—Muy bien. Lo acepto. —Se quitó las gafas y volvió a ponérselas en rápida sucesión, como hizo la primera noche que pasamos juntos, cuando de pronto le dio un ataque de zozobra y de timidez por su pelo alborotado—. Pero ¿de verdad habla todo el mundo de eso? —preguntó—. Porque es... Quiero decir que no...

—Ahórratelo, por favor.

—Es una tontería por mi parte —dijo cansinamente—. Me pregunto continuamente si debería renunciar a mi puesto. Es tan poco ético, un profesor y una alumna... —Luego, de repente, volvió a adoptar un aire retador—. Pero eso no viene al caso —dijo entornando los ojos—. Puedes seguir fingiendo si quieres, pero los dos sabemos que estás cometiendo una equivocación. Jan no es para ti. Y punto.

—Muy bien, gracias por analizar a mi novio —siseé furiosa.

No tenía derecho. ¡Ningún derecho, joder!

Jan salió de los aseos al otro lado del bar.

—Pero ¿sabes qué, Julian? Él al menos tiene empuje. A él al menos le apasiona cantar. Se dejó la piel para entrar en la escuela. Practica horas y horas cada día, Julian. Debe de resultar un poco desagradable para alguien que ya no se molesta en cantar, ¿no crees? Para alguien que desperdició su talento, que lo dejó de lado porque era un fastidio... y que en lugar de dedicarse a cantar fundó una revistilla.

Me pregunté cómo habíamos llegado a esto. Cómo podía estar diciéndole aquellas cosas horribles y venenosas a Julian Bell en un hostal cerca de Birmingham, cuando el año anterior me había enamorado de él hasta las trancas en una azotea de Brooklyn.

Tragó saliva apenado y comprendí que me había pasado de la raya.

—No lo dejé de lado sin más —murmuró. En sus ojos centellearon de pronto las lágrimas, y un dolor que yo no había visto nunca antes—. Tú no tienes ni idea. Ni idea.

—Y tú no tienes ni idea de cómo es mi relación con Jan —tartamudeé—. Así que haz el favor de dejarnos en paz.

Nos miramos el uno al otro y en el aire chisporroteó una ira que se disipaba y una tristeza cada vez más intensa. Y otra cosa también, una especie de eco del pasado. En toda mi vida me había sentido tan desquiciada. Tenía que escapar de allí, pero ¿adónde? Mis padres nos esperaban. Estaba acorralada.

En ese momento intervino Jan:

—¡Vamos a reírnos y a querernos con tu familia! —dijo alegre.

Por el camino a casa de mis padres, me agarré a su mano como si la mía fuera un tornillo de carpintero. Adoraba a Jan Borsos y no iba a permitir, no lo permitiría, que Julian lo tratara con condescendencia o le hiciera algún daño. Era horrible por su parte presentarse así, tan egoístamente, tan por las bravas, y echar abajo la vida que había logrado forjarme desde la muerte de Fiona. Era cruel. Un sinvergüenza. Y además se equivocaba.

«Ayúdame —imploré a Fiona en un grito silencioso, pero se negó a contestar—. ¡No puedo! ¡Estoy completamente desquiciada! No puedo ir a ver a papá ni a mamá... Me echarán la culpa por haberte perdido y me volveré loca, Fi, implosionaré, ¡me moriré!»

Cuando llegamos a mi barrio, era como una tetera en ebullición.

Abrió la puerta mi padre. Parecía más viejo, más encorvado que la última vez que lo había visto, y llevaba un jersey barato lleno de pelotillas. Estrechó la mano de Jan con desconfianza, y luego la de Julian, y después se volvió hacia mí, torpe e indeciso. ¿Debía darme un abrazo, besarme, sonreír? Mi padre no me odiaba, yo siempre lo había sabido. Sencillamente no tenía ni idea de qué hacer conmigo. (Ni con nadie, en realidad.) Esa noche, sin embargo, yo necesitaba que me demostrara que le importaba.

Al final, me tendió la mano. Para que se la estrechara.

—¿Qué tal va eso, Sal? —dijo como si no hubiera pasado nada, como si hubiéramos sido grandes amigos desde la muerte de Fiona.

—Hola, papá —dije con tristeza—. ¿Cómo estás?

Se le empañaron los ojos un momento. No sólo parecía encorvado, también parecía más bajito: un viejo con sombras en la cara.

—Tirando —contestó—. Adelante, pasad. Voy a daros algo de beber. Tu madre ha comprado vino.

—¿Estás bien? —me preguntó Julian mientras entrábamos.

En mi mente caliente como un caldero apareció de pronto la imagen de Julian besando a Violet, y fingí que no le había oído.

Mi madre no pudo mirarme a los ojos. Estuvo más expansiva y un pelín más amable que de costumbre, y me fijé en que se había maquillado y en que llevaba una blusa nueva. Se afanaba de acá para allá, llenó las copas de los chicos con un vino que yo jamás me la habría imaginado comprando, me dio también una a mí y me dijo que me sentara en el sofá. Pero no pudo mirarme a los ojos. Me preguntó cómo estaba y se fue corriendo a la cocina antes de que me diera tiempo a contestar.

Julian, que lo sabía todo sobre mi familia, no perdía detalle. Jan, que no sabía casi nada, no prestaba atención. Estaba, por desgracia, bastante borracho. Tenía el pelo más revuelto que de costumbre y las mejillas coloradas y encendidas. Yo lo miraba con una mezcla de ternura e inquietud. Me gustaba mucho, muchísimo, pensé: su vitalidad, su optimismo y su sentido del humor. Y cómo lo admiraba, Dios mío. Nadie en la escuela se había esforzado tanto como Jan por llegar a ser cantante de ópera.

Pero esa noche confiaba, rezaba por ello, incluso, en que se transformara por arte de magia en un hombre comedido y atento que supiera instintivamente cómo tratar a mis padres.

Imposible, claro.

—Señora Howlett, está usted MUY GUAPA esta noche —dijo en tono grandilocuente, agarrando a mi madre de la mano.

Al principio mi madre intentó estrechársela, pero, cuando se dio cuenta de que Jan iba a besársela, se quedó paralizada de horror.

—Voy a sacaros unos aperitivos —masculló, y se escurrió hacia el aparador.

Jan se metió las manos en los bolsillos, tan contento. Dio un paseo por la habitación, sonriendo furiosamente mientras admiraba el enorme televisor de mi madre y su extraña colección de ornamentos.

—¡Me gustan estos platos! —dijo con vehemencia, señalando los tres platos de cerámica pintada que había colgados encima de la chimenea—. ¡Y ésta! ¡Ésta es mi Sally! ¡MIRA! —Antes de que me diera tiempo a reaccionar me agarró de la mano y tiró de mí hacia la foto en la que aparecíamos Dennis y yo sentados en las gradas del portal, con Fiona, en 1986—. ¡Fíjate! ¡Angelito de grasa!

Me besó con entusiasmo en la mejilla y sentí que todos los presentes contenían la respiración. En nuestra casa, las Muestras de Afecto en Público eran cosa inaudita. Me escabullí de su mano y vi que mi padre buscaba atropelladamente su pipa.

Jan se puso a cantar «Me siento guapa», asegurándose así de una vez por todas de que la noche fuera un completo desastre. Afirmó a grito pelado que yo era guapa, inteligente y blandita como un bollo, y luego rompió a reír.

—Pero tú no eres «bollo», ¿a que no? ¡Quieres a Jan Borsos!

Me pregunté si me desmayaría pronto. Estaba segura de que ningún ser humano podía sobrevivir a un pánico y una angustia de ese nivel.

Media hora después nos pusimos a comer los filetes correosos que nos sirvió mi madre. Estaban mal hechos, pero todos agradecimos tener algo con que entretenernos. Los cubiertos chirriaban ruidosamente en nuestros platos desgastados mientras de fondo sonaba el parloteo constante de un programa concurso.

Mi madre todavía no me había mirado a la cara. Y mi padre apenas me había dirigido la palabra. Yo no podía soportarlo más.

—Sally me ha dicho que trabajaban los dos en el sector textil —comentó Julian, rompiendo el silencio—. ¿Es una industria fuerte en esta zona?

Profundamente agradecido por la pregunta, se estiró en su silla.

—Bueno, hijo, siempre ha habido bastante por aquí, aunque no tanto como en zonas como Nuneaton... ¿Conoces Nuneaton?

—De oídas —contestó Julian educadamente.

Mi padre continuó impertérrito:

—Esta zona era más minera, pero la Hall era una fábrica estupenda. Aunque van a cerrar pronto. Estamos teniendo muchísimos problemas con esos dichosos chinos que fabrican la ropa tan barata.

—Y de una calidad malísima —añadió mi madre—. Y luego están los indios, y los malditos europeos del este, que también se están metiendo. Nos están matando —concluyó con vehemencia.

¿Los malditos europeos del este? ¿De dónde creía mi madre que era Jan? ¿Del puto Londres? Mis padres tenían la cara roja de indignación. Evidentemente les importaba muy poco de dónde fueran sus invitados. Era la tercera vez ese día que oía a alguien ofender a mi querido Jan Borsos, y me hirvió la sangre.

Jan, en cambio, ni se inmutó.

—Muchos de mis compatriotas han sido pobres muchísimo tiempo —dijo con calma—. Necesitamos los negocios.

Cuatro pares de ojos bascularon hacia él.

—Soy de Hungría —explicó—. ¡Un maldito europeo del este! Pero, señora Howlett, debe usted entender que necesitamos la industria, y que nos enorgullecemos mucho de ella. Nuestros vecinos de los Balcanes son mucho más pobres que nosotros. Ellos la necesitan aún más. Desde luego, no intentamos matar a la gente de Stourbridge.

Mi padre comprendió que estaba acorralado y, como de costumbre, se retrajo. Mi madre no hizo tal cosa.

—Bueno, eso puedo entenderlo, pero esos chinos... —Hizo una mueca. Siempre necesitaba culpar a alguien—. ¡Son una pesadilla!

—¡Mamá! —susurré.

No podía permitir que nadie más insultara a Jan. ¡No podía! Me palpitaban las sienes y el pulso me iba a toda pastilla.

«¡HAZ QUE PARE! —gritaba mi cabeza—. ¡QUE TODO ESTO DESAPAREZCA!»

Mi madre mantuvo la vista fija en sus patatas asadas.

—Tú no sabes ni la mitad, Sally —rezongó—. Sé que a ti te gusta todo eso de lo multicultural, pero para nosotros es distinto. Nosotros, los de aquí, ya no encontramos trabajo con tantos extranjeros.

«Así es mamá —pensé—. Primero ataca a Jan y luego me ataca a mí.»

Tenía que salir de allí. No podía soportarlo más. Solté el tenedor porque me temblaban las manos y entonces sentí que el pie de Jan tocaba el mío, y por un instante recuperé un poco el equilibrio. Lo miré agradecida, y enseguida me di cuenta de que no podía ser su pie. Era el de Julian.

—Es duro, sí —les dijo Julian a mis padres—. Mi padre es granjero, ha trabajado como una bestia toda su vida y ahora está teniendo problemas porque la gente compra carne barata importada. Le está costando mucho seguir a flote.

Mis padres asintieron vigorosamente con la cabeza.

—Exacto —dijo mi madre, triunfante—. Entiendes la situación perfectamente.

—¡Sólo está siendo amable! —estallé, llorosa. Dejaron todos de comer—. Y es al capitalismo al que echa la culpa, no a los extranjeros. ¡No está siendo racista!

Mi voz se disolvió en sollozos.

—Ni yo tampoco... —comenzó a decir mi madre, pero la interrumpí.

—¡Sí, tú sí! ¡Tú sí! ¡Te has puesto grosera con Jan! ¡Esperaba que te portaras mal conmigo, pero no con mis invitados! ¡Pídele perdón!

Escondí la cara en las manos y sollocé en silencio mientras un silencio hondo y purísimo se extendía por nuestro comedor. Hasta los filetes estaban horrorizados.

—No estaba siendo racista —respondió mi madre agriamente—. Soy muy amiga de la señora Yu, la del restaurante.

Miró indecisa a mi padre, que estaba allí en cuerpo, pero desde luego no en espíritu.

Por un segundo, en medio de toda mi rabia y mi desesperación, me di cuenta con un fogonazo de lucidez de lo duro que tenía que haber sido para mi madre no sentirse nunca respaldada, estar casada con un hombre que sólo hablaba cuando era estrictamente necesario. Pero estaba hecha polvo: la compasión duró poco.

—Lo que has dicho es horrible —sollocé—. Por favor, pídele disculpas a Jan.

—Lo siento, Jan —dijo mi madre aturdida. De pronto parecía muy pequeña—. De verdad que no era mi intención ofenderte ni nada por...

Jan quitó importancia al asunto con un ademán. Le interesaba yo mucho más.

—¿Estás muy borracha, Sally? —preguntó con curiosidad—. ¿O estás enferma? ¡Tu madre no me está ofendiendo en absoluto!

—¡No estoy borracha! —grité.

Julian miraba fijamente su plato. Tenía el pelo alborotado y la cara angustiada. Parecía mi Julian. Miré a mis padres.

—¡No podéis quedaros ahí sentados despotricando contra Europa del Este o China o quien sea! ¡No podéis estar echando constantemente la culpa a los demás! ¡Me tenéis harta!

Era un tren de mercancías fuera de control, disparado hacia Dios sabía dónde, todo chispas y alarmas pero sin frenos.

—Para culpa —sollocé—, para culpa, esto. Mi prima murió hace más de un año porque se cayó de una azotea y desde entonces he hablado con mis padres una sola vez. ¿Y sabes por qué? ¿Sabes por qué, Jan Borsos? ¡Porque me culpan a mí! ¡Creen que no la cuidé como debía! ¡Me tacharon de la lista! ¡Dejaron de llamarme! ¡Dejaron de invitarme a casa! ¡Pasaron de mí por completo! ¡Ya no tengo familia!

—Sally... —dijo Julian en voz baja.

—¡Cállate! —sollocé—. Tú no tienes derecho a hablar de Fiona. Tú menos que nadie...

Jan sirvió más vino.

—Esto es como pasar la tarde en el cine —dijo.

Miré a mis padres. Mi madre estaba llorando y mi padre parecía estar a punto.

Sorprendida, los observé entre lágrimas.

—No te culpamos a ti —susurró mi madre por fin—. Claro que no te culpamos a ti. ¿De qué estás hablando, Sal?

Se levantó y se fue a la cocina con los platos, arrastrando los pies, y por primera vez en la historia mi padre se levantó para ayudarla. Nos dejaron a Jan, a Julian y a mí en la mesa, en medio de un silencio perplejo y espantoso.

Veinte minutos después estábamos en el coche. Mis padres habían salido a decirnos adiós, para mi sorpresa, aunque era a Julian a quien saludaban con la mano, no a Jan Borsos, y desde luego tampoco a mí. Julian había dado la vuelta a la conversación como por arte de magia después de que yo me volviera loca, y Jan se había quedado frito. Se las había arreglado de algún modo para templar las cosas y hasta había hecho sonreír a papá con las anécdotas que contaba de su padre, cuyo mal genio era legendario.

«Parecen jubilados achacosos», pensé mientras nos alejábamos.

Me sentí, si cabe, aún más loca que antes. Ya nada tenía sentido para mí. No sabía qué pensar ni qué creer. Ni siquiera sabía quién era.

«Necesito mi armario —pensé—. Necesito meterme en mi armario y posiblemente no volver a salir. Nunca más.»

Escena Veintidós

A mi regreso a Londres me metí en mi armario e intenté hablar con Fiona porque no sabía qué otra cosa hacer.

No dijo nada.

—¿Pecas? —susurré. Una lágrima se deslizó por mi cara—. Pecas, ¿por qué no me hablas?

Silencio. El resplandor verdoso y frío de mi despertador se colaba por una rendija de la puerta. Oí un ruido en mi cuarto y me pregunté un momento si Fiona me estaba mandando alguna señal.

—Por favor, Fiona —murmuré con impotencia—. Por favor, vuelve a hablarme.

Después oí que llamaban suavemente a la puerta del armario. ¿Sería Barry? Me acurruqué en el rincón y estuve a punto de ponerme a chillar cuando me di cuenta de que era Julian.

—¿Qué estás haciendo aquí?

Su cara estaba en sombras.

—Shhh —dijo—. No he venido a causar problemas. Barry ha amenazado con darme una paliza de muerte si lo hacía.

Me abracé las rodillas mientras Julian se acuclillaba delante del armario.

—Sal —dijo con suavidad—. Sal de ahí, Sally.

Llevaba puesta una de sus camisetas que más me gustaban, una muy vieja, con tres monos delante. Quise hundir la cara en ella y esconderme allí. A pesar de todo lo que me había hecho. ¿Qué me pasaba?

Ya nada tenía sentido.

—No... no puedo.

—¿No puedes?

—Éste es el único sitio donde me siento segura —farfullé.

Pero eso él ya lo sabía. Porque, por grande que fuera el abismo que nos separaba, Julian seguía sabiéndolo todo sobre mí.

Se echó hacia atrás, apoyándose en los talones.

—Estabas hablando con ella, ¿verdad?

Me sonrojé penosamente.

—Sí. Me ayuda.

Se inclinó para encender la lámpara de mi mesilla de noche.

Abrió la otra puerta del armario, se metió dentro dejando las puertas abiertas para que la luz nos diera en la cara y se sentó con las piernas cruzadas delante de mí. Su cara estaba llena de una ternura tan maravillosa que me sentí desfallecer. Aquello no encajaba. Julian era un mentiroso, un drogadicto, un... Me detuve ahí porque ya no sabía lo que era.

—¿Quién eres tú? —me oí preguntar—. ¿Y por qué estás aquí?

—Soy yo —contestó con sencillez—. Puedes ponerme el apellido que quieras, el trabajo que quieras. Pero sigo siendo yo. Julian. El hombre del que... Bueno, él.

Cogí a *Zanahoria* y lo abracé con fuerza. Volvía a estar con mi pijama de cerditos puesto.

—Y creo que he respetado tus sentimientos, que en ese sentido lo he hecho muy bien —continuó él suavemente—, pero me gustaría preguntarte si ahora estarías dispuesta a escucharme.

No me gustó cómo sonaba aquello, pero después de cómo había resuelto la situación con mis padres le debía una. Y aunque me despreciaba a mí misma por ello, amaba el sonido de su voz. Quería seguir escuchándolo.

—Eh, vale.

—Gracias.

Nos quedamos allí, sentados en mi armario, en silencio, unos segundos. Sentí que intentaba tranquilizarse.

—Esto no va a ser fácil —dijo en voz baja—. Necesito hablar contigo de lo que pasó esa noche. Cuando Fiona... se fue.

Me puse tensa, tuve miedo de pronto. No estaba segura de poder soportarlo después de aquellos dos días tan horribles.

—Eh, ¿de verdad tenemos que volver sobre eso?

—Sí, tenemos que hacerlo, porque... —Suspiró—. Mira, tengo que preguntártelo: ¿de verdad, de verdad crees que yo le daba drogas a Fiona? ¿De verdad piensas que soy un mentiroso y una mala persona? ¿Lo crees de todo corazón, Sally?

Fui a responder y no pude.

Porque aunque sabía que era él quien le proporcionaba las drogas a mi Pecas, aunque Fi y Bea y hasta el propio Julian prácticamente lo habían reconocido esa noche, no acababa de creérmelo del todo. Era demasiado inverosímil que un hombre tan amable, tan respetuoso, tan bueno pudiera hacer algo así.

«¡Pero lo hizo! —gritaba mi cabeza—. ¡Tú lo viste todo! ¡Sabes lo que pasó!»

—Eh, ¿hola? ¿Sally?

Al final tuve que pellizcarme el brazo para reaccionar.

—No sé —dije, indecisa—. No sé. Todo el mundo decía que sí. Fiona lo dijo. Bea lo dijo. Y tú no lo negaste. ¿Cómo no ibas a ser tú?

Me oí decir aquellas palabras a pesar de que ya había empezado a ponerlas en duda. El universo entero estaba volviendo a alinearse en torno a mí. Sabía que Julian se disponía a contarme una versión distinta de los hechos, y lo más chocante de todo aquello era que yo quería que me la contara. Quería oír un relato alternativo a la historia de terror que desde hacía más de un año daba vueltas y más vueltas dentro de mi cabeza. ¿Creería su versión? No lo sabía, pero al menos estaba dispuesta a escucharla.

—Tenía motivos para seguirles la corriente a Bea y a Fiona —comenzó a decir—. Llegaré a eso dentro de un momento, pero antes tengo que decirte que nunca tomé drogas con Fiona, ni se las di, ni se las vendí. Nunca la animé a tomarlas ni se las facilité. Nunca, nunca, nunca.

Yo no podía apartar los ojos de él. Quería creerle con toda mi alma. Era lógico que le creyera: era el mejor hombre que había conocido. Y sin embargo...

Julian expelió el aire por la boca.

—Lo que pasó de verdad fue... —Se frotó la cara, cansado—. No, tengo que remontarme al principio.

Por suerte Julian había tenido la decencia de plantear aquella conversación en mi armario. Me abracé a *Zanahoria* con fuerza y procuré no pensar en el delicioso olor a ropa limpia de Julian. Ni en el agujerito que tenía en el calcetín y a través del que se le veía un trocito de dedo.

Me miró a los ojos.

—Mi mujer era cantante de ópera y murió de una sobredosis de heroína.

Sentí que el aire se agolpaba a mi alrededor, asfixiándome.

—Perdió el conocimiento y se ahogó con su propio vómito. La encontró una camarera en una habitación de hotel, en Viena.

Un silencio abismal se abrió entre nosotros.

Me quedé mirando a Julian casi con incredulidad.

—Dios mío. —Se me quebró la voz—. No lo sabía. Lo siento mucho.

—Claro que no lo sabías. Por eso te lo estoy contando ahora.

—Quería que me hablaras de ella cuando estuvieras preparado —dije con tristeza—. No quería presionarte.

—Y te lo agradezco. Fue muy respetuoso.

Apreté a *Zanahoria* contra mi tripa.

—Pero luego Fiona desmanteló nuestra relación y nuestras vidas —continuó él apesadumbrado—. Y no tuvimos oportunidad de hablar de mi pasado. Ni de nada, para el caso.

Dije que sí con la cabeza. El armario estaba saturado de dolor y tristeza, y sin embargo parecía el lugar más seguro sobre la faz de la Tierra. Julian parecía la persona más inofensiva sobre la faz de la Tierra. Lo cual era potencialmente peligroso.

—Julian Bell es de verdad mi nombre. Jefferson es el apellido de mi padre. Después de que se divorciaran mi madre recuperó su apellido de soltera y cambió el mío porque yo en aquel momento tenía trece años, pero mi agente decidió que Julian Jefferson era un nombre más adecuado para un cantante de ópera, y así fue como se convirtió en mi nombre artístico.

—Suena más a banda de *rock* adolescente que a cantante de ópera —me oí comentar, e hice una mueca—. Ay, Dios, perdona, éste no es momento para bromas. Es que estoy nerviosa.

Sonrió.

—A callar —ordenó—. En fin, mi mujer, Catherine...

—La verdad es que no sé qué decir. Qué horror, qué cosa más espantosa.

Se me saltaron las lágrimas. Pobre, pobre Julian.

Él interrumpió mis cavilaciones.

—Fue terrible, pero pasó hace más de seis años, Sally, y estoy bien.

Me moría de ganas de abrazarlo, de decirle que sabía el dolor espantoso que tenía que haber pasado, pero él me miraba fijamente, ansioso por saber si le creía o no.

—Entendido. Estás bien. Bueno, continúa.

Sonrió agradecido.

—Catherine era una cantante fabulosa. Era contralto, no se parecía a ti... en nada, la verdad. Fiona me recordaba mucho a ella. —Se detuvo, pensativo—. Catherine se odiaba a sí misma, igual que Fiona. Sufría muchísimo. —Sus ojos brillaron en la penumbra, de repente llenos de lágrimas—. Después de mucho luchar conseguimos meterla en un programa de rehabilitación, pero era demasiado tarde. Para entonces sufría tanto que no podía dejarlo. Se fue a Viena a hacer una prueba y no volvió.

—Eso me suena —susurré.

Cambiamos una tenue sonrisa de complicidad.

—Tenía una larga serie de actuaciones contratadas con el Met, pero al final lo dejé porque estaba demasiado jodido para cantar. Me pasaba el día llorando y tenía la garganta y los senos nasales hechos polvo. Y después, cuando me recuperé... no tuve ánimos para volver. Alquilé la primera habitación que encontré en Brooklyn y huí de Manhattan.

Asentí con la cabeza pensativamente. En aquellos días terribles, después de la muerte de Fiona, yo también habría huido a alguna parte si hubiera podido. Sólo que yo estaba paralizada, como una muerta en vida. Y sólo tenía mi piso, nada más.

—Entonces, ¿es verdad que tenías un apartamento en Mulberry?

—Sí.

—Caramba.

Debía de costar una fortuna. Bea tenía razón en eso.

Se encogió de hombros.

—La gente de la ópera seguía llamándome y mandándome e-mails, pero sencillamente no me parecía... factible volver al trabajo. Aunque no lo había planeado, me encontré empezando una nueva vida. La revista, el traslado a Brooklyn. Me hizo mucho bien. Me reconectó con mi verdadero yo.

Señaló su camiseta agujereada y sus vaqueros arrugados.

Sonreí con cautela, preguntándome si me habría enamorado tan perdidamente de él si lo hubiera conocido vestido de Julian Jefferson.

—Entonces, eh, ¿qué te hizo volver a la ópera si te iba tan bien con la revista?

—Tú. Tú me hiciste volver a la ópera.

Me quedé helada.

—Durante mucho tiempo, Sally, no hubo nada. Y luego apareciste tú. Tú fuiste quien disipó los nubarrones.

Hubo un largo silencio.

—Cuando te conocí ya estaba en paz por lo de Catherine, claro, pero estar contigo despejó los malos rollos que todavía llevaba encima. Estaba tan, tan feliz... Me recordaste quién era, o sea, un pardillo total. Éramos los dos un par de pardillos, la verdad. Nos reíamos tanto, y fue una época tan de puta madre que... —Se interrumpió y respiró hondo—. Estábamos genial juntos. Nos conocimos y yo dejé de hibernar y me acordé de lo que llevaba dentro de mí. Nadie puede guardarse eternamente la música que lleva dentro. —Sonrió—. Ni siquiera tú.

Yo no pude mirarlo. No debía mirarlo. En mi pecho estaban pasando cosas que daban miedo.

—Pero... —Tenía la boca seca—. Pero estás dando clases, no cantando.

Concentrarme en los detalles me parecía la única alternativa en ese instante.

—Al final de tu estancia en Nueva York tomé una decisión. Iba a volver a cantar. Iba a decírtelo tu último día en Nueva York. Pero entonces se fue todo a la mierda. Y aquello me hizo retroceder de golpe. Al punto de partida, de hecho.

Me sentí avergonzada. ¿Desde cuándo pensaba solamente en mí? Debía de haber sido espantoso para él presenciar la muerte de Fiona después del calvario que había vivido.

Julian continuó:

—Cuando te marchaste, me obligué a duras penas a volver a estudiar y hasta hice un papelito en *Medea*. Los críticos fueron a hacerme la inspección, y aunque dijeron que había vuelto en forma, no me sentía relajado cantando. Cada vez que abría la boca pensaba que iba a salírseme de dentro toda esa pena.

Asentí con la cabeza, animándolo a continuar. De pronto parecía tan frágil... Tan pequeño... No un cantante de ópera grande y satisfecho, sino un hombre corriente, un niño sentado dentro de un armario luchando a brazo partido con su tristeza.

—Así que di clases en un par de escuelas de ópera y me gustó bastante. Luego recibí un correo de Hugo, de la RCM, que había sido mi profesor de canto cuando estudié allí. Me ofreció un puesto de profesor y pensé «qué cojones. Fui feliz en la RCM. Quizá, si enseño allí un año, volveré a sentirme con agallas para cantar».

Por un instante aterrador sentí el impulso de atraerlo hacia mí y abrazarlo con todas mis fuerzas.

«Sally, estás con Jan —me recordé—. Eres una persona adulta, estás teniendo una conversación con otro adulto. Todo lo demás es pura fantasía.»

Julian esbozó una tenue sonrisa.

—No di crédito a lo que veían mis ojos cuando llegué a Londres y vi que estabas en el curso. Fue como la mejor noticia y la peor, todo a la vez.

Hice otro gesto afirmativo con la cabeza, compungida. Una vocecilla me decía que hasta ese momento solamente había pensado en mí misma, en lo duro que era para mí que Julian estuviera en Londres. Nunca me había parado a pensar en lo difícil que tenía que ser para él. Intentar reunir los pocos retazos de confianza en sí mismo que aún le quedaban y poner cara de ser un profesional mientras su exnovia le daba de lado y prácticamente lo acusaba de homicidio.

Aunque de eso todavía teníamos que hablar.

Julian me estaba observando.

—Me sentí muy orgulloso cuando vi que estabas en el curso, aunque sabía que iba a ser una pesadilla. Pensé «¡Jo! ¡Qué valiente, qué valiente es esta chica! Ha aprovechado el instante. ¡Lo ha hecho!»

Sonreí agradecida.

—A mí todavía me cuesta creerlo. Continúa.

Cambió de postura intentando ponerse cómodo en el armario.

—Bueno... Nos conocimos el día del aniversario de la muerte de Catherine.

Me puse tensa, sabedora de que era hora de hablar de Fiona. En toda mi vida me había sentido tan confusa. Todo lo que había dicho Julian hasta ese momento tenía sentido. Confirmaba que, como persona, era como yo había creído desde el principio que era.

«Pero las drogas —insistió mi cabeza—. ¡Tenía drogas!»

—Fue tan raro conocerte, Sal, porque en medio de todos esos sentimientos tan locos que tenía por ti estaba también Fiona, que me recordaba tanto a Catherine que era casi como si estuviera en la habitación, con nosotros. Me daba cuenta de cuál era su situación y veía lo preocupada que estabas por ella. Me acordé de cómo era sentir ese miedo y esa desesperación, ver a alguien a quien amas matarse poco a poco, y no pude soportarlo.

Se miró las manos y yo fijé los ojos en su coronilla. En aquel pelo suave y castaño, tan precioso para mí. Cerré los puños para no alargar las manos y tocarlo. Julian todavía tenía cosas que explicar.

—Quería ayudarte, Sal, pero me equivoqué en el modo de hacerlo.

—¿Qué quieres decir?

—Intenté ayudarte ayudando a Fiona.

Me mordí la uña del pulgar. No entendía muy bien a qué se refería.

—Intenté ayudarla. Le hablé de Catherine y la llevé a un par de reuniones de un grupo de rehabilitación al que solía ir ella en el West Village. Le presenté a una amiga de Catherine que había conseguido dejar las drogas.

—Ah —susurré yo al cabo de un momento. Estaba muy sorprendida por todo aquello—. Eh, gracias, Julian. No tenía ni idea.

—Aun así no fue suficiente.

—Bueno, si lo que dices es verdad, entonces te ganaste su confianza, lo cual es mucho más de lo que conseguí yo.

—Te estoy diciendo la verdad, Sal. Tú lo sabes.

Asentí en silencio con un gesto. Cada vez era más difícil negarlo.

—Sí, me gané su confianza, pero no estoy convencido de que acertara en el modo de hacerlo.

—Para entonces ya no había modo bueno de hacerlo.

Seguía estando perpleja por lo que me había contado. ¿Fi había ido a reuniones de un grupo de rehabilitación de drogadictos? ¿Con Julian? Sencillamente no me cabía en la cabeza. Fiona se había vuelto tan irascible, tan hermética...

—Entonces —comencé a decir, sin saber por dónde empezar—. Entonces, ¿qué tal le fue en...? ¿Cómo lo has llamado? ¿En las reuniones de ese programa?

—Narcóticos Anónimos.

Me eché hacia atrás, aún más estupefacta.

—Ah.

Julian me observó mientras asimilaba la noticia.

—¿Fi fue a Narcóticos Anónimos? ¿En serio?

—Sí. Fuimos a cinco reuniones. La última fue el día de la fiesta. Yo la acompañé hasta allí.

Recordé que los había visto en el Soho, y me maldije para mis adentros. Todo aquel embrollo podría haber sido mucho más fácil de desenredar si no hubiera llegado a la peor conclusión posible en todos los aspectos.

—No tenía ni idea, sinceramente —farfullé.

—Claro que no —dijo en tono tranquilizador—. Y de eso se trataba. No te lo dije a propósito.

—¿Por qué?

Suspiró.

—Esas reuniones son anónimas. Fiona sabía que delante de mí podría decir o hacer literalmente cualquier cosa y que no pasaría nada.

—Pero... pero conmigo también podía hablar —dije.

Sabía que parecía una egoísta, pero estaba dolida. ¿Por qué había confiado en un perfecto desconocido y no en mí?

—Los adictos sólo se sinceran con otros adictos —explicó Julian—. Les cuesta mucho hablar de sus cosas con gente normal.

—Pero tú no eres un adicto. Ay, Dios, ¿verdad que no?

—¡No! Pero tenía una vinculación muy fuerte con ese mundo. Sabía cómo funciona por los malos rollos que había vivido con Catherine. Lo que se puede hacer y lo que no con un drogadicto. Lo que puede ayudarles y lo que puede hacerles perder el control. Imagino que Fiona sabía que podía confiar en mí.

—Ya. Perdona. No quería parecer egoísta.

—Fuiste absolutamente desprendida con Fiona —dijo con suavidad—. Hiciste todo lo que pudiste por ella. La anteponías a todo lo demás, y por lo que tengo entendido fue así toda tu vida. Solamente había una cosa que no tenías y que podía haberte acercado más a ella, y era una adicción.

Contemplé el rostro de Julian, me fijé en su pelo suave y absurdo, sentí su olor a Julian y comprendí que empezaba a creerlo. Me daba pavor asumir una nueva versión del pasado, pero estaba dispuesta a intentarlo.

Él siguió sentado frente a mí, esperando a que dijera algo, y yo me sentí hondamente agradecida con él. Había hecho más por Fiona de lo que podía haber hecho yo, ¿y por qué?

Por mí.

Respiré hondo.

—Entonces, ¿qué tal le fue en, eh, en Narcóticos Anónimos?

—Al principio lo odiaba —contestó Julian sonriendo con tristeza—. Se negaba a reconocer que estaba en el mismo barco que todos los demás. Pero, a cuantas más reuniones iba, más se identificaba con lo que decían los demás. Se... —Hizo una pausa—. Esto es duro, Sal.

Sentí el picor de las lágrimas en los ojos. Fiona. Mi Pecas.

—Continúa —dije con voz trémula.

—Esa última reunión... Fiona... Ese día prácticamente lo consiguió. Se metió en el programa. Empezó a creer que podía dejar las drogas. Me dijo que iba a unirse al programa, y lo decía en serio, Sally. Lo decía en serio de verdad.

—¿De verdad?

Asintió con la cabeza.

Se me encogió el corazón al pensar en lo valiente que había sido Fiona, luchando contra toda aquella autonegación para reconocer que tenía una problema. Habría hecho falta un valor que yo ignoraba que tuviera.

Y al pensar en aquel pedacito de valentía apoyé la cabeza en las manos y me eché a llorar. Lloré por mi pequeña y frágil Pecas, casi vencida pero no del todo, creyendo por fin que podía recuperarse y precipitándose hacia la muerte apenas unas horas después.

Julian acercó su pie al mío mientras sollozaba.

—No pasa nada —susurró—. No pasa nada.

—¡Claro que pasa! ¿Cómo pudo pasar de eso a... a morir ese mismo día? No puedo soportarlo...

—Bueno, supongo que eso sólo podría explicarlo la propia Fiona —dijo. Frotó mi pie con el suyo y sentí una punzada en el corazón—. Pero creo que es bastante común. La gente decide dejar las drogas y entonces les entra el miedo y se toman una copa. Se agarran una cogorza de las buenas y acaban tan borrachos que todo deja de importarles y vuelven a drogarse. Imagino que ver a Raúl en la fiesta empeoró las cosas, aunque desde luego no fue culpa suya.

Parecía insoportablemente triste.

—Lo más terrible de todo es que a veces la gente te dice «Deja que se corran una última juerga. Que toquen fondo. Entonces es cuando estarán preparados de verdad para dejarlo». Pero lo que no te dicen es qué hacer si la persona en cuestión se cae de una puta azotea. —Sus ojos se llenaron de lágrimas—. No me dijeron que podía pasar eso.

Nos quedamos un rato en silencio, permitiéndonos el lujo de pensar en lo que podría haber sido, en si hubiera pasado esto o aquello, a pesar de que los dos sabíamos que no tenía sentido.

—No fue culpa tuya, Julian —dije—. Tú mismo lo has dicho. Fiona ni siquiera podía soportar una fiesta sin esa mierda de droga.

—No —convino Julian con tristeza—. Pero la verdadera tragedia de todo esto es que ni siquiera estaba tan jodida. Nunca perdió el norte por completo. Todavía se controlaba, todavía seguía llevando una vida normal aunque fuera a duras penas. Todavía podría haber llegado a ser primera bailarina.

—¿En serio? A mí me parecía muy hecha polvo.

Julian dijo que sí con la cabeza.

—Créeme, puede ser muchísimo peor. Si de verdad hubiera perdido el control, habría robado, habría estado constantemente colocada, no habría parado de mentir y se habría metido en cosas más serias que la coca. No te confundas, estaba mal, pero no era un caso perdido. Nada de eso. —Entonces se rió—. Ya sé que no tiene gracia, pero la verdad es que me robó el móvil.

—¿Qué?

—¡Sí! La noche que nos conocimos tú y yo... ¿Recuerdas que pensé que me lo había dejado en el taxi? Pues resulta que me lo había birlado Fiona. Raúl me mandó un mensaje y mi móvil sonó dentro de su bolso, y Raúl pensó «pero ¿qué coño pasa aquí?»

—¿Lo dices en serio? ¿Te robó el teléfono?

Se rió otra vez.

—Sí, y no tenía ni idea de qué hacer con él. Tuve que reírme cuando me enteré. Aunque a Raúl no le hizo ni pizca de gracia.

—¿Por eso la dejó?

Julian se rodeó las rodillas con los brazos. Vi un momento los monos de su camiseta y sonreí a mi pesar.

—Sí. Raúl estuvo a mi lado todo el tiempo que duró lo de Catherine y supongo que estaba supersensibilizado. Prefirió cortar y largarse antes de llegar a quererla de verdad.

Otra vez me apuñaló la tristeza. Fiona podría haber encontrado el verdadero amor. Podría haber dejado las drogas. Podría haber...

Miré mi regazo. Estaba pasmada por lo que me había contado Julian. Por su generosidad, por su valor, por su comprensión de la fragilidad del estado mental de Fiona. Pero todavía había interrogantes sin resolver. ¿Por qué se habían pasado aquella papelina de coca? ¿Por qué había dicho Fi que Julian le había vendido drogas? Y, sobre todo, ¿por qué había salido corriendo él cuando se había caído de la azotea?

—Bueno, hay unas cuantas zonas grises —dije con cautela.

—Sí, las hay. En primer lugar, soy un capullo. Bea me acusó de venderle las drogas y Fiona estuvo de acuerdo. Y yo... En fin, menuda mierda, fui un idiota. Le seguí la corriente porque pensé que para ella sería el colmo si la llamaba mentirosa delante de todo el mundo. Catherine mentía constantemente, y cuando yo la acusaba de mentir se desquiciaba por completo. Iba a decirte la verdad en cuanto estuviéramos solos.

—Pero ¿por qué te guardaste la papelina en el bolsillo?

—Porque por fin la había convencido para que me la diera. Pero luego se peleó contigo y quiso que se la devolviera.

A pesar del dolor que me causaba hablar de esa noche, sentí un calor creciente dentro de mí. No había sido Julian. No era él quien le suministraba la coca a Fiona. No era él quien la había matado. ¡Claro que no! ¡Era el amor de mi vida!

—Entonces... ¿quién le vendía la droga? ¿De dónde la sacaba?

Julian se miró las manos.

—Lo siento mucho —dijo—, pero, en fin, era Bea.

Todo empezó a tambalearse, incluida yo.

—¡Respira, Sally! —dijo Julian, medio asustado—. ¿Estás bien? —Me miró a la cara—. Siento habértelo dicho así... Ay, mierda, ¿y cómo iba a decírtelo si no? Era Bea.

—¿Bea?

—Sally, Sally...

Se arrastró hacia delante y me agarró de los hombros.

Me permití un momento dejarme caer de lado y apoyarme en su brazo. Sentí que su calor delicioso se extendía dentro de mí y olí su maravilloso olor a Julian, y me sentí tan perdida que apenas pude soportarlo. Haciendo un ímprobo esfuerzo, conseguí enderezarme.

—Estoy bien —susurré—. Pero... ¿Bea?

—Me temo que sí. Ella no era como Fiona, evidentemente. Sólo tomaba coca por diversión. Pero por lo visto llevaba años vendiéndosela.

«Claro —pensé débilmente—. Claro.»

Bea prácticamente había desaparecido de nuestras vidas. Había huido a Glyndebourne y ni Barry ni yo le veíamos el pelo desde hacía meses.

—Esa puta traidora —dije—. No le hacía falta venderle drogas a Fiona, ¡era asquerosamente rica! ¡Joder! ¿Cómo pudo hacer algo así?

Julian se rió, dejándome un poco sorprendida.

—Ejem. Perdona. Es que es la primera vez que te oigo decir «joder».

—Voy a... voy a matarla —susurré furiosa—. ¡Está forrada! ¡Sabía lo preocupada que estaba! Me... ¡Dios mío!

Lo miré boquiabierta.

—Por lo que he podido deducir, Bea sólo le vendía algunos gramos de vez en cuando. Pero en la época en que murió debía de sacar coca de todas partes, no sólo de Bea, claro.

—Pero ella te echó la culpa a ti —dije yo—. Bea me dijo que sospechaba de ti porque tenías ropa cara y dinero y... y un apartamento en Mulberry.

Julian sonrió melancólicamente.

—Sí. Eso fue muy astuto por su parte, desde luego. Creo que había empezado a darse cuenta de que había desempeñado un pequeño papel en todo aquello y le estaba entrando el pánico.

—¿Por qué la defiendes? —Yo no daba crédito—. ¡Te culpé de la muerte de Fiona! ¡Te traté como a una mierda! ¡Corté todo contacto contigo! Yo... Ay, Dios mío. ¡Y era culpa suya!

Julian me observaba atentamente.

—No, no era culpa suya —dijo.

Y, como hacía siempre, me dejó sin palabras.

Se retiró a su lado del armario y puso sus pies calentitos, cubiertos con calcetines, encima de los míos, fríos y descalzos.

—No fue culpa suya —repitió.

Se hizo un largo silencio.

—Supongo que no —dije por fin—. Fi la habría sacado de otra parte. Pero... pero todo este tiempo he estado pensado que eras el diablo, cuando en realidad eras un santo. No puedo soportarlo. Podría haber... Podríamos haber...

—Ssh. No podríamos haber seguido juntos. Tú estabas loca de tristeza. Y yo también. Necesitábamos estar separados.

—¡Pero no hacía falta que te odiara y que te echara la culpa! ¿Por qué no intentaste decírmelo?

—Porque quería protegerte —contestó con suavidad—. No creía

que pudieras soportar la verdad. Bea era una de tus mejores amigas, ¿verdad?

Asentí con la cabeza en silencio mientras mi cerebro daba vueltas a los acontecimientos de aquella noche espantosa poniendo a prueba lo que ahora sabía.

—No es cierto que te largaras, ¿verdad? —pregunté.

Julian hizo un gesto negativo. La luz de mi mesilla de noche se vertía cálidamente por un lado de su cara y por un segundo vi cada pelito de su mejilla, cada precioso...

«BASTA.»

Lo miré de nuevo a los ojos.

—Habías salido a buscarme.

Dijo que sí con la cabeza.

—Tenía que encontrarte —dijo con sencillez—. No podía permitir que volvieras y la vieras allí, en la calle. Corrí por Brooklyn como un psicópata, llorando y gritando tu nombre. Fue una estupidez. Estaba desesperado. Quería evitarte el dolor, porque sé lo que se siente. Quería protegerte...

Se interrumpió, llorando.

Pasado un rato dijo:

—Sally, lamentaré el resto de mi vida que volvieras al hotel y te enteraras como te enteraste.

Me incliné hacia delante y cogí su mano.

—Hey —dije en voz baja—, no tienes nada por lo que sentirte mal. Nada. ¿Entiendes?

De pronto me parecía de vital importancia que lo entendiera, que se diera cuenta de que era un hombre generoso y bueno. Que era yo quien debía suplicarle que me perdonara.

—Qué va.

Una lágrima rodó por su mejilla y cayó en la camiseta de monos.

—No, «qué va» no. Has sido muy bueno conmigo y yo te he tratado como si fueras un monstruo. Nunca podré expresar con palabras lo agradecida que estoy por lo que hiciste.

Acaricié su pelo un segundo, luego retiré la mano. Era peligroso tocarlo.

Le di a *Zanahoria*.

—Abrázate a *Zanahoria*. Sienta muy bien en momentos como éste.

Julian lo cogió y esbozó una sonrisa.

—Hola, *Zanahoria* —dijo poniendo en equilibrio sobre sus rodillas a mi viejo osito de peluche—. Me alegro de conocerte por fin.

—Prueba a darle un achuchón —le insté—. Es fantástico para esas cosas.

—Preferiría dártelo a ti —dijo Julian.

Dudé un momento, sopesando el peligro. Había dentro de mí un montón de emociones en ese instante. Hice caso omiso de ellas y me acerqué a él arrastrando el trasero para abrazarlo.

Pero aunque en el armario había espacio suficiente para uno, no lo había para que se abrazaran dos adultos de buen tamaño. Comprendiendo que corría el riesgo de caer despatarrada encima de él, Julian me agarró de la mano y me hizo darme la vuelta para ponerme de espaldas. Me senté entre sus piernas, deslizó los brazos alrededor de mi tripa y me apretó con fuerza, la cara escondida en mi pelo.

—¿De verdad, sinceramente, creías que era culpa mía?

—No —reconocí—. Aunque no me he dado cuenta hasta hoy.

Noté que asentía con la cabeza y que se hundía más aún en mi pelo.

Era tan agradable sentirme abrazada por él que apenas pude respirar.

«¿Qué estás haciendo? —me gritó mi cabeza—. ¡Tienes novio! ¡SAL DE AHÍ A TODA LECHE!»

Cerré los ojos, apagué aquella voz y disfruté de la forma y el tamaño de Julian, de aquella perfecta imbricación física que tanto había echado de menos.

Pasado un rato que me supo a poquísimo, él se removió.

—Creo que deberíamos salir del armario —dijo en voz baja.

Lo agarré de los brazos cuando se disponía a soltarme.

—No. Quiero quedarme aquí.

Se rió suavemente.

—Ya lo sé. Pero tengo que irme a casa porque mi madre está a punto de aterrizar en Heathrow.

—¡Ah! ¡Stevie! ¡Hala!

Sentí la sonrisa de Julian detrás de mí. Una sonrisa grande, perezosa, encantadora.

—Sí. La señora Bell está en casa.

Se hizo el silencio mientras pensábamos los dos en su inteligentísima madre.

—¿Cómo llevas lo de Stourbridge? —preguntó Julian indeciso—. ¿Has estado pensando en tus padres?

—Pienso en ellos constantemente.

—¿Y?

Me mordí el labio. Un millón de ideas bailoteaban dentro de mi cabeza.

—Y no sé. Necesito más tiempo para pensar.

No dijo nada.

—Está muy bien que mi madre diga «Ah, no, claro que no te culpamos» cuando hay invitados delante —añadí—. Pero no me han llamado, Julian. En todo un año. Estuve a punto de morirme de pena y ellos... Nada. Nada, como siempre. Desde que era pequeñita.

—Lo sé —dijo comprensivamente—. Sé lo duro que ha sido.

Exhalé un suspiro, más confusa que nunca. Había tantas cosas en la conducta de mis padres que no entendía... Tanta ira enquistada dentro de mí, a punto de estallar a la menor provocación...

Pero algo había cambiado en Stourbridge. Se había abierto una puerta, una minúscula rendija, pero aun así se había abierto. Que yo fuera a pasar por ella o no era otra cuestión, pero al menos sabía que estaba ahí. Y con eso tendría que bastar por ahora.

—¿Cuándo llega tu madre? —pregunté.

Sentí que sonreía otra vez.

—Pronto. Debería irme. Pero Sally... Y te lo digo con absoluto respeto por todo lo que has pasado... Creo que es hora de que salgas de este armario. Para siempre.

Me quedé escuchándole.

—Sé que ha sido tu refugio desde que eras pequeña, pero, Sal, ahí fuera, en el mundo, estás a salvo. Y creo que estás empezando a darte cuenta.

Me encogí de hombros nerviosa.

—No, no te encojas de hombros. Hablo en serio. Hay un nuevo capítulo de tu vida en marcha. Un capítulo que no incluye a Fiona, ni armario, ni escondrijos de ningún tipo.

—Mi vida siempre incluirá a Fiona.

—Claro que sí. Pero todavía tienes que dejarla marchar.

—¡Pero todo esto es por ella! Lo de cantar y lo de la escuela y... y todo...

Julian meneó la cabeza.

—Era por ella. Y es maravilloso que vayas a ser una gran cantante aunque ella no pudiera ser una gran bailarina. Pero es hora de que empieces a hacerlo por ti misma. De que te liberes de Fiona. De que la dejes descansar. Y de que empieces de nuevo por Sally Howlett. Porque Sally todavía está viva, porque está siendo muy valiente, porque es asombrosa y, sobre todo, porque es un verdadero tesoro. Se merece estar ahí fuera, a la vista de todos.

Sentí que me temblaba el labio como a una niña.

—Pero no estoy preparada... —susurré—. Ella ha sido como mi maestra. Mi amiga. Mi consejera.

Julian me acarició el brazo con el pulgar.

—Eres mucho más fuerte de lo que crees.

Salió del armario cuidadosamente. Una vez fuera, se arrodilló en la puerta y me cogió la mano.

—Sé lo que se siente —dijo—. Pero es más fácil cuando les dejas ir.

—Tengo miedo.

Julian sonrió.

—No hay nada que temer aquí fuera —dijo—. Puedes hacerlo, Sal. Yo creo en ti.

Sin apartar mis ojos de los suyos, estiré las piernas y despacio, muy despacio, salí del armario sabiendo de algún modo que era la última vez.

Escena Veintitrés

«Hoy tiene que ser un día muy tranquilo —me dije a la mañana siguiente cuando entré en la escuela—. Lo dicen las leyes de la probabilidad.»

Había tenido dramatismo suficiente esas últimas cuarenta y ocho horas como para toda una vida. Ese día sería una balsa de aceite.

Pero no lo fue.

—Siéntate —dijo Brian amablemente cuando entré en mi clase de canto—. Te he traído un té. Y un Twix para que lo compartamos. Está... Uy. —Se sacó del bolsillo un Twix caliente y reblandecido y lo miró con tristeza—. Está incomible.

—¡Claro que no! —contesté animada—. ¡Ábrelo ahora mismo! Y luego cuéntame qué pasa.

—¿Umm?

—Venga, Brian. Si vas a darme de comer en vez de darme clase es que pasa algo.

—Ah. Ah, sí —reconoció.

Cuánto me gustaba Brian.

Nos sentamos junto al piano, mojamos los trozos de chocolatina en el té de Brian y esperé a que me diera la noticia. Me sorprendió no estar nerviosa en absoluto. Desde que Julian se había marchado, la noche anterior, me sentía llena de esperanza, aunque fuera de una esperanza frágil y que sólo empezaba a despuntar. Tenía la sensación de que quizá pudiera empezar una nueva vida libre de mala conciencia o de miedo. Que podía hacer aquel curso por mí sin olvidar jamás a mi preciosa Pecas.

—Bueno, Sally Howlett, hay dos cosas de las que quiero hablarte.

En primer lugar, Peter Ingle ha oído cosas fantásticas sobre tu trabajo en Stourbridge. Creo que le has impresionado de verdad, jovencita.

—¿Con mi toque plebeyo, quieres decir?

—Pues sí —convino Brian con su mejor acento de Huddersfield—. Le gustamos, la gente de pueblo. El caso es que te ha invitado a cantar en no sé qué fiestón en Mayfair.

—Ah.

Brian entrelazó los dedos mirándome.

—Y va a pagarte cinco mil libras.

Estuve a punto de vomitar la chocolatina.

—¿QUÉ?

Se echó a reír.

—Creo que es su modo de darte otro empujoncito. Es una tarifa un poquitín más alta de lo habitual, como sin duda sabrás.

—¡No puedo aceptar ese dineral!

Brian sonrió.

—Claro que puedes, mi niña —contestó con firmeza—. Conozco a Peter desde que los dos éramos jovenzuelos con granos y, si algo sé, es que quiere que lo aceptes. Opina que eres brillante.

—¡Brian, soy de Stourbridge! ¡No soy una campesina que se muera de hambre! ¡No puede hacer esto!

—Tranquilízate, Sally. —Sonrió—. Peter puede gastarse cinco mil libras como quien se tira un pedo.

—¡Dios! —susurré—. ¿Estás seguro?

—Segurísimo. Jan actuará contigo. Por lo visto Peter también le ha cogido mucho cariño al chico...

—Qué bien, porque Jan estuvo brillante.

Brian arrugó la frente.

—Pero hay una pega. Tendrás que ponerte un traje para actuar. Y sospecho que no tienes ninguno, querida.

Tenía razón. A diferencia de mis compañeras de clase, no tenía ninguna de esas monstruosidades largas y de raso que las cantantes de ópera se empeñaban en ponerse para sus recitales. Pero con toda la energía que borboteaba dentro de mí, no me importó. ¡Tenía cinco mil libras que gastar!

—¡Iré a comprarme uno! Antes era sastra, Brian, ya va siendo hora de que aprenda a vestirme.

Él sacudió la cabeza.

—Tu transformación es realmente notable. —Cruzó los brazos y me miró—. Tus clases de lenguaje musical marchan viento en popa, tengo entendido, ya lees música con bastante facilidad, estás cantando fuera del armario y ¡fíjate! ¡Aceptas ofertas para cantar en conciertos! ¡Es realmente increíble! —Ladeó la cabeza—. ¿Por qué crees que ha sido, Sally? ¿Qué crees que te he ha hecho salir de ti misma de esta manera tan maravillosa?

Quise decirle que había sido Fiona, y también él, y Julian hasta cierto punto. Pero había empezado a darme cuenta de que había alguien más de por medio, alguien que había tenido mucho más peso del que yo creía.

—He sido yo —contesté tras un largo silencio—. Me he cambiado a mí misma.

A Brian parecieron empañársele un poquito los ojos. Asintió con la cabeza, un gesto orgulloso y paternal que me dio ganas de llorar.

—Lo segundo que quería decirte es que... —Se quitó las gafas y se las limpió con el pico de la camisa—. Queremos que seas Mimí en la producción de *La Bohème* del próximo trimestre, pero hemos acordado preguntarte primero porque sabemos lo difícil que es para ti cantar en público. No queremos darte algo que te sobrepase, siendo tan pronto.

Lo miré boquiabierta. Mi ópera preferida de todos los tiempos. El papel que soñaba con cantar desde que era una niña pequeña. Eso por no hablar del dueto que había cantado en el café literario con Julian.

—Pensamos darle el papel de Rodolfo a Jan —prosiguió Brian—. Hussein será Marcello y Helen, Musetta. Así que vas a estar rodeada de toda tu banda.

Yo seguía sin decir nada. Quería el papel, pero ¿no sería demasiado para mí?

Entonces noté que el corazón me latía despacio y rítmicamente en el pecho, que tenía las manos frescas y quietas sobre el regazo y comprendí que, como había dicho Julian la noche anterior, era mucho más fuerte de lo que creía.

—Sí —contesté—. Me encantaría hacer de Mimí. Gracias, Brian.

En la cafetería me senté con Helen en la Mesa de los Cantantes, que estaba desierta. Le conté que íbamos a hacer los papeles protagonistas de *La Bohème*. Nos quedamos sentadas la una frente a la otra, sin decir nada más que «Dios. Ay, Dios mío. Ayayayay. Madre mía. ¡Joder! Qué pasada. Jopé».

Seguimos así, en bucle, sus buenos diez minutos, hasta que Helen tuvo que marcharse a clase de italiano.

Seguí yo sola.

Pasado un rato, Julian y otros profesores en los que no pude concentrarme vinieron a sentarse a la mesa conmigo.

—Joder. Madre mía. Guau. Qué barbaridad. Ay, Dios —masculló sin ver nada—. ¡Y tengo que comprarme un vestido! ¡Soy sastra y sigo sin tener ni idea de cómo vestirme! ¡Tengo que buscar un puto vestido largo y brillantón! Mierda, mierda, mierda...

—Lo mismo digo: mierda —comentó la mujer sentada a la derecha de Julian—. El *jetlag* y la vejez no hacen buenas migas.

Su voz, enérgica y con acento americano, me sonaba un montón.

—¡Ay, Dios! ¡Stevie! —gimoteé cuando por fin me fijé en ella—. ¡Perdona! ¡No tenía ni idea de que estabas ahí!

—Ya lo he notado, querida —contestó Stevie Bell con socarronería—. No voy a preguntarte cómo estás, Sally querida, porque salta a la vista. Julian acaba de hablarme de tu éxito inminente —añadió—. Me alegro muchísimo por ti. No pienses más en esos estúpidos vestidos.

Stevie Bell era la mujer más increíble de Estados Unidos. Yo acababa de maldecir y de blasfemar en su presencia y a ella no se le había movido una ceja. Eso por no hablar de las cartas que le había devuelto sin abrir durante aquellos primeros tiempos de tristeza heladora. O de que le había colgado el teléfono en el aeropuerto JFK, tan hecha polvo por lo que creía que le había hecho su hijo a Fiona que ni siquiera había podido comportarme educadamente. A pesar de todo eso, allí estaba, con un corte de pelo al mismo tiempo sexy y elegante, un precioso jersey azul marino y unas gafas muy modernas que servían de marco a unos ojos afilados que no evidenciaban ni remotamente los efectos del *jetlag*.

—Estás absolutamente preciosa —le dije, y no me sentía avergonzada ni lo más mínimo—. ¡Me alegro tanto de verte! —Me levanté y le di un abrazo. La alegría de Julian era casi palpable—. Y Stevie... —Me sonrojé—. Stevie, respecto a las cartas y esas cosas, lo siento de veras, yo...

—Calla, calla, querida —dijo suavemente—. No es necesario.

La abracé otra vez. Quería a Stevie casi tanto como quería a...

Me detuve allí. Allí mismo.

—Mi madre se ha empeñado en venir a la escuela —dijo Julian alegremente—. Me ha echado la bronca por mi aspecto, claro.

—¡Antes estaba elegantísimo! —le dije a Stevie—. De verdad, no le habrías reconocido.

—Bueno, conozco ese aspecto —contestó Stevie con energía—. Y me desagrada muchísimo. Ese condenado agente suyo... ¿Te ha dicho que lo despedí y que ahora su agente soy yo?

—Eh... No.

Julian sacó una bolsa de ganchitos de queso del bolsillo de su chaqueta y se recostó en la silla meneando la cabeza.

—Estoy aquí, ¿sabéis? —dijo, pero no le hicimos caso.

—Cuando me dijo que iba a volver a cantar tomé cartas en el asunto —anunció Stevie—. Estoy harta de ver al encanto de mi hijo todo repeinado y de punta en blanco. ¡Se crió llevando botas de agua, Sally! ¡Y con el pelo lleno de heno! Vestirse para impresionar es una pérdida de tiempo. A sus fans no les importa cómo se vista para ir a comprar un litro de leche.

Pensé de pronto en mí misma a los veintiún años, gastándome todo el sueldo en «fibras naturales» para parecer una auténtica ayudante de vestuario. Y luego comprándome mogollón de ropa a la última para encajar allí, en la escuela. A los treinta años.

—Eh, yo también he caído en eso —reconocí a regañadientes.

—Bueno, yo también, cielo, yo también. Me vestí de arriba abajo de loneta impermeable para atraer a su padre. Hasta me compré una gorra plana. ¡Qué vergüenza! ¡Yo, que era profesora de lingüística!

Si alguien tan brillante y despierta como Stevie había caído en aquel disparate, quizá yo no fuera tan floja, ni tan cretina como imaginaba.

—Todos tenemos defectos —comentó Stevie como si me leyera el pensamiento—. A todos nos cuesta creer en nosotros mismos.

—Umm —dijimos Julian y yo a la vez. Yo no estaba segura de a qué decía «umm» ni por qué.

—Pero aun así por suerte siempre hay un término medio. —Stevie se volvió hacia su hijo con aire severo—. Como, por ejemplo, plancharse la ropa, Julian...

Su hijo fingió no oírla.

—Julian les tiene mucho cariño a las camisas arrugadas y a los jersey hechos un higo —comenté yo—. La verdad es que nunca me creí mucho lo de los trajes elegantes.

Me sonrojé. Estaba hablando con demasiada confianza.

—Ay, Sally, qué alegría me da verte. —Stevie sonrió—. Cuéntame, ¿qué te parece la escuela?

—Bueno, ha sido una charla estupenda —dijo Julian un poco molesto—. He disfrutado mucho de la conversación, pero ahora tengo que dar clase a un alumno. —Sonrió—. Adiós, mamá —dijo mientras se alejaba.

—¡Métete la camisa por dentro! —le gritó su madre.

Lo miramos alejarse las dos.

—Ojalá pudiera parar de decirle lo que tiene que hacer. —Stevie sonrió—. ¿Sabes?, una madre intenta hacerlo lo mejor posible, pero cometemos un error tras otro en nuestro afán por hacer lo que creemos mejor para nuestros hijos. ¡Estamos ciegas, Sally! Y eso, cariño mío, es porque amamos demasiado. No hay nada que la prepare a una para lo que siente por su hijo —añadió—. Nadie te avisa de ese amor salvaje y feroz...

Me puse a juguetear con mi anillo amarillo, preguntándome si mi madre había sentido alguna vez eso por mí. En mi infancia, desde luego, las muestras de amor salvaje y feroz habían sido muy escasas.

—¿Tu madre no estaba siempre encima de ti? —preguntó Stevie—. ¿Intentando «ayudarte» y fastidiándote todo el rato?

—Eh, bueno... No. La verdad es que más bien me mantenía un poco a distancia.

Stevie enarcó una ceja.

—¿En serio?

No contesté. Seguía estando sumamente confusa respecto a mis padres. Me encogí de hombros ambiguamente.

—Pues sí, bastante.

Se hizo un largo silencio. Me quedé mirando por la ventana el lúgubre cielo otoñal.

—A menudo me pregunto si Julian sentía que yo hacía lo mismo con él —dijo Stevie al cabo de un rato.

—Lo dudo mucho. Habla de ti con entusiasmo.

—Me alegro, pero aun así me preocupa...

—¡En serio! No creo que tengas nada de qué preocuparte.

Stevie pasó un dedo alrededor de una de sus gruesas pulseras de plata. Una especie de tristeza se había apoderado de ella.

—Cuando Julian tenía ocho años me di cuenta de que no podía seguir con su padre. Es un buen hombre a su manera tan reservada, Sally, pero no podía comunicarse. Ni conmigo, ni con nadie. Y, en fin, puede que hayas notado que a mí me encanta hablar.

Nos reímos las dos.

—Me había prendado de la idea de vivir en una granja inglesa. ¡En Devonshire! ¡Todo esos tés con crema, los páramos agrestes y las vacas! Hasta los americanos cultos son susceptibles a esas cosas —dijo con sorna—. Pero, aunque podría haber soportado la desilusión que fue para mí la grisura y la soledad de esa granja, el barro eterno, los veterinarios y las vallas rotas, no podía vivir con un hombre que no me hablaba. Soy una *brooklynita*. Echaba de menos mi hogar. Echaba de menos mi vida. Echaba de menos hablar. Sentía que me estaba muriendo de soledad. Lo fui dejando, fui posponiéndolo porque no soportaba perturbar la vida de mi niño, pero al final tuve que marcharme.

Julian me había hablado del traslado a Estados Unidos, de lo confuso y perdido que se había sentido, pero también de su euforia. Y de cómo, pasado un año, su madre lo había mandado de vuelta a Devon porque se estaba juntando con malas compañías en el instituto y había dejado de cantar.

—Hice lo que me pareció mejor para él —agregó Stevie con impotencia—. Me pasé dos años llorando todas las noches, preguntándome si mi hijo pensaba que lo había abandonado. O que no lo quería.

Se hizo un largo silencio.

—¿Hice lo correcto? —preguntó con ojos brillantes—. No sé, Sally. Pero hice todo lo que pude como madre. Lo mejor que pude en ese momento.

Asentí pensativa.

—No me hagas caso —añadió con una sonrisa—. Como te decía, una madre nunca deja de preocuparse.

—Tengo que irme —dije—. Me alegro muchísimo de verte, pero tengo... cosas que hacer.

Jan Borsos entró en ese momento en la cafetería, se acercó y me besó en la mejilla, la nariz y la barbilla.

—¡Mi osito panda grande y peludo! —exclamó a voz en cuello—. ¡Buenos días! —Se volvió hacia Stevie—. Soy el novio de Sally —anunció—. ¿Qué tal está usted?

—Yo soy la madre de Julian Jefferson —contestó Stevie risueña—. Y estoy muy bien, gracias.

—Yo ya me iba —le dije a Jan—. ¿Me paso por tu casa esta noche?

—¡SÍ! ¡Lo pasaremos de maravilla, Sally!

—Me alegro muchísimo de haberte visto —le dije a Stevie—. Muchísimo. Que tengas un buen viaje.

—Y yo me alegro de que seas feliz —repuso Stevie. Su sonrisa se quebró un poco mientras nos miraba alejarnos—. Cuídate, Sally.

Escena Veinticuatro

Entré en Kensington Gardens sumida en mis pensamientos. Había hecho una mañana preciosa, soleada y fresca, pero más tarde una niebla densa y fría que casaba a la perfección con mi estado anímico se había instalado sobre Londres, agobiando sus calles.

Me senté en un banco húmedo sin importarme especialmente que se me calara el trasero. Necesitaba pensar.

Desde la visita a casa de mis padres me hallaba en un dilema irresoluble. Nada había cambiado respecto a mi relación con ellos, ni de niña ni ya de adulta, pero verlos tan envejecidos y desmejorados me había afectado profundamente. Por alguna razón me habían parecido frágiles, en vez de fríos e indiferentes. ¿Por qué? ¿Habían cambiado de verdad? ¿O era sólo que los había visto a través de una lente distinta, habiendo ido a casa acompañada por primera vez desde que era pequeña?

Fuera por lo que fuese, aquello había embotado el filo de mis barreras defensivas. Estaba preocupada por ellos. Tenía la impresión de haberles hecho daño al decirles lo que a mi modo de ver era la verdad.

Vi a una ardilla rebuscando en una papelera.

—¿Qué pasa? —le pregunté.

Me miró poniéndose a la defensiva, con las zarpas crispadas.

—Tranquila —le dije—. De verdad, en serio, no quiero que te enfades. Lo único que quiero es un poco de claridad.

La ardilla me miró como diciendo «Eres una cretina como la copa de un pino. Déjame en paz», y volvió a zambullirse en la papelera.

Sonreí. Y, casi sin darme cuenta de lo que hacía, marqué el número de casa.

Encajé el trasero en el respaldo del banco frío y pegajoso y mi pecho y mi abdomen comenzaron a ejecutar un complejo número de baile. No sabía qué iba a decir. La ardilla tenía razón. Era una cretina como la copa de un pino.

«¡Corta! ¡Corta!»

Pero antes de que me diera tiempo contestó mi madre.

—¿Diga? —dijo.

Una vocecilla disparada a través de cables de fibra óptica y lanzada al cielo para ser canalizada de nuevo hasta mi teléfono móvil. Mi madre. Creadora de Sally Howlett.

¿Bestia negra? ¿Amiga?

—Ehhh...

—¿Diga?

Parecía preocupada, lo cual era comprensible.

Me aclaré la voz.

—Perdona, mamá, soy yo. Es que tengo la voz con un poco de carraspera...

Un silencio perplejo zumbó por la fibra óptica. Luego:

—¿Sally?

—Sí.

Mi voz casi se disipó en el aire húmedo. Casi me disipé yo en el aire húmedo. Estábamos solas la ardilla y yo, las dos únicas personas en el mundo.

—Ah —dijo mi madre fríamente. Me encrespé y luego, para mi sorpresa, volví a calmarme.

«Ella es así, nada más —dijo una vocecilla inesperada dentro de mi cabeza—. Hace lo que puede.»

—Eh, llamaba para... para disculparme —dije.

¿Sí? Eso parecía.

Un silencio tembloroso.

—No debería haber dicho que me culpáis por lo de Fi —farfullé.

Más silencio.

—¿Hola?

—Ay, perdona, Sally, es que... —Se interrumpió, perpleja. Luego carraspeó—. No deberías haber pensado que te culpamos por lo de

Fiona —dijo de repente. Noté que se había sorprendido a sí misma—. Por supuesto que no te culpamos. ¿De dónde has sacado esa idea?

—Bueno, ya sabes. Como me advertisteis en tono bastante amenazador que tenía que cuidar de ella allí, y luego no me habéis hablado desde que volví...

Era como si hablara otra persona. La ardilla, con sus ojillos como cuentas fijos en mí, estaba masticando un trozo de chocolate. Seguramente se estaba preguntando si estaba loca, como era lógico. ¿Llamaba para disculparme o para provocar una pelea? No estaba del todo segura.

—Entiendo —dijo mi madre. Se oyó un ruido y luego volvió a ponerse—. Creo que deberías hablar con tu padre —dijo.

Suspiré. Aquello era una pérdida de tiempo. Mi madre seguía sin querer hablar conmigo. O no podía hablar conmigo. O lo que fuese. Ya no estaba segura de que me importara.

Noté que mi padre se quedaba de piedra cuando le pasó a la fuerza el teléfono.

—Hola, Sal —dijo indeciso.

—Hola, papá. —Mi voz sonó cansina—. Llamaba para deciros que siento haber montado esa escena. No quiero molestaros. Voy a colgar.

—Ah —dijo mi padre—. Ah.

Suspiré.

Entonces mi padre dijo algo extraordinario.

—Me alegro de que hayas llamado, Sal. Nos alegramos los dos. Gracias.

Y eso fue todo. Después de una despedida entrecortada, se acabó la llamada.

La ardilla me observaba con curiosidad.

—No tengo ni puñetera idea —dije—. Ni idea de qué acaba de pasar.

Ladeó la cabeza y sonreí. Me sentía más ligera por dentro.

—Pero me alegro de haber llamado, ardilla.

Escena Veinticinco

Seis semanas después

Justo antes de las vacaciones de Navidad me descubrí mirándome en el espejo con profundo horror. No sabía si reír o llorar. Algunos alumnos del máster estaban ensayando villancicos para un concierto benéfico al fondo del pasillo, y nuestro camerino estaba engalanado con lucecitas antirreglamentarias y acebo robado de Hyde Park. Tenía motivos sobrados para estar contenta.

Pero no lo estaba. Tenía una pinta absolutamente ridícula. Como una banana grande, amarilla y lustrosa, pero con algunos abultamientos fofos que no tenían las bananas y un montón de arrugas allí donde mis generosas caderas tiraban de mi estupendísimo vestido de satén.

—Qué guapa —dijo Violet mientras se envolvía el cuello en una larga bufanda de cachemira.

Llevaba todavía la misma chaqueta de cuero que en septiembre. ¿Qué tenían las pijas flacas que nunca pasaban frío?

Por una vez su sonrisa fue sincera, aunque por motivos perversos. Yo parecía un grumo gordo y viscoso embutido en aquel horrible vestido y ella lo sabía.

—Estás de caerse de espaldas, corazón. ¡Les vas a dejar de piedra en el concierto! —Al salir me saludó meneando los dedos—. ¡Buenas noches!

—Buenas noches —le dije a la habitación vacía. Me miré otra vez en el espejo y me desesperé. ¿Cómo era posible que pudiera cantar en una sala llena de gente, ser amiga, si bien con ciertos apuros, de mi exnovio medio americano y mantener al mismo tiempo una tórrida relación sexual con mi nuevo novio húngaro, todo ello con notable aplomo, y que sin embargo me hubiera sentido incapaz decir no a salir de compras con Violet Elphinstone aun a sabiendas de que la cosa acabaría así?

Suspiré intentando estirar el vestido por la parte de las caderas, lo cual sólo sirvió para que se me formara una pezuña de camello a la altura del pubis.

El·concierto de lord Peter Ingle era al día siguiente. Jan y yo llevábamos unos días ensayando y, salvo por el vestido, estaba todo listo. Mi primera actuación en público de verdad. La primera de toda mi vida. Durante más de una hora tendría que erguirme en un escenario como una auténtica cantante de ópera, con el pelo peinado en ondas rozagantes, pintada como una puerta y con un vestido que podía sostenerse solo, sin que yo estuviera dentro.

Aquel vestido. El vestido de banana amarilla y gordinflona. Violet, que me había oído decirle a Helen que tenía que ir a comprarme un vestido, me había llevado a rastras a Knightsbridge a la hora de comer. Estaba todavía espiritosa después de su gran éxito en *Manon* la semana anterior, y por ser la novia de Julian Jefferson, un tenor famoso en el mundo entero, y no podía estar quieta. Habíamos caminado por Old Brompton Road, Violet cogida de mi brazo hablando sin parar de Julian, y curiosamente, aunque estábamos hablando de su relación con mi exnovio, descubrí que la odiaba menos que antes: cuanto más tiempo pasaba con ella, más me daba cuenta de que posiblemente era todavía más insegura que yo.

—Es tan misterioso —balbució mientras seleccionaba varios vestidos horrendos para que la dependienta los preparara.

Estábamos en una pequeña boutique de Beauchamp Place. Una boutique en la que había que llamar a un timbre para entrar. Si quería alimentar la semillita de una relación con mi familia que había brotado esas últimas semanas (mi madre había vuelto a mandarme cupones del hipermercado, y mi padre un artículo de periódico sobre una compañía de ópera de Birmingham, y yo, por mi parte, me había obligado a llamarlos para mantener otra charla torpona y azorada), era importante que me asegurara de que nunca descubrieran que había comprado en una tienda con timbre.

—Me encanta descubrir qué hay detrás de esos preciosos ojos azules que tiene. Creo que la verdad es que es muy sensible, como el martes, cuando vino a mi casa después de clase y me dijo: ¿Puedes abrazarme? Necesito un abrazo».

Algo muy afilado me pinchó el corazón.

Esas últimas semanas Julian y yo habíamos tenido una relación mucho más cordial. Ahora sonreíamos y nos hablábamos cuando nos encontrábamos por el pasillo, y una o dos veces, como cuando me lo encontré ahogándose con un trozo de huevo de chocolate relleno de crema y tuve que hacerle una Heimlich de emergencia, hasta nos habíamos puesto a bromear como antes. Pero todo estaba teñido de tristeza y extrañeza.

Helen, a la que entre tanto se lo había contado todo, no me había sido de gran ayuda.

—Si tuvieras que escribir el papel protagonista perfecto para una película romántica, ése sería Julian —había afirmado tajantemente—. Si no sigues enamorada de él es que estás completamente chiflada.

Yo le había asegurado con vehemencia que no seguía enamorada de él, pero aun así me sentía como si alguien me estuviera raspando el corazón con un rallador de queso cuando escuchaba a Violet hablando de él.

—O sea, porque ¿cuándo se oye decir a los hombres cosas como ésa? «¿Puedes abrazarme?» Dios mío, Sally, me derretí totalmente.

«No pasa nada —me dije—. Yo antes quería a Julian. Es lógico que sea un mal trago que haya conocido a otra.»

Empecé a probarme vestidos mientras Violet se bebía a sorbitos un capuchino cortado. «Sólo café y una gotita de espuma de leche descremada», había ordenado. «¡Menos calorías!», y seguía parloteando de su relación con Julian. Por suerte yo estaba tan absorta en el horror que me producían los vestidos que no presté atención a lo que decía.

Después de probarme unos cuantos me decanté, de mala gana, por uno azul oscuro con manga japonesa y menos brillantina que los otros.

—No —dijo Violet arrugando la cara en una mueca—. Hace que tus brazos parezcan gordos. ¿Cómo es que no te das cuenta, cielo? ¿Creía que eras sastra?

Violet no era la primera en comentarlo, y seguramente no sería la última. La respuesta era tan patética como cierta: sencillamente no me gustaba mirarme en el espejo y, cuando tenía que comprarme ropa, me volvía un poco inútil y bobalicona. Todo lo que sabía saltaba por la ventana y, si llegaba a comprarme algo, solía ser lo que no debía. Por eso, en parte, me gustaban tanto mis vaporosas faldas bohemias de mis tiempos en el teatro de la ópera. ¡Dios, cómo las echaba de menos!

Intenté desabrocharme el vestido azul, demasiado avergonzada para pedir ayuda, pero la dependienta casi me hizo un placaje de rugby para impedirlo.

—¡No, no! —chilló con voz aguda—. ¡Las clientas NO se bajan la cremallera solas!

En sus mejillas habían aparecido unas manchas rosadas.

Entre Violet y ella decidieron que debía comprar el vestido amarillo, que era el que me había probado primero, y yo cedí porque no podía seguir ni un segundo más escuchando a Violet hablar de Julian.

—¡AY! —exclamó Violet cuando salimos de la tienda con una enorme bolsa de cartón—. ¡Qué felicidad!

—Sí, qué felicidad —repetí yo débilmente.

—Pero basta de hablar de mí y de Jules —dijo con alegría—. ¿Qué tal van las cosas con Jan?

—Eh, bien, creo.

Iban bien. Jan todavía parecía querer que practicáramos el sexo tres veces al día como mínimo y seguía siendo igual de ruidoso y caótico, y de locos, a veces, pero era divertido, chispeante y encantador y, cuando la ansiedad no hacía que mi cabeza se fugara por la tangente, yo estaba bastante segura de que éramos muy felices.

—¿Estás segura?

Violet me observaba con fingida preocupación.

—Sí, perdona. Tenía la cabeza en otra parte.

—Si Jan y tú tenéis problemas, a mí puedes contármelo. —Puso una sonrisita afectuosa—. Es importante hablar de estas cosas. Porque, si a mí me fuera mal con Jules, estaría hecha polvo. Me estoy enamorando de él a lo bestia.

Sonrió avergonzada y se sonrojó, envuelta en su pañuelo de Hermès. Me di cuenta de que hablaba en serio.

—Violet, eres preciosa —dije con sinceridad—. Julian estaría loco si te dejase.

—Espero que tengas razón.

Se mordió el labio y sentí una oleada de auténtica compasión por ella.

Decidí respetarla a ella y respetar su relación. No me había tratado muy bien, pero eso no significaba que yo tuviera que pagarle con la misma moneda.

No obstante, pensé ahora, mientras estaba en el camerino de chicas de la escuela, Violet era una cabrona total y se merecía que le clavaran un puñal bien afilado. El vestido de banana amarilla y fofa era un espanto.

Se abrió la puerta y alguien asomó la cabeza.

—Ah —dijo Julian.

—Ah —dije yo, contenta de no haberme bajado aún la cremallera.

Me miró boquiabierto.

—¿Qué cojones es eso?

—¿Qué cojones es qué?

—¡Sal! ¿Qué es ese vestido? ¿Quién te ha hecho esto?

Estaba en un tris de echarse reír.

Me descubrí luchando por mantenerme seria. La verdad es que tenía gracia.

—Pues la verdad es que ha sido tu novia.

Puso unos ojos como platos.

—¿Violet te ha prestado ese vestido?

—No. Violet me ha hecho comprar este vestido.

Se llevó la mano a la boca, pero no llegó a tiempo. La risa se le escapó entre los dedos como si fuera agua.

—¡Es horroroso! —exclamó.

Me encogí de hombros, sonriendo de mala gana.

—A Violet no le caigo muy bien.

—Creo que quizá tengas razón. ¿Es para el concierto de lord Ingle?

—Claro.

—Espera, deja que te ayude —dijo Julian, y se acercó para bajarme la cremallera.

Contuve la respiración cuando su mano rozó mi cuello.

—No, ya puedo yo, gracias, Julian.

—Sí, perdona. —Se apartó de mí. Seguía riéndose—. Ay, Sally.

—Umm —dije mientras me ponía la camiseta por la cabeza para poder quitarme el vestido sin quedarme en bolas.

—Bueno —dijo él con decisión—. Vámonos de compras. Voy a resolver este desaguisado.

Lo miré en el espejo sopesando su propuesta, que me parecía al mismo tiempo irresistible y peligrosa. Julian tenía muy buen ojo para la ropa, yo todavía tenía el precioso vestido azul que me había comprado para nuestra fiesta de despedida en Nueva York, así que estaba segura de que, si iba de compras con él, encontraría algo bonito.

Sabía también que se me había acelerado el corazón ante la sola idea de ir de compras con él, lo que significaba que era mala idea. Me odié a mí misma un instante. ¿Qué me pasaba?

—Gracias, pero éste está bien —dije con firmeza, haciendo acopio de todas mis fuerzas.

—Venga, Sal. —Su rostro se suavizó y vi en él un destello de necesidad—. Hay una cosa de la que quería hablar contigo.

—¡DEJA QUE TE AYUDE! —gritó Helen, saliendo de pronto del aseo.

—Eh, ¿Helen?

—Perdona. Estaba ahí encerrada, sufro de estreñimiento —explicó. Julian se rió.

—Julian tiene razón, Sally. Ese vestido es repugnante, no hay palabras para describirlo. Deja que te lleve de compras.

Los ojos de Julian brillaron divertidos.

—¿Y bien?

Helen me miraba con aire amenazador.

—Deja que te ayude —repitió Julian.

Yo ya no tenía fuerzas.

—Está bien.

Julian salió mientras yo me cambiaba.

—¿Qué estás haciendo? —le siseé a Helen, que me estaba bajando la cremallera con una sonrisa triunfal.

—Estoy velando por tus intereses.

—De eso nada. Además, acabas de decirle a Julian que estás estreñida.

—Lo he hecho por el bien del equipo. Tú haz esto —ordenó—. Hazlo. Jan seguramente te lo agradecerá. No querrá cantar a tu lado mañana con esa pinta de pardilla.

Escena Veintiséis

Hay personas con las que tu cuerpo *marcha*. Con las que te pones al paso sin intentarlo; con las que te sientes calentita cuando hace frío; con las que siempre sientes que tienes la talla idónea, aunque en todos los demás sitios te parezca lo contrario.

Mientras caminaba con Julian por Old Brompton Road, con el viento áspero dándome en la cara, me acordé de que mi cuerpo y el suyo se compaginaban a la perfección. Íbamos hablando mientras caminábamos, sobre todo de temas nada comprometidos, como la producción de *La Bohème* del próximo trimestre y, sólo cuando oí a una mujer con un casquete de pelo duro como una roca quejarse de que las calles estaban demasiado abarrotadas, me di cuenta de que habíamos estado maniobrando ágilmente entre densas multitudes sin darnos cuenta siquiera.

La luz de las tiendas y restaurantes de Knightsbridge se desangraba sobre las aceras, acentuando las arrugas de la risa del rostro de Julian. Sentí el impulso alarmante de tocar la piel delicada y suave de alrededor de sus ojos. Se me hizo un nudo en el estómago con sólo pensarlo.

«No puede hacerte feliz —me recordé con desesperación—. Han pasado ya demasiadas cosas.»

Pero aquella sensación no se disipaba.

«Esto no puede repetirse —pensé—. Nunca.»

Iríamos de compras y luego yo me iría a casa, como era mi obligación. Aunque no me preocupara gran cosa por mí misma, le debía un poco de respeto a Jan. Eso por no hablar de Violet. Las arrugas de la risa de Julian eran suyas.

Unos minutos después estábamos delante de Harrods.

—¿Harrods?

Julian sonrió mientras me abría la puerta.

—Harrods, sí.

—¡Pero no puedo permitirme un vestido de Harrods! ¡Ya me he gastado una fortuna en la banana!

—Confía en mí, Sal.

—Pero...

—He dicho que confíes en mí.

Lo seguí dentro.

La chispa de aquella misión secreta se apagó un poquito, lo cual seguramente era una suerte. ¿Qué iba a encontrar en Harrods, aparte de otra tanda de vestidos carísimos para señoras maduritas? Tal vez Julian no tuviera tan buen ojo para la ropa como yo creía.

Llegamos a la tercera planta y Julian empezó a zigzaguear con aplomo entre los *stands* de las distintas marcas, charlando tranquilamente sobre nada en particular. Saltaba a la vista que sabía dónde iba. Yo no, claro. Estaba segura, en cambio, de que nos habíamos equivocado de planta. Todas aquellas cosas parecían costar un riñón.

—¡Ajá! Ya estamos aquí.

Miré el letrero que había encima de nosotros. *Hannah Coffin*.

—Leí sobre ella en una revista que tenía mi madre —explicó Julian—. Me pareció una diseñadora estupenda y pensé que tú estarías guapísima con uno de sus vestidos. No estás hecha para llevar un vestido de baile ridículo, Sally, pero tienes todo el derecho a ponerte algo digno de una alfombra roja. Como, no sé, esto, por ejemplo.

Señaló un vestido absolutamente deslumbrante: largo hasta el suelo, de color tiza y adornado de pies a cabeza con la pedrería más delicada y exquisita. Me quedé mirándolo pasmada, sin perder detalle, y me sentí ligeramente mareada. Era precioso, espectacular, de hecho, y, para mi asombro, no me costaba imaginarme con él puesto.

—¡Dios mío! ¡Es un vestido de ensueño! No puedo permitírmelo.

—Por lo menos pruébatelo. Y, Sally, tú deberías saber mejor que nadie que a una cosa como ésta se la llama «traje de noche». Supera con creces el concepto de vestido.

Me quedé mirando extasiada el «traje de noche». Quizás al día siguiente pudiera estar fabulosa cuando me subiera al escenario. Tal vez no tuviera que parecer una banana fofa.

—Pero espera. —Me obligué con esfuerzo a poner los pies en la tierra—. Seguro que debería ponerme un vestido de raso chillón. ¿No es eso lo que se supone que hay que hacer?

Julian dejó de mirar vestidos.

—Sally, también se supone que tienes que empezar a estudiar música a los seis años y que tu mamá te lleve a todos los concursos de canto. Se supone que tienes que entrar pisando fuerte en la escuela de ópera y decirle a todo el mundo lo fabulosa que eres y con quién has cantado y qué proyectos tienes. ¿Tú has hecho algo de eso?

Me encogí de hombros.

—No, no lo has hecho. Entraste de medio lado, aterrorizada y sin saber lo que era una semicorchea. No podías presumir de haber actuado con nadie, no tenías vestidos que ponerte y querías que te tragara la tierra si alguien te miraba. ¿Por qué quieres empezar a hacer ahora lo mismo que hacen los demás?

Me mordisqueé el dedo meñique con nerviosismo. ¿Acaso no era ése el objetivo de la escuela de ópera: aprender a encajar? Desde el minuto uno nos habían repetido a machamartillo que nos estábamos formando no sólo para ser los mejores cantantes del mundo, sino para conocer por dentro y por fuera aquella industria tan competitiva. Teníamos que hacernos un currículum impecable, conocer al dedillo las técnicas de selección más profesionales, dominar un repertorio completísimo. Y sin duda también poner nuestro vestuario a tono.

—Deja de comerte el meñique —dijo Julian en voz baja—. En esto no hay reglamentos. Hay que hacer las cosas como uno se sienta cómodo. Si no, ¿qué sentido tiene? Puedes cantar de maravilla, pero no serás más que un pelele.

Y así, por segunda vez ese día, cedí. Eran las siete y media de la tarde, no nos quedaba mucho tiempo y yo quería hacer caso de todo lo que me dijera Julian.

—Vale. Búscame un vestido con el que no parezca una pelele.

Eligió tres vestidos y me mandó al probador. Eran tan bonitos que casi no me atreví a mirarlos. Llevaban tantas lentejuelas que pesaban casi tanto como yo, pero sabía que, vestida así, no me costaría nada cantar. Me sentía ya como una reina.

Y luego la dependienta me trajo unos zapatos Louboutin para que me los probara con ellos, y un pañuelo para proteger los vestidos de mi maquillaje cutre, y colocó los vestidos en el suelo para que me metiera dentro, y se puso a hablar de que la arreglista podía meterles el bajo de un día para otro, y yo empecé a perder el hilo de la conversación. Aquello parecía algo que sólo podía pasar en el puñetero Hollywood.

—Yo antes era sastra de teatro —dije aturdida mientras la dependienta se movía a mi alrededor alisando, tirando de aquí y sacando de allá—. Debería saber cómo hacerlo, pero...

Estaba prácticamente sin habla.

El primer vestido, un traje *trompe l'oeil* de color rosa vivo (que Julian dijo que había visto lucir en la alfombra roja a Emilia Fox) era alucinante. Cuando la dependienta acabó de abrochármelo ahogué un gemido de sorpresa y me acordé de que no era fea y gorda, como daba a entender la banana, sino voluptuosa y quizá también un pelín guapa.

—Maravillosa —dijo la dependienta con una sonrisa.

El segundo, una versión en negro del vestido largo de color tiza, era una preciosidad, pero yo no estaba muy segura de que quisiera vestirme de negro para subir al escenario. Julian estuvo de acuerdo. Pero el simple hecho de ponérmelo con aquellos zapatos de tacón tan bonitos y lujosos y de tener a mi propia asistente revoloteando a mi alrededor e ingeniándoselas a base de maña para que el vestido pareciera aún más deslumbrante, fue una experiencia incomparable.

—¿Qué está pasando ahí dentro? —preguntó Julian alzando la voz.

La dependienta me embutió en el tercer vestido, el de color tiza, y cuando me miré en el espejo me dieron ganas de llorar.

—Julian... —dije, pasmada.

La dependienta lo dejó pasar y luego se esfumó.

Detrás de mí, Julian miró mi reflejo. Sonrió, aquella sonrisa tímida y encantadora, consciente como yo de que era perfecto. Levantó lentamente los ojos y comprendí que tenía que apartar la mirada, pero no pude. Pasó el tiempo, se agitaron los recuerdos y me olvidé del presente. En ese instante las dos únicas personas sobre la faz de la Tierra eran él, el guapo y encantador Julian Bell, y yo, Sally Howlett, una mujer bella que, gracias a él, había cobrado conciencia de que lo era.

—Estás perfecta —dijo.

En sus ojos brilló una tristeza que no alcancé a entender.

—Julian...

—Perfecta —repitió—. Y quiero que sepas que, pase lo que pase, nunca te olvidaré. Nunca olvidaré lo nuestro.

—Julian. —Me volví, confusa—. ¿Por qué dices eso? ¿Qué quieres decir?

Me miró unos segundos, dentro de su cabeza pareció librarse una batalla, luego meneó la cabeza y dibujó una sonrisa. Como si dijera «no me hagas caso».

Pero yo no podía. Y tampoco podía seguir fingiendo: aquella noche, en mi armario, había cruzado una raya. Una raya que no podía borrarse ni echarse en el olvido.

—Julian... —comencé a decir en voz baja.

—No. —Retrocedió—. Sally, recuerda lo que dijimos. Tienes que desprenderte del pasado.

Se me atascó el aire en la garganta.

—Lo he hecho. Me he desprendido de Fiona. Pero creo que no puedo desprenderme de... de...

En sus ojos brillaron las lágrimas.

—No —susurró—. No te hagas esto a ti misma, Sally. Los dos tenemos que pasar página.

Antes de que me diera cuenta de lo que ocurría, me atrajo hacia sí. Me abrazó con tanta fuerza que pensé que iba a dejar de respirar, pero se apartó sin que me diera tiempo a disfrutar de su abrazo.

—Te espero fuera —masculló—. Estás sensacional.

*C*uando salí, cinco minutos después, no había ni rastro de él.

—Me ha pedido que le diga que tenía que marcharse —dijo la dependienta—. ¡La buena noticia es que le ha comprado el vestido!

Empujó hacia mí sobre el mostrador una bolsa grande y bonita, con una nota doblada encima.

Esto es de mi madre, no mío. Después de verte en el Royal College, me dio dinero y me ordenó que te comprara un vestido como es debido. También me pidió que te dijera: «Nada de peros, princesa: es para ti. Con cariño, Stevie». Julian xx

—Su novio es un cielo. —La dependienta sonrió—. ¡Y qué guapo! ¡Y generoso, además! ¡Debe de estar usted loca por él!

Miré la bolsa y sonreí valientemente.

—Sí —contesté—. Lo estoy. Ése es el problema.

Escena Veintisiete

Al día siguiente

Otro sobre. Otra carta dirigida a mí con la letra de Julian, sólo que ésta, lo supe antes de abrirla, era de la peor especie. Me dejé caer contra la pared, al lado del tablón de anuncios de la escuela, miré afuera el cielo chato y gris y me pregunté cómo podía haber dejado que pasara aquello.

Queridísima Sally:

Cuando leas esto estaré en un avión de vuelta a Nueva York.

Presenté mi renuncia casi en cuanto empecé a trabajar allí, porque comprendí enseguida que mi presencia te estaba causando demasiados problemas. Quería que pudieras aprender y madurar sin tener que acordarte del pasado cada cinco minutos.

Le había prometido a Hugo que me quedaría todo el trimestre, pero después de lo de anoche me di cuenta de que, si me quedaba más tiempo, no haría más que dificultarte las cosas. Te vi allí, con ese vestido, y te quise más que nunca, pero noté también que te estabas preguntando si tú sentías lo mismo, y fue entonces cuando supe que tenía que irme aunque me perdiera el último día del trimestre.

No puedo causarte más confusión. No quiero arruinar tu relación con Jan Borsos. Y no quiero interferir en lo que sin duda va a ser una maravillosa carrera como cantante de ópera. Sólo quiero que seas feliz y que sigas adelante con tu nueva vida. Formo parte de un pasado que has tenido que dejar atrás.

Lo sé porque, al igual que tú, he perdido a alguien a quien amaba. Sé lo que cuesta seguir adelante.

A lo largo de estos últimos tres meses te he visto florecer y convertirte en la persona que estabas destinada a ser desde siempre. Has superado tantas cosas, Sal, y lo has hecho con tanta dignidad y coraje... Me has dejado completamente boquiabierto. Esta noche pensaré en ti cantando con ese vestido y sonreiré cuando oiga los aplausos y los vítores, y me sentiré aún más orgulloso de ti de lo que ya me siento.

Confío en que tengas el valor necesario para reconocer que es mejor que no sigamos siendo amigos. Creo que sería demasiado desconcertante mantener el contacto.

Tú y yo podríamos haber tenido una historia maravillosa, pero la vida tenía otros planes. Así pues, que cada uno siga su camino. Celebremos cómo somos y lo que nos hemos enseñado el uno al otro.

Empecemos un nuevo capítulo. ¡Un nuevo acto!

Con todo mi amor,

Julian X

—Sally...

Era Helen.

—¿Hola?

Miré otra vez por la ventana y me pregunté distraídamente dónde habría comprado Julian un papel de carta tan bonito.

—¡Oiga! —Helen empezaba a parecer preocupada—. ¿Hay alguien ahí?

Le pasé la carta. La miró.

—Ay, mierda —dijo en voz baja. Me cogió de la mano y empezó a leer la nota de Julian. Cuando acabó, me abrazó largo rato—. Entiendes lo que está pasando, ¿verdad? —me preguntó.

Yo no lo entendía. Ya no entendía nada.

—*La Bohème* —dijo Helen, lo cual no me aclaró nada.

—¿Eh?

—*La Bohème* —repitió—. Jo, sois como Rodolfo y Mimí. Os conocéis en no sé qué ático absurdo, os enamoráis en el acto, vais a un café concierto superhortera y os pirráis aún más el uno por el otro. Empezáis una relación y luego él te abandona porque cree que es malo para tu salud. ¡Está más claro que el agua!

Estuve pensándolo y vi que, como siempre, Helen Quinn había dado en el clavo.

—Jo. Es de locos.

Helen asintió con un gesto.

—Pero ¿qué pasa a continuación? ¿Eh? —le pregunté débilmente—. ¿Que Mimí busca a Rodolfo para intentarlo una última vez y luego se muere?

—Pues sí.

—Entonces imagino que lo dice de verdad —añadí con tristeza—. Que de verdad intenta liberarme.

—Supongo que sí. Pero, ay, Dios, Sally, eso es una gilipollez. Julian y tú estáis hechos el uno para el otro.

—Por lo visto, no.

Guardé con cuidado la carta en mi bolso.

Jan apareció con paso vivo por el pasillo cantando escalas.

—¡HOLA, hola! —canturreó, me dio una palmada en el trasero y a Helen le dedicó una gran sonrisa.

Luego se fue con el mismo paso vivo hacia la cafetería, lleno de energía y buen humor.

Lo vi alejarse y procuré recomponerme. Ya había llorado suficiente en aquel pasillo esos últimos tres meses.

—Bueno, entonces —dije, exhalando un largo y tembloroso suspiro—, supongo que será mejor que siga adelante con mi nueva vida.

—¿Con Jan?

—Con Jan. Tengo que darle una oportunidad, Helen. Me gusta de verdad, a pesar de todo. Me hizo reír cuando nadie más podía.

Helen asintió pensativa.

—Y al parecer es también lo que piensa Julian. Que debo quedarme con Jan. Y reírme.

—Bueno, no estoy segura de que sea eso lo que dice exactamente.

—Voy a intentar que lo mío con Jan funcione —dije con decisión—. Y esta noche voy a dejarme el pellejo cantando en el concierto de lord Ingle. Y luego, en enero, voy a concentrarme en ser la mejor Mimí que pueda ser, y en hacer las pruebas para la British Youth Opera. Así es como va a ser mi nueva vida.

—Tienes razón —repuso Helen tras un largo silencio.

Enlazó su brazo con el mío y echamos a andar por el pasillo.

Esta vez, Julian y yo habíamos acabado de verdad.

Escena Veintiocho

¡Feliz Navidad, merluzos!

Helen lanzó un chorro de confeti y soltó un grito de júbilo. Phil, su novio, nos dios unas copas de champán a Jan y a mí.

—Feliz Navidad para ti también —le dije, abrazándola.

—¡Me estás vertiendo el champán por la espalda, torpe! ¿Es que crees que tenemos dinero para dar y tomar, Sally?

Ese día me alegré mucho de contar con Helen Quinn y su hospitalidad. Aunque había hablado con mi madre por teléfono un par de veces esas últimas semanas, conversaciones tensas y embarazosas, pero conversaciones al fin y al cabo, no me había invitado a ir a casa por Navidad. Jan y yo éramos refugiados navideños.

—Muchísimas gracias por acogernos —dije mientras miraba su bonita y acogedora cocina.

Toda la casa estaba llena de bombillitas, no de esas blancas y elegantes, sino de las de colorines en caóticas sartas que colgaban de clavos clavados sin orden ni concierto por la pared. Había verduras a medio picar por todas las superficies, y entre ellas paquetes de relleno para pavo, botellas de vino a medio beber y grandes tiestos con frondosas hierbas aromáticas.

—¡Tomad un poco de vino caliente con especias! —dijo Helen alegremente, metiendo una taza en una cazuela—. ¿O queréis un coñac o algo así?

—Tranquila, H. —dijo Phil suavemente—. La pobre chica está intentando beberse el champán.

—Ah, sí. —Helen devolvió el contenido de la taza a la cazuela y volvió a llenarla enseguida cuando Jan anunció que a él no le causaba ningún problema mezclar el champán con el vino con especias—. Supongo que lo que intento es que te emborraches, Sally —reconoció cuando los chicos se alejaron para ver la enorme cámara Canon nueva de Phil—. ¿Estás bien?

—¿Por qué me preguntas si estoy bien en ese tono? —dije yo sonriendo.

—Bueno, como tus padres siguen comportándose como unos gilipollas y el amor de tu vida se ha ido a América...

—Cállate, Helen.

—Muy bien, pero sólo porque es Navidad y porque estamos hechas para ser grandes amigas. —Me pasó una perilla de cocina—. ¿Tienes idea de qué se supone que tengo que hacer con esto?

Solté una risilla.

—Sí. Se usa como una pipeta gigante para sacar la grasa de debajo del pavo y echarla luego por encima para que se dore y quede bien crujiente.

Me acordé fugazmente de que mi madre me había enseñado a hacer eso mismo un día de Navidad, cuando tenía diez años. Fiona estaba enfurruñada en su cuartito de debajo de las escaleras por algo relacionado con los regalos, y yo me sentía fatal por estar en la cocina con los demás. «Ignórala», me había aconsejado mi madre.

«Basta —me dije a mí misma cuando el mismo resentimiento de siempre se presentó como un rayo—. Olvídalo.»

Y de pronto me sentí bien otra vez. ¿Quién iba a pensarlo?

—Ay, madre —dijo Helen mirándome—. ¿Estás loca, triste o borracha?

—Triste, supongo. Estoy muy contenta de estar aquí, pero es que... No sé. ¿Por qué no me han invitado a ir a casa?

—La familia es una caca —comentó Helen al tiempo que me daba unas chirivías para que las pelara—. Y la tuya parece serlo especialmente. Pero he aquí la cuestión: ¿les has dicho algo de la Navidad?

—¿Qué quieres decir?

—Quiero decir que si les has preguntado si podías ir. ¿O estabas esperando que no te invitaran para demostrar de ese modo que no les importas?

Me quedé mirándola.

—¿Qué?

Pareció preocupada.

—Idiota —dijo dándose una palmada en la frente—. Perdona, no debería habértelo preguntado. Es que yo tengo la costumbre de hacer cosas así. Ya sabes, poner a prueba a la gente. Esperar que me demuestren que no me quieren. Lo descubrí yendo al psicólogo, junto con un montón de otros malos rollos que ojalá no hubiera desenterrado nunca. No me hagas caso.

Me puse manos a la obra con las chirivías, pero no escuché nada más de lo que me dijo. Sólo podía pensar en su pregunta, porque era una pregunta muy, muy buena.

*T*ras una estupenda comida navideña, nos enfundamos en un montón de abrigos y fuimos a dar un paseo por Brockwell Park antes de que empezara a oscurecer. Si hacíamos caso omiso de los altos bloques que había detrás de nosotros, podríamos haber estado en un prado escarchado en el corazón de la campiña. Al otro lado de la pequeña hondonada del parque, cual estampa bucólica y rural, asomaba entre los árboles una iglesita. Helen me informó de que era Tulse Hill, cuya única relación con lo rural era la presencia de varios restaurantes especializados en hamburguesas de pollo, y la hierba festoneada de plata crujía bajo nuestros pies como copos de maíz.

Phil y Jan se habían adelantado, y Phil iba riéndose de lo que estuviera contándole Jan. Yo sonreí, sintiendo grandes oleadas de afecto por mi pequeño y apasionado Borsos. No pasaba un solo día sin que me hiciera sonreír, o reír, o me impulsara a hacer alguna bobada que un año antes me habría parecido inconcebible.

Helen estaba observándome.

—¿Sonríes por Jan?

Caminábamos lentamente colina abajo, hacia Brixton City Farm, y los rayos mortecinos del sol de la tarde habían pintado a Helen de un hermoso tono sepia.

—Sí. Es un tipo estupendo, ¿sabes?

—¿Sí?

—Para ya.

—¿Que pare qué?

Me detuve.

—Para de comportarte como si Jan sólo fuera el ensayo de una función. Es mi novio. No un ejercicio de prácticas.

—Umm.

—¡Helen!

—Mira, Sally, yo también adoro a tu novio. Jan Borsos es una de las personas más increíbles que he conocido en mi vida. Pero no necesito acostarme con él diez veces al día, o las que te acuestes con él, para demostrar que lo quiero. ¡Por amor de Dios, tiene veintitrés años!

—Y Phil cuarenta y uno. La diferencia de edad no importa.

—No, claro, cuando a ti te conviene —dijo Helen con firmeza—. Deberías renunciar a él para que lo disfrute alguien de su edad.

—Mira que eres rollo. ¿Es que no puedo divertirme?

—¿Piensas casarte con él algún día? —preguntó.

—¿Qué? Jo, Helen, yo qué sé. ¿A quién le importa eso?

—Si alguien te hubiera preguntado si te casarías con Julian cuando estabas con él, ¿qué habrías contestado?

Suspiré. Ojalá parara de una vez.

—No sé.

—Tonterías. Habrías dicho «SÍ, CLARO QUE ME CASARÍA CON JULIAN. ES EL HOMBRE MÁS ALUCINANTE DEL UNIVERSO».

—Basta. —Me metí las manos en los bolsillos—. Julian está en Nueva York y yo aquí. Y los dos hemos empezado una nueva vida.

—Bah.

—No sigas por ahí, Helen. A mí me va bien esta nueva vida. La verdad es que soy feliz.

Helen me apretó el brazo.

—Perdona. Lo sé, de verdad que lo sé. Y me había prometido a mí misma que no lo haría. Es sólo que... Es sólo que me gustaría que fuera todo distinto. Julian es tan increíble que no hay palabras para describirlo. Y aun así es humilde y amable y divertido. Ay, Dios, puede que sea yo quien está enamorada de él. ¿Phil? Phil, cariño, ¿puedes venir a darme un beso?

—¡No! —contestó a gritos—. Jan y yo estamos buscando topillos.

Helen suspiró.

—No, yo quiero a Phil, no a Julian. Pero ojalá pudieras volver con él.

—Pues no puedo. Además, Violet seguramente me mataría, la pobrecita.

Sonrió un instante.

—Sí. Pobrecita Violet. No se lo ha tomado muy bien, ¿verdad?

—No. Y la verdad es que me siento muy, muy culpable. No tenía ni la menor idea.

Violet no había venido a clase el último día, y sus amigas del alma, Sophie y Summer, habían informado en la cafetería de que estaba hecha polvo. Como no sabía qué hacer, yo le había enviado un mensaje de texto bastante insulso al que ella me había contestado con una larga perorata acerca de lo ESTUPENDAMENTE BIEN que se lo había tomado.

—Deja de sentirte mal —me ordenó Helen—. Tu comportamiento ha sido ejemplar y no es culpa tuya que a Violet se le haya roto el corazón. Además, es Violet Elphinstone. Seguramente se habrá prometido en matrimonio con David Cameron antes de que empiece el trimestre de primavera. Bueno, puede que no con él. Pero sí con alguien influyente.

Al final, Helen se alejó para intentar convencer a Phil de que le diera ese beso y Jan me cargó sobre su hombro y me hizo besarlo cabeza abajo. Me reí hasta llorar, sobre todo cuando me depositó en el suelo de cabeza, y luego me pregunté cómo era posible que pudiera ser tan feliz con un hombre y al mismo tiempo no poder olvidarme por completo de otro.

Me quedé atrás mientras los demás bajaban la cuesta hacia el Lido y el piso de Helen. Eran las cuatro, y cientos de ventanas se habían iluminado mientras caía el crepúsculo. Me imaginé los juegos de mesa, las cabezadas de después del festín, el alboroto de los niños y las canciones de Wham! entonadas al amor de la borrachera y, a pesar de mi resolución de no pensar en ellos, me representé la escena tal y como debía ser en casa de mis padres. Mi padre se habría quedado pulcra y apaciblemente dormido con la pipa apoyada en el brazo de su butaca y mi madre estaría en la cocina, recogiendo, porque en realidad ella nunca se sentaba. Lisa y Dennis estarían fumando y comiendo chocolate, atajando las peleas a puñetazos o las rabietas de sus hijos, y Gloria, la anciana tía de mi madre, estaría viendo una telenovela con su perro, que parecía una rata. El cuadro era tan nítido, los olores tan vivos, el ambiente sofocante y recalentado tan familiar que sentí una punzada en el pecho.

«Debería estar allí —pensé con tristeza—. Debería formar parte de eso.»

Ya no sabía cuál era la verdad. Si mi familia me culpaba, si me rechazaba o si abrigaba algún sentimiento, el que fuera, por mí. Las conversaciones que habíamos tenido desde mi visita a Stourbridge habían sido muy parcas en palabras, y el elocuente silencio al final de la última llamada, cuando mi madre no me preguntó qué planes tenía para Navidad, hablaba por sí solo.

Sin embargo, el germen minúsculo de la duda había empezado a reconcomerme desde mi conversación con Helen esa tarde. ¿Podía ser que me equivocara?

Me sentía confusa desde que mi madre me había dicho con verdadera angustia y estupefacción que no me culpaba de la muerte de Fiona, y desde que, esa misma noche, nos había dicho adiós frenéticamente con la mano, en tan vivo contraste con su triste y encorvada figura que no me había quedado más remedio que preguntarme si aquel gesto no sería un código cifrado, un mensaje tácito, una señal de que le importaba pero no tenía ni idea de cómo decírmelo.

¿Podía ser que me equivocara? ¿De verdad le importaba a mi madre? ¿Y también a mi padre, detrás de todas aquellas pipas y periódicos?

Luego estaba mi conversación de hacía poco con Stevie en la cafetería, cuando me había dicho que había mandado a Julian a Inglaterra porque tenía miedo por él y no sabía qué otra cosa hacer. ¿Significaba aquello que no le importaba su hijo? Claro que no. Había llorado todos los días y saltaba a la vista que seguía sintiéndose culpable dos décadas después.

¿Cabía la posibilidad de que fuera eso lo que había hecho mi madre con Fiona al mandarla a la escuela de ballet? ¿Que hubiera tomado esa decisión porque le daba terror cómo estaba resultando ser su sobrina y no tenía ni idea de qué hacer con ella?

Parecía mucho más probable que sólo hubiera querido librarse de ella, teniendo en cuenta que había intentado una y otra vez alejarme de Fiona, pero tal vez eso también formara parte del mismo asunto. Quizás había intentado protegerme. Tal vez sentía que la historia se estaba repitiendo y no quería que yo viviera lo mismo que había vivido ella con la tiíta Mandy.

Llamé a Barry.

—¡FELIZ NAVIDAD de los cojones, Pollito! —gritó—. ¿Estás teniendo una crisis?

—¡Ja! Igualmente, feliz Navidad. Una crisis no, sólo me estaba preguntando si debería llamar a mi familia para saludarles... Y no consigo decidirme. Se lo preguntaría a Helen, pero está ocupada intentando impedir que Jan se lance a la piscina del Lido porque está empeñado en bañarse desnudo.

—Ay, madre. —Barry suspiró—. Claro que deberías llamarles, Pollito. Sé que son unos ogros y unos tarados, pero les quieres, ¿no?

—Sí —contesté sorprendida.

Y así quedó zanjada la cuestión. Helen metió a Jan a empujones dentro de casa y yo me senté a una mesa helada enfrente del Hotel Prince Regent y llamé a casa. Y aunque sólo nos dijimos «feliz Navidad» y «¿Qué habéis comido?» y «Hace un frío que pela, ¿verdad?», cuando colgué sentía un nuevo fulgor dentro de mí.

—Cuídate —masculló mi padre—. A seguir bien.

En lugar de escuchar el «a seguir bien» y enfadarme y disgustarme porque mi padre me hablara como si fuera un compañero de trabajo al que conocía sólo de pasada, preferí oír solamente el «cuídate».

Había todavía muchas cosas que aclarar, y muchas otras que no creía que pudiera perdonarles nunca. Pero estaba dispuesta a intentarlo.

Escena Veintinueve

¿Por qué no? ¡Es un acto de amor, Sally!

Jan Borsos estaba intentando convencerme para que le dejara lanzarme dónuts a los pechos, como una especie de juego de puntería erótico.

—¡Tengo demasiado frío para sacar las tetas!

Jan se puso a refunfuñar y guardó los dónuts.

—Pero con este clima frío tendrás los pezones duros y te puedo lanzar los aros —protestó.

Me eché encima el edredón con volantes, riéndome por lo bajo. Estábamos en su camita de la residencia tras un largo y delicioso día que habíamos pasado lanzándonos en trineo por las colinas de Surrey. En el sureste había quince centímetros de nieve y, como es natural, Jan había escogido ese día para exigir que hiciéramos una excursión a la campiña inglesa. Al día siguiente volvíamos a clase, y yo había ido a pasar la noche con Jan con la esperanza de poder dormir más y tener un trayecto más corto hasta South Kensington.

Jan se fue al baño refunfuñando malhumorado que estaba harto del estúpido invierno inglés, con lo que quería decir que yo pasaba demasiado tiempo tapada con mis pijamas de felpilla y mis pijamas enterizos, con la consiguiente restricción de acceso a mi cuerpo.

Me puse a juguetear distraídamente con mi anillo de bisutería, preguntándome qué nos traería el nuevo trimestre.

¿Cómo sería estar en la escuela sin Julian?

«Estará bien. Así podré concentrarme de verdad en mis estudios y en *La Bohème*. La verdad es que Julian me ha hecho un favor.»

Se me atascó el anillo en la falange del dedo y por enésima vez pensé en quitarme aquel dichoso chisme y tirarlo a la basura. Era feísimo, y siempre se me estaba enganchando en la ropa. Pero no podía tirarlo. Todavía no. Estaba bien haber dejado de hablar con Fiona, pero todavía no me atrevía a tirarlo. Era como el último pedacito de ella que me quedaba, el último retazo de nuestra época juntas en Nueva York.

El anillo se quedaba conmigo.

Jan apareció en la puerta del cuarto de baño. Con un movimiento de cadera serpenteante se quitó la toalla y se subió de un salto a la cama.

—¿Vamos a practicar coitos? —me preguntó dulcemente.

Yo podía regodearme en el pasado o podía disfrutar del presente. ¿Qué prefería?

—Sí —dije con firmeza—. Sí, vamos.

*E*mpezó el trimestre trayendo consigo una nueva tanda de horarios de ensayo, alumnos de música armados con instrumentos y gélidas rachas de viento.

Los ensayos comenzaron la segunda semana, una espera corta pero que aun así se me hizo eterna. Pese a todo, seguí a flote. No me dejé vencer por el pánico. Había cantado con bastante brillantez en el concierto de Navidad de Peter Ingle y estaba decidida a perseverar en aquella trayectoria ascendente.

No es que se hubiera esfumado mi miedo a cantar, sino que de pronto tenía las herramientas necesarias para combatirlo. Cada vez que sentía que empezaba a apoderarse de mí el pánico ante la idea de hacer el papel de Mimí, me acordaba de alguna de las cosas que me había enseñado Brian, o simplemente revivía la noche en que Julian me había ayudado a salir de mi armario de una vez por todas. Y esa misma sensación de apacible fortaleza volvía a colmarme por dentro.

Escuchaba casi a diario *La Bohème*, apenas capaz de creer que fuera a cantar aquellas líneas delante de un público de varios centenares de personas. Casi me daba la risa. ¡Hacía sólo tres meses que había salido del armario!

Pero iba a cantarlas, me dijo Brian en nuestra primera clase después de Año Nuevo.

—Yo voy a estar contigo cada paso del camino —me prometió—. Suelta el aire con un gran *puffff* —exclamó desde el piano unos minutos después—. ¡Quiero que ataques a tope!

Y yo sonreí, porque ahora ya sabía a qué se refería. Sabía qué tenía que hacer cuando me decía que habitara mi cuerpo o que abriera mis pliegues. Entonaba un do mayor sostenido sin gran esfuerzo y podía sostener un *mi* grave a un volumen decente. Hasta podía gastar bromas usando términos musicales italianos.

—Ya estaba todo ahí —dijo Brian alegremente al pasarme el aria de Tatiana de *Eugenio Onegin*—. Habías hecho un trabajo tan fantástico con tus cintas de vídeo que sólo te hacía falta aprender cuatro cosas básicas, Sally. Pero ahora ya sí que está todo chupado, sólo es cuestión de pequeños ajustes.

—Me encanta —reconocí—. De verdad que me encanta.

—¡Y cómo no iba a encantarte, mi niña! Cantas de maravilla. Y que sepas que los profesores de canto nunca decimos estas cosas. Somos muy duros.

Sonreí.

—Es gracias a que eres un profesor brillante.

Brian meneó la cabeza.

—No, querida mía. Es todo gracias a ti. Estoy tan orgulloso de ti... No sabes cuánto.

Y entonces, cómo no, yo me eché a llorar y hasta a Brian se le empañaron un poquito los ojos, y tuvimos que parar para beber un vaso de agua y darnos un pequeño abrazo.

—Con mis otros alumnos soy muy severo —afirmó—. ¡Esto no puede ser!

Descubrí que me había vuelto más sociable en la cafetería, y me quedé maravillada al observarme a mí misma como en tercera persona, como una integrante más de la familia de cantantes que entraba y salía de la Mesa de los Cantantes.

Ni siquiera tenía que preocuparme por Violet. Las primeras semanas estuvo mucho más apagada que de costumbre, pero seguía siendo

Violet Elphinstone, seguía fingiendo que era mi amiga a pesar de odiarme, y seguía siendo la mujer más atractiva de Inglaterra. Ya habían empezado a circular rumores (instigados por ella) acerca de su amistad con un piragüista medalla de plata en las Olimpiadas.

La segunda semana de clase trajo el comienzo de nuestros ensayos musicales de *La Bohème* con Colin, el encargado de dirigir la ópera.

El primer día entré en la sala de ensayo orgullosísima de mí misma por no haberme muerto en el intento, y me encontré a Jan de pie en medio de la habitación con los ojos como platos. Estaba mirando a la *répétiteur*, una chica de aspecto apasionado con el pelo largo y negrísimo y los labios de color rojo sangre. Ella le sonreía con coquetería.

—Hola, *baby* —dijo con acento ruso.

Como a Jan parecía a punto de darle un ataque, le acerqué una silla.

—¿Jan?

Siguió mirando a la chica sentada al piano.

La miré, miré a Jan y sentí que un enorme rayo de energía pasaba entre ellos.

—¿Dima? —dijo Jan con voz ronca—. ¿Eres tú?

Cogí la silla de Jan y me senté yo en ella. La exmujer de Jan era nuestra *répétiteur*.

Estupendo.

Helen, que entró uno o dos minutos después, se percató de cuál era la situación en menos de cinco segundos. Lo supe porque me miró fijamente y me preguntó sin emitir sonido «¿ESTÁS BIEN?» allí mismo, delante de Dima y Jan. Pero no importó, porque seguían con la vista clavada el uno en el otro.

—Hola —dijo Helen taimadamente, acercándose al piano—. Soy Helen. Hago de Musetta.

—Lo sé —contestó Dima, apartando la mirada de Jan un par de segundos. Su acento hablaba de vodka y exóticos viajes en tren, que era lo único que yo sabía de Rusia—. Es un placer conocerte y estar trabajando en *La Bohème*. Me encanta esta ópera desde que tenía diez años —ronroneó.

De lo cual debía de hacer un par de semanas, pensé yo fijándome en ella. Era alta, mucho más alta que Jan, y tenía los miembros esbeltos y una piel fría y cremosa con una elasticidad y una firmeza que la mía había perdido hacía tiempo.

Jan Borsos pareció recobrar el uso de sus facultades unos instantes al darse cuenta de que quizá no fuera lo óptimo reencontrarse inesperadamente con su exmujer delante de Helen y de mí.

—¿Podemos...? —balbució—. ¿Podemos... estar unos minutos juntos, amigas mías? Antes fuimos matrimonios.

Helen sonrió y asintió con la cabeza.

—Tomaos todo el tiempo que necesitéis.

Jan volvió a reparar en mí.

—Sally —dijo compungido, agarrándome la mano—. Quiero que conozcas a mi pasada esposa. Yo no sabía que va a estar aquí. Estoy sorprendido. También estoy feliz —añadió al captar un destello peligroso en los ojos de Dima.

No me pareció que Jan Borsos tuviera muchas posibilidades en una pelea con ella.

—Ah, ésta es tu novia —dijo Dima con serenidad—. Encantada de conocerte. —Me tendió la mano y, al igual que Helen, me acerqué al piano para estrechársela—. No te preocupes. —Sonrió—. ¡No intento recuperar a Jan!

Hice un ademán mascullando cosas como «claro que no», a pesar de que estaba clarísimo que ése era justamente su propósito. Sonreí casi cortésmente a Jan Borsos al salir, consciente de que lo había perdido. Estaba hipnotizado.

Y lo más triste de todo era que no me importaba. Al ver su carita encendida de miedo y excitación, comprendí que aquella mujer era su verdadera alma gemela.

Salí al pasillo con Helen y ella cerró la puerta a nuestra espalda.

—Jo —dije.

—Jo —convino Helen—. Vaya, esto sí que es un problema para vuestra relación, ¿eh?

—¡Venga, Helen, para ya!

—Yo sólo digo que...

—Sé lo que quieres decir.

—Quiero decir —insistió— que da la impresión de que sigue colada por Jan, ¿no?

—Claro que sí. ¡Estamos hablando de Jan Borsos! Casado, divorciado, huérfano, todo ello a la edad de veintitrés años. Y encima se cruzó toda Europa con un solo zapato. ¿Cómo no va a estar colada por él?

Hablaba en tono alegre, como si fuera divertidísimo que hubiéramos presenciado cómo Jan volvía a enamorarse locamente de Dima en menos de un minuto.

Sentí, para mi rabia y mi vergüenza, que una lágrima escapaba de mi ojo, y luego otra. Helen me frotó el brazo.

—Ay, Sally, puede que no...

—No, si no pasa nada —musité, limpiándome la cara con la manga.

Helen me pasó un pañuelo de papel que se sacó del bolsillo, pero no sirvió de gran cosa para parar el diluvio.

—Estoy bien, estoy bien —le dije.

Y ése era el problema. Que estaba bien. Estaba perfectamente. Me había despertado esa mañana en mi cama con Jan, había hecho el amor con él un poco a lo loco, habíamos desayunado tostadas en mi cocina y nos habíamos pasado riendo todo el camino hasta South Kensington en la línea de Piccadilly. Habíamos entrado en la escuela cogidos de la mano, y luego yo había entrado en la sala de ensayos y había perdido a mi novio.

Y aunque era triste, no pasaba nada.

—Jan me ha apoyado en un momento muy difícil de mi vida. —Sorbí por la nariz—. Pero no quiero que parezca que lo he utilizado. No es eso, adoro a Jan... Significa un montón para mí.

Helen me pasó otro pañuelo y me rodeó con los brazos.

—Lo sé, Sal. Me alegro de que haya estado ahí. Y siento haberte pinchado. Jan Borsos es una joya y éste es un momento muy triste, desde luego.

Pero cuando yo ya empezaba a reponerme añadió:

—Aunque quizá podías mandarle un e-mail rapidito a Julian, ¿no?

Escena Treinta

Ejem. Eh... Ahh... Tenemos que hablar —dijo Jan.

Estaba sentado en el suelo de mi cuarto de estar, examinando detenidamente una de las zapatillas de ballet de Barry. Un rato antes, para mi alborozo, Barry le había dado una clase de ballet. Los había mirado a ambos, a los dos hombres más ridículos que había conocido nunca, y tan queridos para mí, y se me habían saltado un poco las lágrimas, consciente de que aquellas tardes de hacer el indio llegarían pronto a su fin.

La última semana, desde la llegada de Dima, había sido muy rara, como mínimo. Jan se empeñaba en acorralarme para decirme que entre nosotros todo iba bien. Que la aparición de Dima no era más que una enorme coincidencia, en lugar de la campaña cuidadosamente planeada y llevada a cabo que era en realidad, como sabía todo el mundo en la escuela. Dima, según se había sabido, había roto con su marido, un bielorruso riquísimo, porque se había dado cuenta de que seguía enamorada de su ex, un tal Jan Borsos. Había ido a Budapest en su busca, en vez de mandarle simplemente un mensaje por Facebook, y allí le habían dicho que estaba en Londres. Así pues había volado al Reino Unido, se las había ingeniado de manera bastante sorprendente para conseguir un visado y desde septiembre no había parado de solicitar trabajo como *répétiteur* en el Royal College of Music.

—¡SALLY! —siseó Jan, arrodillado delante del sofá—. ¡Tenemos que hablar!

—Ay, Jan —dije con tristeza—. No hay nada que decir.

—¿Qué estás diciendo? ¡Te quiero! —dijo con vehemencia—. ¡Es cierto! ¡Te estoy amando!

Se arrodilló delante de mí y me di cuenta de que el pobre hombre, el pobre chico, porque eso era lo que parecía en ese momento, estaba completamente hecho polvo. Tenía la cara gris y la piel casi traslúcida.

—Sssh —le interrumpí.

Parpadeó desconcertado.

—No me digas «shhh» enfadada —susurró—. Te estoy diciendo que entre nosotros las cosas van bien, Sally.

Le puse el dedo en los labios.

—Jan. —Sonreí—. Mi querido, mi guapo, mi divertidísimo Jan. Me ha encantado cada minuto que hemos pasado juntos.

Se echó hacia atrás apoyándose en los talones y por una vez escuchó en silencio.

—Pero, mi querido Jan Borsos, tú quieres a Dima y, aunque sé que me tienes mucho cariño, eso no es nada comparado con lo que sientes por ella.

—¡No!

—Sí. Jan, mírate en el espejo. Tienes un aspecto horrible. Reconozco a un cachorrito enamorado cuando veo uno.

Intentó llevarme la contraria unos segundos, pero enseguida bajó la cabeza, derrotado.

—Puede que es cierto.

—Lo es, Jan. Yo también he estado en la habitación con vosotros. Veo lo que sentís el uno por el otro.

—Creo que tienes razón, Sally. Lo siento —masculló—. Lo siento mucho.

—¡No lo sientas! Verte con Dima me recuerda lo que es el amor —repuse yo.

—¿Has sentido el amor fuerte antes? ¿Un amor capaz de derretir una montaña?

Intenté no reírme de la metáfora.

—Sí. He sentido un amor capaz de derretir una montaña.

Me miró astutamente, acuclillado.

—Estoy pensando que has tenido ese amor con Julian Jefferson —dijo.

—¿Qué?

Sonrió y me cogió de las manos.

—¿Crees que soy tonto? —preguntó suavemente—. Tú ves el amor con Dima y Jan. Yo veo el amor con Sally y Julian.

Me quedé mirándolo pasmada.

—Esos días en Stourbrigde fueron muy... ¿cómo se dice? Muy jugosos —dijo con un brillo en los ojos—. Me lo estaba pasando bien con mi sexy Sally y no me importó. —Ladeó la cabeza—. ¿Por qué no me dijiste lo de Julian? —preguntó.

Cerré los ojos.

—Julian formaba parte de un capítulo de mi vida que estaba intentando olvidar. Estaba... estaba allí la noche en que murió Fiona. De hecho, durante mucho tiempo pensé que había sido culpa suya.

Hizo un gesto afirmativo con la cabeza.

—Es lógico —dijo.

Abrí los ojos y vi que estaba sonriendo.

—Sí, estoy loco —dijo—. Pero, como te digo, no soy tonto. ¡Tienes que ir a buscar a Julian Jefferson!

—No puedo. —Me miré las manos y procuré no parecer demasiado triste—. Dijo que teníamos que dejarlo de una vez por todas. Que era agua pasada y todo eso.

—¡No!

—Sí. Su mujer murió, mi prima murió, y no sé cómo acabamos los dos en el Royal College of Music y fue un desastre. Quiere que sea feliz aquí. Él va a volver a la ópera. Es lo más sensato. Aunque sea una mierda.

Jan pareció apenado.

—Quiero que tengas un amor grandísimo —dijo puerilmente—. No me gusta que haya acabado.

Me encogí de hombros.

—Imagino que mi gran historia de amor va a ser con *La Bohème*.

Suspiró, abatido.

—Bah.

Me incliné hacia delante y tomé sus mejillas entre las manos.

—Eres el hombre más maravilloso que conozco —le dije.

Sonrió con aquella sonrisa suya encantadora, furiosa y tontorrona.

Lo besé en los labios, me acarició el pelo y luego nos abrazamos un rato tan largo que parecieron horas. Fue el adiós más bonito que podía imaginar.

—Échale testículos —susurró mientras nos abrazábamos—. Lucha por él. O mándale un mensaje electrónico. Sé que tienes testículos suficientes para hacerlo.

*D*espués de que se marchara Jan me dio otra llantina y luego me senté delante mi mesa. Pensé en escribir a Julian, claro. Había pensado a menudo en escribirle, pero sabía que no lo haría. Julian ya no formaba parte de mi vida.

En vez de escribirle a él, escribí a mi familia. Sabía que las probabilidades de que vinieran a Londres a ver una ópera eran casi nulas, pero estaba dispuesta a intentarlo.

Escena Treinta y una

Abril de 2013, tres meses después

Baby, baaaaaby —jadeaba Dima como una estrella de pop encantadoramente hortera.

Tenía a Jan arrinconado contra una pared y lo besaba con ardor, como hacía sin parar desde el día en que él se había dado por vencido.

—Sí, sí —masculló Jan con ansia. Era su esclavo, y a mucha honra.

Yo seguí andando. Prácticamente todo el mundo estaba loco de amor. Helen y Phil se habían casado en Pascua, Jan y Dima ejecutaban espectáculos de sexo en vivo, o algo muy parecido, en los pasillos de la escuela con alegre desinhibición, y Barry estaba coladito por un fotógrafo canadiense llamado Teddy. Se pasaba literalmente en éxtasis todo el día, y en los escasos momentos en que no estaban juntos se sentaba en mi cuarto con un falso laúd isabelino comprado en Camden Pasaje y se ponía a maullar canciones de amor de la época Tudor. Estaba actuando en un ballet sobre los Tudor, pero eso no era excusa.

Yo, por mi parte, no estaba enamorada de nadie. O por lo menos de nadie a quien pudiera tener. Y era una suerte porque, entre los ensayos de *La Bohème*, los estudios y el esfuerzo de vérmelas con mi compañero de piso, que de pronto se había vuelto loco, y de intentar levantar adustamente una relación con mi familia, estaba completamente agotada.

Mis padres y yo seguíamos manteniendo insulsas conversaciones telefónicas una vez por semana, pero progresábamos muy despacio, si es que hacíamos algún progreso, y no habían dicho nada de mi inminente debut en *La Bohème*.

Yo procuraba ponerlo todo de mi parte, pero la verdad es que me dolía. Quizás hubiera vuelto a equivocarme.

—Seguramente es lo mejor —me dijo Helen el día del estreno. Faltaba una hora para que nos llamaran a escena y estábamos calentando la voz—. Lo digo porque se te nota a la legua que estás atacada de los nervios, Sally. Y no querrás que tus padres te vean mearte encima otra vez. Ay, perdón. ¿Me he pasado?

—JA-JA-JA-JA-JA-JA —grité histérica—. ¡ME PARTO! ME HAS HECHO REÍR. YA ESTOY MENOS NERVIOSA. ¡GRACIAS, CARIÑO!

Se quedó mirándome y asintió pensativamente. Estaba claro que hasta ese momento no se había dado cuenta de lo desquiciada que estaba.

—Sally —dijo muy despacio—, ¿quieres que te consigamos alguna droga? Legal, quiero decir. Creo que a lo mejor estás al borde de una crisis psicótica.

—SíNoSíNoSíNo... ¡ARGGGGG!

—Vale.

Se quedó pensando y comprendió que no tenía ni idea de qué hacer.

—Eh, esto tenemos que arreglarlo, Sally, tesoro. ¿Se te ocurre alguna idea?

Me quedé paralizada intentando pensar. Tenía razón: no podía cantar en aquel estado. Todo lo que había aprendido sobre el valor se había evaporado y notaba las tripas como si fueran los rápidos de un río de aguas blancas.

—Ay, madre —gimió Helen notando el tufillo de un cuesco de puro terror—. ¡SALLY! ¡Vas a matar a Jan si te tiras otro así en el escenario!

«¡Vamos, piensa!», le imploré a mi cabeza dolorida.

—Enseguida vuelvo —mascullé después de un corto silencio.

Tres minutos después empecé a respirar otra vez. Estaba oscuro como boca de lobo y tenía cuatro paredes de madera a mi alrededor. Todo estaba en silencio.

En cuanto se me aquietó el pulso, cerré los ojos.

—¿Fiona? —pregunté en la oscuridad—. ¿Pecas? ¿Puedes ayudarme, cariño? Me he vuelto loca y estoy temblando y tirándome pedos y no puedo moverme de lo paralizada que estoy.

Ya no hablaba con Fiona, no había vuelto a hacerlo desde que Julian me había ayudado a dejarla marchar. Pero en ese momento, mientras el sudor se me helaba en la espalda, necesitaba sentir su presencia. Es más, la sentía. Más fuerte que nunca. Era como si su manita pálida sujetara la mía allí, en el armario de los paraguas del almacén de atrezo.

—¿Pecas? —dije en medio del pequeño rectángulo de aire. (¿Cómo podía haber cantado alguna vez en un armario?) ¿Pecas? Estás aquí, ¿verdad?

Silencio. Un silencio acogedor. Suave y sedante.

—Bueno, agradezco cualquier consejo. —Me reí con nerviosismo—. Me siento un pelín sola en este momento. Como tú estás por ahí retozando en el cielo o donde sea y nuestra familia me ignora como de costumbre...

Me agarré los tobillos como si fueran a escapárseme.

—Sí, y luego está lo de Julian —reconocí—. Eso también es un poco rollo. Lo de la nueva vida y todo eso.

Me la imaginé frunciendo el ceño.

—Pero lo estoy intentando, Pecas, Dios mío, ¡lo estoy intentando! ¡Mira lo valiente que he sido ensayando la ópera! E intentando que no me afecte lo de papá y mamá. Lo estoy haciendo bien, ¿a que sí?

El silencio se meció como si me diera la razón.

—¡Lo he hecho, Fi! ¡Me he convertido en cantante!

Sonreí en medio del silencio.

—Y soy bastante buena —añadí con orgullo.

Sentí que Fiona decía que sí con la cabeza. Dando un puñetazo al aire, quizá, con alguno de sus tacos de costumbre.

—Eh, pero aun así necesito tu ayuda —añadí—. Me preguntaba si podrías hacer que vuelva a ser valiente. Hoy estoy como descentrada.

Durante un rato no oí nada. Luego surgió un sentimiento tan fuerte que casi parecía tener voz.

Eres valiente. Eres muy, muy valiente. Fíjate. Mira de dónde vienes y por lo que has pasado. ¡Mira lo que has hecho! Mira a quién has conmovido, a quién has ayudado. Mira lo humilde que has seguido siendo a pesar de todo. Eres notable, Sally Howlett. Eres verdadera y maravillosamente única.

No importa quién te quiera. Ahora te quieres a ti misma, y con eso basta.

¡Puedes hacerlo!

Me quedé inmóvil un momento, asimilando sus palabras. Se me vino a la cabeza una imagen de Julian ayudándome a salir de mi armario. Su insistencia en que podía hacerlo sola, en que no necesitaba seguir escondiéndome o hablando con Fiona.

Lo que vino a continuación fue una de las ideas más extraordinarias que había tenido en toda mi vida.

No era Fiona quien hablaba. Era yo.

Siempre había sido yo.

La vocecilla del coraje, de la fe en mí misma, ¡era mi propia voz!

Me recosté contra la pared del armario, mareada de asombro.

¡Mi voz! ¡Mi fuerza! Había hecho que sonara como la voz de Fiona porque nunca había creído que fuera lo bastante grande o fuerte.

Pero era bastante fuerte. En algún lugar muy hondo de mi interior había un pequeño poso de confianza. De valentía, dignidad y determinación. No procedía de Fiona, ni de Julian, ni de *Zanahoria*, ni de mi armario. ¡Procedía de mí!

Puedes cantar Mimí estupendamente, dijo aquella voz. *¡Sal de ahí y hazlo!*

Salí del armario. Iba a bordar aquella actuación.

Y la bordé. Me tembló horriblemente la voz en el primer verso, pero no importó porque estaba fingiendo que estaba helada de frío y sin una mísera vela en un edificio oscuro como boca de lobo. Eché mano de aquel poso de fortaleza y mi voz salió más fuerte que nunca. Jan, transformado en Rodolfo, sonrió con enorme orgullo al abrirme la puerta a mí, a aquella Mimí que podía no haber sido nunca.

La función pasó en un suspiro. Antes de que me diera cuenta, estaba haciendo reverencias y la gente lanzaba vítores y yo tenía el corazón en la garganta y apenas podía respirar de alegría y de alivio, de orgullo y de exaltación.

—¡Lo has hecho, joder! ¡Lo HEMOS hecho! —me gritó Helen al oído—. ¡HURRAAAAA!

Justo cuando dábamos un paso atrás para que se cerrara el telón por última vez, Hugo, el director de la facultad, salió al escenario. En medio de la euforia experimenté una leve irritación: estaba deseando que se cerrara del todo el telón para que pudiéramos ponernos a dar saltos, a chillar, a abrazarnos y a levantarnos en vilo unos a otros.

Hugo llevaba un par de minutos hablando por los codos cuando me di cuenta de que el público se había puesto otra vez a lanzar gritos de júbilo y el elenco había empezado a abrazarse y a proferir exclamaciones de asombro.

—¡JODEEEEER! —gritaba Helen—. ¡JODEEEEER!

—¿Eh?

—¡Por el amor de Dios! —exclamó cuando el telón se cerró por fin—. ¿Es que no te has enterado de nada?

—No.

—¡Vamos a hacer un intercambio de verano con la Juilliard! —siseó.

Yo puse cara de no enterarme de nada, pero Jan parecía a punto de estallar.

—¡Actuamos en NUEVA YOK! —gritó.

—¡EN EL PUTO METROPOLITAN! —chilló Helen—. ¡AY, DIOS MÍO! ¡VAMOS A ACTUAR EN EL MET! ¡EN EL PUTO METROPOLITAN!

Me quedé mirándolos. Por el rabillo del ojo vi que a Hector, el del tupé rubio, le daba una especie de vahído, y que Noon agarraba a Summer y le daba un beso bien fuerte.

—¿QUÉ?

—La Juilliard es una de las escuelas de artes escénicas más prestigiosas del mundo, Sally, pedazo de IDIOTA, y tienen la sede en el Lincoln Center, DONDE ESTÁ EL PUTO MET. VAMOS A HACER UN INTERCAMBIO CON ELLOS. ELLOS HACEN SU ÓPERA

EN EL ALBERT HALL Y NOSOTROS HACEMOS LA NUESTRA
EN EL MET. EN EL PUTO MET.

Se quedó parada, mirándome con ojos desorbitados.

Yo también la miré igual.

—¿Quieres decir que yo...?

—¡SÍ! ¡QUIERO DECIR QUE VAS A HACER DE MIMÍ EN
LA BOHÈME EN EL PUTO METROPOLITAN OPERA HOUSE!

—Ay, Dios mío —croé.

Se rió y luego se echó a llorar.

—Vamos a actuar en el Met. Vamos a actuar en el Met. Vamos a...
Ay, Dios mío...

Después de muchos gritos y más champán del aconsejable en plena semana de actuaciones, me escabullí de la escuela sintiéndome extrañamente desanimada. Aquél había sido seguramente el mejor día de mi vida, y sin embargo me faltaba algo. Concretamente, mi familia. No esperaba que vinieran, ni siquiera que se dieran por enterados de mi carta, pero saber que todos mis compañeros se iban al *pub* a reunirse con sus familias rebosantes de orgullo me escocía demasiado.

Barry y Teddy irían a ver la siguiente función, un par de días después. Saldría entonces.

Sonreí educadamente a la familia que se arracimaba junto a la puerta, esperando a que saliera su flamante vástago. El padre llevaba una bufanda del Aston Villa, lo cual me puso aún más triste. Papá. ¿Por qué no estaba allí mi papá?

—¡Ahí está! —exclamó el padre señalándome a mí.

—¡Eh, hermanita! —gritó un hombre con sobrepeso que también llevaba una bufanda del Villa—. ¡Sorpresa!

Me quedé mirándolos sin saber qué estaba pasando. ¿Quiénes eran aquellos tarados? La familia de Noon, seguramente. De unos padres que ponían Noon a su hijo podía esperarse cualquier cosa.

—¡Sorpresa, Sally! ¡Ja, ja! —repitió la mujer, y luego se tapó la boca con la mano por si había hablado demasiado alto.

Los miré con los ojos como platos, y ellos también me miraron. Mi familia. Mi familia estaba allí, por primera vez en mi vida. Mi madre se agarraba a mi padre como si él fuera un roble y ella un renuevo. Mi padre intentaba cumplir con el papel de roble, pero estaba demasiado emocionado.

—¡Has estado FANTÁSTICA, ya lo creo que sí! —gritó—. ¡Estupenda!

Se me saltaron las lágrimas.

—Seguro que no nos esperabas, ¿a que no? —dijo con voz ronca Lisa, la mujer de Dennis.

Hacía muchos años que conocía a Lisa, y en todo ese tiempo sólo la había visto llevar vaqueros gastados y botas Ugg de imitación. Esa noche llevaba una especie de vestido. ¡Con zapatos de tacón! ¡De tacón medio!

—Unas piernas estupendas —dije mirándolas maravillada. ¡Mi familia estaba allí!

—Has estado de maravilla —dijo mi madre con nerviosismo. Se acercó y me dio unas palmaditas en el brazo, avergonzada—. Estamos muy orgullosos, y la verdad es que la historia es bastante fácil de seguir... Aunque ha sido una pena que no cantaras esa canción, «Nessun dorma». ¿Te acuerdas de cuando la cantó Paul Potts en *Britain's got talent*? Pero aun así ha sido estupendo, ¡y ahora te vas a actuar a Nueva York!

Mi madre nunca me había dicho tantas cosas de una vez desde que yo tenía uso de razón. Le sonreí llorosa, y no sentí ni el más mínimo impulso de explicarle que «Nessun dorma» era de otra ópera y estaba escrita para tenor. Mis padres se habían metido en un coche y habían ido hasta Londres. No por Dennis y Lisa, sino por mí. ¡Por mí!

No les abracé porque sabía que sería demasiado, pero toqué la mano de mi madre cuando la apoyó sobre mi brazo y di un golpecito a mi padre con el puño en el anorak, y vi amor en los ojos de ambos. Verdadero amor. Un amor perturbador para ellos, pero amor al fin y al cabo, indiscutible y rebosante de orgullo y de respeto.

—No puedo creer que estéis aquí —sollocé—. ¡Muchísimas gracias!

—¿Cómo íbamos a perdérnoslo? —dijo mi padre tímidamente—. ¡Nuestra Sal ahí arriba, con los peces gordos! ¡Próxima parada, Nueva York!

—¿Os apetece...? ¿Os apetece ir a comer algo? ¿O a tomar una copa? —pregunté dubitativa—. Yo estoy muerta de hambre.

Me quedé callada, dándoles tiempo de sobra para decir no.

—¿Tú qué dices, Pat? —le preguntó mi madre a mi padre. Parecía apetecerle, aunque estaba nerviosa.

Lisa dijo:

—Nosotros tenemos que volver, por la canguro —dijo—. Pero hay trenes hasta medianoche. No os pasará nada. Sabéis dónde tenéis que ir, ¿no?

—Sí —contestó mi padre.

—Sí —repitió mi madre aturdida—. Imagino que podríamos tomar un bocado rapidito —dijo—. Pero son más de las diez, Sally. ¿No estará todo cerrado?

Sonreí.

—Londres nunca cierra.

—Sí que le hemos dado una buena sorpresa.

Dennis se rió mientras Lisa y él se alejaban hacia el metro.

Yo todavía no podía creerlo.

*F*uimos al Byron Burger y mi madre preguntó si tenían huevos con jamón y patatas fritas. De vez en cuando miraba estupefacta a los jóvenes y ricos kensingtonitas que la rodeaban, con sus chaquetas acolchadas y sus pantalones granates.

—Estas chicas parecen de un anuncio de la tele —masculló en cierto momento—. ¿Por qué van tan arregladas, Sally? Hoy es martes.

Le dije que yo todavía no entendía a la gente de aquella parte del mundo y nos reímos todos. No nos duró mucho la risa colectiva, pero era un milagro que hubiéramos conseguido reírnos los tres juntos.

—Bueno, ¿qué tal con Jan? —preguntó mi padre valerosamente—. ¡Es un chico con mucha energía!

Sonreí.

—Lo hemos dejado. Ha vuelto con su exmujer. Pero es mejor así —me apresuré a añadir al ver que ponían cara de pánico—. Creo que en realidad sólo éramos muy buenos amigos.

Asintieron con la cabeza. Aunque los dos eran muy conservadores, habían visto las suficientes series y telefilmes para comprender que la gente joven hacía locuras, como por ejemplo divorciarse y volver a juntarse en un lapso de cuatro años.

—¿Y qué hay del otro? ¿El que tenía un acento tan gracioso? —preguntó mi madre, y se sonrojó ligeramente—. Era tan amable..

—Los dos eran muy amables —contesté con firmeza.

Seguía molestándome cómo se habían portado con Jan esa noche.

—¡Ah, sí, sí! Jan también era simpático. Espero que no pensara mal de... Espero que no...

Mi madre miró con nerviosismo a mi padre, como pidiéndole que se hiciera cargo de la situación. Por una vez, él lo hizo. Estaba claro que el viaje a Londres lo había envalentonado.

—Lo que intenta decir tu madre es que esperamos que no se ofendiera cuando hablamos de los chinos. O, eh, de los europeos del Este —farfulló—. No fue con mala intención, Sal, de verdad, fue sólo una de esas cosas que pasan.

Respiré hondo. Hete aquí otra bifurcación del camino. Podía torcer a la izquierda, aceptar lo que decían y seguir adelante, o podía girar a la derecha y seguir refocilándome en mi resentimiento.

—No pasa nada —dije, eligiendo el camino de la izquierda y sintiéndome bastante orgullosa por ello—. Jan no se ofendió. Fui yo quien se ofendió en su nombre. Y está claro que no era necesario.

Hice una pausa mientras la camarera me ponía delante mi hamburguesa.

—A veces me disgusto por cosas que creo que piensan los demás —añadí en voz baja.

Se hizo un largo silencio. ¿Iba a seguir por ahí?

Sí, en efecto. Necesitaba hacerlo. Y a pesar de su miedo al conflicto, o a cualquier tipo de conversación, en realidad, intuía que mis padres también querían hablar.

—Por ejemplo, lo de dar por sentado que me culpabais por lo de Fiona —comencé a decir—. Ya no lo creo. De hecho, creo que la única persona que me culpaba de la muerte de Fiona era yo misma.

Los ojos de mi madre se empañaron llenos de angustia, pero, al igual que yo, parecía decidida a seguir adelante con la conversación. Quizá sabíamos todos que la brecha que nos separaba se había hecho demasiado grande. Que aquélla era nuestra última oportunidad de restañarla.

—Empiezo a preguntarme si algunas otras cosas que pensaba de vosotros tampoco son ciertas.

Tosí con nerviosismo. Mi padre también tosió. Estuvimos así un rato, tosiendo los dos.

—Seguro que no pasa nada —apuntó mi madre con lo que seguramente le parecía un tono tranquilizador. (No lo era.)—. Podemos olvidarnos de eso.

—No, yo, eh, no he acabado.

Mi padre volvió a toser.

Para consternación general, yo empecé a llorar. Y seguí llorando. Al final, dejé de intentar parar. Años y años de tristeza, de frustración y desilusiones brotaron de mí como una sopa espesa y amarga. Sabía que mis padres me querían y sin embargo... sin embargo...

—¿Por qué no me llamasteis? —sollocé—. ¿Por qué no me llamasteis después de lo de Nueva York? ¿Por qué no hicisteis nada después de que muriera Fi? —Me sacudía, estremecida por grandes sollozos—. Sentía que me estaba muriendo, había veces que me costaba respirar. Mamá, papá, ¿por qué no me llamasteis?

Miraron sucesivamente sus platos y a mí. Estaban acongojados, pero no sabían qué hacer.

Mi llanto perdió por fin impulso pasado un rato.

Y luego:

—Lo siento mucho —murmuró mi madre—. Lo siento muchísimo, Sal. —Una lágrima escapó de su ojo y cayó en las rodillas de sus pantalones nuevos—. Yo... Nosotros... —Se retorció las manos—. No sabía qué decir. No se me da muy bien hablar, a mí. Y ya sabes cómo es tu padre.

Él asintió con la cabeza, compungido.

—No queríamos hacerte daño —masculló—. Estábamos preocupados por ti, Sal, pero no nos llamabas nunca y... —Se rascó cansinamente la sien—. Parece gustarte la vida que llevas aquí. —Casi susurraba. Tuve que inclinarme hacia delante para oírlo entre los gritos caballunos de los pijos—. No parecía que quisieras venir a casa o hablar con nosotros, así que pensamos que... —Se interrumpió—. Lo sentimos, Sally.

Quise enfadarme, gritarles que no me importaba cómo creyeran que era, ni que «no se les diera muy bien hablar». ¡Era su hija! ¡Prácticamente había perdido a mi hermana!

—Por eso hemos decidido venir —balbució mi madre—. Para intentar, ya sabes, arreglar las cosas...

—Tengo la sensación de que nunca os ha gustado lo que hacía —insistí amargamente—. Mi trabajo, mi decisión de vivir aquí, de ir a Nueva York, de entrar en la escuela. Lo habéis cuestionado todo, absolutamente todo. Nunca parecíais alegraros por mí.

—Eso no es verdad —objetó mi madre—. Es sólo que nos preocupas, cielo. No queremos que te pase nada como a... a otras personas.

Le tembló el labio. Era la segunda vez en mi vida que veía llorar a mi madre, y resultaba extrañamente conmovedor.

Suspiré, aceptando que, aunque pareciera una locura, estaba diciendo la verdad.

—Está bien. —Respiré hondo—. Pero... ¿y Fiona? ¿Os importaba?

Con sólo decir su nombre allí, delante de mis padres, me eché a llorar otra vez.

—Como si fuera nuestra —dijo mi madre inmediatamente—. Se parecía más a Mandy que la propia Mandy. Claro que nos importaba.

—Entonces, ¿por qué? ¿Por qué no podía ser amiga suya? ¿Por qué la mandasteis a Londres? ¿Por qué siempre estabais rechazándola?

Mi madre empezó a llorar a moco tendido. Lloró tapándose con la mano, se sacó un pañuelo gastado de la manga y mi padre la rodeó con el brazo, lo que me hizo llorar aún más fuerte porque era la primera vez que lo veía hacer algo así.

Y mientras llorábamos sentí que de algún modo me resignaba. Dejé de luchar. Porque estaba todo allí, delante de mí: la verdad acerca de mi familia. Los motivos por los que eran como eran. No hacía falta que siguiera buscando.

En ese momento comprendí, quizá lo había sabido siempre, que sencillamente no habían sabido qué hacer con Fiona, que les aterrorizaba que perdiera el control y que se habían empeñado en castigarla con la frenética esperanza de que cambiara. Que la habían mandado a Londres porque se les habían agotado las ideas, y que habían intentado que me distanciara de ella porque temían lo peor. Y, naturalmente, lo peor había pasado de todos modos y yo había sentido el dolor desesperado del que habían intentado protegerme en vano.

Seguía siendo todo igual de doloroso, pero al menos tenía sentido.

Mi madre lloró, mi padre la reconfortó y yo lloré también. Mi padre hasta estiró el brazo y me cogió de la mano. A ninguno de los dos pareció importarles ponerse sentimentales en público.

—No pasa nada. No hace falta que me lo expliquéis —dije por fin. Hablaba con más calma, con más amabilidad—. Creo que lo entiendo.

Mi madre dejó por fin de llorar y mi padre, seguramente con bastante alivio, apartó el brazo de sus hombros. Hubo una transición embarazosa durante la cual volvimos todos a cobrar conciencia de que estábamos en un ajetreado restaurante. Me pregunté si mi madre querría hablar algún día de la horrible pérdida que había sufrido, pero comprendí que había que ir pasito a paso. Aquél no era el momento.

—Bueno, ha sido muy dramático —dijo ella temblorosa.

Mi padre atacó su hamburguesa. «Por favor, no nos hagas hablar más de esto», parecían suplicarme sus gestos.

Sonreí cansinamente. Estaba harta. Y también rendida. Se me había agotado la adrenalina y estaba allí, con mis padres, que seguramente me querían un montón pero que nunca sabrían cómo demostrármelo. Y no pasaba nada. De alguna manera aprendería a aceptarlo. De hecho, ya casi lo había conseguido. Estaba harta de rabia y de tristeza. Harta.

Los llevé a Baker Street para que cogieran la línea Metropolitan y mi padre se quedó dormido dos veces en el trayecto. A ella se le fue el tiempo entre leer anuncios en voz alta y hablar de la ópera de esa noche y de Paul Potts en *Britain's got talent*.

Justo cuando íbamos a despedirnos me puso la mano en el brazo.

—Ese Julian —comenzó a decir tímidamente.

—¿Sí? —pregunté con aire inocente.

—¿Es el chico con el que, eh, con el que salías en Nueva York?

—Eh... sí. ¿Cómo lo sabes?

Sonrió compungida.

—Fiona nos mandó una postal. Decía que estabas saliendo con un chico que se llamaba Julian y que tenía acento medio americano, medio de Devon.

Me quedé de piedra. No recordaba que en aquella época Fiona fuera capaz de comprar sellos y mandar una postal por vía aérea. Fue muy enternecedor, sobre todo que les hubiera hablado de mí.

—Eh, pues sí. Era él.

Mi madre pareció complacida.

—¡Qué gracioso que haya acabado siendo uno de tus profesores! —Entornó los párpados—. Era guapísimo, la verdad —dijo—. Me preguntaba si tú y él... Ya sabes, ahora que estás sin novio otra vez...

—Está en Nueva York —dije alegremente—. Volvió en Navidad. Ha vuelto a cantar.

Asintió con la cabeza.

—Ah.

Nos azoramos un instante cuando llegó el tren de la línea Metropolitan; ¿abrazarse o no abrazarse?, y al final nos conformamos con apretarnos un poco la mano. Luego mamá se volvió hacia mí.

—Todavía te gusta, ¿verdad? —preguntó con timidez—. A nosotros nos cayó de maravilla. ¡No lo dejes escapar, Sal! ¡Mándale un e-mail!

*P*uede que fuera porque me dejé llevar por la emoción de ver a mi familia, o quizá porque no podía soportar ni un momento más sin tener contacto. Pero, fuera por lo que fuese, y en contra de mis buenas intenciones y de todo lo que me había pedido Julian, el caso es que me fui a casa y le escribí.

Escena Treinta y dos

De: Sally Howlett [malito howler_78@gmail.com)
Para: Julian Bell [mailto JulianBellSmells@hotmail.com)
Enviado: Martes, 16 de abril de 2013, 23:59:55 GMT

Hola:

Espero que no te importe que te escriba y que estés bien.

Esta noche he hecho de Mimí y ha salido todo genial y no me he muerto. Han venido mis padres. Y Dennis y Lisa. Hemos aclarado algunas cosas y creo que va a ir todo mejor. Todavía me cuesta creerlo.

Sé que nunca fue tu intención, pero me has ayudado muchísimo a llegar a este punto con mi familia y quería darte las gracias.

Una vez me dijiste que mandaste a tu mujer a hacer esa prueba a Viena porque pensabas que la ayudaría a recuperarse. ¿Funcionó? No. Pero fue la mejor solución que se te ocurrió en ese momento. Me dijiste que cuando murió Catherine tu madre te obligó a irte a vivir con ella porque no sabía cómo cuidar de ti si no. Dijiste que seguramente la había ayudado más a ella que a ti.

Eso me hizo pensar en las cosas que hacemos para proteger a quienes amamos. Todos intentamos hacer lo que creemos mejor, pero en realidad no tenemos ni idea. Con frecuencia empeoramos las cosas. Mira los años que pasé yo haciendo de madre de Fiona porque pensaba que podía salvarla de sí misma. ¿Funcionó? ¡No! Pero hice lo que creí mejor porque la quería.

Por fin me estoy dando cuenta de que mis padres no son unos monstruos. Sólo son un poco incapaces y un poco estreñidos en cuestiones emocionales, pero la mayoría de las cosas que no podía perdonarles sucedieron porque me querían. Y a Fiona también.

Así que muchísimas gracias otra vez por ayudarme a comprenderlo. He tardado en llegar, pero ya estoy aquí y creo que podemos empezar de cero como familia, lo cual es asombroso.

Te echo de menos. Ojalá formaras parte de todo esto. Entiendo que para que pasemos página y sigamos adelante con nuestra nueva vida no podemos estar en contacto pero... No sé. Te echo de menos.

Si no tengo noticias tuyas prometo no volver a escribirte.

Besos,
Sally X

No tuve noticias suyas. Y aunque estaba triste, sabía que era lo más sensato. Había perdido a Julian, pero había recuperado a mi familia y mi vida estaba empezando verdaderamente otra vez.

El Cuarto Acto había acabado. Estaba lista para que empezara el Quinto.

QUINTO ACTO
Escena Primera

Mayo de 2013, un mes después

El quinto acto empezó bien.

Luego llegó el desastre. Un desastre con acento húngaro.

La primavera llegó despacio, pero cuando por fin llegó fue precioso.

—Creo que en Nueva York vamos a achicharrarnos —comentó Helen antes de meterse en la boca una gran cucharada de gachas de avena con sirope.

Su flamante alianza brillaba al sol que entraba por la gran cristalera que había a nuestra espalda, y yo me relajé disfrutando del extraño ambiente veraniego de la Terminal Cinco, a pesar de que sólo estábamos en mayo.

Nos habíamos sentado en una cafetería, cerca de los mostradores de facturación. Estábamos tan nerviosas que habíamos llegado con cinco horas de antelación. Jan estaba tan desquiciado que había tenido que ir al aseo y llevaba largo rato en él.

—No estoy segura de que vaya a hacer tanto calor ya, Helen...

—Tonterías. En Nueva York siempre te achicharras, ¿no?

Pensé en el verano ardiente que había pasado allí, hacía casi dos años, y sentí una punzada de tristeza. Helen ladeó la cabeza.

—¿Todavía lo quieres? —preguntó como si tal cosa.

Preferí hacerme la sorda.

—Oye —dijo, clavándome un dedo en las costillas.

—Déjame en paz.

—No. Contesta a mi pregunta.

Suspiré. Todavía quería a Julian, sí. Hacía cinco meses que no lo veía ni sabía nada de él, y sin embargo nada había cambiado. Seguía queriéndolo con cada parte de mi ser. Con la tibia. Con los pulmones. Con los riñones. Con la vejiga. Hasta mi vejiga amaba todavía a Julian Bell.

Resoplé, preguntándome si me estaría volviendo loca.

—¿Qué pasa?

—Nada, sólo que estaba pensando una tontería sobre mi vejiga.

—Pues deja de pensar en eso y contesta a mi pregunta.

Dejé de comer y la miré.

—Sí —dije—. Sí, todavía lo quiero. Creo que voy a tardar mucho tiempo en dejar de quererlo.

Se le iluminó la cara.

—Y no —añadí—. No voy a intentar verme con él en Nueva York.

Helen entornó sus ojos felinos.

—Estás loca —afirmó.

—No. —Me reí—. Sólo intento respetarlo. Me pidió que no me pusiera en contacto con él y le desobedecí. No contestó a mi estúpido e-mail y no tenía por qué hacerlo. Se a-ca-bó.

—En fin... —Helen se sirvió las pasas que me quedaban en el plato—. Pero que conste que me pareces una cretina —añadió malhumorada—. Por cierto, ¿dónde está Jan? No puede estar cagando todavía.

Jan estaba de muy mal humor últimamente, lo cual resultaba muy extraño de contemplar. Al acabarse los ensayos con piano para *La Bohème*, Dima se había encontrado sin trabajo (el personal de la escuela estaba harto de sus espectáculos de sexo en vivo) y había exigido a Jan que volviera con ella a Minsk. Él se había negado y a raíz de ello se habían producido escenas sumamente dramáticas. Dima se había marchado y Jan se había pasado días y días aullando de dolor, sin saber si debía acabar el curso o ir en pos de su amada.

El día anterior, cuando le había preguntado por ella, se había puesto colorado.

—Ah, Dima. Nos estamos escribiendo muchas cartas.

—¿Y?

Se había puesto aún más colorado y había sonreído furiosamente.

—Creo que a lo mejor hay una recompilación.

—«Reconciliación», Jan.

—Sí, sí. Está escribiéndome una carta ahora. ¡Creo que está lista para decidir qué hacemos!

Yo había tocado su mejilla un instante.

—Eso es fantástico. Te mereces ser feliz.

Había asentido entusiásticamente con la cabeza.

—Me da mucho miedo Dima —había reconocido en tono jovial—. Pero si me dice que me acepta otra vez, me pondré MUY CONTENTO.

Observé el vestíbulo de facturación. Seguía sin haber señales de Jan.

—Estará por ahí, en alguna parte —dije—. Seguramente haciendo una llamada a larga distancia. Espero que Dima no le altere demasiado. ¡Esta semana lo necesitamos en plena forma!

Pero Jan no facturó, ni embarcó en el avión. Cuando se cerró la puerta de la cabina de pasajeros, Helen, yo y el resto del reparto estábamos de color verde y con ganas de vomitar. Todos sabíamos de lo que era capaz Jan.

¿No se habría ido a...?

Pues sí. Al llegar al JFK corrimos al mostrador de Delta, llenas de esperanza. Pero Jan no figuraba en el siguiente vuelo, ni en el de después. La aerolínea nos confirmó que no había llegado a facturar, y cuando llamamos a su móvil estaba apagado.

Jan había salido por piernas. Y no hacía falta ser un genio para adivinar adónde había ido. Tampoco teníamos esperanzas de que volviera. Estábamos jodidos. *La Bohème* sería un desastre.

*E*staba allí cuando llegamos a nuestro hotel en Murray Hill. Un fax garabateado con frenesí del que algún día futuro podría reírme. Pero de momento, no.

Sally y todos los demás, lo siento mucho pero tengo asuntos en Minsk. Voy a casarme con mi amor Dima. Sé que no está bien. Lo siento mucho. Mi novia no me está dando opciones. ¡Es Godzilla, en novia! Hector es mi sustituto y sabemos que es muy excelente. Sé que va a estar muy contento, y Sally seguramente también va a estar muy contenta porque piensa que ahora mismo no hago muy bien de Rodolfo. ¡Os quiero a todos! ¡Lo siento! ¡Sé que todos lo entendéis! ¡Besos y buena suerte! ¡¡¡¡¡JAN BORSOS!!!!!

Escena Segunda

*I*ba a ser el primer día de ensayo, pero nos habían convocado a todos a una reunión de emergencia en la platea. En otro tiempo podía haber sentido placer al sentarme dentro del enorme joyero que era aquel auditorio, pero ese día oscilaba entre la furia y la desesperación. El desfase horario y la desilusión amenazaban con asfixiarme. Por una vez odiaba a Jan.

Deberíamos haber empezado ensayando directamente con Hector esa mañana, pero Hector, para su absoluta consternación, había pillado un resfriado en el avión y era tan incapaz de cantar el papel de Rodolfo como lo era Helen.

Sentado a solas en el auditorio, intentaba contener el llanto.

—Mi única oportunidad —gemía—. Mi única puñetera oportunidad.

Los demás le lanzábamos miradas de compasión, pero procurábamos mantenernos a una distancia prudencial.

Noon, el segundo suplente, no había venido a Nueva York porque tenía una prueba importante y, además, los segundos suplentes nunca tenían oportunidad de actuar. Zachary, el director de escena, y Colin, el director de orquesta, que parecían también hechos polvo, habían convocado a la plana mayor del Met.

—Bueno, ¿a quién llamamos? —Carol era directora artística del Met, una mujer cuya cara (y cuyo enorme y poderoso trasero) inspiraba asombro y respeto. Miraba fijamente a su grupo de esbirros.

—Luigi Donato está en Nueva York —comentó uno—. Y también Claude-Pierre Pascale. ¿Sabe alguien cuál es su agenda?

Me quedé pasmada. Eran dos de los mejores cantantes de ópera del mundo. Del mundo, literalmente.

—No —replicó Carol con aspereza—. Claude hace de Fausto el viernes. No puede cantar también La Bohème. Y *Luigi* es tenor dramático.

Siguió una breve discusión durante la cual se argumentó que Luigi Donato podía hacer perfectamente de tenor lírico y no era, ni mucho menos, un tenor dramático.

Yo dejé que todo aquello me resbalara. Seguía intentando asimilar la situación. Y, la verdad, aquellas disquisiciones me importaban un bledo. Sentía ya cómo se me escapaba aquella oportunidad y no podía soportarlo.

—Julian Jefferson canta hoy —estaba diciendo alguien—. El mes pasado puso al público en pie cantando a Lensky en la ópera de Chicago.

Noté que los ojos de Helen taladraban un ardiente agujero en mi costado.

Carol se recostó en su butaca y cruzó los brazos.

—No es mala idea —dijo pensativa—. Hemos estado hablando con él sobre la próxima temporada... Sería un aperitivo estupendo para sus fans...

—Estoy de acuerdo. Estaría perfecto si realmente podemos convencerlo —terció Zachary—. Además estudió en el Royal College of Music en los noventa. Sería una historia bonita tenerlo como Rodolfo. Alumno estrella vuelve para salvar la situación.

«No —le dije débilmente a Helen sin emitir sonido, pero ella se había puesto roja de emoción—. No, no y no.»

«¡Sí, sí y sí!», contestó de la misma manera.

—¿Sally? —Zachary me estaba mirando—. ¿Congeniaste bien con Julian Jefferson cuando enseñaba en el Royal College? ¿Crees que podrías cantar con él?

—Eeeeh... —dije desmayadamente.

—¿Cómo dices?

Carol no estaba de humor para indecisiones.

—Supongo que sí —probé a decir.

Mi voz sonó apenas como un susurro.

Carol desenfundó su móvil y se levantó para abandonar la sala.

—Voy a hablar con él ahora mismo —rugió.

Escena Tercera

A pesar de que era absurdo, recé para que Julian se hubiera ido de repente a vivir a una colonia de pingüinos de la Antártida. O para que simplemente dijera que no. A fin de cuentas era él quien se había empeñado en que pasáramos página.

Pero no hizo ninguna de las dos cosas. Dos horas después me encontré hecha una bola de puro terror en mi camerino con moqueta roja, intentando hacer caso omiso del sistema de megafonía, por el que en ese momento se oía una cosa al mismo tiempo terrible y maravillosa:

—Por favor, el señor Jefferson a escena para calentar. Por favor, el señor Jefferson a escena para calentar. Gracias.

El pánico se apoderó de mí. ¿Qué iba a decirle?

—La señorita Howlett a escena para calentar, por favor. La señorita Howlett a escena para calentar, por favor.

Cuando salí al escenario, como en un extraño sueño, Julian estaba estirándose sumido en sus pensamientos.

Estaba allí. A unos pasos de distancia. Con su metro ochenta y dos de altura, su camiseta de monos y unos vaqueros, y con un aspecto mucho más juvenil que el hombre cansado y abrumado al que había visto por última vez en Londres. Tenía la cara arrugada en una mueca de concentración, pero irradiaba una especie de ligereza que yo no había vuelto a ver desde hacía dos años. No habría sabido decir a qué se debía exactamente. A una especie de... libertad. De felicidad que yo tenía olvidada hacía tiempo.

«¡Ha conocido a alguien!», pensé enseguida.

Por lo demás, se había puesto algún producto en el pelo. Se veía menos fosco. Y sus gafas eran nuevas.

«Indicios delatores —mascullé frenéticamente para mis adentros—. Putos indicios delatores.»

Intenté quedarme entre bastidores, pero Helen me agarró de la mano y me hizo salir al escenario.

—¡HOLA, JULIAN! —gritó.

Él se irguió.

Al verme, se dibujó en su cara esa bella sonrisa, y yo comprendí que estaba sentenciada.

Empecé a comprender a qué se refería la gente cuando decía que le temblaban las piernas. Se acercó a nosotras sonriendo y diciendo cosas como «¡Hola, preciosas!» y «Qué divertido, ¿eh?», y tuve que agarrarme tan fuerte a la mano de Helen que estuve a un tris de arrancársela.

Lo quería más que nunca. Era como una enorme bola dentro de mi pecho que lo presionaba todo.

Julian abrazó primero a Helen.

—Me alegro un montón de verte, Helen —dijo tranquilamente—. ¡Y además en el escenario del Met! Me alegro tanto de que tengáis una oportunidad como ésta.

Helen lo miró.

—Madre mía, estás tan en forma que no puedo soportarlo —dijo—. ¿Te importa que vaya a calentar allí lejos?

Julian soltó una carcajada y luego se volvió hacia mí. No noté mariposas revoloteándome en el estómago, sino más bien veinte pájaros gigantescos, como mínimo.

—Hola —balbucí.

—Hola —dijo Julian. Esbozó otra vez aquella sonrisa enorme y megadeslumbrante y después me dio un abrazo corto y apresurado—. Me alegro mucho de verte, amiga —dijo alegremente.

¿Amiga? ¿AMIGA?

Temiendo ponerme a aullar, o caerme redonda al suelo, me aparté de él. Aquello era demasiado. Sentirlo abrazándome, notar el olor de su detergente, el olor de su piel.

—Hueles igual —masculló alguna imbécil.

Miré a mi alrededor. ¿Había sido yo?

Ay, rayos y centellas. Había sido yo.

—Me odio a mí misma. Ignórame —le dije.

Julian sonrió.

—Deberíamos ir luego a tomar una copa todos —dijo como si tal cosa.

«Todos», pensé yo.

Tenía que haber conocido a alguien. Decían que había vuelto a cantar. Lo que tenía que significar que debía de haber solventado el asunto de «poner orden en su vida». Y si había puesto orden en su vida, tenía, cómo no, que estar saliendo con alguien. Malditos americanos. ¿Por qué tenían que SALIR CON ALGUIEN? ¿Por qué no podían simplemente pasarse la vida ignorándose unos a otros como hacíamos los ingleses? Si se hubiera quedado en Londres, no habría conocido a nadie. Se habría sentido solo e infeliz, como yo, pero por lo menos no estaría SALIENDO CON ALGUIEN.

Su nueva novia tenía el culo pequeño, comprendí al instante. Y era tan relajada, encantadora y alucinante como él. Seguramente llevaba ropa *vintage* y tenía carita de duende y...

—¿Hola? —Julian me estaba observando con aquella puñetera sonrisa—. ¿Estás bien? Joder, Sal, has puesto cara de loca.

—Eh, son los nervios —tartamudeé—. El trauma de lo de Jan.

Se rió, inclinándose para estirar los tendones de las corvas.

—¿El qué? ¿Que Jan Borsos se haya largado a Bielorrusia sin avisar? ¡Venga ya! —dijo desde algún lugar por debajo de sus rodillas—. Me alegro de que haya vuelto a encontrar el amor verdadero.

Me moví nerviosa, cambiando el peso del cuerpo de un pie al otro.

—Sí. Está bien encontrar el amor verdadero —dije.

Luego me alejé. Estaba claro que no debía hablar con Julian. Me estaba comportando como una cretina y él seguramente había conocido a alguien.

«Y AUNQUE NO HAYA CONOCIDO A NADIE —puntualizó mi cabeza histéricamente—. «TE DIJO QUE SE ACABÓ Y QUE ESTÁ INTENTANDO SEGUIR ADELANTE CON SU VIDA Y QUE TÚ TAMBIÉN TENÍAS QUE HACERLO Y... ¡ARGGGG!»

Intenté concentrarme en el ensayo de emergencia que tenía por delante. Teníamos el ensayo técnico a las seis de la tarde, para lo que quedaban apenas tres horas, y para entones Julian y yo debíamos saber exactamente dónde teníamos que situarnos en el escenario.

Con cada minuto que pasaba me convencía más y más de que Julian era probablemente el mejor hombre sobre la faz de la Tierra. Aparte de ser increíblemente guapo, amable y divertido, se sabía *La Bohème* al dedillo. Jan y yo habíamos tardado semanas en sabérnosla bien. Julian, en cambio, parecía dominarla a la perfección antes siquiera de empezar a cantar.

—Jo, qué bueno es —susurró Helen mientras bebíamos unas botellas de agua entre bastidores.

Julian estaba en el escenario, riéndose con Hussein como si fueran grandes amigos. La conversación entre ellos encarnando a Marcello y Rodolfo era como ver por primera vez un capítulo de *Friends* en los noventa. Te reías y te reías y te volvías a reír, y te sentías feliz.

Me quedé mirando distraídamente un mechón de pelo de Julian que se había liberado de la gomina y parecía suave y delicioso.

—Tienes que tirártelo —me dijo Helen—. Está como Dios. Si no te lo tiras tú, me lo tiro yo, Sally. Seguro que a Phil no le importa que eche una canita al aire.

—Me gustaría que te callaras —dije débilmente—. ¿Crees que podrás hacerlo?

Soltó una risa parecida a un cacareo.

—¡Ni lo sueñes! ¡Qué ganas tengo de que llegue el ensayo del besuqueo!

Escena Cuarta

Tres días después estaba paseándome arriba y abajo por un pasillo, muy por debajo del escenario, calentando mi voz para mi primera, y sin duda última, actuación en el Metropolitan Opera House.

Había pocos indicios de que esa noche fuera a ser el éxito fulgurante que la prensa musical, avisada de que Julian Jefferson volvía al Met, auguraba que iba a ser.

Todos, incluso yo, cantábamos impecablemente, pero la interpretación actoral era un horror. Mimí y Rodolfo tenían tanta química como un condón flácido y la culpa era toda mía. Zachary, nuestro exasperado y desazonado director, se había pasado horas esa tarde dándome indicaciones, pero al final se había limitado a agarrarme del brazo y a suplicarme que no la cagara.

Por sorprendente que pareciera, no era la presión de actuar en un edificio tan icónico lo que me preocupaba. Ni tampoco el hecho de que mis padres HUBIERAN VOLADO A NUEVA YORK PARA VERME.

Es que tenía el corazón roto. Era una niña que sentía que le habían abierto el pecho en canal, que apenas soportaba estar junto a Julian y su hermosa y dorada voz, y su olor delicioso, y su absurdo pelo y su risa contagiosa, y las notas que se escribía en la mano, y sus tonterías enternecedoras y su apacible inteligencia, y su maravilloso sentido del humor y...

Y todo lo demás. No podía soportarlo.

No me había ayudado precisamente que Julian pareciera locamente enamorado en el escenario y decididamente neutral fuera. Cuando hacía de Rodolfo me miraba a los ojos con profundo amor, como un bohemio francés, pero en cuanto acababa la escena se iba entre bastidores a hacer el tonto con uno de los regidores y casi ni me miraba.

Lo de la noche anterior había sido la gota que colmaba el vaso. Habíamos ido todos a la cafetería del Film Center, enfrente del Met, donde por alguna razón yo había pedido pulpo con chile a pesar de que no me gustaban ni el pulpo ni el chile, y Julian estaba desatado. Hussein y él habían llamado a Hector para desearle que se pusiera mejor y habían acabado cantándole «Eye of the tiger» en el buzón de voz. Era nuestra puñetera canción. Y ni siquiera me había mirado.

Más tarde había ido a sentarse a mi lado.

—Es fantástico verte —dijo con aire amistoso.

Yo intenté relajarme y seguirle la corriente.

—Lo mismo digo. Te he echado de menos.

Me encogí por dentro. ¿Cómo?

—Ah, yo también a ti —contestó alegremente—. Pero ha sido lo mejor, ¿verdad?

—Sí, claro —mentí. Nada de corazones rotos. «¡Todo va SUPER-BIEN!»

—Estupendo —dijo. Me revolvió el pelo como si fuera su hija adolescente—. ¡Y me he enterado de que han venido tus padres!

—Sí. —Me calmé un poco—. Mi madre no lleva muy bien lo de la jovialidad americana. Y mi padre parece un alienígena con los ojos como platos.

—¿Cómo está Barry? —preguntó amablemente—. ¿Siguen dándole problemas los suspensorios?

—¡Barry ha conocido a un chico! Teddy. Barry y Teddy. No te lo puedes imaginar. Son como dos cachorritos, si no fuera porque se aparean constantemente.

Julian pareció encantado.

—¡Estupendo! Me encantaba Barry. Y le hacía falta un buen polvo. ¿Y la escuela? ¿Qué tal va todo?

¿Por qué aquello le resultaba tan fácil?

—Bien, creo —contesté dubitativa—. Este verano vamos a hacer *Rusalka*, aunque yo no tengo un papel de los grandes. ¡Ay, Dios mío, y me han ofrecido hacer de Tatiana en *Eugenio Onegin* con la British Youth Opera! ¡Yo en el papel protagonista! ¡Te lo puedes creer?

—Sí —contestó—. Claro. Eres la mejor soprano lírica de tu edad que he oído nunca.

—Para.

Sentí que el rubor comenzaba a extenderse desde debajo de mi vestido.

—Vamos, por el amor de Dios. —Julian sonrió—. ¿Cuándo vas a aprender a decir «gracias»?

—Cuando empiece a creerme cumplidos como ése —masculló.

—Pues créetelos, tonta —dijo.

Me puse aún más roja.

—Umm.

—Eres la mejor —añadió—. La mejor con diferencia. Y por eso te han dado este papel. Mierda, tengo que irme. ¡Nos vemos!

Y se marchó dejando unos billetes en la mesa antes de que me diera tiempo a decirle adiós. Helen, que no había parado de mirarnos en toda la noche, vino enseguida a consolarme.

Pero yo estaba inconsolable.

—Lo único que necesitas es dormir a pierna suelta —dijo.

—Lo que necesito, Helen, es creer que Julian me quiere. Aunque sea un poquitín. Porque si no, con toda esta historia nuestra, no estoy segura de que pueda hacer de Mimí si él hace de Rodolfo.

Helen me apretó el brazo.

—Estoy segura de que todavía te quiere un poco.

—No, no lo estás.

—Bueno, la verdad es que la cosa no pinta muy bien, pero... puede que sea una treta.

—¿Julian? ¡Julian va siempre de frente! ¡Me besó tres cuartos de hora después de conocernos! ¡SE HA ACABADO! Ay, Dios, me dan ganas de cortarme la cabeza.

Helen buscó inspiración.

—Qué rollo —masculló por fin, derrotada—. Ojalá pudiera emborracharte.

Ahora, en el pasillo de debajo del escenario, traté de cantar.

—Babababababa —croé.

Mi voz sonaba como una ensalada mustia.

Miré el reloj. Una hora y veinte minutos para que se alzara el telón. Aquello no tenía remedio.

*T*ienes una cuenca ocular muy profunda y bonita —murmuró Kendra, la maquilladora.

—Eh, gracias.

Me concentré en respirar hondo.

—Entonces, ¿ha venido tu familia? —preguntó ella—. Mira hacia abajo, por favor.

—Sí —contesté—. Lo cual es más sorprendente de lo que parece.

Kendra se enderezó para contemplar su obra.

—¿Sí? ¿Y tu novio? ¿Y tus amigos?

—No tengo novio —contesté desmayadamente—. Y a mis amigos sería demasiado pedirles que vinieran a verme aquí, creo.

—Imagino que sí. Pero quizá tu mejor amiga...

—Mi mejor amiga murió hace casi dos años.

Kendra dejó de aplicarme la sombra de ojos y se echó hacia atrás, impresionada.

—Ay, cuánto lo siento —susurró.

—Mi otro mejor amigo está aquí, pero es una putada porque resulta que estoy enamorada de él y él no está enamorado de mí.

—Perdona, ¿qué has dicho que es? ¿Una «putada»?

—Una putada, sí. O sea, eh, una faena.

A Kendra parecía que acababan de arrancarla de un rancho texano y lanzarla en paracaídas sobre el Met.

—Ya lo creo que es una faena, cariño, la mayor que he oído. Bueno, aparte de lo de la muerte de tu amiga, claro —añadió sonrojándose—. Ay, Sally, perdona.

—Gracias. Las dos cosas son una faena. Y me siento muy culpable por decir esto, pero ahora mismo el hecho de estar enamorada de Julian y de que él no esté enamorado de mí es seguramente la peor de las dos. Ay, Dios, Kendra, ¿voy a ir al infierno?

Kendra, que parecía una de esas señoras a las que no convenía mencionarle ni a Dios ni al infierno, y menos aún en la misma frase, se quedó pasmada.

—Perdona —mascullé, azorada—. Hablo fatal.

—¿Estás enamorada de Julian Jefferson? —exclamó.

Hice una mueca.

—Eh, esto, no, es otro Julian...

Kendra, que evidentemente era más astuta de lo que yo creía, enarcó una de sus nítidas cejas.

—Cariño, todas amamos a Julian Jefferson.

—¿En serio?

—¡Pues claro que sí! ¡Te juro que dejaría a mi Joe mañana mismo si Julian llamara a mi puerta!

Le sonreí. Era como un oasis de encanto rural en aquella ciudad de locos.

Luego dejé de sonreír porque me había recordado que no era mejor que cualquier otra mujer de aquel edificio.

De pronto volvió a parecerme que todo era inútil.

Unos minutos después de que Kendra acabara conmigo («¡Ahora vuelvo!», canturreó), sonó mi móvil anunciando un mensaje entrante. De... ¡mi padre! Aquello era inaudito.

¡Toi toi, Sal!, había escrito. Mi padre, que no había mandado un mensaje de texto en su vida, se las había arreglado de algún modo para averiguar cómo se le deseaba buena suerte a un cantante de ópera y hasta había logrado mandarme un sms. *Toi toi, Sal.* Me lo imaginé diciéndolo con su acento de Stourbridge. *Toi toi.* Llorosa de pronto, miré mi teléfono, el mensaje y todo lo que simbolizaba.

A pesar de lo doloroso e inútil que me parecía salir al escenario y hacer de Mimí mientras Julian hacía de Rodolfo, una cosa era innegable: mi vida había cambiado de arriba abajo. Allí estaba, una cantante de ópera formada, a punto de actuar delante de más de un millar de personas. ¡En Nueva York! ¡Con mi familia viéndome!

Pensé en todo lo que había pasado desde el día en que Bea entró en la lavandería del teatro y me dijo que me iba de gira con el Royal Ballet y que iba a comprarme unas maletas como Dios manda porque la mía era de nailon. En todo lo que había superado: en todo aquel amor y aquella tristeza; en la madurez y el dolor. Había resultado ser una mujer verdaderamente fuerte. Una mujer fuerte, valiente y con talento. ¿Quién iba a imaginárselo?

«Eres increíble —le dije para mis adentros a la niña que se reflejaba en el espejo—. ¡Eres realmente increíble, Sally Howlett!»

Y eso fue todo. Sin pararme a dar explicaciones ni a disculparme con Kendra, salí corriendo. Por el pasillo me crucé con Hussein, que se paseaba de un lado a otro nervioso, y con Hector, que lloraba, y con Helen, que, naturalmente, como era propio de ella, salió de su camerino justo en el momento en que pasé por delante a la carrera, enfilada hacia la puerta en la que decía «Julian Jefferson».

—¡A por él, chaval! —gritó como un hincha de fútbol—. ¡A POR ÉL!

Escena Quinta

El camerino de Julian estaba vacío. Su peluca estaba sobre su soporte, esperando a que la sujetaran con horquillas a su precioso pelo fosco, y su traje colgaba serenamente de una barra junto a la puerta. Había maquillaje por todas partes, una tele emitiendo un documental sobre osos polares y una botella grande de agua. Y ni rastro de Julian.

Sonreí un momento al ver un paquete muy inglés de galletas Jaffa sobre la mesa, y decidí birlarle una mientras esperaba. No pensaba salir de allí hasta que se lo hubiera dicho.

—¡Eh! ¿Quién me está robando mis galletas! —dijo una voz desde dentro del armario del camerino.

Me quedé helada.

—Sé qué estás ahí —gritó—. ¡Identifícate!

—Eh... —mascullé abriendo la puerta—. Eh, soy yo.

Estaba sentado dentro del armario, en calzoncillos. Iba a actuar en el Met, pero llevaba el mismo par de calzoncillos viejos y descoloridos que le había visto puestos la primera vez que nos desnudamos. Me eché a reír y luego me detuve: el asunto del que teníamos que hablar era muy serio.

—¿Qué estás haciendo ahí? —pregunté en tono muy severo, a pesar de que no era ésa mi intención.

—Te he robado la idea —contestó tranquilamente—. No tengo un miedo escénico como el tuyo, pero me parece útil recogerme un poco.

—¿No estás nervioso?

—No, qué va.

—¿Te sientes centrado? ¿Sereno? ¿En perfecto uso de tus facultades?

—Eh, pues sí.

«Jo, pues eso lo demuestra —pensé enfadada—. Yo toda enfadada, angustiada y hecha polvo, y él tan campante, todo calma y serenidad. SE HA OLVIDADO TANTO DE MÍ QUE DUELE.»

Sacudí la cabeza como si así pudiera desalojar aquellos pensamientos. No importaba que Julian no sintiera lo mismo. Había ido allí con el solo propósito de decirle lo que sentía porque así funcionaba yo últimamente. Que me partiera un rayo si iba a arrugarme y a cagarla en el escenario por ser demasiado gallina para decirle a aquel hombre que lo amaba.

Respiré hondo.

—He venido para informarte de que todavía te quiero. Sé que tú no sientes lo mismo...

Me detuve por si acaso se apresuraba a negarlo, pero no lo hizo: se limitó a poner cara de culpabilidad.

—Sé que tú no sientes lo mismo —continué mientras mi corazón se desangraba por el suelo. «Concéntrate.»—. Pero no podía salir al escenario sin decírtelo. No en una noche como ésta. Significa demasiado. Y, además, últimamente tengo por norma decir siempre lo que pienso.

Julian asintió educadamente con la cabeza.

—No sabía que lo tenía por norma hasta hace un momento, pero así es.

Se miró los pies. Una vena palpitaba en su sien. Estaba claro que quería que me largara de allí lo antes posible.

—Espero que tengas una buena función esta noche —proseguí ceremoniosamente—. Y te deseo una velada agradable. Buenas noches. *Toi toi.*

Giré sobre mis talones y me dispuse a salir del camerino. Pero cuando estaba a punto de salir, Julian habló por fin.

—Yo también te quiero —dijo con calma.

Me paré.

—Yo también te quiero —repitió.

—No, qué va.

—¿No?

Me di la vuelta y lo miré de frente.

—No. Si me quisieras no habrías vuelto a Nueva York en Navidad. No me habrías dicho que no me pusiera en contacto contigo. Y habrías contestado a mi e-mail. Me temo, Julian, que no me quieres.

Me maravilló lo segura que sonaba mi voz. No tenía relación alguna con la tormenta que se había desatado dentro de mí. Me apoyé en la pared del camerino, mareada de pronto.

—Pero te quiero —dijo tercamente—. Te lo estoy diciendo ahora. Te quiero.

—¡No, no me quieres!

—¡Sí, sí te quiero!

Me senté a su lado junto al armario. El mundo se movía con exagerada lentitud. ¿Me quería? Por supuesto que no.

«¿Por qué no? —me pregunté enfadada—. ¡Eres digna de que te quieran! ¡Deja de portarte como una idiota!»

Me volví para mirarlo, sin atreverme apenas a imaginar lo que podía pasar. Julian me miró con una mirada cálida y confiada. Me encantaban sus ojos, aquellos estanques oscuros y profundos llenos de nobleza, de bondad y sentido del humor. Me encantaba todo en él.

—Sally —dijo por fin con aquel acento absurdo y maravilloso—, te quiero. Y siento haber vuelto a Estados Unidos. Fue un error.

Quise decirle un millón de cosas, pero descubrí de pronto que no podía decir ninguna. Me limité a mirar su cara, tan conocida, tan preciosa para mí.

Se pasó los dedos por el pelo, que, como iba a ponerse la peluca, no llevaba ni una pizca de gomina. Estaba tan fosco y algodonoso como el de un gato de pelo largo. Sonrió suavemente.

—Sally, pareces creer que soy una persona supermadura y centrada, que nunca se equivoca y siempre conserva la calma. Pero soy un desastre, Sal. No sólo por las gafas y el pelo y los agujeros de la ropa, sino por todo. Cometo errores. ¡Lo de Violet, por ejemplo! Porque estaba buena, pero... ¡venga ya!

—Ah.

—He cometido errores toda mi vida —añadió—. Cometí el error

de dejar que volvieras a Inglaterra después de morir Fiona, enferma de tristeza, y de no decirte la verdad sobre esa noche porque... No sé, pensé que te haría sufrir aún más.

Me pasé las manos por las espinillas. Me sentía extrañamente ajena a todo, como si estuviera viendo aquella conversación desarrollarse entre dos extraños.

—Cometí el error de presentarme en tu casa con ese *post-it* en vez de llamarte o mandarte un e-mail, o lo que fuese, cualquier cosa en vez de plantarme en tu puerta con un *post-it*. Cometí el error de dejar que siguieras saliendo con Jan en vez de luchar por ti, como quería. —Se rió desganadamente—. Pensaba que iba a perder.

Exhalé un suspiro. Hasta a los hombres más increíbles del mundo les costaba creer en sí mismos.

—Y por último cometí el error de volver huyendo a América, de decirte: «Es lo mejor, debo renunciar a ti, dejarte libre y bla, bla, bla». ¡Qué chorrada! ¡Una chorrada total! ¡Tú ibas a madurar y a cambiar conmigo o sin mí! No necesitabas que desapareciera de tu vida para recuperarte. ¡Te habías recuperado! ¡Porque eres asombrosa!

Me pregunté por qué no estaba llorando. Había soñado todos los días con una conversación como aquélla, y sin embargo me sentía extrañamente serena.

—Volví a meter la pata. Porque soy tan desastroso y tan imperfecto y tan inútil como cualquiera. Pero por suerte tú te has convertido en esta mujer fuerte y maravillosa que es capaz de entrar aquí, servirse una galleta y decirme que me quiere. Has cambiado muchísimo y al mismo tiempo no has cambiado nada, Sally, y te quiero aún más de lo que te quería hace cinco minutos. No me importa nada más, y siento haber sido tan idiota. Siento que los dos hayamos sido tan idiotas. Sólo quiero estar contigo.

Respiró hondo y dejó de hablar. Le temblaban las manos. Y, como le temblaban las manos, también le temblaba el pelo.

—Treinta minutos para el comienzo de la función —murmuró el sistema de megafonía—. Señoras y señores de la orquesta y el reparto, quedan treinta minutos para el comienzo de la función. Gracias.

Tras un silencio raro y vacío durante el cual mi cerebro captó por fin lo que estaba pasando allí, empezó a brotarme una sonrisa en la tripa. Se extendió hacia fuera, serena y magnífica, hasta que cada parte de mi ser quedó bañada en una gloriosa luz solar. Claro que estaba tranquila. ¡Claro que sí! Ya no había ningún drama. Habíamos dejado todo eso atrás: la pirotecnia, la furia, la desesperación. Y sólo quedábamos nosotros dos. Y todo ese amor.

—Hola —dije tocándole un lado de la cara—. Hola, tonto.

Se volvió y besó mis dedos, luego me rodeó con los brazos. Escondió la cara entre mi pelo y no me importó lo que pudieran decirme después Kendra, la de maquillaje, o Julie, la de peluquería. Relajé todo el cuerpo, dejándome ir hacia un lugar cálido y seguro.

—Te quiero —dije, feliz—. Eres la mejor persona del mundo entero.

Se arrimó aún más a mí, y hasta apretó sus piernas contra las mías.

—Qué va —dijo—. La mejor eres tú. De toda la historia.

El sistema de megafonía estaba diciendo algo sobre nosotros, pero no le hice caso.

Julian se inclinó hacia delante y frotó su nariz contra la mía. Me sentía tan feliz que casi no podía respirar.

—Voy a besarte —dijo y sonrió.

—Espera —contesté—. ¡Vamos a esperar a estar en el escenario! ¿Verdad que sería mágico?

Se apartó un poco y estuvo pensándoselo. Luego dijo:

—¡Qué va! ¡Ni pensarlo, joder! No voy a esperar ni un momento más. Bésame ahora mismo, idiota.

Me besó y de pronto el mundo me pareció perfecto. Nos besamos y nos besamos, nos abrazamos y seguimos besándonos, y sólo dejamos de besarnos cuando Terrance, el guardia de seguridad, nos separó a la fuerza y nos dijo que Kendra lo había mandado a buscarme y a llevarme inmediatamente de vuelta a mi camerino.

—Vamos a cantar unas cosillas —dijo Julian besándome una última vez—. Por Fiona. Y por nosotros.

Sonreí.

—Señor Jefferson, nos vemos en el escenario.

Hizo una reverencia.

—Señorita Howlett.

Escena Sexta

Cuando era adolescente y veía *Dirty Dancing* y *Bridget Jones* en reposiciones, creía que los actores estaban de verdad enamorados y que se enrollaban constantemente cuando las cámaras dejaban de rodar.

Había sido un *shock* tremendo descubrir que no se pasaban la vida restregándose, fornicando y cantándose baladas de amor en sus camerinos. ¿Cómo era posible que parecieran tan convincentes? Seguro que tenías que estar enamorado de tu compañero de rodaje para que de verdad pareciera mágico.

Mi primera gran actuación como cantante de ópera sirvió para constatar todo lo que había creído de adolescente. Rodolfo y Mimí ofrecieron *«un burbujeante despliegue de química y magia que marca un nuevo rasero para La Bohème»* (*New York Post*). Parecían *«conmovedoramente enamorados. Juntos, Jefferson y Howlett estuvieron arrebatadores»* (*Metro New York*).

El *Brooklyn Beaver* dio cinco estrellas a la función y declaró que, aunque ellos como revista podían haber perdido a un editor de incalculable valía, la ciudad había recuperado a un cantante de primera clase y descubierto a un *«joven talento realmente emocionante en la persona de la magnífica Sally Howlett. Cuesta imaginar a un Rodolfo y una Mimí más feliz y desesperadamente enamorados»*.

Todo cuanto creía sobre los actores había sucedido de verdad. Tras nuestro primer dueto juntos, salimos del escenario y estuvimos besándonos hasta que mi encargada de vestuario me arrancó de la puerta de Julian para que me cambiara. Y cuando en el acto cuarto me tocó morir trágicamente en mi cama, me sentía tan feliz que mi cadáver corrió verdadero peligro de trajinarse a Rodolfo cuando éste se arrojó sobre el cuerpo sin vida de Mimí.

Los aplausos fueron estruendosos. Me agarré con fuerza a la mano de Julian y reí y lloré. Lo besé en la boca sin importarme lo que pensaran los demás.

—¡Somos los mejores! —gritó Julian. Tenía la cara sonrosada de emoción. Me abrazó con todas sus fuerzas y al público le encantó—. Te quiero —me dijo otra vez.

—¡SIIIIIIIII! —chilló Helen—. ¡YUPI!

Escena Séptima

Tres días después

No deberíamos hacer esto —dijo mi madre con nerviosismo.

Miró hacia atrás por enésima vez y escarbó un poco más con su paleta en el suelo. Parecía un topo enloquecido.

—Mamá, estamos en Williamsburg. —Me reí—. Aquí a nadie le importa. Están todos demasiado ocupados arreglándose la barba y fabricando cerveza artesanal.

Mi madre sonrió.

—Nunca he entendido a la gente tan moderna —dijo sin dejar de escarbar.

—Yo tampoco, señora Howlett —dijo Julian.

—Pues tú cuando quieres te pones muy elegante —comentó mi padre, y sonrió divertido al mirar la camiseta de Julian, que era, hay que reconocerlo, bastante rara.

Miré a mi hombre y me brotaron mechones de amor y de orgullo cuando le pasó un arbolito a mi madre, que a pesar de su miedo a que la pillaran abriendo un agujero totalmente ilegal en el East River State Park, había cavado lo bastante hondo como para guardar en él un cofre del tesoro.

Las nubes pasaban a toda velocidad sobre nosotros cuando mi madre sacó el árbol de su maceta.

—Vamos a ponerlo dentro —dijo más calmada.

Julian asintió con un gesto y se apartó a una distancia prudencial mientras mi madre, mi padre y yo nos arrodillábamos sobre la hierba de un verde vivo.

—A ella le habría encantado —dije—. Nosotros, plantando un árbol ilegalmente. ¡Los Howlett, nada menos! ¡Y además en Brooklyn!

Mi madre sonrió. Desde hacía un tiempo sonreía mucho más.

—Era muy traviesa, nuestra Fiona.

Sonrió. Yo sabía ya que aquello era lo más que podía acercarse mi madre a decir «Yo quería a esa chiquilla». Le puse la mano en la espalda y ni siquiera pareció incómoda.

Depositamos el arbolillo pimpante en su hoyo y rellenamos con tierra el hueco de alrededor. Nadie dijo nada.

Mi padre se echó hacia atrás, acuclillado, y admiró nuestra obra.

—¿No deberíamos decir unas palabras? —preguntó.

Mi madre se puso nerviosa al instante.

—Bueno, no estoy segura —comenzó a decir.

Yo me eché hacia atrás.

—Vamos a estar un momento en silencio. Para decirle adiós.

El árbol de Fiona se mecía tímidamente empujado por la brisa cuando nos sentamos en derredor, cada uno absorto en sus recuerdos agridulces. Yo sentí aquella intensa y angustiosa tristeza, que sin embargo no era tan fuerte como podría haber sido. Cuando lo habíamos soportado solos, el dolor nos había sobrepasado a todos. Ahora que lo soportábamos juntos, era más llevadero.

Para asombro mío, fue mi madre quien rompió el silencio:

—La verdad es que creo que me gustaría decir algo —anunció.

Tenía la cara tensa y nerviosa, pero llena de determinación. Cogió la mano de mi padre y él cogió la mía. Estuvimos así unos segundos, cogidos de la mano, como una familia. Quizá por primera vez en nuestras vidas.

Había una banda tocando por allí cerca, y se oía el traqueteo del ferry de Williamsburg entrando en el puerto. Pero a pesar de todo una quietud maravillosa había brotado entre nosotros.

—Fiona —comenzó mi madre. Le tembló la voz y noté que mi padre le apretaba la mano—. Fiona, quiero pedirte perdón. Creo que nunca te dije que te quería. Pero te quería, cosita loca. Te quería, ¿sabes?

—Yo también —masculló mi padre—. Yo también, Fi. Descansa en paz, tesoro.

Sorbió por la nariz secándose los ojos.

Mi madre exhaló un suspiro como si se relajara y una sonrisa triste cruzó su semblante.

—Lo mismo digo, Pecas —susurré—. Espero que estés haciendo de las tuyas allí donde te encuentres.

Me quedé mirando el árbol hasta que se emborronó entre la punzante procesión de lágrimas que corría por mis mejillas. Durante unos instantes tristes y maravillosos, la familia Howlett lloró cogida de las manos. Y a nadie le dio vergüenza.

Las sombras de las nubes corrían por la hierba y el río chapaleaba perezosamente a nuestras espaldas. El árbol de Fiona se meció con más aplomo al arreciar la brisa, y una mariquita comenzó a treparlo.

Más tarde, cuando mis padres se fueron a comer a «uno de esos sitios pequeñitos y llenos de gente» a los que mi madre se había aficionado, Julian y yo nos sentamos en un tronco junto a la orilla. Julian había prometido llevar a mi padre a Coney Island esa tarde (papá se había comprado una guía de Nueva York, lo cual resultaba bastante alarmante, y había descubierto un espíritu aventurero que había permanecido en estado latente durante la mayor parte de sus sesenta y tres años), pero de momento era todo mío. Y cada segundo que pasaba lo quería más.

Le sonreí, acercándolo a mí.

—Hey, tú.

—Hey, tú. ¿Estás bien?

Dije que sí con la cabeza, mirando hacia el otro lado del río.

—Creo que nunca estaré del todo, del todo bien, pero estoy bien.

Julian asintió con un gesto.

—La verdad es que me siento agradecida —añadí—. Sin el canto y... En fin, y todo lo demás, estaría atascada todavía en la tristeza. No habría cambiado nada. Estaría como loca, asustada y desesperada.

Se rió. Un retumbo bajo e irreverente que sonó a través de su camiseta.

—Desesperada no. Un poco loca sí, hay que reconocerlo.

Me rodeó con el brazo y nos quedamos así sentados, el uno junto al otro, mirando más allá del río, hacia el gigantesco espectáculo teatral que componía el horizonte de Nueva York.

—Pronto tendrás que empezar a ensayar para la British Youth Opera —dijo Julian—. ¡Qué emoción!

—¡Lo sé! ¡No puedo creerlo! ¡Y que además me haya llamado ese agente! ¿Qué narices está pasando?

Julian me apretó entre sus brazos.

—Que el mundo me está dado la razón, nada más. Por fin han descubierto lo asombrosa que eres.

Me giré para mirarlo. Julian me sonreía, las preciosas arrugas de la risa de alrededor de sus ojos se habían plegado llenas de orgullo.

—Aunque yo sigo siendo el único que sabe que eres una auténtica merluza.

—Cierto. Pero... No lo entiendo —dije en voz baja—. Sólo soy una chica de un barrio obrero deprimido. Todo esto parece... una locura.

Julian me atrajo hacia sí y me besó, un beso largo y feliz que me hizo olvidarme de todo lo demás. Pasado un rato paramos y nos miramos, con los ojos tan cerca que casi se tocaban.

—No importa lo abajo que empieces —me dijo—. Aun así puedes tener grandes sueños. Y una vida plena y feliz.

Una gaviota se posó cerca de nosotros, como la que había aparecido el día de la fiesta de cumpleaños de Fiona. Nos miró con irritación y luego levantó el vuelo dejando caer con desdén un zurullo de buen tamaño.

—Fíjate, a eso me refiero. —Julian sonrió—. Mide la octava parte que yo y aun así no ve razón alguna por la que no pueda ser el rey del mundo.

Sonreí.

—Bueno, yo no quiero empezar a cagarme en todo todavía. Pero entiendo lo que quieres decir.

—Me importa un comino dónde nacieras, Sally Howlett. Sólo sé que quiero formar parte de tu equipo.

Sonreí como una loca.

—Y yo del tuyo —dije.

Julian se quedó pensativo un minuto. Luego cogió mi mano derecha. Se puso a juguetear con el feo pedrusco que yo todavía llevaba en el dedo y del que salían minúsculas y cálidas agujitas de luz amarilla que se reflejaban en nuestras caras. Me recordé sentada con mi prima en los columpios del parque, sosteniendo un botón de oro debajo de la barbilla de Fi para ver si le gustaba el oro.

—Lo compré yo —dijo Julian mientras daba vueltas al anillo.

—¿Qué? No, qué va, me lo regalaron en... —Rebusqué en mi memoria—. En la fiesta. En esa fiesta. La que tú echaste a perder —añadí dirigiéndome al arbolillo de Fiona.

—Lo sé. —Julian sonreía maliciosamente—. Teníamos que llevar todos un regalo, ¿recuerdas? A ti se te olvidó. Y escribiste una tontería en un *post-it*.

—Umm. Sí.

Me sacó el anillo del dedo.

—Teníamos que comprar cada uno un regalo —añadió—. Y yo compré éste. Para ti.

Yo estaba desconcertada.

—Pero ¿cómo sabías que iba a elegirlo?

—Porque les dije a todos que los mataría si lo tocaban.

Algo empezó a aclararse en mi mente.

Julian se quedó mirándome un momento, dejando que me recociera en incertidumbre, y luego volvió a besarme. Muy suavemente, sin tocar apenas mis labios.

—Iba a pedirte que te casaras conmigo —dijo como si tal cosa—. Pero Fi me jodió el plan a lo bestia.

Sonrió con timidez, consciente de que Fiona le habría permitido aquella broma.

—Así que lo único que recibiste fue un anillo de bisutería horrendo. Pensaba llevarte a una joyería —agregó—. Si me decías que sí.

Intentó ponerse el anillo en el dedo, pero sólo consiguió llegar hasta la primera falange.

—Te quiero por haberlo guardado todo este tiempo. —Sonrió. Dio la vuelta al anillo sobre la palma de su mano, salpicando nuestras caras con manchitas de luz—. Quizás una pequeña parte de tu ser seguía queriendo que lo nuestro funcionase.

Lo miré fijamente por aquel giro imprevisto la historia.

—¡Hala!

Julian contempló Manhattan.

—Me has hecho más feliz que cualquier otra persona —dijo—. Nuestro equipo es lo más importante de mi vida.

—¡De la mía también!

Estaba radiante de felicidad. Hasta con la caca de gaviota al lado del pie. Era tan feliz que casi me dolía.

—Así que... Sí. Sí, creo que voy a pedirte que te cases conmigo —decidió—. No voy a ponerme de rodillas. Sería un poco hortera. Y por aquí hay mucha mierda de gaviota.

Asentí con vehemencia.

—Hortera, sí. Mierda de gaviota.

—Ah, espera. —Miró el arbolito que se mecía con la brisa—. No, Fiona dice que tengo que hincar la rodilla en tierra. —Suspirando cómicamente, palpó la arena a su alrededor buscando un lugar seguro. Una vez instalado, me sonrió blandiendo el anillo—. Representas todo lo bueno, lo divertido y lo maravilloso de mi vida, Sally Howlett. ¿Podemos hacerlo oficial?

Me volví hacia el árbol.

—¿Nos das tu aprobación? —le pregunté.

Oí la respuesta de Fiona clara como el agua y me eché a reír. Me reí y me reí, y luego descubrí que estaba llorando, cálidos lagrimones de pura felicidad. Llené de lágrimas la cara risueña de Julian.

—Ha dicho «¡Joder, Sally, venga ya!»

Julian se rió por lo bajo.

—Suena muy apropiado.

Lo miré a los ojos y sonreí y lloré y reí, y hasta hice extraños ruiditos de felicidad, un poco como una vaca mugiendo.

—¡Sí, Julian Bell! Me gustaría unirme al equipo.

Me puso el anillo en el dedo y tiró de mí para que me sentara con él en la arena. Estuvimos besándonos y abrazándonos hasta que vino un perro y se meó en una de sus zapatillas, y entonces nos tumbamos de espaldas y estuvimos viendo pasar las nubes, cada una de ellas pintada con un nítido ribete de sol.

Agradecimientos

Sin el batallón de personas que me ayudó a documentar y a escribir este libro, habría escrito unas diez páginas y luego habría salido corriendo a esconderme en una isla remota hasta que Penguin se olvidara de que les debía un libro. Por suerte mucha gente brillante me abrió las puertas del maravilloso mundo del teatro y la música, salvándome así el pellejo. Mis más sinceras gracias a todos, pero en especial...

A Elizabeth Gottschalk y Adam Music por introducirme en la ópera.

Al Garsington Young Artists Programme por permitirme ir a ver los ensayos de *La flauta mágica*.

A la prodigiosa British Youth Opera por dejar que estuviera presente en todos los ensayos de su fantástica producción de *La novia vendida*. Hicisteis que me sintiera muy a gusto, nadie me echó de su camerino y cuando vi la producción acabada comprendí por fin por qué la ópera es algo tan mágico y maravilloso.

Gracias en especial a la muy talentosa y ejemplar soprano Katy Crompton.

A Frazer Scott por convertirse en mi profesor de canto (!).

Gracias a mis bisabuelos por su contribución al mundo de la ópera y por prender la chispa de mi curiosidad.

A Rachel Wright y Lindsey Kelk por su conocimiento de Nueva York y a Julian Ingle por acogernos a mí y al Hombre durante el huracán Sandy. Qué locura fue aquello.

Gracias a Bridget Foster de la Royal Opera House por dejarme curiosear por el alucinante departamento de peluquería y maquillaje.

A Lynette Mauro por invitarme a visitar el mágico departamento de sastrería del National Theatre.

Gracias a mi asombrosa agente, Lizzy Kremer («agente del año, todos los años»), que es tan brillante que todavía me cuesta creer que sea mía. O yo suya. O algo así.

A Harriet Moore por ayudarme tan fantásticamente con casi todo, a Laura West por llevarme a Estados Unidos, y a Tine Nielssen y Stella Giatrakou: muchísima suerte a las dos.

El equipo de Penguin ha estado especialmente brillante este año, que ha sido (espero) un año bastante atípico en mi carrera como escritora. Gracias a Celine Kelly por ser una editora maravillosa, inteligente y muy diplomática. A Mari Evans por su inteligentísima contribución y a Maxine Hitchcock por tomar esta novela por asalto. A Liz Smith, Francesca Russell y Joe Yule por sacarme al mundo, y a Lee Motley por las preciosas portadas de mis libros. A Anna Derkacz, Sophie Overment, Isabel Coburn, Roseanne Bantick y Samantha Fanaken por venderme con tanto éxito. A Nick Lowndes por componer mis libros y convertirlos en las preciosidades que son y a Hazel Orme por sus rigurosas correcciones. Gracias a Lyn, Brian y Caroline Walsh por ser mi equipo A. Os quiero mucho. A George por cuidar de mí y ser lo mejor del mundo. A mis amigos: a todos, gracias por devolverme la salud. X.

Y a mis estupendos, leales, locos y brillantes lectores, que tanto me han apoyado este año. Vosotros y todos esos maravillosos blogueros y reseñistas sois la razón de que tenga trabajo, y os estoy muy agradecida por ello.

Y creo que el último gracias va para todos los compositores, cantantes y músicos del presente y del pasado cuyas obras me han dejado alucinada. A veces, cuando se suponía que tenía que estar escribiendo, me ponía a escuchar arias y duetos y acababa cantando a pleno pulmón.

ECOSISTEMA DIGITAL

NUESTRO PUNTO DE ENCUENTRO

www.edicionesurano.com

2 AMABOOK
Disfruta de tú rincón de lectura
y accede a todas nuestras **novedades**
en modo compra.

3 SUSCRIBOOKS
El límite lo pones tú,
lectura sin freno,
en modo suscripción.

DISFRUTA DE 1 MES
DE LECTURA GRATIS

1 REDES SOCIALES:
Amplio abanico
de redes para que
participes activamente.

4 QUIERO LEER
Una App que te
permitirá leer e
interactuar con
otros lectores.